BASTEI
LÜBBE

DEAN KOONTZ im BASTEI-LÜBBE-Programm:

11 898 Nacht der Zaubertiere
13 601 Wintermond

DEAN KOONTZ

EISZEIT

Roman

Ins Deutsche übertragen
von Uwe Anton

BASTEI LÜBBE

BASTEI-LÜBBE-TASCHENBUCH
Band 13 715

Erste Auflage
Januar 1996

Deutsche Lizenzausgabe 1996
Bastei-Verlag Gustav H. Lübbe
GmbH & Co., Bergisch Gladbach
Originaltitel: Icebound
Lektorat: Dr. Edgar Bracht
Titelbild: ZEFA
Zentrale Farbbild-Agentur GmbH
Umschlaggestaltung:
Quadro Grafik, Bensberg
Satz: KCS GmbH,
Buchholz/Hamburg
Druck und Verarbeitung:
Cox & Wyman Ltd.
Printed in Great Britain

ISBN 3-404-13715-9

Der Preis dieses Bandes
versteht sich einschließlich der
gesetzlichen Mehrwertsteuer

Auch diese korrigierte Version
ist der einzigartigen
und ganz besonderen
Winona Garbrick gewidmet.
Ich bin sicher, Sie sind dort oben.
Beobachten mich.
Mit dem Rotstift in der Hand.

VORHER …

Aus der *New York Times*:

[1]

POLAREIS DAS REINSTE WASSER AUF DER WELT

MOSKAU, 10. Feb. – Russischen Wissenschaftlern zufolge hat das Wasser, das die arktischen Eisdecken bildet, einen weit geringeren Bakteriengehalt als jedes andere, das wir jetzt trinken oder mit dem wir Felder bewässern. Diese Entdeckung könnte dieses gewaltige Reservoir zu einer wertvollen zukünftigen Rohstoffquelle machen. Denn das Anzapfen der polaren Eisdecke könnte billiger sein als jeder bereits vorhandene oder vorhersehbare Entsalzungsprozeß, vor allem, da dieses Wasser nicht mehr gereinigt werden müßte. Russische Forscher spekulieren über die Möglichkeit, im nächsten Jahrzehnt Millionen von Morgen Land mit geschmolzenen Eisbergen zu bewässern.

[2]

WISSENSCHAFTLER SIND DER ANSICHT, EISBERGE KÖNNTEN TRINKWASSER LIEFERN

BOSTON, 5. Sept. – Bei der jährlichen Tagung der Amerikanischen Gesellschaft der Umweltingenieure erklärte Dr. Harold Carpenter heute, chronische Wasserknappheit in Kalifornien, Europa und anderen Regionen könnte durch eine kontrollierte Schmelzung von Eisbergen gelindert werden, die man von ihrer jetzigen Position südlich vom Polarkreis in die Regionen schleppt, in denen sie gebraucht werden. Dr. Rita Carpenter, Dr. Carpenters Frau und Kollegin, schlug vor, die betroffenen Nationen sollten gemeinsam das Kapital für die nötigen Forschungen und Entwicklungen aufbringen – eine Investition, die, wie sie sagte, »sich innerhalb von zehn Jahren hundertfach bezahlt machen wird.«

Den Carpenters zufolge, denen übrigens im letzten Jahr gemeinsam der Preis der Nationalen Wissenschaftsstiftung zugesprochen wurde, ist das grundlegende Konzept ganz einfach. Man müsse einen großen Eisberg vom Rand des Eisfelds ›lossprengen‹ und von den natürlichen Strömungen in südliche Richtung treiben lassen. Später würden gewaltige stählerne Schlepptaue an dem Berg befestigt. Ein Trawler würde das Eis dann zu einer Umwandlungseinrichtung am Ufer einer unter Dürre leidenden Ackerbauregion schleppen. »Da der Nordatlantik und der Nordpazifik kalte Meere sind, werden wahrscheinlich nicht einmal fünfzehn Prozent des Eises schmelzen, bevor es am Ufer zu Wasser umgewandelt und zu den von Trockenheit betroffenen landwirtschaftlichen Gebieten gepumpt wird«, sagte Dr. Harold Carpenter.

Die Carpenters warnten, man könne nicht mit Sicherheit voraussehen, ob diese Idee sich auch umsetzen lasse. »Wir müssen noch immer zahlreiche große Probleme lösen«, sagte Dr. Rita Carpenter. »Die umfassende Erforschung der polaren Eisdecken …«

[3]

TROCKENHEIT BEEINTRÄCHTIGT ERNTE IN KALIFORNIEN

SACRAMENTO, Calif., 20. Sept. – Das Landwirtschaftsministerium hat die offizielle Schätzung bekanntgegeben, daß die Wasserknappheit in Kalifornien verantwortlich ist für Verluste von bis zu 50 Millionen Dollar bei spät geernteten Früchten und Getreidesorten wie Orangen, Zitronen, Beutelmelonen und Kopfsalat …

[4]

FÜR TAUSENDE VON HUNGERSNOT BEDROHTEN MENSCHEN NICHT GENÜGEND HILFSGÜTER VERFÜGBAR

VEREINTE NATIONEN, 18. Okt. – Der Direktor des Katastrophenhilfswerks der Vereinten Nationen erklärte, daß es aufgrund von schlechten Ernten in den Vereinigten Staaten, Kanada und Europa den von der Trockenheit heimgesuchten Ländern in Afrika und Asien nicht möglich ist, Getreide und Getreideprodukte von den normalerweise nicht unter Nahrungsmangel leidenden westlichen Nationen zu kaufen. Es sind bereits über 200 000 Menschen an den Folgen der Hungersnot gestorben …

[5]

UNO STELLT GELD ZUR VERFÜGUNG, UM WISSENSCHAFTLER ZU DEN POLAREN EISDECKEN ZU SCHICKEN

VEREINTE NATIONEN, 6. Jan. – Elf Mitglieder der Vereinten Nationen haben heute Zahlungen für einen einzigartigen Fonds bereitgestellt, aus dem eine Reihe wissenschaftlicher Experimente in der arktischen Eisdecke bestritten werden. In erster Linie soll mit diesem Projekt festgestellt werden, ob es möglich ist, große Eisberge nach Süden zu schleppen, wo sie angezapft werden sollen, um damit landwirtschaftliche Gebiete zu bewässern.

»Es klingt wahrscheinlich wie Science Fiction«, sagte ein englischer Beamter, »aber schon in den sechziger Jahren haben die meisten Umweltspezialisten diese Möglichkeit erkannt.« Falls sich solch ein Plan als durchführbar erweisen sollte, wird es bei den großen nahrungsmittelproduzierenden Nationen vielleicht nie wieder schlechte Ernten geben. Obwohl die Eisberge nicht in die warmen Gewässer von Südasien und Afrika geschleppt werden können, würde die gesamte Welt von den gesicherten guten Ernten der wenigen Länder profitieren, die in den direkten Nutzen dieses Projekts kämen …

[6]

AMERIKANISCHE WISSENSCHAFTLER ERRICHTEN FORSCHUNGSSTATION AUF ARKTISCHEM EISFELD

THULE, Grönland, 28. Sept. – Heute morgen sind Wissenschaftler unter der Führung von Dr. Harold Carpenter und Dr. Rita Carpenter, gemeinsam Träger des diesjährigen Rothschild-Preises für Umweltforschung, zwischen Grönland und Spitzbergen, Norwegen, auf der arktischen Eisdecke gelandet. Sie begannen mit dem Bau einer Forschungsstation drei Kilometer vom Rand des Eisfeldes entfernt, wo sie mindestens neun Monate lang von den Vereinten Nationen finanzierte Untersuchungen vornehmen werden.

[7]

ARKTIS-EXPEDITION WIRD MORGEN STÜCK VON POLARER EISDECKE ABSPRENGEN

THULE, Grönland, 14. Jan. – Morgen um Mitternacht werden Wissenschaftler der von den Vereinten Nationen finanzierten Station Edgeway knapp sechshundert Kilometer von der nordöstlichen Küste Grönlands entfernt eine Reihe von Sprengungen vornehmen, um einen fast einen Quadratkilometer großen Eisberg vom Rand der winterlichen Eisdecke zu sprengen. Zwei Trawler der Vereinten Nationen, die mit elektronischen Ortungsinstrumenten ausgerüstet sind, warten dreihundertfünfzig Kilometer südlich, um das Vorrücken des ›verwanzten‹ Eisberges zu verfolgen.

Mit diesem Experiment soll festgestellt werden, ob die atlantischen Strömungen sich während des strengen arktischen Winters in den nördlichen Regionen so beträchtlich verändern …

ERSTER TEIL

DIE FALLE

Mittag

Detonation in zwölf Stunden

Mit einem kristallzerschmetternden Kreischen drang die Spitze des Bohrers tief in das arktische Eis ein. Grauweißer Matsch wurde aufgewühlt, spritzte aus dem Loch und über den verkrusteten Schnee und gefror wieder in Sekundenschnelle. Der erhitzte Bohrkopf war außer Sicht, und der Großteil des langen Stahlschafts war ebenfalls in dem zehn Zentimeter durchmessenden Schacht verschwunden.

Als Harry Carpenter den Bohrer beobachtete, stellte sich bei ihm die seltsame Vorahnung einer unmittelbar bevorstehenden Katastrophe ein. Ein schwaches Aufflackern von Beunruhigung. Wie der Schatten eines Vogels, der über eine helle Landschaft flattert. Sogar in seiner stark isolierten Kleidung erschauderte er.

Als Wissenschaftler hegte Harry tiefen Respekt vor Logik, Methodik und Vernunft, doch er hatte gelernt, niemals eine Ahnung zu ignorieren – besonders auf dem Eis nicht, wo seltsame Dinge geschehen konnten. Er war nicht imstande, die Quelle seines plötzlichen Unbehagens zu benennen, wenngleich bei einem Job, der mit hochexplosiven Sprengstoffen zu tun hatte, gelegentlich dunkle Ahnungen zu erwarten waren. Die Möglichkeit, daß eine der Sprengladungen vorzeitig detonierte und sie alle tötete, war gering bis null. Und dennoch …

Peter Johnson, der Elektroniker, der gleichzeitig der Sprengstoffexperte des Teams war, schaltete den Bohrer aus und trat von ihm zurück. In seinem weißen Sturmanzug aus Gore-Tex und Thermolite, dem mit Pelz gefütterten Parka und der pelzgefütterten Kapuze ähnelte Pete einem Eisbären – von seinem dunkelbraunen Gesicht einmal abgesehen.

Claude Jobert schaltete den tragbaren Generator aus, der den Bohrer mit Strom versorgte. Die Stille, die nun einsetzte, war so erwartungsvoll, intensiv und unheimlich, daß Harry über die Schulter zurück- und dann in den Himmel schaute. Er hatte ein Gefühl, als falle etwas auf ihn herab.

Sollte der Tod an diesem Tag jemanden küssen, so würde er

sich wohl eher von unten erheben, als sich von oben auf sein Opfer zu stürzen.

Als es Mittag wurde, schickten die drei Männer sich an, die letzte Sprengladung von fünfzig Kilo tief in das Eis zu versenken. Es war die sechzigste Ladung, die sie seit dem vergangenen Morgen angebracht hatten, und sie alle waren sich der Gefahr bewußt: Sie standen auf so großen Mengen von hochwertigem Plastiksprengstoff, daß sie mit einem einzigen apokalyptischen Blitz getötet werden könnten.

Großer Phantasie bedurfte es nicht, um sich den eigenen Tod in dieser feindseligen Region vorzustellen: Die Eisdecke war ein perfekter, völlig lebloser Friedhof und förderte Gedanken an die Sterblichkeit. In allen Richtungen erstreckten sich geisterhaft bläulichweiße Ebenen, die während dieser langen Jahreszeit der fast ununterbrochenen Dunkelheit, der kurzen Dämmerung und der ständigen Bewölkung düster und trüb wirkten. Im Augenblick war die Sicht gut, da der Tag sich jenem Zeitpunkt genähert hatte, da ein verschwommener, wolkengefilterter Halbmond aus Sonnenlicht den Horizont heller färbte. Doch die Sonne hatte in dieser leeren Landschaft wenig zu erhellen. Die einzigen Erhebungen waren die zerklüfteten, vom Druck aufgeworfenen Kämme und Hunderte von Eisplatten – einige nur so groß wie ein Mensch, andere größer als Häuser –, die sich aus dem Feld erhoben hatten und wie riesige Grabsteine auf der Unterseite standen.

Peter Johnson stapfte mit Harry und Claude zu zwei Schneemobilen, die eigens für den Einsatz am Nordpol umgebaut worden waren. »Der Schacht ist achtundzwanzig Meter tief«, sagte er. »Noch eine Verlängerung für die Ladung, und wir sind fertig.«

»Gott sei Dank!« Claude Jobert zitterte, als würde ihm sein Thermalanzug nicht den geringsten Schutz vor der Kälte bieten. Trotz des transparenten Vaselinefilms, der die freiliegenden Teile seines Gesichts vor Erfrierungen schützte, war er bleich und abgespannt. »Dann schaffen wir es heute abend noch zum Lager zurück. Stellt euch das vor! Seit wir aufgebrochen sind, war mir keine Minute mehr warm.«

Normalerweise beklagte Claude sich nicht. Er war ein heiterer, lebhafter, kleingewachsener Mann. Auf den ersten Blick wirkte er zerbrechlich, doch dieser Eindruck täuschte. Mit einsfünfundsechzig und fünfundsechzig Kilo war er schlank, drahtig und hart. Er hatte eine weiße Haarmähne, die jetzt unter seiner Kapuze steckte, ein Gesicht, das von einem Leben in extremen Klimata gegerbt und ledrig geworden war, und hellblaue Augen, die so klar wie die eines Kindes waren. Harry hatte in diesen Augen nie Haß oder Zorn gesehen. Bis gestern hatte er auch nie Selbstmitleid in ihnen gesehen, nicht einmal vor drei Jahren, als Claude seine Frau, Colette, bei einer plötzlichen, sinnlosen Gewalttat verloren hatte; er war von Trauer verzehrt worden, hatte sich aber nie im Selbstmitleid gesuhlt.

Doch seitdem sie die Behaglichkeit der Station Edgeway verlassen hatten, war Claude weder heiter noch lebhaft gewesen und hatte sich ständig über die Kälte beschwert. Mit neunundfünfzig Jahren war er das älteste Mitglied der Expedition, achtzehn Jahre älter als Harry Carpenter, und das war die äußerste Grenze für jemanden, der in diesen brutalen Breitengraden arbeitete.

Obwohl er ein hervorragender Arktisgeologe war, der sich auf die Dynamik und Bewegung von Eisformationen spezialisiert hatte, würde die derzeitige Expedition seine letzte Reise zu einem Pol sein. In Zukunft würde er seine Forschungen weit entfernt von den harten Bedingungen der Eisdecke in Laboratorien und an Computern betreiben.

Harry fragte sich, ob Jobert weniger die bittere Kälte als das Wissen störte, daß die Arbeit, die er schätzte, zu anstrengend für ihn geworden war. Eines Tages würde Harry derselben Wahrheit ins Auge sehen müssen, und er war keineswegs überzeugt, daß er dann einen würdevollen Abschied nehmen konnte. Die großen, unberührten Einöden der Arktis und Antarktis faszinierten ihn: Die Macht des extremen Wetters, das Geheimnis, das die weißen, geometrischen Landschaften einhüllte und in den purpurfarbenen Schatten einer jeden anscheinend unergründlichen Gletscherspalte lag, das Schauspiel klarer Nächte, in denen das Nordlicht den Himmel mit leuchtenden Bändern aus Licht in edelsteinähnlichen Farben überzog, und der gewaltige Sternenhimmel, der sichtbar wurde, sobald die Vorhänge des Nordlichts sich zurückzogen.

In gewisser Hinsicht war er noch immer der Junge, der ohne Brüder, Schwestern oder Spielgefährten auf einer einsamen

Farm in Indiana aufgewachsen war: der einsame Knabe, der sich vom Leben erdrückt fühlte, in das er hineingeboren war, der davon tagträumte, zu fernen Orten zu reisen und all die exotischen Wunder der Welt zu sehen, der niemals an eine bestimmte Stelle der Erde gefesselt sein wollte und der sich nach Abenteuern sehnte. Er war jetzt erwachsen und wußte, daß Abenteuer harte *Arbeit* waren. Doch gelegentlich wurde der Junge in ihm abrupt vom Staunen überwältigt, hielt plötzlich in seiner Beschäftigung inne, drehte sich langsam einmal im Kreis, um die betörend weiße Welt um ihn herum zu betrachten, und dachte: Ach du grüne Neune, ich bin wirklich hier, ich habe es von Indiana bis zum Ende der Erde, bis auf die Spitze der Welt geschafft!

»Es schneit«, sagte Pete Johnson.

Harry sah die Flocken, die sich gemächlich in einem stummen Ballett senkten. Der Tag war windlos, auch wenn die Ruhe nicht mehr lange anhalten mochte.

Claude Jobert runzelte die Stirn. »Der Sturm sollte doch erst am Abend einsetzen.«

Die Fahrt von der Station Edgeway – die sechs Kilometer Luftlinie nordöstlich von ihrem derzeitigen Lager lag, neun Kilometer mit dem Schneemobil vorbei an Kämmen und tiefen Spalten – war nicht schwierig gewesen. Dennoch konnte ein eisiger Sturm die Rückfahrt unmöglich machen. Die Sichtweite konnte schnell auf null sinken, und bei Kompaßstörungen würden sie die Orientierung verlieren. Und wenn ihren Schneemobilen dann der Treibstoff ausging, würden sie erfrieren, denn selbst ihre Thermalanzüge boten nur unzureichenden Schutz, wenn man länger jener mörderischen Kälte ausgesetzt war, die einem Schneesturm auf dem Fuß folgte.

Tiefschnee gab es auf der Eisdecke Grönlands nicht so häufig, wie man sich das vielleicht vorstellt. Zum Teil lag das an den extremen Tiefpunkten, auf die die Lufttemperatur fallen konnte. Bei fast jedem Schneesturm verwandelten die Schneeflocken sich in Eisnadeln.

Harry betrachtete den Himmel. »Vielleicht ist es eine örtliche Bö«, sagte er.

»Ja, genau das hat die Online-Wettervorhersage auch über den Sturm in der *letzten* Woche gesagt«, erinnerte Claude ihn. »Bei uns sollte es nur zu örtlichen Böen an der Peripherie des Hauptsturms kommen. Und dann hatten wir so viel Schnee und Eis, daß der Weihnachtsmann selbst am Heiligen Abend keinen Schritt vor die Tür gesetzt hätte.«

»Dann bringen wir diese Sache lieber schnell hinter uns.«

»Gestern wäre besser gewesen.«

Als wolle er bestätigen, daß sie Grund zur Eile hatten, kam aus dem Westen ein Wind auf, so scharf und geruchlos, wie ein Wind es nur sein konnte, wenn er über Hunderte von Kilometern toten Eises kam. Die Schneeflocken wurden kleiner und fielen senkrecht und nicht mehr in hübschen Spiralen wie die Flocken in einer billigen Schneekugel.

Pete befreite den Drillbohrer aus dem Bohrloch und hob ihn aus dem Traggestell, als würde er nur ein Zehntel seiner tatsächlichen vierzig Kilo wiegen.

Vor zehn Jahren war er ein Football-Star an der Universität von Pennsylvania gewesen, hatte aber Angebote mehrerer Profimannschaften abgelehnt. Er hatte nicht die Rolle spielen wollen, die die Gesellschaft jedem einsneunzig großen, zwei Zentner schweren schwarzen Football-Helden zudachte. Statt dessen hatte er Stipendien errungen, zwei akademische Grade erworben und eine gutbezahlte Stellung in der Entwicklungsabteilung einer Computerfirma angenommen.

Seine Mitarbeit war von grundlegender Bedeutung für Harrys Expedition. Er wartete die elektronischen Geräte, mit denen sie in Edgeway Daten sammelten. Außerdem hatte er die Sprengvorrichtungen entworfen. Falls etwas schiefgehen sollte, war er der einzige, der wirklich mit ihnen umgehen konnte. Und seine gewaltige Kraft konnte dort draußen am ungastlichen Rand der Welt jederzeit unentbehrlich werden.

Als Pete den Bohrer aus dem Weg schob, hoben Harry und Claude eine fast einen Meter große Bohrer-Erweiterung aus einem der Anhänger, die mit den Schneemobilen verbunden waren. Sie schraubten sie auf den Gewindeschaft, der noch im Eis begraben war.

Claude warf den Generator wieder an.

Pete rammte den Bohrer an Ort und Stelle, drehte die schlüssellose Aufspannvorrichtung, um die Backen um den Schaft festzuziehen, und machte mit der Bohrung weiter. Am Boden des dreißig Meter tiefen Lochs würden sie eine mit Sprengstoff gefüllte Röhre plazieren.

Während die Maschine knatterte, schaute Harry zum Himmel. Innerhalb der letzten paar Minuten hatte das Wetter sich beunruhigend verschlechtert. Der Großteil des aschfahlen Lichts war hinter der tiefhängenden Bewölkung verschwunden. Der Schneefall war so stark, daß der Himmel nicht mehr mit Grau- und Schwarztönen getupft war; durch die kristalline Sintflut konnte man nichts mehr von der eigentlichen Wolkendecke ausmachen. Über ihnen war nur ein tiefes, wirbelndes Weiß. Die Flocken schrumpften bereits und wurden körnerähnlich; sie brannten leicht auf seinem eingecremten Gesicht. Der Wind steigerte sich auf vielleicht dreißig Stundenkilometer, und sein Gesang war ein klagendes Dröhnen.

Harry spürte noch immer eine bevorstehende Katastrophe. Das Gefühl war gestaltlos, verschwommen, aber unerschütterlich.

Als Junge auf der Farm hatte er nie begriffen, daß jedes Abenteuer harte Arbeit bedeutete; er hatte nur an die Gefahr gedacht, die damit verbunden war und die er reizvoll fand. Doch als er allmählich erwachsen wurde, beide Eltern durch schwere Krankheiten verlor und lernen mußte, daß die Welt gewalttätig war, hatte er am Tod nichts Romantisches mehr finden können. Dennoch mußte er zugeben, eine gewisse perverse Nostalgie an der Unschuld zu finden, die es ihm einst ermöglicht hatte, eine vergnügliche Spannung darin zu finden, ein tödliches Risiko einzugehen.

Claude Jobert beugte sich zu ihm, damit er sich über den Lärm des Sturms und des sich drehenden Bohrers verständlich machen konnte. »Keine Sorge, Harry. Wir sind bald wieder in Edgeway. Guter Kognak, eine Partie Schach, Benny Goodman auf dem CD-Spieler und alle Bequemlichkeiten.«

Harry Carpenter nickte und betrachtete weiterhin den Himmel.

12:20

Im Telekommunikations-Schuppen der Station Edgeway stand Gunvald Larsson an dem einzigen kleinen Fenster, kaute nervös auf dem Stiel seiner nicht angezündeten Pfeife und spähte in den immer heftiger tobenden Sturm hinaus. Unaufhaltsam wirbelten die Schneemassen durch das Lager, wie Geisterwellen aus einem uralten Meer, das vor Jahrtausenden verdunstet war. Vor einer halben Stunde hatte er das Eis von der Außenseite des mit einer Dreifachscheibe versehenen Fensters gekratzt, doch am Rand des Glases bildeten sich bereits neue, federartige Kristallmuster. In einer Stunde würde ein weiterer, die Sicht nehmender Schleier entstanden sein. Von Gunvalds leicht erhöhtem Standort wirkte die Station Edgeway so einsam – und bildete einen so scharfen Kontrast zu der Umgebung, in der sie sich befand –, daß es sich bei ihr um den einzigen Vorposten der Menschheit auf einem fremden Planeten hätte handeln können. Sie war der einzige Farbfleck auf den weißen, silbernen und alabasternen Ebenen.

Die sechs kanariengelben Wellblechbaracken waren unter gewaltigen Kosten und Mühen bereits vorgefertigt auf dem Luftweg auf die Eisdecke gebracht worden. Jedes einstöckige Gebäude maß sechs mal viereinhalb Meter. Die Wände – Schichten aus Blech und leichter Schaumisolation – waren an abgerundete Tragbalken genietet, und die Böden waren im Eis versenkt. Die Hütten waren zwar so unattraktiv wie Slumgebäude und kaum größer als Kisten, boten aber dennoch einen zuverlässigen Schutz gegen den Wind.

Hundert Meter nördlich vom Lager stand ein einzelnes kleineres Gebäude. Es beherbergte die Treibstofftanks, aus denen die Generatoren gespeist wurden. Da die Tanks Diesel enthielten, das zwar brennen, aber nicht explodieren konnte, war die Feuergefahr minimal. Dennoch war die Vorstellung, in einem Feuer gefangen zu sein, das von einem arktischen Sturm gespeist wurde, entsetzlich – besonders, wenn es kein Wasser gab, mit dem man es bekämpfen konnte, sondern nur nutzloses Eis. Umfangreiche Sicherheitsvorkehrungen waren nötig, um den Teilnehmern der Expedition wenigstens ein gewisses Gefühl der Sicherheit zu verleihen.

Gunvald Larssons Sicherheitsgefühl war vor ein paar Stunden erschüttert worden, aber nicht, weil er sich Sorgen um Feuer machte. Er sorgte sich mehr um die Erdbeben. Genauer gesagt, um die subozeanischen Erdbeben.

Als Sohn eines schwedischen Vaters und einer dänischen Mutter war er bei zwei Olympischen Spielen Mitglied der schwedischen Skimannschaften gewesen, hatte eine Silbermedaille gewonnen und war auf seine Herkunft stolz. Er kultivierte geradezu das Bild eines Skandinaviers, der sich durch nichts aus der Ruhe bringen ließ; seine innere Ausgeglichenheit entsprach dem kühlen Äußeren. Seine Frau pflegte zu sagen, daß seine regen blauen Augen die Welt ständig wie ein Präzisionsgreifzirkel maßen. Wenn er nicht draußen arbeitete, trug er Freizeithosen und bunte Skipullis; auch im Augenblick war er wieder so gekleidet, als lümmelte er sich nach einem angenehmen Tag auf den Pisten in einer Berghütte, statt in einem eisigen Schuppen auf der winterlichen Eishülle darauf zu warten, daß das Unheil zuschlug.

Doch während der letzten Stunden hatte er einen Großteil seiner charakteristischen Gemütsruhe verloren. Er kaute auf dem Pfeifenstiel, wandte sich von der frostüberzogenen Fensterscheibe ab und bedachte die Computer und Instrumente zur Datensammlung, die drei Wände des Telekommunikations-Schuppens bedeckten, mit einem finsteren Blick.

Als Harry und die anderen am vergangenen Nachmittag in südliche Richtung zum Rand des Eises gefahren waren, war Gunvald zurückgeblieben, um Funksprüche entgegenzunehmen und auf die Station aufzupassen. Es war nicht das erste Mal, daß alle Expeditionsmitglieder bis auf eins Edgeway verlassen hatten, um draußen ein Experiment durchzuführen, doch bislang war es nie Gunvald gewesen, der allein zurückgeblieben war. Nachdem er wochenlang mit acht Nachbarn, die ihm sehr nah auf die Pelle gerückt waren, in einer winzigen Gemeinschaft gelebt hatte, war er geradezu versessen auf diese Zeit der Einsamkeit gewesen.

Doch als die Seismographen von Edgeway um sechzehn Uhr das erste Beben registriert hatten, da hatte Gunvald sich gewünscht, die anderen Mitglieder des Teams wären nicht so nah an den Rand des Eises vorgestoßen, wo die polare Eisschicht ins

Meer schmolz. Um 16 Uhr 14 hatten Funkberichte aus Reykjavik in Island und Hammerfest in Norwegen die Erdstöße bestätigt. Hundert Kilometer nordöstlich von Raufarhöfn in Island war es zu schweren Verschiebungen gekommen. Die Erschütterung hatte in genau jener Kette von Schluchten stattgefunden, die vor über dreißig Jahren auf Island zerstörerische Vulkanausbrüche ausgelöst hatte. Diesmal hatte es keine Schäden auf Landmassen gegeben, die an die Grönland-See grenzten, obwohl das Beben mit soliden 6,5 auf der Richter-Skala verzeichnet worden war.

Gunvalds Besorgnis entsprang dem Argwohn, daß das Beben weder ein isolierter Zwischenfall noch das Hauptereignis gewesen war. Er hatte guten Grund zu der Annahme, daß es sich um ein Vorbeben handelte, um den Vorläufer einer viel heftigeren Erschütterung.

Von Anfang an hatte das Team beabsichtigt, Beben auf dem Boden der Grönlandsee zu studieren, um mehr über örtliche unterseeische Verwerfungslinien zu erfahren. Sie arbeiteten in einem geologisch aktiven Teil der Erde, dem man erst vertrauen konnte, wenn man ihn genau kannte. Wenn eines Tages Dutzende von Schiffen riesige Eisberge durch diese Gewässer schleppen sollten, mußten sie vorher wissen, wie oft die See von großen Meeresbeben und nachfolgenden hohen Wellen erschüttert wurde. Ein Tsunami – eine riesige Welle, die vom Epizentrum eines starken Bebens ausging – konnte sogar ein ziemlich großes Schiff gefährden, wenngleich auch weniger auf offener See als in Küstennähe.

Eigentlich hätte er sich über die Gelegenheit freuen sollen, aus relativer Nähe die Charakteristiken und Muster größerer Erschütterungen im Verwerfungsnetzwerk der Grönlandsee zu studieren. Aber er freute sich ganz und gar nicht.

Über eine Ultrakurzwellenverbindung zu Kommunikationssatelliten in der Erdumlaufbahn konnte Gunvald online gehen und sich Zugang zu allen Computern verschaffen, die an das weltweite Infonetz angeschlossen waren. Obwohl er geographisch isoliert war, standen ihm praktisch alle Forschungs-Datenbanken und jede Software zur Verfügung, auf die er auch in jeder beliebigen Stadt hätte zurückgreifen können.

Gestern hatte er diese beeindruckenden Quellen angezapft, um die seismographischen Daten des jüngsten Erdbebens zu analysieren. Was er herausgefunden hatte, rief Unbehagen in ihm hervor.

Die gewaltige Energie des Bebens war weniger von lateralen Bewegungen des Meeresbodens als von einem gewaltigen aufwärts gerichteten Stoß freigesetzt worden. Das war genau die Art von Bodenbewegung, die die miteinander verbundenen Spalten und Verwerfungen, die östlich derjenigen lagen, in der es zum ersten Ereignis gekommen war, der größten Belastung aussetzen würde.

Die Station Edgeway selbst befand sich nicht in unmittelbarer Gefahr. Sollte es in der Nähe zu größeren Bewegungen des Meeresbodens kommen, würde vielleicht ein Tsunami unter der Eisschicht entlangrollen und einige Veränderungen beschleunigen: In erster Linie würden sich neue Risse und Druckaufwerfungen bilden. Wenn das Beben mit unterseeischen vulkanischen Aktivitäten zusammenhing, bei denen Millionen von Tonnen geschmolzener Lava aus dem Meeresboden strömten, würden sich durch das kurzzeitig erhitzte Wasser vielleicht sogar Löcher in der Eisschicht bilden. Aber der Großteil des Polargebietes würde unverändert bleiben, und die Wahrscheinlichkeit, daß das Basislager beschädigt oder vernichtet werden würde, war gering.

Die anderen Expeditionsmitglieder jedoch konnten sich ihrer Sicherheit nicht so gewiß sein wie Gunvald. Ein heißer Tsunami würde nicht nur Druckaufwerfungen und Risse entstehen lassen, sondern wahrscheinlich auch Teile des Eises am Rand des Winterfelds abreißen. Harry und die anderen würden vielleicht feststellen müssen, daß die Eisschicht unter ihnen zusammenbrach, während dunkel, kalt und tödlich das Meer heranströmte.

Um neun Uhr am vergangenen Abend, fünf Stunden nach dem ersten Beben, hatte ein zweites – 5,8 auf der Richter-Skala – die Verwerfungskette erschüttert. Hundertfünfundsiebzig Kilometer nordnordöstlich von Raufarhöfn hatte der Meeresboden sich heftig verschoben. Das Epizentrum lag Edgeway um etwa fünfzig Kilometer näher als das des ersten Bebens.

Gunvald fand keinen Trost in der Tatsache, daß das zweite Beben nicht so stark wie das erste gewesen war. Die geringere Stärke war kein absoluter Beweis dafür, daß es sich bei der zweiten Erschütterung um ein Nachbeben des ersten handelte. Vielleicht handelte es sich bei beiden um Vorbeben, und das Hauptereignis würde noch folgen.

Während des Kalten Krieges hatten die Vereinigten Staaten eine Reihe äußerst empfindlicher Sonarüberwachungsgeräte auf dem Boden der Grönlandsee angebracht – wie auch in zahlreichen anderen strategischen Gebieten der Weltmeere –, um die fast stille Fahrt feindlicher, mit Atomraketen bewaffneter U-Boote aufspüren zu können. Nach dem Zusammenbruch der Sowjetunion waren einige dieser hochmodernen Geräte doppelt in die Pflicht genommen worden: Sie überwachten nun gleichzeitig U-Boote und lieferten wissenschaftliche Daten. Seit dem zweiten Beben übertrugen die meisten dieser Lauschstationen in den Tiefen der Grönlandsee ein schwaches, aber fast ununterbrochenes Brummen auf tiefer Frequenz: das bedrohliche Geräusch von elastischer Anspannung der Erdkruste.

Vielleicht hatte eine Domino-Reaktion in Zeitlupe begonnen. Und die Dominosteine fielen eventuell genau auf die Station Edgeway. Während der vergangenen sechzehn Stunden hatte Gunvald weniger Zeit damit verbracht, seine Pfeife zu rauchen, als damit, nervös auf ihrem Stiel zu kauen.

Als am Vorabend um 9 Uhr 30 über Funk der Ort und die Stärke des zweiten Bebens bestätigt worden waren, hatte Gunvald einen Funkspruch an das vorübergehende Lager zehn Kilometer südwestlich von der Station abgeschickt. Er hatte Harry von den Beben berichtet und die Risiken erläutert, die sie auf sich nahmen, wenn sie am Rand des Polareises blieben.

»Wir haben hier eine Aufgabe zu erledigen«, hatte Harry erwidert. »Sechsundvierzig Sprengladungen sind an Ort und Stelle. Sie sind geschärft und ticken bereits. Sie wieder aus dem Eis zu holen, bevor sie detonieren … da könnte man eher einen Politiker dazu bringen, daß er einem nicht die Hand in die Tasche steckt. Und wenn wir die anderen vierzehn morgen nicht anbringen, werden wir es ohne alle sechzig synchronisierten Sprengladungen wohl kaum schaffen, einen Eisberg von der Größe abzutrennen, die wir brauchen. Wir müßten die Mission praktisch abbrechen, und das kommt nicht in Frage.«

»Wir sollten es vielleicht in Erwägung ziehen.«

»Nein, nein. Verdammt, das Projekt ist zu kostspielig, um alles hinzuschmeißen, nur weil es ein seismisches Risiko geben *könnte*. Das Geld ist knapp. Wenn wir diese Chance verpatzen, bekommen wir vielleicht keine zweite.«

»Da hast du wohl recht«, gestand Gunvald ein, »aber mir gefällt es trotzdem nicht.«

In der Funkverbindung knisterte es, als Harry sagte: »Ich schlage auch nicht gerade Purzelbäume, das kannst du mir glauben. Kannst du irgendwie ausrechnen, wie lange es dauern würde, bis eine große Verschiebung durch eine gesamte Spaltenkette wie diese geglitten ist?«

»Du weißt genau, daß man darüber nur Vermutungen anstellen kann, Harry. Tage, vielleicht Wochen, sogar Monate.«

»Siehst du? Wir haben mehr als genug Zeit. Verdammt, es könnte auch noch länger dauern.«

»Aber es könnte auch viel schneller passieren. In ein paar Stunden.«

»Diesmal nicht. Das zweite Beben war nicht so stark wie das erste, nicht wahr?« fragte Harry.

»Du weißt doch selbst genau: Daraus darf man nicht einfach schließen, daß die Reaktion sich abschwächen wird. Das dritte Beben könnte wieder stärker werden als die beiden ersten.«

»Immerhin«, wandte Harry ein, »ist das Eis hier, wo wir gerade sind, zweihundertdreißig Meter dick. Es wird nicht einfach brechen wie die erste Eisschicht des Winters auf einem Teich.«

»Dennoch rate ich euch dringendst, euch morgen gewaltig zu beeilen.«

»Darüber mußt du dir keine Sorgen machen. Wenn man in diesen verdammten Iglus haust, kommt einem die schäbigste Hütte in Edgeway wie eine Suite im Ritz-Carlton vor.«

Nach diesem Gespräch war Gunvald Larsson zu Bett gegangen. Er hatte nicht gut geschlafen. In seinen Alpträumen war die Welt auseinandergebrochen, zu riesigen Brocken zerfallen, und er war in einen kalten, bodenlosen Abgrund gestürzt.

Als Gunvald sich morgens um halb acht rasierte, die schlechten Träume noch frisch in Erinnerung, hatte der Seismograph ein drittes Beben aufgezeichnet: 5,2 auf der Richter-Skala.

Sein Frühstück hatte aus einer einzigen Tasse schwarzen Kaffees bestanden. Kein Hunger.

Um elf Uhr hatte das vierte Beben nur dreihundert Kilometer südlich von der Station begonnen: 4,4 auf der Richter-Skala.

Er jubelte nicht, weil jedes Beben schwächer als das vorangegangene war. Vielleicht sparte die Erde sich ihre Energie für einen einzigen großen Schlag auf.

Das fünfte Beben hatte um 11 Uhr 50 eingesetzt. Das Epizentrum befand sich etwa einhundertundachtzig Kilometer südlich von ihnen. Viel näher als jede vorangegangene Erschütterung, sozusagen vor ihrer Haustür. 4,2.

Er funkte das provisorische Lager an, und Rita Carpenter versicherte ihm, daß die Expedition den Rand der Eisschicht um vierzehn Uhr verlassen haben würde.

»Das Wetter wird zum Problem«, sagte Gunvald besorgt.

»Hier schneit es, aber ich dachte, das wären örtliche Böen.«

»Leider nicht. Der Sturm ändert die Richtung und gewinnt an Geschwindigkeit. An diesem Nachmittag wird es dichten Schneefall geben.«

»Um vier Uhr sind wir bestimmt in Edgeway zurück«, hatte sie gesagt. »Vielleicht schon früher.«

Um zwölf Minuten nach zwölf war es zu einer weiteren Verschiebung in der Kruste des Meeresbodens gekommen, einhundertundfünfzig Kilometer südlich von ihnen: 4,5 auf der Richter-Skala.

Als Harry und die anderen um 12 Uhr 30 wahrscheinlich die letzte Sprengladung anbrachten, biß Gunvald Larsson so heftig auf seine Pfeife, daß er, wenn er nur etwas mehr Druck ausgeübt hätte, den Stiel durchtrennt hätte.

12:30

Fast zehn Kilometer von der Station Edgeway entfernt stand das provisorische Lager auf einem flachen Eisabschnitt im Schutz einer Druckauffaltung, die es vor dem heftigen Wind abschirmte.

Drei aufblasbare, wattierte, gummiüberzogene Nylon-Iglus standen in einem Halbkreis etwa fünf Meter von jenem etwa fünfzehn Meter hohen Grat aus Eis entfernt. Zwei Schneemobile waren vor den Gebilden abgestellt. Jedes Iglu hatte einen Durchmesser von dreieinhalb Metern und in der Mitte eine Höhe von zwei Metern und vierzig. Sie waren fest mit langschenkligen Gewindebolzen und Haken verankert und verfügten über gepolsterte Böden aus leichten, folienverkleideten Isolierdecken. Kleine, von Dieselöl betriebene Heizungen hielten die Innentemperatur auf zehn Grad Celsius. Die Unterkünfte waren weder geräumig noch behaglich, aber es handelte sich ja nur um ein provisorisches Lager, das lediglich so lange benutzt werden sollte, wie das Team damit beschäftigt war, die sechzig Sprengladungen anzubringen.

Hundert Meter südlich davon, auf einem Plateau, das anderthalb oder zwei Meter über dem Lager lag, erhob sich ein zwei Meter hohes Stahlrohr aus dem Eis. Daran befestigt waren ein Thermometer, ein Barometer und ein Anemometer.

Mit einer behandschuhten Hand fegte Rita Carpenter Schnee von der Brille, die ihre Augen schützte, und dann von den Oberflächen der drei Instrumente auf dem Pfosten. In dem immer fahler werdenden Licht mußte sie eine Taschenlampe benutzen, um die Temperatur, den Luftdruck und die Windgeschwindigkeit abzulesen. Was sie sah, gefiel ihr nicht. Der Sturm hätte sie eigentlich erst um sechs Uhr abends erreichen sollen, nahm aber immer mehr an Heftigkeit zu und würde sie wahrscheinlich mit voller Gewalt treffen, bevor sie ihre Arbeit vollendet und die Rückfahrt zur Station Edgeway hinter sich gebracht hatten.

Rita brachte unbeholfen den fünfundvierzig Grad steilen Hang zwischen dem Plateau und der unteren Ebene hinter sich und machte sich auf den Rückweg zum Lager. Sie bewegte sich recht unbeholfen, da sie eine volle Überlebensausrüstung trug: gestrickte Thermalunterwäsche, zwei Paar Socken, Filzstiefel, fleecegefütterte Außenstiefel, dünne Unterhosen und ein Unterhemd aus Wolle, einen gesteppten Nylonthermalanzug, einen pelzgefütterten Mantel, eine gestrickte Maske, die ihr Gesicht vom Kinn bis zur Brille bedeckte, eine pelzgefütterte Kapuze, die sie unter dem Kinn zugebunden hatte, und dicke Handschuhe. Bei diesem grausamen Wetter war die Körperwärme wichtiger als die Beweglichkeit; Unbeholfenheit, Plumpheit und Unbehagen waren der Preis für Überleben.

Obwohl ihr Körper ausreichend geschützt war, ließen der bitterkalte Wind und die öde Landschaft Rita gefühlsmäßig frösteln. Freiwillig hatten sowohl sie als auch Harry einen Großteil ihres Berufslebens in der Arktis und der Antarktis verbracht; doch sie teilte nicht Harrys Liebe zu den riesigen, offenen monochromatischen Flächen, der gewaltigen Krümmung des Himmels und den urtümlichen Stürmen. In Wirklichkeit war sie in erster Linie wiederholt in diese Polarregionen zurückgekehrt, weil sie Angst vor ihnen hatte.

Seit dem Winter, in dem sie sechs Jahre alt geworden war, hatte Rita sich standhaft geweigert, sich *irgendeiner* Furcht zu ergeben, nie wieder, ganz gleich, wie gerechtfertigt sie gewesen wäre …

Als sie sich nun dem Iglu am westlichen Ende des Lagers näherte und der Wind ihr in den Rücken hämmerte, erlitt sie plötzlich eine so starke phobische Reaktion, daß sie fast auf die Knie gesunken wäre. Kryophobie: die Furcht vor Eis und Frost. Frigophobie: die Furcht vor Kälte. Chionophobie: die Furcht vor Schnee. Rita kannte diese Begriffe, weil sie an leichten Ausprägungen aller dieser Ängste litt. Die häufige Konfrontation mit den Ursachen ihrer Ängste hatte – wie Impfungen gegen Grippe – dafür gesorgt, daß sie normalerweise nur leichtes Unbehagen und Unruhe, selten aber nacktes Entsetzen empfand. Manchmal jedoch überwältigten sie Erinnerungen, gegen die noch so viele Impfungen keinen Schutz bieten konnten. Wie jetzt zum Beispiel. Der stürmische weiße Himmel schien sich mit der Geschwindigkeit eines herabfallenden Steins zu senken, unaufhörlich auf sie zu drücken, als hätten die Luft und die Wolken und der flach liegende Schnee sich wie durch Zauberei in eine gewaltige Marmorplatte verwandelt, die sie in die unnachgiebige, gefrorene Erde drücken würde. Ihr Herz hämmerte hart und schnell, dann viel härter und schneller als zuvor, dann noch schneller, bis sein wahnwitziger Rhythmus so laut in ihren Ohren trommelte, daß er das zänkische Stöhnen des Windes übertönte.

Vor dem Eingang des Iglus blieb sie breitbeinig stehen; sie weigerte sich, vor dem zu fliehen, was ihr solche Angst machte. Sie hatte den Anspruch, die Einsamkeit dieses verlassenen und in Dunkelheit gehüllten Reichs zu ertragen, wie jemand, der eine irrationale Angst vor Hunden hat, sich vielleicht zwingt, diese Tiere zu streicheln, bis die Panik nachläßt.

Diese Einsamkeit war in der Tat die Eigenschaft der Arktis, die Rita am meisten zu schaffen machte. Seit ihrem sechsten Lebensjahr setzte sie in ihrem Verstand den Winter unausweichlich mit der ängstlichen Besorgnis der Sterbenden gleich, mit den grauen und verzerrten Gesichtern von Leichen, mit den frostüberzogenen Blicken von toten Augen, mit Friedhöfen und Gräbern und erstickender Verzweiflung.

Sie zitterte so heftig, daß der Strahl ihrer Taschenlampe über den Schnee zu ihren Füßen zappelte.

Sie wandte sich von dem aufblasbaren Zelt ab, hielt das Gesicht aber nicht in den Wind und betrachtete die schmale Ebene, die zwischen dem Plateau und der Eisauffaltung lag. Ewiger Winter. Ohne Wärme, Trost oder Hoffnung.

Es war ein Land, das dem Menschen Achtung abverlangte, ja, natürlich. Aber es war kein Ungeheuer, hatte kein Bewußtsein, hegte nicht die bewußte Absicht, ihr Schaden zuzufügen.

Durch ihre Strickmaske atmete sie tief und rhythmisch ein.

Um ihre irrationale Furcht vor der Eishülle zu unterdrücken, sagte sie sich, daß in dem Iglu neben ihr ein viel größeres Problem auf sie wartete. Franz Fischer.

Sie hatte Fischer vor elf Jahren kennengelernt, kurz nachdem sie ihren Doktor gemacht und ihre erste Forschungsstelle bei einer Abteilung von International Telephone and Telegraph angenommen hatte. Franz, der ebenfalls für ITT gearbeitet hatte, war attraktiv und nicht ohne Charme, wenn er sich einmal entschloß, ihn auszuspielen. Sie waren fast zwei Jahre lang zusammengewesen. Es war keineswegs eine ruhige, entspannte und liebevolle Beziehung gewesen, aber zumindest hatte sie sich nicht gelangweilt. Sie hatten sich vor neun Jahren getrennt, als ihr erstes Buch erschienen war. Damals war ihr klargeworden, daß Franz sich mit einer Frau, die ihm beruflich und intellektuell gleichwertig war, niemals wohl fühlen würde. Er wollte dominieren, und sie wollte sich nicht dominieren lassen. Sie hatte ihn verlassen, Harry kennengelernt, ihn ein Jahr später geheiratet und kaum mehr auf ihre frühere Liebschaft zurückgeblickt.

Da er nach Franz in Ritas Leben getreten war, war der stets wohlwollende und vernünftige Harry der Ansicht, daß ihre Vergangenheit ihn nichts anging. Er war sich seiner Ehe und seiner selbst sicher. Daher hatte er, obwohl er von der Vorgeschichte wußte, Franz sogar als Chefmeteorologen der Station Edgeway angeworben – ganz einfach, weil der Deutsche der beste Mann für diese Aufgabe war.

In diesem einen Fall wäre Harry – und seinen Kollegen – unvernünftige Eifersucht jedoch dienlicher gewesen als Vernunft. Die zweitbeste Möglichkeit wäre vorzuziehen gewesen.

Neun Jahre nach ihrer Trennung spielte Franz noch immer den verschmähten Liebhaber und zog alle Register, einschließlich der schmollenden Oberlippe und des traurigen Blicks in den Augen. Er war weder kalt noch unhöflich; ganz im Gegenteil, er versuchte den Eindruck zu erwecken, daß er des Nachts in der einsamen Zurückgezogenheit seines Schlafsacks ein gebrochenes Herz hegte und pflegte. Er erwähnte die Vergangenheit nie, zeigte kein ungebührliches Interesse an Rita und war stets der vollendete Gentleman. Doch in der Enge eines polaren Vorpostens war die Art, wie er seinen verletzten Stolz zur Schau trug, auf ihre Weise genauso störend, wie es lauthals gebrüllte Beleidigungen gewesen wären.

Der Wind ächzte, der Schnee wirbelte um sie herum, und das Eis erstreckte sich, soweit das Auge sah, wie es das schon seit urvordenklichen Zeiten tat – doch allmählich senkte ihr rasender Herzschlag sich auf eine normale Geschwindigkeit. Sie hörte auf zu zittern. Das Entsetzen ging vorüber.

Sie hatte erneut gewonnen.

Als Rita den Iglu endlich betrat, kniete Franz auf dem Boden und packte Instrumente in einen Karton. Er hatte die äußeren Stiefel, den Mantel und die Handschuhe ausgezogen. Er wagte es nicht, sich in Schweiß zu arbeiten, denn dann würde seine Haut sogar in seinem Thermalanzug abkühlen, und er würde wertvolle Wärme verlieren, wenn er wieder vor die Tür ging. Er schaute zu ihr hoch, nickte und machte mit dem Packen weiter.

Er hatte einen gewissen animalischen Magnetismus, und Rita verstand, warum sie damals von ihm angezogen worden war. Dichtes blondes Haar, tiefliegende dunkle Augen, nordische Gesichtszüge. Er war einsfünfundsiebzig groß, nur ein paar Zentimeter größer als sie, aber mit fünfundvierzig Jahren war er so muskulös und schlank wie ein Junge.

»Der Wind hat auf sechsunddreißig Stundenkilometer aufgefrischt«, sagte sie, schob die Kapuze zurück und nahm die Brille ab. »Die Lufttemperatur beträgt minus dreizehn Grad, Tendenz fallend.«

»Bei dem starken Wind wird sie minus zwanzig Grad oder noch weniger betragen, wenn wir das Lager abbrechen.« Er schaute nicht auf. Er schien mit sich selbst zu sprechen.

»Wir werden es schon zurück schaffen.«

»Bei null Metern Sichtweite?« fragte der Meteorologe.

»So schlimm wird es so schnell schon nicht werden.«

»Du kennst das Polarwetter nicht so gut wie ich. Diese Front zieht viel schneller als vorhergesagt heran. Wir könnten uns in einem undurchdringlichen Schneesturm wiederfinden.«

»Also wirklich, Franz, dein schwermütiges deutsches Wesen ...«

Ein donnerschlagähnliches Geräusch rollte unter ihnen heran, und ein Beben lief durch die Eishülle. Das Poltern wurde von einem hohen, ja fast unhörbaren Kreischen verstärkt, mit dem Dutzende von Eisschichten aneinanderrieben.

Rita stolperte, bewahrte jedoch ihr Gleichgewicht. Sie kam sich vor, als schritte sie durch einen fahrenden Zug.

Das Grollen ließ schnell nach.

Gesegnete Stille kehrte zurück.

Endlich erwiderte Franz ihren Blick. Er räusperte sich. »Larssons oft vorausgesagtes großes Beben?«

»Nein. Zu schwach. Große Bewegungen in dieser Verwerfungskette wären viel stärker, insgesamt viel heftiger. Diese kleine Erschütterung wird von der Richter-Skala kaum erfaßt werden.«

»Ein Vorbeben?«

»Vielleicht«, sagte sie.

»Wann ist mit dem Hauptbeben zu rechnen?«

Sie zuckte mit den Achseln. »Vielleicht nie. Vielleicht heute abend. Vielleicht in einer Minute.«

Er verzog das Gesicht und packte weiterhin Instrumente in den wasserdichten Karton. »Und du hast von *meiner* schwermütigen Natur gesprochen ...«

12:45

In den Lichtkegeln der beiden Schneemobile verankerten Roger Breskin und George Lin den Sender mit zwei je einen Meter und zwanzig langen Belegnägeln im Eis und nahmen eine Überprüfung des Geräts vor. Ihre langen Schatten waren so fremdartig und verzerrt wie die von Wilden, die sich über ein Götzenbild krümmten, und das unheimliche Jaulen des Windes hätte die Stimme des gewalttätigen Gottes sein können, dem sie gerade huldigten.

Selbst das schwache Leuchten des winterlichen Zwielichts war mittlerweile aus dem Himmel verschwunden. Ohne die Scheinwerfer der Schneemobile hätte die Sichtweite keine zehn Meter mehr betragen.

Der Wind war schon den ganzen Morgen über frisch gewesen, doch als er stärker wurde, war er zu einem fürchterlichen Feind geworden. In diesen Breiten konnte ein heftiger Sturm mit seiner Kälte eine Schicht Thermalbekleidung nach der anderen durchdringen. Der feine Schnee wurde bereits so heftig bewegt, daß er parallel zur Eishülle an ihnen vorbeizutreiben schien, als fiele er horizontal aus dem Westen statt aus dem Himmel, ohne je den Boden zu berühren. Alle paar Minuten sahen sie sich gezwungen, die Brillen freizukratzen und die Schneekruste von den Strickmasken zu brechen, die die untere Hälfte ihrer Gesichter bedeckten.

Brian Dougherty stand hinter den gelben Scheinwerfern und wandte das Gesicht vom Sturm ab. Während er die Finger und Zehen bog, um die Kälte abzuwehren, fragte er sich, warum er in diese gottverlassene Einöde gekommen war. Er gehörte nicht hierher. *Niemand* gehörte hierher. Er hatte noch nie zuvor einen so trostlosen Landstrich gesehen; selbst große Wüsten waren nicht so leblos wie die Eishülle. Jeder Aspekt der Landschaft war eine brutale Erinnerung daran, daß das gesamte Leben nur ein Vorspiel des unausweichlichen und ewigen Todes war, und manchmal machte die Arktis ihn für diese Wahrnehmung so empfindlich, daß er bei den Gesichtern der anderen Expeditionsteilnehmer unter der Haut die Schädelknochen sehen konnte.

Natürlich war er genau deshalb zur Eishülle gekommen:

Abenteuer, Gefahr, die Möglichkeit des Todes. Zumindest soviel wußte er über sich selbst, wenngleich diese Gedanken nie lange anhielten und er nur eine schattenhafte Vorstellung hatte, *warum* er davon besessen war, extreme Risiken einzugehen.

Er hatte schließlich zwingende Gründe, am Leben zu bleiben. Er war jung. Er war zwar nicht überaus stattlich, aber auch nicht der Glöckner von Notre Dame, und er liebte das Leben. Und nicht zuletzt war seine Familie äußerst wohlhabend, und wenn er fünfundzwanzig wurde – in vierzehn Monaten –, würde er die Kontrolle über einen Treuhandfonds von dreißig Millionen Dollar erhalten. Er hatte nicht den geringsten Schimmer, was er mit all diesem Geld anfangen würde, wenn überhaupt etwas, aber das Wissen, daß es ihm gehören würde, war sehr tröstlich.

Überdies öffneten der Ruhm der Familie und die Anteilnahme, die man dem gesamten Klan der Doughertys entgegenbrachte, Türen, die man sonst auch mit noch soviel Geld nicht aufstoßen konnte. Brians Onkel, ein ehemaliger Präsident der Vereinigten Staaten, war von einem Attentäter ermordet worden. Und sein Vater, ein Senator aus Kalifornien, war während einer Vorwahlkampagne vor neun Jahren angeschossen worden und verkrüppelt. Die Tragödien der Doughertys boten Stoff für endlose Titelstories in Zeitschriften, von *People* über *Good Housekeeping* und den *Playboy* bis hin zu *Vanity Fair*; sie waren zu einer nationalen Besessenheit geworden, die sich manchmal aus eigenem Antrieb zu einem schrecklichen politischen Mythos zu entwickeln schien, bei dem die Doughertys keine bloßen gewöhnlichen Männer oder Frauen mehr waren, sondern Halbgötter und Halbgöttinnen, Verkörperungen der Tugend, des guten Willens und der Opferbereitschaft.

Irgendwann würde Brian auch eine politische Laufbahn einschlagen können, sofern ihm der Sinn danach stand. Noch war er zu jung, um die Verantwortung auf sich zu nehmen, die der Name seiner Familie mit sich brachte. In Wirklichkeit floh er vor der Verantwortung. Vor vier Jahren war er nach nur achtzehn Monaten des Jura-Studiums von der Universität Harvard abgegangen. Seitdem war er durch die Welt gezogen, hatte mit Hilfe von American Express und Carte Blanche ›gegammelt‹. Die Abenteuer, die er bei seiner Flucht vor der Wirklichkeit erlebt hatte, hatten ihn auf die Titelbilder der Zeitungen aller Kontinente gebracht. Er war in einer Arena von Madrid einem Stier gegenübergetreten. Auf einer Fotosafari in Afrika hatte er sich einen Arm gebrochen, als der Jeep, in dem er saß, von einem Nashorn angegriffen worden war. Und als er über die Stromschnellen des Colorado dahingerast war, war er gekentert und beinah ertrunken. Und nun setzte er sich dem langen, gnadenlosen Winter des Polareises aus.

Sein Name und die Qualität mehrerer Zeitschriftenartikel, die er geschrieben hatte, reichten als Referenzen nicht aus, ihm den Posten des offiziellen Chronisten der Expedition zu geben. Doch die Stiftung der Familie Dougherty hatte dem Projekt Edgeway ein Stipendium von achthundertfünfzigtausend Dollar zur Verfügung gestellt, womit praktisch gesichert war, daß Brian als Mitglied des Teams akzeptiert wurde.

Die meisten Mitarbeiter hatten ihn willkommen geheißen. Unfreundlich verhalten hatte sich lediglich George Lin, aber auch mit ihm war es nur zu einem kurzen, hitzigen Wortgefecht gekommen. Der Wissenschaftler chinesischer Abstammung hatte sich für seinen Ausbruch entschuldigt. Brian war an dem Projekt ehrlich interessiert, und mit seiner Aufrichtigkeit hatte er sich Freunde gemacht.

Sein Interesse entsprang, so vermutete er wenigstens, der Tatsache, daß er sich nicht vorstellen konnte, sich mit gleichem Einsatz irgendeiner lebenslangen Aufgabe zu widmen, die auch nur halb so mühsam wie diese war. Obwohl eine politische Laufbahn Teil seines Vermächtnisses war, verabscheute Brian dieses gemeine Spiel: Politik war die Illusion einer Amtspflicht, welche die Korruption der Macht verhüllte. Sie bestand aus Lügen, Täuschungen, Eigennutz und Selbstbeweihräucherung: ein geeignetes Betätigungsfeld nur für die Verrückten, die Käuflichen und die Naiven. Politik war eine edelsteinbesetzte Maske, unter der das in Wirklichkeit entstellte Gesicht des Phantoms verborgen war. Selbst als junger Knabe hatte er soviel von Washington hinter verschlossenen Türen gesehen, daß er nie auf den Gedanken gekommen wäre, in dieser korrupten Stadt sein Schicksal zu suchen. Leider hatte die Politik ihn mit einem Zynismus infiziert, der ihn den Wert eines *jeden* Ziels, einer *jeden* Leistung in Frage stellen ließ, sowohl innerhalb als auch außerhalb der politischen Arena.

Er *empfand* jedoch Vergnügen beim Schreiben und hatte vor, drei oder vier Artikel über das Leben hoch im Norden fertigzustellen. Eigentlich hatte er schon genug Material für ein Buch beisammen, und er verspürte einen zunehmenden Drang, es tatsächlich zu schreiben.

Ein so ehrgeiziges Unterfangen entmutigte ihn. Ein Buch – ob er nun das Talent und die Reife hatte, auf solche Länge gut zu schreiben, oder nicht – war eine große Verpflichtung, und genau davor war er seit Jahren zurückgeschreckt.

Seine Familie war der Ansicht, das Projekt Edgeway würde ihn aufgrund seines humanitären Potentials interessieren, und er würde sich ernsthafte Gedanken über seine Zukunft machen. Er hatte ihnen nicht die Illusionen nehmen wollen, aber sie irrten sich. Anfangs hatte ihn die Expedition lediglich fasziniert, weil es sich um ein weiteres Abenteuer handelte, um ein aufregenderes als die, an denen er bereits teilgenommen hatte, aber kein bedeutungsvolleres.

Und es war *noch immer* lediglich ein Abenteuer, redete er sich ein, als er beobachtete, wie Lin und Breskin das Funkgerät überprüften. Es bot ihm die Möglichkeit, noch eine Zeitlang zu vermeiden, über die Vergangenheit und die Zukunft nachzudenken. Andererseits jedoch … warum dieser Drang, ein Buch zu schreiben? Er glaubte ja selbst nicht so recht, daß er irgend etwas zu sagen hatte, was die Zeit und Aufmerksamkeit anderer Leute wert gewesen wäre.

Die beiden anderen Männer erhoben sich und wischten Schnee von ihren Brillen.

Brian ging zu ihnen und mußte laut rufen, um sich über den Wind verständlich zu machen. »Seid ihr fertig?«

»Endlich!« sagte Breskin.

Der eckige Sender mit einer Kantenlänge von fünfzig Zentimetern würde innerhalb von ein paar Stunden von Schnee und Eis bedeckt sein, doch das würde sein Signal nicht beeinträchtigen. Er war eigens für eine Funktion unter arktischen Bedingungen konstruiert und verfügte über mehrere Batterien, die von Isolationsschichten bedeckt waren, die ursprünglich für die NASA entwickelt worden waren. Er würde acht bis zehn Tage lang ein starkes Signal aussenden – jeweils von zwei Sekunden Dauer und zehnmal pro Minute.

Sobald man das Eissegment vom Winterfeld abgesprengt hatte, würde der Sender mit ihm in jene Kanäle treiben, die als Eisberg-Gasse bekannt waren. Er würde in den Nordatlantik gelangen. Zwei Trawler, die zu der Flotte gehörten, die die Vereinten Nationen aufgrund des Geophysikalischen Jahres unterhielten, standen knapp vierhundert Kilometer weiter südlich bereit, um das ständige Funksignal aufzuzeichnen. Mit der Hilfe von geosynchronen Polarsatelliten würden sie die Position des Eisbergs trigonometrisch anmessen und verfolgen, bis das Gebilde visuell aufgrund der wasserunlöslichen, sich schnell ausbreitenden roten Farbe identifiziert werden konnte, mit dem sie weite Teile seiner Oberfläche besprüht hatten.

Der Sinn des Experiments bestand darin, einen allgemeinen Überblick zu bekommen, wie die winterlichen Meeresströmungen die Eisdrift beeinträchtigten. Bevor man Pläne schmieden konnte, Eisberge zu den Küsten von unter Trockenheit leidenden Landstrichen im Süden zu schleppen, mußten die Wissenschaftler herausbekommen, wie die See gegen die Schiffe arbeitete und wie man sie dazu bringen konnte, für sie zu arbeiten.

Es ließ sich kaum verwirklichen, Trawler bis zum Rand der polaren Eishülle zu schicken, damit sie sich dort mit einem riesigen Berg herumschlugen. Auf dem Nordpolarmeer und der Grönland-See wimmelte es von Treibeis, und zu dieser Jahreszeit ließ sich dort nur schwer navigieren. Doch je nachdem, welche Ergebnisse die Experimente brachten, war es vielleicht gar nicht nötig, daß die Schlepper das Eis unmittelbar im Süden der Eisberg-Gasse in Empfang nahmen. Vielleicht wurden die Berge von den natürlichen Strömungen zwei- oder dreihundert Kilometer nach Süden getrieben, bevor man sie dann weiter in südliche Richtung und an eine Küste ziehen mußte.

»Kann ich ein paar Bilder machen?« fragte Brian.

»Keine Zeit dafür«, sagte George Lin kurzangebunden. Er schlug die Hände zusammen und schüttelte dünne Eiskrusten von den schweren Handschuhen.

»Dauert doch nur eine Minute.«

»Wir müssen nach Edgeway zurück«, sagte Lin. »Der Sturm könnte uns den Weg abschneiden. Morgen früh wären wir dann ein steifgefrorener Bestandteil der Landschaft.«

»Ein paar Minuten haben wir übrig«, sagte Roger Breskin. Er

schrie nicht halb so laut wie die anderen, doch sein tiefer Baß übertönte den Wind, der sich von einem unheimlichen Stöhnen zu einem weichen, wehklagenden Heulen gesteigert hatte.

Brian lächelte dankbar.

»Spinnst du?« fragte Lin. »Siehst du den Schnee? Wenn wir noch lange warten ...«

»George, du hast bereits eine Minute mit Debattieren verschwendet.« Breskins Stimme war nicht vorwurfsvoll, sondern die eines Wissenschaftlers, der auf nackte Tatsachen hinwies.

Obwohl Roger Breskin vor erst acht Jahren aus den Vereinigten Staaten nach Kanada emigriert war, benahm er sich bereits so ruhig und gelassen, wie es viele vom typischen Kanadier erwarten. Er war selbstbeherrscht und in sich gekehrt, daher machte er sich nicht so schnell Freunde oder Feinde.

Hinter den Brillengläsern kniff Lin die Augen zusammen. »Mach deine Fotos«, sagte er verdrossen. »Roger will sich wohl in den Modezeitschriften wiedersehen. Aber beeil dich.«

Brian hatte gar keine andere Wahl, als schnell zu machen. Die Wetterbedingungen ließen ihm keine Zeit, die Fotos vorzubereiten oder die Schärfe genau einzustellen.

»So in Ordnung?« fragte Roger Breskin und stellte sich rechts neben den Sender.

»Toll.«

Roger dominierte das Bild, wie man schon im Sucher erkannte. Mit seiner Größe von fast einem Meter und achtzig und seinen knapp neunzig Kilo war er zwar kleiner und leichter als Pete Johnson, aber genauso muskulös wie der ehemalige Football-Star. Die letzten zwanzig seiner sechsunddreißig Jahre hatte er Gewichte gehoben. Seine Bizepse waren gewaltig und mit Adern überzogen, die an Stahlrohre erinnerten. In der arktischen Kleidung war er eine beeindruckende, bärenhafte Gestalt, die hierher zu gehören schien.

George Lin, der links von dem Sender stand, ähnelte Breskin in etwa, wie ein Kolibri einem Adler ähnelt. Er war kleiner und schlanker als Roger, aber die Unterschiede waren nicht nur körperlicher Natur. Wo Roger so stumm und ruhig wie ein Eiszapfen stand, schwankte Lin von einer Seite auf die andere, als würde er jeden Augenblick vor Nervosität explodieren. Er hatte nichts von jener sprichwörtlichen Geduld, die als charakteristisches Merkmal des asiatischen Wesens gilt. Im Gegensatz zu Breskin gehörte er nicht in diese gefrorene Einöde und wußte es auch.

George Lin war 1946 als Lin Shen-yang in Kanton auf dem chinesischen Festland geboren, kurz bevor Mao Tse-tungs Revolution die Kuomintang-Regierung verdrängt und einen totalitären Staat errichtet hatte. Seine Familie hatte erst nach Taiwan fliehen können, als George sieben Jahre alt war. In diesen frühen Jahren war in Kanton etwas Gräßliches mit ihm geschehen, das ihn auf ewig traumatisiert und geformt hatte. Gelegentlich ließ er eine Anspielung darauf fallen, doch er weigerte sich beharrlich, direkt darüber zu sprechen, entweder, weil er nicht imstande war, sich mit dem Schrecken dieser Erinnerungen zu befassen – oder weil Brians Fertigkeiten als Journalist nicht ausreichten, ihm die Geschichte zu entlocken.

»Beeil dich einfach«, drängte Lin. Sein Atem kondensierte zu Strängen kristallinen Garns, die vom Wind aufgetrennt wurden.

Brian drückte auf den Auslöseknopf seiner Fotokamera.

Der elektronische Blitz wurde von der Schneelandschaft zurückgeworfen, und Gestalten und Licht sprangen und tanzten mit solchen aus Schatten. Dann kehrte die tiefe Dunkelheit zurück und setzte sich wieder an den Rändern der Scheinwerfer fest.

»Noch eins«, sagte Brian, »damit wir …«

Die Eisdecke hob sich abrupt und steil, wie der von Motorkraft bewegte Boden einer Geisterbahn. Er neigte sich nach rechts und links und stürzte dann unter ihm hinweg.

Er fiel, prallte so heftig auf das Eis, daß selbst die schwere Polsterung seiner isolierten Kleidung ihn nicht vollständig schützte. Der schmerzhafte Aufschlag schüttelte seine Knochen durcheinander, als wären sie *I-Ging*-Stäbchen, die in einer Metallschale schepperten. Das Eis hob sich wieder, erzitterte und bäumte sich auf, als wolle es ihn unbedingt vom Rand der Erde und ins All schleudern.

Eins der abgestellten Schneemobile stürzte nur ein paar Zentimeter neben seinem Kopf auf die Seite, und scharfe Eissplitter explodierten in seinem Gesicht, glitzernde Nadeln, die in seine Haut stachen und kaum seine Augen verschonten. Die Skiuntersätze des Fahrzeugs klapperten leise und erzitterten, als wären sie Anhängsel eines Insekts, und dann wurde der Motor abgewürgt.

Benommen, schockiert, mit rasendem Herzschlag hob Brian vorsichtig den Kopf und sah, daß das Funkgerät noch fest verankert war. Breskin und Lin lagen im Schnee, waren wie Puppen herumgeschleudert worden. Ihm selbst war es kaum besser ergangen. Brian wollte sich erheben, wurde aber erneut von den Füßen gerissen, als die Einöde einen noch heftigeren Satz als beim ersten Mal machte.

Gunvalds unterseeisches Erdbeben war also hierhergekommen.

Brian versuchte sich in einer flachen Senke im Eis festzuhalten und zwischen den natürlichen Konturen zu verkeilen, damit er nicht gegen die Schneemobile oder das Funkgerät geworfen wurde. Offensichtlich glitt ein gewaltiger Tsunami direkt unter ihnen hinweg, Hunderte von Millionen von Kubikmetern Wasser, die sich mit dem rachsüchtigen Zorn und der Stärke eines wütenden Gottes erhoben, der aus Jahrtausende währendem Schlaf erwachte.

Zwangsläufig würden weitere Wellen noch immer beträchtlicher, aber sich vermindernder Stärke folgen, bevor die Eishülle sich stabilisierte.

Das umgestürzte Schneemobil drehte sich auf der Seite um die eigene Achse. Die Strahlen der Scheinwerfer glitten zweimal über Brian hinweg und warfen Schatten wie vom Wind gepeitschte Blätter, die aus wärmeren Breiten herangeweht worden waren, bevor sie dann verharrten und die beiden anderen Männer erhellten.

Hinter Roger Breskin und George Lin riß das Eis plötzlich mit einem ohrenbetäubenden Knall und klaffte wie ein scharfkantiges, dämonenhaftes Maul auf. Die Welt brach förmlich auseinander.

Brian rief eine Warnung.

Roger ergriff einen der großen Stahlnägel, die das Funkgerät ans Eis hefteten, und hielt sich mit beiden Händen fest.

Das Eis hob sich ein drittes Mal. Das weiße Feld kippte zu einem neuen, klaffenden Abgrund hinüber.

Obwohl Brian verzweifelt versuchte, sich zu verkeilen, glitt er aus der Senke, in der er Schutz gesucht hatte, als gäbe es nicht die geringste Reibung zwischen ihm und dem Eis. Er schoß auf die Spalte zu, griff nach dem Funkgerät, an dem er vorbeirutschte, prallte heftig gegen Roger Breskin und hielt sich entschlossen fest.

Roger rief irgend etwas über George Lin, doch das Heulen des Windes und das Grollen des brechenden Eises machte seine Worte unverständlich.

Durch die schneeverschmierte Brille blinzelnd und nicht bereit, das Funkgerät loszulassen, um sie sauberzuwischen, schaute Brian über die Schulter.

Schreiend glitt George Lin auf den Rand der neuen Gletscherspalte zu. Er versuchte, sich an dem glatten Eis festzuhalten. Als die letzte Woge des Tsunamis unter ihnen hinwegglitt und die Eisdecke sich wieder senkte, stürzte Lin außer Sicht und in den Abgrund.

Franz hatte vorgeschlagen, daß Rita die Ausrüstung zusammenpackte und er die schweren Geräte zu den Anhängern der Schneemobile trug. Er verhielt sich ›dem schwächeren Geschlecht‹ gegenüber unterbewußt so herablassend, daß Rita seinen Vorschlag ablehnte. Sie zog die Kapuze hoch, ließ die Brille wieder über ihre Augen gleiten und hob einen der bereits gepackten Kartons hoch, bevor der Meteorologe mit ihr streiten konnte.

Als sie draußen die wasserdichte Kiste in einen der tiefliegenden Anhänger stellte, rüttelte das erste Beben das Eis auf. Sie wurde nach vorn auf die Kartons geschleudert. Eine stumpfe Ecke stach ihr in die Wange. Sie rollte vom Anhänger hinab und fiel in den Schnee, der während der vergangenen Stunde gegen das Fahrzeug geweht worden war.

Sie rappelte sich gerade benommen und verängstigt wieder auf, als die Hauptwoge des Tsunamis kam. Die Motoren der Schneemobile liefen bereits, sollten für die Rückfahrt nach Edgeway aufgewärmt werden, und ihre Scheinwerfer durchdrangen den fallenden Schnee und spendeten soviel Licht, daß Rita sehen konnte, wie der erste breite Riß in der vertikalen, fast fünfzehn Meter hohen Eisaufwerfung erschien, die das vorübergehende Lager geschützt hatte und nun bedrohte. Ein zweiter Riß spaltete sich vom ersten ab, dann ein dritter, ein vierter, zehn, hundert, wie das verzweigte Netzwerk von Rissen in der Windschutzscheibe eines Autos, die von einem Stein getroffen worden war. Über kurz oder lang würde die gesamte Fassade zusammenbrechen.

Sie rief Fischer eine Warnung zu, der noch immer im Iglu am westlichen Ende des Lagers war. »Lauf, Franz! *Raus da!*«

Dann befolgte sie ihren eigenen Ratschlag, wobei sie nicht zurückzuschauen wagte.

Die sechzigste Sprengladung unterschied sich in keiner Hinsicht von den neunundfünfzig, die vor ihr im Eis angebracht worden waren: sechs Zentimeter Durchmesser, anderthalb Meter Länge, mit glatten, abgerundeten Ecken. Ein moderner Zeitzünder, der mit denen in den anderen neunundfünfzig Rohren synchronisiert worden war, vereinnahmte das untere Ende des Zylinders. Der Großteil der Röhre war mit Plastiksprengstoff gefüllt. Das obere Ende der Walze lief in einer Stahlschlaufe aus, und ein gebogener Karabinerhaken verband eine Kette aus gehärtetem Stahl mit der Öse.

Harry Carpenter rollte die Kette von der Trommel einer kleinen Handwinde ab und senkte die Fracht – fünfzehn Kilo Gehäuse und fünfzig Kilo Plastiksprengstoff – in das schmale Loch. Dabei ging er sehr vorsichtig vor, denn die Sprengkraft entsprach der von dreitausend Pfund TNT. Er ließ siebenundzwanzig Meter Kette hinab, bis er spürte, daß der Boden des Zylinders den des fast neunundzwanzig Meter tiefen Bohrschachts berührte. Dann verband er einen weiteren Karabinerhaken mit dem freien Ende der Kette, zog die einzelnen Glieder an der Wand des Schachts stramm und befestigte den Karabiner an einem Dübel, der neben dem Loch in das Eis eingelassen war.

Pete Johnson hockte neben Harry. Er schaute über die Schulter zu dem Franzosen und rief über den schneidenden Wind hinweg: »Wir sind fertig, Claude.«

Ein Faß, das sie mit Schnee gefüllt hatten, stand auf elektrischen Heizschlangen in einem der Anhänger. Es war bis zum Rand mit kochendem Wasser gefüllt. Dampf hob sich von der Oberfläche des Wassers, erstarrte augenblicklich zu Wolken funkelnder Kristalle und wurde von dem wirbelnden Schnee absorbiert, so daß es den Anschein hatte, eine endlose Prozession von Geistern erhebe sich aus dem Kessel eines Hexenmeisters, um in die höchsten Schichten der Erdatmosphäre zu fliehen.

Claude Jobert befestigte einen Schlauch an einer Ventilklappe des Fasses. Er öffnete das Ventil und gab Carpenter die Tülle.

Harry öffnete den Ablaßhahn und ließ heißes Wasser aus dem Schlauch in den tiefen Schacht strömen. Nach drei Minuten war das Loch versiegelt: Die Bombe wurde von neuem Eis umschlossen.

Hätte er den Schacht offen gelassen, wäre die Wucht der Explosion nach oben entwichen und hätte nichts bewirkt. Die Sprengladung war so geschaffen, daß die Explosion nach unten erfolgte und ihre Energie gleichmäßig nach allen Seiten verteilt wurde, doch um den gewünschten Effekt zu erzielen, mußte das Loch dicht versiegelt werden. Wenn diese Sprengladungen um Mitternacht gleichzeitig mit allen anderen detonierte, würde das neue Eis im Schacht vielleicht wie ein Korken aus einer Flasche knallen, aber der weitaus größere Teil der Sprengkraft würde sich nicht einfach zerstreuen.

Pete Johnson schlug mit den behandschuhten Knöcheln gegen den gerade entstandenen Stöpsel. »Jetzt können wir nach Edgeway zurückkeh...«

Die Eishülle machte einen Satz, sprang vor, neigte sich vor ihnen scharf, kreischte wie ein riesiges Ungeheuer und ächzte dann noch einmal, bevor sie auf ihre ursprüngliche Höhe zurückfiel.

Harry wurde auf den Bauch geworfen. Seine Brille drückte hart gegen seine Wangen und Brauen. Tränen schossen ihm in die Augen, als in seinen Wangenknochen Schmerz anschwoll. Er fühlte warmes Blut aus seiner Nase tropfen, und auch in seinem Mund war der Geschmack von Blut.

Pete und Claude waren gestürzt und hielten einander fest. Harry konnte einen kurzen Blick auf sie werfen; wie zwei Ringer hielten sie einander grotesk umschlungen.

Das Eis erzitterte erneut.

Harry rutschte gegen ein Schneemobil. Das Fahrzeug sprang auf und ab. Er hielt sich mit beiden Händen daran fest und hoffte, daß es nicht über ihn hinwegrollen würde.

Sein erster Gedanke war gewesen, daß der Plastiksprengstoff

unter seinen Händen explodiert und er tot war oder im Sterben lag. Doch als das Eis sich erneut hob, wurde ihm klar, daß Flutwellen, die zweifellos von einem Meeresbeben erzeugt worden waren, unter der polaren Eisdecke entlangrasen mußten.

Als die dritte Welle einsetzte, neigte sich die weiße Welt um Harry und riß auf, als würde ein prähistorisches Geschöpf sich unter ihm aus langem Schlaf erheben, und er fand sich auf dem oberen Ende einer schrägliegenden Eisplatte wieder. Nur die Massenträgheit hielt ihn an der höchsten Stelle des Gefälles in der Luft. Jeden Augenblick mochte er gemeinsam mit dem Schneemobil hinabrutschen und würde vielleicht von dem Fahrzeug zerquetscht werden.

In der Ferne durchdrang das Geräusch von zersplitterndem, knirschendem Eis die Nacht und den Wind: die unheilvollen Proteste einer spröden Welt, die unter ihnen zerbrach. Das Tosen wurde von einer Sekunde zur anderen lauter, und Harry bereitete sich auf das schlimmste vor.

Dann, so plötzlich, wie das Grauen begonnen hatte – vor nicht einmal einer Minute –, hörte es auch wieder auf. Die Eisebene senkte sich, wurde wieder waagerecht und lag völlig ruhig da.

Nachdem Rita weit genug gelaufen war, um vor einem Eisschlag von der Aufwerfung in Sicherheit zu sein, blieb sie stehen, drehte sich um und schaute zu dem vorübergehenden Lager zurück. Sie war allein. Franz war nicht aus dem Iglu aufgetaucht.

Ein lastwagengroßes Stück der Eiswand brach ab und fiel mit unheimlicher Anmut zu Boden, prallte auf das unbewohnte Iglu am Ende des halbmondförmig errichteten Lagers. Die aufblasbare Kuppel platzte wie ein Luftballon.

»Franz!«

Ein viel größerer Teil der Wand brach zusammen. Platten, Spitzen, Brocken und Scheiben aus Eis stürzten in das Lager, zerbarsten zu gefrorenen Granatsplittern, zerquetschten das Iglu in der Mitte, warfen ein Schneemobil um, rissen das Iglu am linken Ende des Lagers auf, aus dem Franz noch immer nicht hervorgekommen war, und warfen Tausende von Eissplittern hoch, die wie ein Funkenregen glitzerten.

Sie war wieder sechs Jahre alt, schrie, bis ihr die Kehle zugeschnürt wurde – und war sich plötzlich nicht mehr sicher, ob sie nach Franz oder nach ihrer Mutter und ihrem Vater gerufen hatte.

Ob sie ihn nun noch rechtzeitig hatte warnen können oder nicht, Franz kroch jedenfalls aus der zerstörten Nylonkuppel um ihn herum hervor, während seine Umgebung von Eis geradezu überschwemmt wurde, und taumelte auf Rita zu. Rechts und links neben ihm explodierten Granaten aus Eis, als wären sie mit einem Mörser abgefeuert worden, doch er hatte den Antritt eines Außenläufers beim Football, und das Entsetzen verlieh ihm Flügel. Er stürmte an der Lawine vorbei in Sicherheit.

Als die Aufwerfung sich stabilisierte und kein Eis mehr hinabfiel, wurde Rita von einer lebhaften Vision von Harry erschüttert, der irgendwo anders in dieser grausamen, schwarzen und weißen Polarnacht von einem leuchtendweißen Monolithen zerquetscht wurde. Sie taumelte, aber nicht wegen der Bewegung des Eisfeldes, sondern weil die Vorstellung, Harry zu verlieren, sie erschütterte. Sie gab den Versuch auf, das Gleichgewicht zu bewahren, setzte sich auf das Eis und begann haltlos zu zittern.

Nur Schneeflocken bewegten sich, fielen aus der Dunkelheit im Westen und in die Dunkelheit im Osten. Das einzige Geräusch war die verdrossene Stimme des Windes, die ein Klagelied sang.

Harry hielt sich auch weiterhin am Schneemobil fest und zog sich hoch. Sein Herz hämmerte so heftig, daß es gegen seine Rippen zu schlagen schien. Er versuchte, im Mund etwas Speichel zu sammeln, um seine ausgedörrte Kehle zu befeuchten. Die Furcht hatte ihn so gründlich ausgetrocknet, wie es ein heißer Wüstenwind aus der Sahara kaum besser vermocht hätte. Als er wieder zu Atem kam, wischte er seine Brille ab und schaute sich um.

Pete Johnson half Claude auf die Füße. Der Franzose stand auf wackligen Beinen, war offensichtlich aber nicht verletzt. Pete hatte nicht mal weiche Knie; vielleicht war er in der Tat so unverwüstlich, wie es immer den Anschein hatte.

Beide Schneemobile standen aufrecht und waren unbeschädigt. Die Scheinwerfer leuchteten in die weite Polarnacht, enthüllten in dem brodelnden Meer aus windgetriebenem Schnee aber nur wenig.

Aufgeputscht vom Adrenalin, kam Harry sich für einen

Moment wieder wie ein Junge vor, rot vor Aufregung, aufgestachelt von der Gefahr, begeistert allein von der Tatsache, überlebt zu haben.

Dann dachte er an Rita, und sein Blut floß plötzlich kälter durch seine Adern, als es der Fall gewesen wäre, wenn er nackt durch den gnadenlosen Polarwind gelaufen wäre. Das provisorische Lager war im Schutz einer gewaltigen Auffaltung errichtet worden, einer hohen Eiswand, die entstanden war, als sich einzelne, in Bewegung befindliche Eisschichten ineinander verkeilt hatten und von dem nachfolgenden Eis hochgeschoben worden waren. Normalerweise war das der beste Ort für so ein Zwischenlager. Aber bei den Erschütterungen, die sie gerade durchgemacht hatten, war diese Eiswand vielleicht zerbrochen …

Der verwirrte Junge verblich in die Vergangenheit, in die er gehörte, er wurde in Harrys Kopf zu einer Erinnerung unter vielen anderen an die weiten Felder Indianas, an die zerlesenen Ausgaben vom *National Geographer* und an die Sommernächte, in denen er die Sterne und ferne Horizonte betrachtet hatte.

Setz dich in Bewegung, dachte er, mitgerissen von einer Angst, die viel größer als die um sein eigenes Wohl war. Pack die Sachen zusammen, setz dich in Bewegung, fahr zu ihr.

Er eilte zu den anderen Männern. »Jemand verletzt?«

»Nur etwas durchgeschüttelt«, sagte Claude. Er war ein Mann, der sich nicht nur weigerte, sich einem Unglück zu ergeben, sondern davon tatsächlich mit neuem Mut erfüllt wurde. »Was für eine Karussellfahrt!« sagte er mit einem heitereren Lächeln, als er es den ganzen Tag zustande gebracht hatte.

Pete warf Harry einen Blick zu. »Was ist mit dir?«

»Mir geht es gut.«

»Du blutest.«

Als Harry seine Oberlippe berührte, blieben helle Klumpen aus gefrorenem Blut, die wie Splitter eines Rubins aussahen, an seinem Handschuh haften. »Nasenbluten. Hat schon wieder aufgehört.«

»Ist ein todsicheres Rezept gegen Nasenbluten«, sagte Pete.

»Was?«

»Eis in den Nacken.«

»Für diesen blöden Witz sollten wir dich hier einfach zurücklassen.«

»Packen wir die Sachen zusammen und fahren los.«

»Im Lager könnten sie in ernsthaften Schwierigkeiten sein«, sagte Harry und spürte, wie sein Magen sich erneut umdrehte, als er die Möglichkeit in Betracht zog, Rita vielleicht verloren zu haben.

»Das dachte ich auch gerade.«

Der Wind zerrte an ihnen, als sie sich an die Arbeit machten. Der Schnee fiel fein und dick. Der Sturm raste mit überraschender Heftigkeit heran, und in einer unausgesprochenen Ahnung der wachsenden Gefahr bewegten sich die Männer mit stiller Dringlichkeit.

Als Harry das letzte Instrument auf dem Anhänger des zweiten Schneemobils festzurrte, rief Pete ihn zu sich. Er wischte sich die Brille ab und ging zum anderen Fahrzeug hinüber. »Was ist los?«

»Während der Erschütterung ... haben die Schneemobile sich da stark bewegt?«

»Ja, zum Teufel, sie sind auf und ab gesprungen, als wäre das Eis ein verdammtes Trampolin.«

»Nur auf und ab?«

»Weshalb fragst du?«

»Gar nicht seitwärts?«

»Was?«

»Na ja, ich meine, sind sie vielleicht seitwärts gerutscht? Haben Sie sich gedreht?«

Harry drehte dem Wind den Rücken zu und beugte sich näher zu Pete. »Ich habe mich an einem davon festgehalten. Es hat sich nicht gedreht. Aber weshalb fragst du das?«

»Hör mir mal zu. In welche Richtung standen die Schneemobile vor dem Tsunami mit den Schnauzen?«

»Nach Osten.«

»Bist du sicher?«

»Absolut.«

»Ich erinnere mich auch daran. Nach Osten.«

Ihr Atem sammelte sich in dem abgeschirmten Raum zwischen ihnen, und Pete fuhr mit der Hand durch die Kristalle, um sie zu zerstreuen. Er biß sich auf die Unterlippe. »Habe ich dann den Verstand verloren, oder was ist los?«

»Warum?«

»Na ja, zum einen ...« Er tippte auf die Plexiglasoberfläche des Kompasses, der vor dem Windschutzschild an der Motorhaube des Schneemobils befestigt war.

Harry warf einen Blick auf den Kompaß. Der Nadel zufolge stand das Schneemobil mit der Schnauze in südliche Richtung; es mußte sich also um neunzig Grad gedreht haben, als das Eis von den seismischen Wellen erschüttert worden war.

»Das ist noch nicht alles«, sagte Johnson. »Als wir das Ding hier abgestellt haben, hat der Wind von hinten und vielleicht ein wenig von links gegen das Schneemobil geweht. Ich erinnere mich noch genau, daß er gegen die Rückseite des Schlittens gehämmert hat.«

»Ich erinnere mich auch daran.«

»Und jetzt weht er von der Seite, von meiner rechten Seite, wenn ich hinter der Lenkstange sitze. Das ist ein verdammt großer Unterschied. Aber bei einem Blizzard ist der Wind stets beständig. Er ändert seine Richtung nicht in ein paar Minuten um neunzig Grad. Das tut er einfach nicht, Harry. Das tut er nie.«

»Aber wenn der Wind sich nicht gedreht und das Schneemobil sich nicht bewegt hat, heißt das, daß das Eis, auf dem wir sind ...«

Er hielt inne.

Beide schwiegen.

Keiner von ihnen wollte seine Furcht in Worte kleiden.

Schließlich beendete Pete den Gedanken: »... muß sich das Eis um ein volles Kompaßviertel gedreht haben.«

»Aber wie ist das möglich?«

»Ich hätte da eine bestimmte Idee.«

Harry nickte zögernd. »Ja, ich auch.«

»Nur eine Erklärung ist logisch.«

»Wir sehen lieber mal auf dem Kompaß auf meinem Fahrzeug nach.«

»Wir stecken tief in der Scheiße, Harry.«

»Das Leben ist kein Rosengarten«, pflichtete Harry ihm bei.

Sie eilten zu dem zweiten Fahrzeug, und der frische Schnee knirschte und quietschte unter ihren Stiefeln.

Pete schlug auf die Plexiglasoberfläche des Kompasses. »Der hier zeigt auch nach Süden.«

Harry wischte seine Brille ab, sagte aber nichts. Ihre Lage war so schrecklich, daß er sie nicht in Worte kleiden wollte, als könne der schlimmste Fall erst dann eintreten, wenn einer von ihnen davon sprach.

Pete schaute in die ungastliche Einöde hinaus, die sie umgab. »Wenn der verdammte Wind auffrischt und die Temperatur weiterhin fällt ... und sie *wird* fallen ... wie lange können wir dann hier draußen überleben?«

»Mit unseren derzeitigen Vorräten nicht mal einen Tag.«

»Die nächste Hilfe ...«

»... wären diese UNO-Trawler.«

»Aber die sind dreihundert Kilometer weit weg.«

»Dreihundertundfünfzig.«

»Und sie werden nicht nach Norden in einen gewaltigen Sturm fahren, nicht bei so vielem Treibeis, dem sie ausweichen müssen.«

Beide schwiegen wieder. Das Kreischen des Windes, das an den Schrei einer Todesfee erinnerte, füllte ihr Schweigen aus. Furien aus aufgepeitschtem Schnee brannten auf den freiliegenden Teilen von Harrys Gesicht, obwohl seine Haut von einer Schicht Vaseline geschützt wurde.

»Und was nun?« sagte Pete schließlich.

Harry schüttelte den Kopf. »Nur eins steht fest. An diesem Nachmittag werden wir nicht mehr nach Edgeway zurückfahren.«

Claude Jobert kam gerade noch so rechtzeitig zu ihnen, daß er den letzten Wortwechsel aufschnappte. Obwohl der untere Teil seines Gesichts von einer Schneemaske bedeckt war und seine Augen hinter der Brille nur undeutlich auszumachen waren, war seine Beunruhigung unmißverständlich. Er legte eine Hand auf Harrys Arm. »Was ist los?«

Harry sah Pete an.

»Diese Wellen ...«, sagte Pete zu Claude. »Sie haben den Rand des Eisfeldes aufgebrochen.«

Der Franzose verstärkte seinen Griff um Harrys Arm.

Obwohl er seinen eigenen Worten einfach nicht glauben wollte, sagte Pete: »Wir treiben auf einem Eisberg.«

»Das ist doch unmöglich«, sagte Claude.

»Noch nie dagewesen, aber es stimmt«, sagte Harry. »Mit jeder Minute entfernen wir uns weiter von der Station ... und geraten tiefer in diesen Sturm.«

Claude ließ sich nur zögernd von der Wahrheit bekehren. Er sah von Harry zu Pete und schaute dann in die abstoßende Landschaft hinaus, als hoffe er, dort etwas zu entdecken, womit er widerlegen konnte, was sie ihm gesagt hatten. »Ihr könnt euch nicht sicher sein.«

»Völlig sicher«, widersprach Pete.

»Aber unter uns ...«, sagte Claude.

»Ja.«

»Diese Bomben ...«

»Genau«, sagte Harry. »Diese Bomben.«

ZWEITER TEIL

DAS SCHIFF

13:00

DETONATION IN ELF STUNDEN

Eins der Schneemobile lag auf der Seite. Der Sicherungsautomat hatte den Motor abgeschaltet, als das Fahrzeug umgekippt war; daher hatte es kein Feuer gegeben. Das andere Schneemobil stand schräg an einem niedrigen Eisblock. Die vier Scheinwerfer teilten den Schneevorhang, erhellten nichts, zeigten fort von der Spalte, in die George Lin gestürzt war.

Obwohl Bryan Dougherty überzeugt war, daß jede Suche nach dem Chinesen reine Zeitverschwendung war, kroch er zu dem neuen Abgrund und lugte über den schroffen Rand der Spalte. Roger Breskin gesellte sich zu ihm, und sie lagen nebeneinander und spähten in eine schreckliche Dunkelheit hinab.

Brian zog sich der Magen zusammen. Er versuchte, die Metallspitzen seiner Stiefel in das eisenharte Eis zu bohren, und krallte sich an der flachen Oberfläche fest. Sollte ein weiterer Tsunami die Welt erneut zum Tanzen bringen, würde er vielleicht in den Abgrund geschleudert werden.

Roger richtete die Taschenlampe auf die andere Seite der Spalte. Außer fallendem Schnee enthüllte der gelbe Strahl rein gar nichts. Das Licht verschwand in totaler Dunkelheit.

»Das ist keine Spalte«, sagte Brian. »Es ist eine verdammte Schlucht!«

»Das auch nicht.«

Der Strahl bewegte sich langsam hin und her. Dort befand sich nichts. Überhaupt nichts. Weniger konnte auch kein Astronaut sehen, wenn er aus einem Bullauge ins leere Weltall schaute.

Brian war völlig verwirrt. »Das verstehe ich nicht.«

»Wir wurden vom Haupteisfeld getrennt«, erklärte Roger mit charakteristischem, aber nichtsdestoweniger bemerkenswertem Gleichmut.

Brian brauchte einen Augenblick, um diesen Satz und seine volle Bedeutung zu verdauen. »Getrennt ... Du meinst, wir treiben?«

»Ein Schiff aus Eis.«

Der Wind wehte eine halbe Minute lang so heftig, daß Brian

sich kein Gehör verschaffen konnte, selbst wenn er aus voller Lunge gebrüllt hätte. Die Schneeflocken stachen so emsig und wütend wie ein Bienenschwarm auf die freiliegenden Teile seines Gesichts ein, und er schob die Schneemaske hoch, um Mund und Nase zu bedecken.

Als die Bö endlich nachließ, rutschte Brian zu Roger Breskin hinüber. »Was ist mit den anderen?«

»Sie könnten auch auf diesem Eisberg sein. Aber hoffen wir, daß sie noch auf sicherem Eis sind.«

»Gott im Himmel.«

Roger wandte die Taschenlampe von der Dunkelheit ab, in der sie die andere Seite einer Spalte zu finden gehofft hatten. Der schmale Strahl glitt hinab und in die entsetzliche Leere.

Sie konnten die Unterseite der Klippe, die direkt vor ihnen abfiel, nur sehen, wenn sie sich vorwärts schoben und teilweise über dem Abgrund hingen. Keiner von ihnen war bereit, sich diesem gewaltigen Risiko auszusetzen.

Das fahle Licht zog nach links und rechts und berührte dann die unruhige, schwarze, nicht gefrorene See, die fünfundzwanzig oder dreißig Meter unter ihnen tobte. Flache Eisplatten, unregelmäßig geformte Klötze, knotige Flöße und feine, sich ständig verändernde Borten aus Eis hüpften und wirbelten in den tiefen Wellentälern des kalten, dunklen Wassers und krachten auf den Kämmen der Wellen zusammen. Wenn das Licht sie berührte, funkelten sie wie Diamanten, die man auf schwarzem Samt ausgebreitet hatte.

Wie hypnotisiert von dem Chaos, das die Taschenlampe enthüllte, schluckte Brian schwer. »George ist ins Meer gestürzt«, sagte er. »Er ist tot.«

»Vielleicht auch nicht.«

Diese Hoffnung konnte Brian nicht teilen. Das flaue Gefühl im Magen hatte sich zu handfester Übelkeit gesteigert.

Sich mit den Ellbogen über das Eis drückend, schob Roger sich vor, bis er über den Rand und direkt hinab zum Fuß des Abgrunds schauen konnte.

Trotz seiner Übelkeit – und trotz der Befürchtung, ein weiterer Tsunami könnte unter ihnen hinweggleiten und ihn in George Lins Grab schleudern – schloß Brian zu Roger auf.

Das Licht der Taschenlampe fand die Stelle, an der ihre Eisinsel das Meer berührte. Die Klippe tauchte nicht sauber ins Wasser. An ihrem unteren Ende war sie in drei unregelmäßig geformte Ausläufer gespalten, von denen jeder sechs oder acht Meter breit war und zwei bis zweieinhalb Meter unter dem darüber lag. Diese Platten waren scharfkantig und wurden von Rissen durchzogen, wie es auch bei einem Felsufer auf trockenem Land der Fall gewesen wäre. Da weitere zweihundert Meter des Eisbergs – oder sogar noch mehr – sich unter der Wasseroberfläche befanden, konnten die rasenden Sturmwellen nicht völlig unter ihm hindurchgleiten; sie schlugen gegen die drei Vorsprünge, brachen gegen die funkelnden Palisaden und wirbelten gewaltige Wolken aus Gischt und Eis auf.

Wenn Lin von diesem Mahlstrom erfaßt worden war, dann hatte dieser ihn mit Sicherheit in Stücke gerissen. Es wäre vielleicht ein gnädigerer Tod gewesen, wenn er plötzlich in das schrecklich kalte Wasser gestürzt und einen tödlichen Herzanfall erlitten hätte, bevor die Wellen Gelegenheit bekamen, ihn gegen das scharfkantige Eis zu werfen und daran zu zermahlen.

Das Licht bewegte sich langsam zurück und wieder hinauf und enthüllte dabei mehr von der Klippe. Von den drei Vorsprüngen am Grund neigte das Eis sich auf etwa fünfzehn Metern Länge in einem Winkel von schätzungsweise sechzig Grad aufwärts – keineswegs ein völlig steiler Hang, aber immerhin doch so steil, daß lediglich ein erfahrener und gut ausgerüsteter Bergsteiger ihn hätte überwinden können. Knapp sechs Meter unter ihnen verlief ein weiterer Vorsprung parallel zum Eisberg. Er war nur einen bis zwei Meter breit, und darüber hob sich das Eis fast senkrecht bis zu dem Rand der Klippe, an dem sie lagen.

Nachdem Roger Breskin den verkrusteten Schnee von seiner Brille gekratzt hatte, ließ er den Strahl der Taschenlampe über den schmalen Vorsprung unter ihnen gleiten.

Zweieinhalb Meter rechts von ihnen und sechs Meter tiefer lag, bislang von der Dunkelheit verhüllt, George Lin auf dem schmalen Vorsprung, auf den er gestürzt war. Er lag auf der linken Seite, mit dem Rücken an der Klippe und dem Gesicht zum offenen Meer. Sein linker Arm war unter ihm verkeilt, und der rechte lag quer auf der Brust. Er hatte die Haltung eines Fötus eingenommen, die Knie so weit hochgezogen, wie seine behindernde arktische Kleidung es erlaubte, und das Kinn auf die Brust gedrückt.

Roger legte die freie Hand an den Mund. »George!« rief er. »Hörst du mich? George?«

Lin bewegte sich nicht und gab auch keine Antwort.

»Glaubst du, er lebt noch?« fragte Brian.

»Auf jeden Fall. Er ist nicht tief gestürzt. Seine Kleidung ist gepolstert und isoliert. Das hat einen Teil der Wucht des Aufpralls abgefangen.«

Brian legte beide Hände um den Mund und rief George Lins Namen.

Die einzige Antwort kam von dem ständig zunehmenden Wind, und man konnte sich problemlos einreden, daß sein Kreischen von einer ausgelassenen Bosheit war, daß dieser Wind irgendwie die Männer herausforderte, noch einen Augenblick länger am Rand des Abgrunds zu verweilen.

»Wir müssen runter und Lin holen«, sagte Roger.

Brian betrachtete die glatte, senkrechte Eiswand, die sechs Meter bis zum Vorsprung abfiel. »Wie?«

»Wir haben Seile, Werkzeuge.«

»Aber keine Kletterausrüstung.«

»Wir müssen improvisieren.«

»Improvisieren?« sagte Brian erstaunt. »Bist du schon mal auf Berge geklettert?«

»Nein.«

»Das ist Wahnsinn.«

»Keine andere Wahl.«

»Es muß eine andere Möglichkeit geben.«

»Welche?«

Brian schwieg.

»Sehen wir uns die Werkzeuge an«, sagte Roger.

»Wir könnten sterben, wenn wir ihn da hochholen.«

»Können ihn doch nicht einfach liegenlassen.«

Brian schaute zu der zusammengekrümmten Gestalt auf dem Vorsprung hinab. In einer spanischen Stierkampfarena, im afrikanischen Busch, auf dem Colorado, beim Sporttauchen in haiverseuchten Gewässern vor Bimini … an fernen Orten und auf fast jede nur erdenkliche Art und Weise hatte er den Tod ohne große Furcht herausgefordert. Er fragte sich, warum er jetzt zögerte. Praktisch jedes Risiko, das er je eingegangen war, war sinnlos gewesen, ein kindisches Spiel. Diesmal hatte er einen guten Grund, alles zu riskieren: Ein Menschenleben stand auf dem Spiel. War das das Problem? Lag es daran, daß er kein Held sein wollte? Zu viele verdammte Helden in der Familie Dougherty, machtlüsterne Politiker, die für die Geschichtsbücher gelebt hatten.

»Machen wir uns an die Arbeit«, sagte Brian schließlich. »Wenn George noch lange dort liegt, wird er erfrieren.«

13:05

Harry Carpenter lehnte sich gegen die Lenkstange und blinzelte durch das gebogene Plexiglas in die weiße Landschaft. Harte Schneegischt und Eisnadeln fielen schräg durch das Licht der Scheinwerfer. Der Scheibenwischer bewegte sich monoton, war zwar mit Eis verkrustet, konnte seine Aufgabe aber noch einigermaßen erfüllen. Die Sichtweite war auf zehn oder zwölf Meter zurückgegangen.

Obwohl das Fahrzeug einwandfrei reagierte und einen kurzen Bremsweg hatte, fuhr Harry nur mit gedrosselter Geschwindigkeit. Er hatte Angst davor, einfach über eine Klippe zu fahren; schließlich konnte er ja nicht wissen, wo der Eisberg aufhörte.

Die einzigen Fahrzeuge, die die Edgeway-Expedition benutzte, waren nach Kundenangaben umgebaute Schneemobile mit umlaufenden Verbrennungsmaschinen und eigens angefertigten Aufhängungen mit Drehgelenken, an denen die Skier befestigt waren. Jedes Fahrzeug konnte auf seiner knapp einen Meter großen, gepolsterten Bank zwei Erwachsene in sperriger Thermalkleidung befördern. Fahrer und Beifahrer saßen dabei hintereinander.

Natürlich waren die Fahrzeuge noch zusätzlich an den Betrieb im rauhen Polarwinter angepaßt worden, in dem dramatisch ernstere Bedingungen herrschten, als Schneemobil-Fans sie in Wintersportgebieten gewohnt waren. Abgesehen von dem dualen

Anlasser und den beiden besonders abgeschirmten Polarbatterien bestand die bedeutendste Veränderung in der Hinzufügung einer Kabine, die sich von der Motorhaube bis zum Ende der verlängerten Sitzbank erstreckte. Diese Umhüllung bestand aus vernieteten Aluminiumplatten und dickem Plexiglas. Eine leistungsfähige kleine Heizung war über dem Motor angebracht, und zwei kleine Ventilatoren leiteten die warme Luft zum Fahrer und Beifahrer weiter.

Die Heizung mochte ein Luxus sein, aber die geschlossene Kabine war eine absolute Notwendigkeit. Ohne sie hätte das ständige Trommeln des Windes jeden Fahrer bis auf die Knochen durchfrieren lassen und ihn auf einer Fahrt von mehr als sechs oder sieben Kilometern getötet.

Einige Schlitten waren zusätzlich nach genauen Anweisungen umgebaut worden. Dazu gehörte auch Harrys Fahrzeug, denn er beförderte damit den elektrischen Bohrer. Die meisten Werkzeuge wurden in dem flachen Gepäckfach transportiert, das unter der hochklappbaren Oberfläche des Passagiersitzes verborgen war, oder in dem kleinen, offenen Anhänger, den das Schneemobil zog. Aber der Bohrer war zu groß für das Gepäckfach und zu wichtig für die Expedition, als daß man ihn den Erschütterungen aussetzen konnte, die den Anhänger durchrüttelten. Daher war die zweite Hälfte der Bank mit Sicherungsklammern versehen, und der Bohrer war nun dicht hinter Harry festgeschraubt und nahm sozusagen den Platz des Beifahrers ein.

Mit diesen wenigen Veränderungen war der Motorschlitten voll tauglich für die Arbeit auf dem Grönlandeis. Bei fünfzig Stundenkilometern betrug sein Bremsweg dreißig Meter. Die fünfzig Zentimeter breite Spur gewährleistete auf einigermaßen holprigem Terrain eine ausgezeichnete Bodenhaftung. Und obwohl der Schlitten mit allen Umbauten dreihundert Kilo wog, brachte er es auf eine Höchstgeschwindigkeit von siebzig Stundenkilometern.

Im Augenblick war das beträchtlich mehr Leistung, als Harry gebrauchen konnte. Er fuhr praktisch im Schneckentempo. Sollte im Sturm vor ihm abrupt der Rand des Eisberges auftauchen, blieben ihm höchstens zehn oder zwölf Meter, um auf die Gefahr zu reagieren und das Schneemobil anzuhalten. Bei zu hohem Tempo würde er nicht mehr rechtzeitig stoppen können. Wenn er im letzten Augenblick auf die Bremse trat, würde er in die Nacht hinausgeschleudert werden und ins Meer stürzen. Diese Vorstellung machte ihm schwer zu schaffen, und er behielt ein Tempo von knapp zehn Stundenkilometern bei.

Trotzdem mußte er so schnell fahren, wie die Vorsicht und Vernunft es zuließen. Jede Minute Fahrt vergrößerte die Möglichkeit, daß sie die Orientierung verloren und sich hoffnungslos verirrten.

Sie waren vom sechzigsten Bohrloch aus nach Süden gefahren und behielten diese Richtung bei, so gut sie es vermochten. Dabei gingen sie davon aus, daß das, was vor dem Tsunami Osten gewesen war, nun Süden war. In den ersten fünfzehn oder zwanzig Minuten nach der Flutwelle hatte der Eisberg sich wahrscheinlich so weit gedreht, wie er sich drehen würde; mittlerweile mußte er sein natürliches Vorder- und Hinterteil gefunden haben, und dementsprechend würde er seinen Kurs nun beibehalten. Sollte ihre Annahme jedoch falsch sein und sich der Berg noch drehen, würde das vorübergehende Lager jedoch nicht im Süden liegen, und sie würden in beträchtlicher Entfernung an den Iglus vorbeifahren und sie, wenn überhaupt, nur durch Zufall entdecken.

Harry wünschte sich, er hätte den Rückweg mit Hilfe markanter Orientierungspunkte finden können, aber die Nacht und der Sturm verschleierten sie alle. Außerdem ähnelte auf der polaren Eishülle die eine monotone Landschaft so ziemlich der anderen, und selbst bei hellem Tageslicht war es möglich, sich ohne funktionierenden Kompaß zu verirren.

Er warf einen Blick auf den an der Seite hinter dem eisüberzogenen Plexiglas befestigten Rückspiegel. Die Scheinwerfer des zweiten Schlittens – auf dem Pete und Claude saßen – funkelten hinter ihm in der eisigen Dunkelheit.

Obwohl er nur eine Sekunde lang abgelenkt gewesen war, richtete er seine Aufmerksamkeit sofort wieder auf das Eis vor ihm und rechnete halbwegs damit, direkt hinter den schwarzen Spitzen der Skier des Schneemobils einen klaffenden Abgrund zu sehen. Die kalkweiße Landschaft erstreckte sich vor ihm jedoch ungebrochen in die lange Nacht.

Er hoffte, von dem provisorischen Lager einen Lichtschein zu sehen. Rita und Franz würde klar sein, daß es bei solchem Wetter ohne Orientierungshilfe schwierig, wenn nicht sogar unmöglich war, das Lager zu finden. Sie würden die Scheinwerfer der Schneemobile einschalten und auf den Eiswall hinter dem Lager richten. Das zurückgeworfene und verstärkte Licht würde ein unverkennbares Leuchtfeuer bilden.

Doch er konnte vor sich nicht einmal ein schwaches, verschwommenes Schimmern ausmachen. Die Dunkelheit beunruhigte ihn, denn sie konnte bedeuten, daß das Lager unter Tonnen von Eis begraben war.

Obwohl Harry normalerweise optimistisch war, wurde er manchmal von der morbiden Furcht überwältigt, seine Frau zu verlieren. Tief im Inneren war er nicht der Ansicht, sie wirklich verdient zu haben. Sie hatte mehr Freude in sein Leben gebracht, als er je zu hoffen gewagt hatte. Sie war ihm alles, und das Schicksal nahm einem Menschen nur allzugern das, was seinem Herzen am nächsten stand.

Von allen Abenteuern, die Harrys Leben bereichert hatten, seit er diese Farm in Indiana verlassen hatte, war seine Beziehung zu Rita das aufregendste und lohnendste. Sie war für ihn exotischer, geheimnisvoller und besser imstande, ihn zu überraschen und zu bezaubern und zu erfreuen, als alle Weltwunder zusammen.

Er redete sich ein, eigentlich sei es ein positives Zeichen, daß er keine Signallichter sah. Es bestanden gute Aussichten, daß die Iglus noch auf dem festen Eisfeld und nicht auf dem Berg standen. Und wenn das vorübergehende Lager sich noch auf der Eishülle befand, würde Rita in ein paar Stunden wieder sicher in Edgeway sein.

Doch ganz egal, ob Rita auf dem Eisberg oder der Eishülle war, die Eiswand, die sich hinter dem Lager erhob, war vielleicht zusammengebrochen und hatte sie zermalmt.

Er beugte sich weiter über die Lenkstange vor und spähte durch den dichten Schnee: nichts.

Sollte er Rita lebendig wiederfinden, würde er, selbst wenn sie mit ihm auf dem Eisberg gefangen war, Gott jede Minute des Rests seines Lebens danken – wobei es sich vielleicht nur noch um furchtbar wenige handelte. Wie sollten sie von dem Eisberg herunterkommen? Wie würden sie die Nacht überstehen? Ein schnelles Ende wäre vielleicht besser als ein langsamer, elender Tod durch Erfrieren.

Knapp zehn Meter vor ihm erschien im Licht der Scheinwerfer eine schmale schwarze Linie auf der verschneiten Ebene: ein Riß im Eis, von seinem Standort aus kaum auszumachen.

Er trat hart auf die Bremse. Das Fahrzeug drehte sich um dreißig Grad, und die Skier schepperten laut. Er steuerte mit der Lenkstange dagegen, bis er spürte, daß die Skier wieder griffen, und fuhr dann wieder nach rechts.

Er bewegte sich immer noch, glitt wie ein Puck beim Eishockey über die glatte Oberfläche, sechs Meter vom Abgrund entfernt, und er rutschte noch immer …

Die Ausmaße der schwarzen Linie wurden deutlicher. Dahinter wurde Eis sichtbar. Also mußte es sich um eine Gletscherspalte handeln. Nicht der allerletzte Rand, hinter dem sich nur die Nacht und darunter das kalte Meer befand. Nur eine Spalte.

Er rutschte und rutschte …

Auf dem Weg von Edgeway zum Lager war das Eis makellos gewesen. Anscheinend hatten die unterseeischen Aktivitäten auch diesen Abgrund aufgerissen.

Viereinhalb Meter …

Die Skier klapperten. Etwas schlug gegen das Fahrgestell. Die Schneedecke war dünn. Eis bot nur eine schlechte Bodenhaftung. Schnee bauschte sich wie Rauchwolken auf den Skiern und der Raupenkette aus Polyurethan auf.

Drei Meter …

Der Schlitten rollte glatt aus und schaukelte fast unmerklich auf seiner Aufhängung. Harry war der Spalte so nah, daß er den Rand des Eises hinter der abgeschrägten Vorderseite des Fahrzeugs nicht mehr sehen konnte. Die Spitzen der Skier mußten jenseits des Rands in die leere Luft ragen. Noch ein paar Zentimeter weiter, und er hätte wie auf einer Wippe balanciert und zwischen Tod und Überleben geschaukelt.

Er legte den Rückwärtsgang ein und setzte einen oder anderthalb Meter zurück, bis er den Abgrund sehen konnte.

Er fragte sich, ob man ihn von Rechts wegen für verrückt erklären konnte, weil er unbedingt in dieser tödlichen Einöde hatte arbeiten wollen.

Zitternd – wenn auch nicht vor Kälte – zog er die Schneebrille von der Stirn herab, rückte sie über den Augen zurecht, öffnete die Kabinentür und stieg aus. Der Wind hatte die Kraft eines Schlags mit einem Schmiedehammer, doch er störte sich nicht daran. Die Kälte, die ihn durchfuhr, war ein Beweis dafür, daß er noch lebte.

Die Scheinwerfer enthüllten, daß die Spalte in der Mitte nur etwa vier Meter breit war und an beiden Enden drastisch schmaler wurde. Sie war kaum fünf Meter lang, also nicht besonders groß. Aber sie hätte ihn auf jeden Fall verschlingen können. Als er in die Dunkelheit unter den Scheinwerferstrahlen schaute, argwöhnte er, daß die Tiefe des Abgrunds Dutzende von Metern betrug.

Er erschauderte und wandte ihm den Rücken zu. Unter der Vielzahl seiner Kleidungsschichten spürte er, wie Schweißtropfen, das reine Destillat der Furcht, seine Rückensenke hinabtropften.

Sechs Meter hinter seinem Schlitten hielt das zweite Schneemobil mit laufendem Motor und grell leuchtenden Scheinwerfern an. Pete Johnson zwängte sich durch die Kabinentür hinaus.

Harry winkte und ging auf ihn zu.

Das Eis knirschte.

Überrascht blieb Harry stehen.

Das Eis bewegte sich.

Einen Augenblick lang glaubte er, eine weitere seismische Welle glitte unter ihnen hinweg. Doch sie trieben nun und würden von einem Tsunami nicht mehr auf die Art und Weise beeinträchtigt werden, wie es der Fall gewesen war, als sie sich auf der festen Eishülle befunden hatten. Der Eisberg würde nur schlingern wie ein Schiff in rauher See und die Turbulenzen ohne Schäden überstehen; er würde auf keinen Fall ächzen, knacken, sich heben und senken und zittern.

Es handelte sich um eine örtliche Störung – das hieß, sie fand genau unter seinen Füßen statt. Plötzlich öffnete sich das Eis vor ihm in einer Zickzacklinie. Die Spalte war zuerst gerade mal drei Zentimeter breit, wurde aber immer breiter, war nun so breit wie seine Hand, dann noch breiter. Er stand mit dem Rücken zum Abgrund, und die arg gerissene Wand der neu gebildeten Spalte löste sich unter ihm auf.

Er taumelte, warf sich vor, sprang über den zerklüfteten Riß und wurde sich noch während des Sprungs bewußt, daß er noch breiter geworden war. Er stürzte auf der anderen Seite zu Boden und rollte sich von diesem trügerischen Stück Eis weg.

Hinter ihm kalbte die Wand der Spalte dicke Platten, die in die Tiefe stürzten und unter ihm donnernd aufschlugen. Die Ebene erzitterte.

Harry richtete sich auf die Knie auf. Er wußte noch nicht genau, ob er schon in Sicherheit war. Verdammt, nein. Der Rand des Abgrunds löste sich weiterhin auf und stürzte hinab, die Spalte wurde immer breiter, und er taumelte hektisch von ihr fort.

Keuchend schaute er gerade noch rechtzeitig zurück, um mitzubekommen, wie sein Schneemobil mit brummendem Motor in die Kluft stürzte. Es prallte gegen die gegenüberliegende Wand der Spalte und wurde einen Augenblick lang von einem lastwagengroßen Eisbrocken dort festgenagelt. Der Treibstoff in den Haupt- und Hilfstanks explodierte. Flammen schlugen in den Wind hoch, senkten sich aber schnell wieder, als das brennende Wrack in die Tiefe stürzte. Um ihn und unter ihm leuchteten kurz rote und orangefarbene Phantome in dem milchigen Eis. Dann erlosch das Feuer, und die Dunkelheit übernahm wieder die Herrschaft.

13:07

Kryophobie. Die Furcht vor Eis.

Die Umstände machten es Rita Carpenter viel schwerer als üblich, dieses beharrliche, sie schwächende Entsetzen zu unterdrücken.

Abschnitte der Aufwerfung waren teilweise zusammengebrochen, während andere Sektionen von dem Tsunami radikal umgestaltet worden waren. Nun befand sich eine flache Höhle – etwa zwölf Meter tief und neun Meter breit – zwischen diesen weißen Wällen. Die Decke war an manchen Stellen sechs, an anderen hingegen nur drei Meter hoch: die eine Hälfte glatt und geneigt, die andere aus unzähligen Blöcken und Verstrebungen zusammengesetzt, die sich gegenseitig trugen und stützten, ein weiß in weißes Mosaik, das eine feindselige Schönheit hatte und

Rita an die surrealen Kulissen von *Das Kabinett des Dr. Caligari* erinnerte, einen sehr alten Film.

Sie zögerte im Eingang zu diesem kalten Hafen, wollte Franz Fischer nicht über die Schwelle folgen, wurde von dem irrationalen Gefühl gepeinigt, daß sie nicht lediglich ein paar Meter vorwärts gehen würde, sondern gleichzeitig rückwärts in der Zeit, zu jenem Wintertag, an dem sie sechs Jahre alt gewesen war, zu dem Poltern und Tosen und dem lebenden Tod des weißen Grabes …

Sie biß die Zähne zusammen, versuchte, ein Gefühl des fast lähmenden Entsetzens zu unterdrücken, und ging hinein. Hinter ihr tobte der Sturm, doch innerhalb dieser weißen Mauern fand sie eine verhältnismäßige Stille vor, und auch Schutz vor dem beißenden Wind und dem Schnee.

Rita ließ das Licht ihrer Taschenlampe über die Decke und die Wände gleiten und suchte nach Anzeichen dafür, daß das Gebilde in unmittelbarer Gefahr war, einfach einzustürzen. Im Augenblick kam ihr die Höhle zwar durchaus stabil vor, doch ein weiterer starker Tsunami, der unter dem Eis hinwegglitt, würde die Decke wahrscheinlich zum Zusammenbruch bringen.

»Riskant«, sagte sie und konnte dabei nicht verhindern, daß ihre Stimme sich vor Nervosität überschlug.

Franz nickte. »Aber wir haben keine andere Wahl.«

Alle drei aufblasbaren Unterkünfte waren so stark beschädigt worden, daß sie nicht mehr repariert werden konnten. Wenn sie einen längeren Zeitraum draußen in dem scharfen Wind blieben, würden sie trotz ihrer isolierten Sturmanzüge eine Unterkühlung damit geradezu herausfordern. Ihr verzweifelter Bedarf an Schutz wog schwerer als die Gefahr, die von der Höhle ausging.

Sie gingen wieder hinaus, trugen den Kurzwellensender – der die Zerstörung des Lagers überstanden zu haben schien – in die Eishöhle und stellten ihn an der hinteren Wand auf den Boden. Franz rollte ein Kabel von der Ersatzbatterie des unbeschädigten Schneemobils herein, und sie schlossen den Sender an. Rita schaltete ihn ein, und der Frequenzanzeiger leuchtete meergrün auf. Das Knistern des statischen Rauschens und ein unheimliches Pfeifen wurde von den Eiswänden zurückgeworfen.

»Er funktioniert«, sagte sie erleichtert.

Franz schob seine Kapuze zurecht, damit sie am Hals dichter

saß. »Mal sehen, was ich noch retten kann«, sagte er, ließ die Taschenlampe bei ihr zurück und ging, in Erwartung des Windes die Schultern gekrümmt und den Kopf eingezogen, wieder in den Sturm hinaus.

Er hatte die Höhle kaum verlassen, als ein dringender Funkspruch von Gunvald aus der Station Edgeway kam.

Rita kniete neben dem Funkgerät nieder und bestätigte den Funkspruch schnell.

»Was für eine Erleichterung, deine Stimme zu hören«, sagte Gunvald. »Sind alle in Ordnung?«

»Das Lager wurde zerstört, aber Franz und mir geht es gut. Wir haben Schutz in einer Eishöhle gefunden.«

»Harry und die anderen?«

»Wir wissen nicht, was aus ihnen geworden ist«, sagte sie, und als sie fortfuhr, zog ihre Brust sich vor Besorgnis zusammen. »Sie waren draußen und haben Sprengladungen angebracht. Wenn sie in den nächsten fünfzehn Minuten nicht auftauchen, suchen wir nach ihnen.« Sie zögerte und räusperte sich. »Die Sache ist nur … wir treiben.«

Einen Augenblick lang war Gunvald zu verblüfft, um etwas zu sagen. Dann: »Bist du sicher?«

»Eine Veränderung der Windrichtung hat uns darauf aufmerksam gemacht. Dann die Kompasse.«

»Laß mich mal kurz nachdenken«, sagte Larsson mit hörbarer Beunruhigung.

Trotz des Sturms und der starken magnetischen Störungen, die in diesen Breitengraden schlechtes Wetter begleiten, war Larssons Stimme klar und verständlich. Aber er war ja auch nur sechs Kilometer Luftlinie entfernt. Wenn der Sturm heftiger wurde und der Eisberg weiter nach Süden trieb, würden sie mit Sicherheit Verständigungsprobleme bekommen. Beide wußten, daß sie bald den Kontakt verlieren würden, erwähnten es aber nicht.

»Hast du eine Ahnung, wie groß euer Eisberg ist?« fragte Larsson schließlich.

»Nicht die geringste. Wir konnten ihn noch nicht erkunden. Im Augenblick suchen wir nach allem, was wir aus den Trümmern des Lagers herausholen können.«

»Wenn der Eisberg nicht sehr groß ist …« Gunvalds Stimme ging im Rauschen unter.

»Ich habe dich nicht verstanden.«

Starkes Rauschen.

»Gunvald, bist du noch da?«

Seine Stimme kehrte zurück: »Wenn der Eisberg nicht groß ist … sind Harry und die anderen vielleicht nicht darauf.«

Rita schloß die Augen. »Das kann ich nur hoffen.«

»Ob sie nun bei euch sind oder nicht, die Lage ist alles andere als hoffnungslos. Das Wetter ist noch so gut, daß ich über die Satellitenverbindung die Basis der US Air Force in Thule benachrichtigen kann. Sobald ich sie alarmiert habe, werden sie mit diesen UNO-Trawlern im Süden von euch Kontakt aufnehmen.«

»Und was dann? Kein Kapitän, der noch bei Sinnen ist, würde während eines schweren Wintersturms mit einem Trawler nach Norden fahren. Er würde sein Schiff und die Mannschaft verlieren, die uns zu retten versucht.«

»Sie haben die modernsten Rettungsflugzeuge in Thule. Irgendein verdammter Hubschrauber, der unter fast allen Bedingungen manövrierfähig bleibt …«

»Man hat noch kein Flugzeug erfunden, das während eines solchen Sturms sicher fliegen kann – mal ganz davon abgesehen, bei Sturmböen auf einem Eisberg zu landen.«

Das Funkgerät brachte nur statisches Rauschen und trillerndes elektronisches Kreischen hervor, doch sie spürte, daß Gunvald die Verbindung nicht unterbrochen hatte.

»Na schön«, sagte der Schwede schließlich, »was das Flugzeug betrifft, hast du recht, aber wir dürfen die Hoffnung auf Rettung nicht aufgeben.«

»Einverstanden.«

»Denn … na ja, hör zu, Rita, dieser Sturm könnte drei oder vier Tage lang dauern.«

»Oder noch länger«, bestätigte sie.

»Dafür habt ihr nicht genug Vorräte.«

»Wir haben kaum welche. Aber Vorräte sind nicht so schrecklich wichtig«, sagte Rita. »Wir können länger als vier Tage ohne Nahrung aushalten.«

Sie beide wußten, daß das Verhungern nicht die große Gefahr war. Nichts spielte eine so große Rolle wie die unerträgliche, gnadenlose Kälte.

»Wärmt euch abwechselnd in den Schneemobilen auf«, sagte Gunvald. »Habt ihr genug Treibstoff?«

»Genug, um nach Edgeway zurückzukommen – wenn das möglich wäre. Aber viel mehr wohl kaum. Das reicht höchstens für ein paar Stunden, auf keinen Fall für ein paar Tage.«

»Tja dann ...«

Stille. Rauschen.

Erst nach ein paar Sekunden war er wieder zu hören. »... stelle trotzdem den Ruf nach Thule durch. Sie müssen es wissen. Vielleicht finden sie eine Lösung, die wir übersehen haben, wenn sie das Problem weniger gefühlsbetont betrachten.«

»Edgeway hat keinen Kratzer abgekriegt?« fragte sie.

»Hier ist alles in Ordnung.«

»Und du?«

»Nicht mal ein blauer Fleck.«

»Schön zu hören.«

»Ich werde die Sache überstehen. Und du auch, Rita.«

»Ich werde es versuchen«, sagte sie. »Ich werde es ganz bestimmt versuchen.«

13:10

Brian Dougherty zog Benzin aus dem Tank des aufrecht stehenden Schneemobils ab und goß es auf einen einen halben Meter breiten Eisabschnitt am Rand der Klippe.

Roger Breskin drehte ein chemisches Zündholz auf und warf es in das Benzin. Flammen loderten auf und schlugen im Wind wie helle, zerfetzte Flaggen, brannten aber innerhalb von ein paar Sekunden wieder aus.

Brian kniete dort nieder, wo das Feuer gebrannt hatte, und untersuchte den Rand des Abgrunds. Das Eis war aufgerauht gewesen; jetzt war es eben und glatt. Ein Bergsteigerseil würde darüber gleiten, ohne sich durchzuscheuern.

»Reicht das?« fragte Roger.

Brian nickte.

Roger bückte sich und griff nach dem freien Ende eines zehn Meter langen Seils, das er an das Fahrgestell des Schneemobils gebunden und des weiteren an einem langen, mit einem Gewinde versehenen Belegnagel wie denen verankert hatte, mit denen er den Sender gesichert hatte. Er schlang es schnell um Brians Brust und Schultern und fertigte auf diese Weise ein behelfsmäßiges Geschirr an. Auf der Mitte der Brust des jüngeren Mannes zog er drei kräftige Knoten fest. »Das wird halten«, sagte er. »Das ist Nylon, reißsicher bis fünfhundert Kilo. Vergiß bloß nicht, das Seil mit beiden Händen über deinem Kopf zu packen, damit du wenigstens einen Teil des Drucks von deinen Schultern nimmst.«

Da Brian sich nicht zutraute, ohne ein nervöses Stottern zu sprechen, nickte er nur.

Roger kehrte zum Schneemobil zurück, das mit der Schnauze zum Abgrund stand. Den Anhänger hatte er ausgekuppelt. Er stieg in die Kabine und schloß die Tür. Dann trat er auf die Bremse und fuhr den Motor hoch.

Zitternd legte Brian sich flach auf das Eis und rutschte auf dem Bauch vorwärts. Durch seine gestrickte Skimaske atmete er tief ein, zögerte nur kurz und stieß sich dann mit den Füßen zuerst über den Rand der Klippe. Obwohl er nicht tief fiel, machte sein Magen einen Satz, und ein Schauder des Entsetzens durchfuhr ihn so spürbar wie ein Stromschlag. Das Seil zog sich stramm und hemmte seinen Fall, als sein Schädel nur ein paar Zentimeter unter der Spitze des Eisbergs war.

Doch das Tau hing nicht tief genug über den Rand des Abgrunds, als daß er hätte nach oben fassen und es ergreifen können. Er mußte die gesamte Belastung mit den Schultern abfangen. Augenblicklich machte sich ein dumpfes Pochen in seinen Gelenken, dem Rücken und dem Nacken bemerkbar. Dieses dumpfe Pochen würde sich schnell zu einem scharfen Schmerz steigern.

»Komm schon, komm schon, Roger«, murmelte er. »Beeil dich.«

Brian hing mit dem Gesicht zur Eiswand. Als der scharfe Wind ihn beutelte, scharrte und prallte er dagegen.

Er wagte es, den Kopf zur Seite zu drehen und hinabzuschauen, obwohl er damit rechnete, lediglich einen klaffenden schwarzen Abgrund zu sehen. Doch nachdem er den Kopf von den Scheinwerfern des Schneemobils abgewandt hatte, gewöhnten seine Augen sich schnell an die Düsterkeit, und das verschwommene natürliche Phosphoreszieren des Eises ermöglichte es ihm, die steile Wand auszumachen, an der er hing, aber auch die zerbrochenen, scharfkantigen Eisblöcke auf dem Grund. Zwanzig oder fünfundzwanzig Meter unter ihm gaben die weißen Schaumkronen der aufgewühlten See ein geisterhaftes Leuchten von sich, als sie sich in aufeinanderfolgenden Reihen aus der Nacht erhoben und mit schäumender Gewalt auf dem Eisberg brachen.

Roger Breskin nahm so viel Gas weg, daß er den Motor fast abgewürgt hätte.

Er dachte ein letztes Mal über das Problem nach: Dougherty war einsachtzig groß, und der Vorsprung lag sechs Meter unter ihm. Also mußte er Dougherty etwa sechs Meter tief hinablassen, damit er auf dem Vorsprung zu stehen kam und die zwei Meter Seilfreiheit hatte, die ihm ausreichende Bewegungsfreiheit gab, sich mit George Lin zu befassen. Sie hatten auf sechs Meter Länge ein hellrotes Stück Stoff an das Seil gebunden; wenn diese Markierung also hinter dem Rand verschwand, befand Dougherty sich in Position. Doch er mußte das Seil so langsam wie möglich hinablassen, oder der Junge würde vielleicht gegen die Wand des Eisbergs prallen und das Bewußtsein verlieren.

Überdies befand das Schneemobil sich nur zwölf, dreizehn Meter vom Abgrund entfernt; wenn das Fahrzeug zu schnell vorwärts rutschte, würde Roger vielleicht nicht mehr rechtzeitig anhalten können, um sich selbst zu retten, geschweige denn Dougherty und Lin. Er befürchtete, daß die langsamste Geschwindigkeit des Schlittens für diese Aufgabe noch gefährlich schnell war, und zögerte nun, da sie alle Vorbereitungen getroffen hatten.

Eine heftige Bö schlug von hinten und von rechts gegen Brian und drückte ihn gegen die Wand der Klippe, aber auch nach links, so daß er plötzlich in einem leichten schrägen Winkel herabhing. Als der Wind nach einem Augenblick nachließ und seine Geschwindigkeit sich auf etwa fünfzig Stundenkilometer verringerte, glitt er nach rechts zurück und schaukelte dann langsam in einem Bogen von etwa einem Meter wie ein Pendel hin und her.

Er schaute zu der Stelle hinauf, wo das Seil über den Rand der Klippe glitt. Obwohl er das Eis mit dem brennenden Benzin sorgfältig geglättet hatte, würde auch die geringste Reibung das Seil langsam durchscheuern.

Er schloß die Augen, wurde in seinem Geschirr ganz schlaff und wartete darauf, auf den Vorsprung hinabgelassen zu werden. Sein Mund war so trocken wie der eines Wüstenwanderers, und sein Herz schlug so schnell und heftig, daß es imstande zu sein schien, ihm die Rippen zu brechen.

Da Roger große Erfahrung mit dem Schneemobil hatte, war es nur logisch und vernünftig gewesen, daß Brian hinabklettern und versuchen sollte, George Lin zu bergen. Nun wünschte er sich, er wäre der Schneemobil-Experte gewesen. Verdammt, wieso dauerte das so lange?

Seine Ungeduld verdunstete, als er plötzlich hinabfiel, als wäre das Seil durchtrennt worden. Er landete mit solcher Wucht auf dem Vorsprung, daß der Schmerz durch seine Beine und die Wirbelsäule bis in den Nacken schoß. Seine Knie knickten ein, als bestünden sie aus nasser Pappe. Er fiel gegen die Eiswand, prallte zurück und kippte von dem schmalen Sims in die windzerrüttete Nacht.

Er hatte zuviel Angst, um zu schreien.

Das Schneemobil machte einen Satz und rutschte schnell vorwärts. Roger trat sofort wieder auf die Bremse, nachdem er den Fuß von ihr genommen hatte. Das rote Tuch verschwand über den Rand des Abgrunds, doch das Fahrzeug bewegte sich noch. Da das Eis vom Schnee freigeweht und vom unaufhörlichen Wind poliert worden war, bot es nur wenig Reibungsdruck. So glatt, wie der Puck beim Beilkespiel über das polierte Parkett gleitet, rutschte das Schneemobil zehn Meter weiter. Die Scheinwerfer durchbohrten eine ewige Schwärze, bevor es schließlich keine drei Meter vom Rand der Klippe entfernt stehenblieb.

Das Geschirr zog sich mit einem Ruck über Brians Brust und unter seinen Armen zusammen. Verglichen mit dem pochenden Schmerz in seinen Beinen und dem dumpfen in seinem Rücken war diese neue Qual jedoch erträglich.

Er war überrascht, noch bei Bewußtsein zu sein – und am Leben.

Er löste die Taschenlampe von dem Werkzeuggürtel um seine Hüften und schnitt die völlige Dunkelheit um ihn mit einer Lichtklinge auf, und Sturzbäche von Schneeflocken strömten über ihn hinweg.

Brian versuchte, nicht an das eisige Meer unter ihm zu denken, und schaute zu dem Vorsprung hinauf, von dem er gestürzt war und der sich fast anderthalb Meter über seinem Kopf befand. Einen Meter links von ihm hingen die behandschuhten Finger von George Lins lebloser rechter Hand vom Sims herab.

Dougherty schwang nun wieder in einem kleinen Bogen an dem Seil aus. Das Seil, von dem sein Leben abhing, scharrte auf dem Vorsprung hin und her, der *nicht* von brennendem Benzin geglättet worden war und scharfkantig glänzte. Splitter und Eisspäne prasselten auf ihn herab, als das Seil eine flache Kerbe in die Kante des Vorsprungs schliff.

Der Strahl einer Taschenlampe stach von oben herab.

Brian hob den Kopf und sah, daß Roger Breskin vom Rand der Klippe zu ihm hinabschaute.

Roger lag auf dem Eis, hatte den Kopf über den Abgrund geschoben und den rechten Arm mit der Taschenlampe ausgestreckt. Er legte die freie Hand an den Mund und rief etwas. Der Wind zerfetzte seine Worte zu bedeutungslosem Tonkonfetti.

Brian hob eine Hand und winkte schwach.

Roger schrie nun lauter als zuvor: »Bist du in Ordnung?« Seine Stimme klang, als käme sie vom anderen Ende eines zehn Kilometer langen Eisenbahntunnels.

Brian nickte, so gut er konnte: Ja, ich bin in Ordnung. Mit diesem Nicken konnte er jedoch nicht das Ausmaß seiner Furcht und Besorgnis übermitteln, die der anhaltende Schmerz in seinen Beinen verursachte.

Breskin schrie wieder etwas, doch nur ein paar seiner Worte erreichten Brian: »Gehe … Schneemobil … Rückwärtsgang … Zieh dich … hoch.«

Erneut nickte Brian.

»... langsam ... vermeiden ... wieder zu schnell ... das Eis ... gerutscht.«

Roger verschwand, eilte offensichtlich zu dem Schneemobil zurück.

Ohne die Taschenlampe auszuschalten, befestigte Brian sie wieder am Werkzeuggürtel. Ihr Strahl schien nun auf seinen rechten Fuß hinab. Er faßte nach oben, ergriff das straffe Seil mit beiden Händen und zog sich ein Stück hoch, um seine Oberarme etwas zu entlasten, von denen er glaubte, sie würden jeden Augenblick aus den Schultergelenken gerissen werden.

Das Schneemobil zerrte das Seil hoch. Im Vergleich zu seinem Abstieg war die Bewegung geradezu sanft, und er wurde nicht mehr gegen die Eiswand geworfen.

Von den Knien abwärts befanden seine Beine sich noch unterhalb des Vorsprungs. Er schwang sie hoch, setzte beide Füße auf das schmale Sims aus Eis und blieb dort hocken. Dann ließ er das Tau los und richtete sich auf. Seine Knöchel schmerzten, die Knie fühlten sich an, als bestünden sie aus Gelee, und in seinen Oberschenkeln brannte Schmerz. Doch seine Beine trugen ihn.

Er holte einen großen Nagel – zehn Zentimeter lang, mit scharfer Spitze, oben mit einer Öse versehen – aus einer mit einem Reißverschluß gesicherten Tasche seiner Jacke. Dann zog er einen kleinen Hammer aus seinem Werkzeuggürtel und schlug den Nagel in eine schmale Spalte in der Eiswand.

Erneut leuchtete Rogers Taschenlampe von oben herunter.

Als der Nagel sicher verankert war, hakte Brian eine zusammengerollte, zweieinhalb Meter lange Nylonschnur von seinem Gürtel los. Bevor er hinabgestiegen war, hatte er ein Ende davon in einen Karabiner verknotet. Nun verband er den Karabiner mit dem Nagel und schraubte die Sicherheitssperre zu. Das andere Ende band er um seine Hüfte. Der daraus resultierende Spielraum würde ihn, sollte er ausrutschen und von dem Vorsprung fallen, knapp am Tod vorbeischlittern lassen, gab ihm jedoch soviel Bewegungsfreiheit, daß er sich um George Lin kümmern konnte. Auf diese Weise gesichert, löste er die Knoten, die sein Geschirr vor der Brust und unter den Armen zusammenhielten. Als er sich vom Hauptseil befreit hatte, rollte er es zusammen und legte es um seinen Hals.

Um nicht voll der boshaften Kraft des Windes ausgesetzt zu sein, ließ er sich auf Hände und Knie hinab und kroch zu Lin. Das Licht von Roger Breskins Taschenlampe folgte ihm. Er löste seine eigene vom Gürtel, legte sie am Rand der Klippe auf das Sims und richtete sie so aus, daß der Strahl auf den Bewußtlosen fiel.

War Lin bewußtlos – oder tot?

Um die Antwort auf diese Frage herauszubekommen, mußte er sich das Gesicht des Chinesen ansehen. Es war nicht einfach, den Mann auf den Rücken zu drehen, denn Brian mußte darauf achten, daß der Wissenschaftler nicht in den Abgrund rollte. Als Lin endlich auf dem Rücken lag, war er wieder bei Bewußtsein. Seine bernsteingelbe Haut – zumindest die paar freiliegenden Quadratzentimeter seines Gesichts – war schockierend bleich. Unter dem Schlitz in der Maske arbeitete sein Mund, doch kein verständliches Geräusch kam über seine Lippen. Hinter der frostverkrusteten Brille waren die Augen geöffnet; sie brachten eine gewisse Verwirrung zum Ausdruck, doch es schien sich nicht um die eines Mannes zu handeln, der starke Schmerzen hatte oder im Delirium lag.

»Wie fühlst du dich?« brüllte Brian gegen den schrillen Wind an.

Lin starrte ihn verständnislos an und wollte sich aufrichten.

Brian drückte ihn wieder hinab. »Sei vorsichtig! Sonst stürzt du ab.«

Lin drehte den Kopf und starrte in die Dunkelheit, aus der der Schnee nun noch schneller heranströmte. Als er dann wieder Brian ansah, war er noch bleicher geworden.

»Bist du schwer verletzt?« fragte Brian. Wegen der Thermalkleidung, die Lin trug, konnte Brian nicht feststellen, ob der Mann sich irgendwelche Knochen gebrochen hatte.

»Ein Schmerz in der Brust«, sagte Lin gerade so laut, daß er sich über den Sturm verständlich machen konnte.

»Das Herz?«

»Nein. Als ich über den Rand fiel … das Eis bewegte sich noch … von der Welle … der Abhang war geneigt. Ich bin hinab*gerutscht* … und hier unten hart auf der Seite gelandet. An mehr erinnere ich mich nicht.«

»Gebrochene Rippen?«

Lin atmete tief ein und zuckte zusammen. »Nein. Wahrscheinlich nicht. Nur geprellt, glaube ich. Tut verdammt weh. Aber nichts gebrochen.«

Brian nahm das zusammengerollte Seil von seinem Hals. »Ich muß es unter deinen Armen und auf der Brust verknoten. Hältst du das aus?«

»Habe ich eine Wahl?«

»Nein.«

»Dann werde ich es aushalten.«

»Du mußt dich aufsetzen.«

Stöhnend schob Lin sich in eine sitzende Position hoch. Sein Rücken berührte die Eiswand, die Beine baumelten über dem Abgrund.

Brian stellte schnell ein Geschirr her, zog einen festen Doppelknoten über Lins Brustbein und stand auf. Er bückte sich und half dem Verletzten auf die Füße. Sie drehten sich an Ort und Stelle, damit sie das Meer und den mörderischen Wind im Rücken hatten. Trockener, fast körniger Schnee schlug gegen die Eiswand, prallte davon ab und peitschte gegen ihre Gesichter.

»Fertig?« rief Roger sechs Meter über ihnen.

»Ja. Aber mach langsam!«

Lin schlug mehrmals laut die Hände zusammen. Eisscheibchen fielen von seinen Handschuhen. Er krümmte die Finger. »Sind ganz taub. Ich kann die Finger bewegen … spüre sie aber kaum.«

»Du kommst wieder in Ordnung.«

»Fühle die Zehen … überhaupt nicht mehr. Bin müde. Nicht gut.«

Damit hatte er völlig recht. Wenn der Körper so kalt wurde, daß er zum Schlafen aufforderte, um wertvolle Wärme zu bewahren, konnte der Tod nicht weit entfernt sein.

»Sobald du oben bist, gehst du in den Schlitten«, sagte Brian. »Nach einer Viertelstunde bist du so warm wie ein Toast.«

»Du hast mich gerade noch rechtzeitig erreicht. Warum?«

»Warum was?«

»Du hast dein Leben riskiert.«

»Das ist wohl etwas übertrieben.«

»Doch, hast du.«

»Na ja, hättest du nicht dasselbe getan?«

Das straffe Seil wurde nach oben gezogen und nahm George

Lin mit. Der Aufstieg verlief glatt. Doch an der Spitze des Abhangs blieb Lin hängen; sein Oberkörper war bereits über dem Rand, der Rest von ihm baumelte im Wind. Er war zu schwach, um sich in Sicherheit zu ziehen.

Roger Breskins jahrelanges Training als Gewichtsheber zahlte sich nun aus. Er stieg aus dem Schneemobil und zog George Lin problemlos das letzte Stück auf den Eisberg hoch. Er löste das Geschirr von den Schultern des Mannes und warf das Seil wieder zu Brian hinab.

»Hole dich … sobald … George in Sicherheit …!« rief er. Obwohl seine Stimme vom Wind zerfetzt wurde, war die Besorgnis darin unverkennbar.

Vor nur einer Stunde hätte Brian sich nicht vorstellen können, daß Roger – der ihm mit seinem Stiernacken und dem gewaltigen Bizeps und den starken Händen und dem unerschütterlichen Selbstvertrauen manchmal wie aus Stein gemeißelt vorkam – vor irgend etwas Angst haben könnte. Nun, da die Furcht des anderen Mannes offensichtlich war, schämte Brian sich des Entsetzens nicht mehr so stark, das seine Eingeweide zusammenzog. Wenn ein hartes Arschloch wie Roger für Furcht empfänglich war, durfte sich sogar einer der stoischen Doughertys dieses Gefühl ein paar Mal in seinem Leben leisten.

Er ergriff das Seil und schirrte sich wieder an. Dann löste er das Sicherungsseil von seiner Hüfte, band das andere Ende von dem Karabiner, rollte es zusammen und hakte es an seinem Gürtel fest. Er hätte auch den Nagel geborgen, hätte er die Mittel und die Kraft gehabt, ihn aus dem Eis zu ziehen. Ihre Vorräte, der Treibstoff und das Werkzeug waren plötzlich von unschätzbarem Wert. Sie durften nichts mehr verschwenden oder zurücklassen. Niemand konnte vorhersagen, welcher nun unbedeutende Ausrüstungsgegenstand vielleicht einmal von äußerster Bedeutung für ihr Überleben sein würde.

Er dachte bewußt in Begriffen von *ihrem* und nicht *seinem* Überleben, denn er wußte, daß er das Expeditionsmitglied war, bei dem am unwahrscheinlichsten war, daß es die bevorstehende schwere Prüfung überlebte. Obwohl er ein vierwöchiges Training beim Arktischen Institut der US Army absolviert hatte, war er mit der Eishülle nicht so vertraut und nicht so gut darauf eingestellt wie die anderen. Überdies war er über einsachtzig groß und wog knapp achtzig Kilo. Emily, seine älteste Schwester, hatte ihn seit seinem sechzehnten Lebensjahr Bohnenstange genannt. Aber er war breitschultrig, und seine schlanken Arme waren muskulös. Er mochte zwar ein schmales Handtuch sein, war aber kein Schwächling. Ein Schwächling hätte nie die Stromschnellen des Colorado hinabfahren, mit Haijägern vor Bimini tauchen oder die Berge im Staat Washington besteigen können. Und solange er ein warmes Iglu oder einen beheizten Raum in der Station Edgeway hatte, in den er sich zurückziehen konnte, nachdem er einen langen Tag der schwächenden Kälte ausgesetzt gewesen war, konnte er sich einigermaßen warm halten. Doch das war etwas anderes. Die Iglus waren wahrscheinlich zerstört worden; und selbst wenn sie das Beben überstanden hatten, war in den Tanks der Schneemobile nur noch genug Kraftstoff und in den Batterien nur noch genug Energie, um sie höchstens einen Tag lang warm zu halten. In diesem Fall hing das Überleben von einer besonderen Kraft und Zähigkeit ab, die nur mit der Erfahrung kam. Er war überzeugt, nicht die nötige Stärke zu haben, diese Umstände zu überstehen.

Am meisten bedauerte er an seinem Tod die Trauer, die seine Mutter empfinden würde. Sie war die beste der Doughertys, stand weit über dem Schmutz der Politik und hatte schon genug Leid erfahren. Bei Gott, mit seiner Einstellung hatte Brian ihr mehr als genug ...

»Bist du fertig?« rief Roger Breskin.

»Ich warte nur auf dich.«

Roger kehrte zum Schneemobil zurück.

Brian hatte sich kaum auf die neue Anstrengung vorbereitet, als das Seil auch schon hochgezogen wurde und seine schmerzenden Schultern einer neuen und noch schrecklicheren Belastung aussetzte. Vom Wind gebeutelt, halb ohnmächtig vor Schmerz, unfähig, nicht mehr an das gewaltige nasse Grab zu denken, das tief unter ihm Wellen schlug, glitt er so sanft den Hang hinauf, wie fünf Minuten zuvor George Lin es schon getan hatte. Als er den Rand erreichte, konnte er sich unter Einsatz seiner Arme und Beine ohne Rogers Hilfe hinaufstemmen.

Er rappelte sich auf und machte ein paar unsichere Schritte in die Richtung, in der er die Scheinwerfer des Schneemobils sah. Seine Knöchel und Schenkel schmerzten, aber der Muskelkater würde nachlassen, wenn er sich bewegte. Er hatte die Aktion praktisch unverletzt überstanden. »Unglaublich«, sagte er und löste die Knoten, die das Geschirr zusammenhielten. »Unglaublich.«

»Wovon sprichst du?« fragte Roger, als er zu ihm kam.

»Ich hatte nicht erwartet, daß ich es schaffe.«

»Du hast mir nicht vertraut?«

»Das war es nicht. Ich hatte befürchtet, das Seil würde reißen oder der Vorsprung auseinanderbrechen, oder sonst was ...«

»Irgendwann wirst du sterben«, sagte Roger, und seine tiefe Stimme klang fast theatralisch. »Aber das war nicht der richtige Zeitpunkt und der richtige Ort dafür.«

Brian war genauso erstaunt, diese philosophische Äußerung von Roger Breskin zu hören, wie er es gewesen war, als er erfahren hatte, daß der Mann Furcht kannte.

»Wenn du nicht verletzt bist, machen wir uns lieber auf den Weg.«

Dougherty rieb sich die pochenden Schultern. »Was jetzt?«

»Wir richten das zweite Schneemobil auf und stellen fest, ob es noch funktioniert.«

»Und dann?«

»Suchen wir das provisorische Lager. Tun uns mit den anderen zusammen.«

»Und wenn das Lager nicht auf dem Eisberg ist?«

Roger hatte die Frage nicht gehört. Er hatte sich bereits umgedreht und schritt auf das umgestürzte Schneemobil zu.

Die Kabine des übriggebliebenen Schneemobils bot nur zwei Personen Platz; daher hatte Harry sich entschlossen, in dem offenen Anhänger mitzufahren. Claude hätte ihm seinen Sitz überlassen, und Pete Johnson beharrte darauf, den Platz hinter der Lenkstange aufzugeben, als sei es angenehmer, in dem Anhänger mitzufahren, obwohl es durchaus tödlich sein könnte, sich dort offen der Kälte auszusetzen. Harry hatte sie unterbrochen und sich auf seine Stellung berufen, um den schlechtesten Platz einnehmen zu können.

Der Anhänger enthielt die fünfzig Quadratzentimeter große Heizplatte und das Stahlfaß, in dem sie Schnee geschmolzen hatten, um Wasser zu bekommen, mit dem sie die Sprenglöcher füllen konnten. Sie kippten das Faß vom Anhänger und rollten es aus dem Weg; der Wind erfaßte es und jagte es in die Nacht davon, und nach ein paar Sekunden verblich das hohle Scheppern in der kakophonischen Symphonie des Sturms. Die Heizplatte war klein, und da sie ihnen später einmal nützlich sein könnte, verstaute Claude sie in der Kabine.

Zehn oder zwölf Zentimeter Schnee hatten sich auf der Ladefläche des Anhängers aufgehäuft, und an den sechzig Zentimeter hohen Einfassungen hatten sich kleine Verwehungen gebildet. Harry fegte den Schnee mit den Händen hinaus.

Der Sturm stöberte hinter ihnen und jaulte wie Apatschen in einem Western, wehte unter den Anhänger und ließ ihn auf dem Eis leicht auf und ab springen.

»Ich bin immer noch der Ansicht, du solltest fahren«, sagte Pete, als der Wind etwas nachließ.

Harry hatte den Anhänger fast gänzlich vom Schnee befreit. »Ich habe meinen Schlitten glatt in eine Eisspalte gesetzt, und du willst mir deinen anvertrauen?«

Pete schüttelte den Kopf. »Mann, weißt du, was mit dir nicht stimmt?«

»Mir ist kalt, und ich habe Angst.«

»Das nicht.«

»Na ja, ich habe mir doch echt seit Wochen nicht mehr die Zehennägel geschnitten. Aber das dürftest du eigentlich nicht wissen können.«

»Ich meine, was in deinem Kopf nicht stimmt.«

»Dies ist nicht gerade der beste Zeitpunkt für die Durchführung einer Psychoanalyse, Pete. Mein Gott, ihr Kalifornier seid aber geradezu besessen von Therapien.« Harry wischte den letzten Schnee vom Anhänger. »Vermutlich bist du der Ansicht, ich wolle mit meiner Mutter schlafen ...«

»Harry ...«

»... oder meinen Vater umbringen.«

»Harry ...«

»Na ja, wenn du das glaubst, wüßte ich nicht, wie wir noch länger Freunde sein können.«

»Du hast einen Heldenkomplex«, sagte Pete.

»Weil ich darauf bestehe, auf dem Anhänger mitzufahren?«

»Ja. Wir sollten Strohhalme ziehen.«

»Das ist keine Demokratie.«

»Es wäre nur fair.«

»Warte, damit ich dich nicht mißverstehe – du *bestehst* darauf, im Autobus hinten zu sitzen?«

Pete schüttelte den Kopf und versuchte, ernst dreinzuschauen, konnte ein Lächeln aber nicht unterdrücken. »Weißer Narr.«

»Und ich bin stolz darauf.«

Harry drehte den Rücken zum Wind, zog an der Kordel an seinem Kinn und lockerte seine Kapuze. Er griff in seine Jacke und bekam die dicke, wollene Schneemaske zu fassen, die um seinen Hals zusammengefaltet war. Er zog sie über den Mund und die Nase. Nun lag kein einziger Teil seines Gesichts mehr frei. Was die Maske nicht verbarg, wurde von der Kapuze und der Brille verborgen. Er zog die Kapuze wieder fest und band die Kordel stramm. »Pete«, sagte er dann durch die Maske, »du bist einfach zu groß, um auf dem Anhänger mitfahren zu können.«

»Du bist selbst nicht gerade ein Zwerg.«

»Aber ich bin klein genug, um mich auf der Seite zusammenzurollen und aus dem verdammten Wind rauszukommen. Du müßtest sitzen, sonst paßt du überhaupt nicht hinein. Und wenn du aufrecht sitzt, wirst du erfrieren.«

»Schon gut, schon gut. Du bist also entschlossen, den Helden zu spielen. Aber vergiß nicht – am Ende des Feldzugs gibt es keine Orden.«

»Wer braucht schon Orden?« Harry stieg in den Anhänger und setzte sich in die Mitte. »Ich habe es darauf abgesehen, heilig gesprochen zu werden.«

Johnson beugte sich zu ihm vor. »Glaubst du, du kämst in den Himmel, wenn du eine Frau hast, die mehr dreckige Witze kennt als alle Männer in der Station Edgeway zusammen?«

»Ist das nicht offensichtlich, Pete?«

»Was?«

»Gott hat Humor.«

Pete warf einen Blick auf die sturmgepeitschte Eishülle. »Ja«, sagte er. »Einen wirklich *schwarzen* Humor.« Er ging zur Kabinentür und warf einen Blick zurück. »Weißer Narr«, sagte er mit unverkennbarer Zuneigung. Dann setzte er sich hinter die Lenkstange und schloß die Tür.

Harry warf einen letzten Blick auf den Teil der Eishülle, der von den Scheinwerfern des Schneemobils erhellt wurde. Er dachte nicht oft in Metaphern, aber die Dunkelheit auf der Spitze der Welt, irgendeine Eigenschaft der Landschaft, verlangte geradezu nach ihnen. Vielleicht konnte man die kaum vorstellbare Feindseligkeit des grausamen Landes nur richtig erfassen, wenn man in Metaphern dachte, die sie weniger fremdartig, weniger erschreckend machten. Die Eishülle war ein sich duckender Drache von monströsen Ausmaßen. Die glatte, tiefe Dunkelheit war das klaffende Maul des Drachen. Der fürchterliche Wind war sein Wutschrei. Und der Schnee, der mittlerweile so dicht fiel, daß man keine zehn Meter weit mehr sehen konnte, war der Speichel des Ungeheuers, oder vielleicht auch Schaum, der von seinem Maul tropfte. Wenn er sich dazu entschloß, konnte er die Menschen verschlingen, ohne daß etwas von ihnen übrigblieb.

Das Schneemobil setzte sich in Bewegung.

Harry wandte sich von dem Drachen ab und legte sich auf die linke Seite. Er zog die Knie an die Brust, steckte den Kopf dazwischen und faltete die Hände unter seinem Kinn. Mehr Schutz konnte er sich nicht verschaffen.

Die Bedingungen in dem Anhänger waren noch schlechter, als er erwartet hatte – und er hatte damit gerechnet, daß sie fast unerträglich sein würden. Die Aufhängung war bestenfalls primitiv, und jede Unregelmäßigkeit der Schneehülle wurde von den Skiern und Rädern augenblicklich an die Ladefläche weitergegeben. Er hüpfte und rutschte von einer Seite der schmalen Fläche auf die andere. Selbst seine schwere Kleidung konnte ihn nicht völlig vor den härtesten Erschütterungen abschirmen, und in den Rippen auf seiner rechten Seite vibrierte schon bald ein gedämpfter Schmerz. Der Wind schlug aus jeder Richtung auf ihn ein; Böen eiskalter Luft suchten geschäftig und unablässig nach einer Lücke in seiner arktischen Panzerung.

Da er wußte, daß er es nur noch viel schlimmer machte, wenn er über seinen Zustand nachdachte, versuchte er, seine Gedanken in andere Bahnen zu leiten. Er schloß die Augen und beschwor ein lebhaftes Bild von Rita herauf. Aber um nicht daran denken zu müssen, wie es ihr jetzt ging – kalt, verängstigt, elend, verletzt oder sogar tot –, ließ er seinen Verstand in die Zeit zurückgleiten, zurück zu dem Tag, an dem sie sich kennengelernt hatten. Der zweite Freitag im Mai. Vor fast neun Jahren. In Paris …

Er hatte an einer viertägigen Konferenz von Wissenschaftlern teilgenommen, die am vorausgegangenen Geophysikalischen Jahr der Vereinten Nationen mitgewirkt hatten. Aus aller Herren Länder hatten sich dreihundert Männer und Frauen unterschiedlichster Fachbereiche in Paris versammelt, um an Seminaren, Vorlesungen und Diskussionen teilzunehmen. Finanziert wurde die Konferenz von einem Sonderfonds der UNO.

Um drei Uhr am Freitagnachmittag hielt Harry eine Rede vor einer Handvoll Geophysiker und Meteorologen, die sich für seine Studien über die Arktis interessierten. Er sprach eine halbe Stunde lang in einem kleinen Raum im Zwischenstock des Hotels. Als er schließlich zum Schluß gekommen war, steckte er seine Notizen ein und erklärte sich wie üblich bereit, weitere Fragen zu beantworten.

Während der zweiten Hälfte des Vortrags überraschte und bezauberte ihn eine junge und wunderschöne Frau, die mehr intelligente, scharfsinnige Fragen stellte als irgendeiner der zwanzig wichtigen, grauhaarigen Eminenzen im Raum. Sie sah aus, als wäre sie die Tochter irischer und italienischer Eltern. Ihr bernstein-olivfarbenes Gesicht strahlte Wärme aus. Breiter Mund, volle Lippen: sehr italienisch. Aber auch der irische Einschlag zeigte sich in ihrem Mund, denn sie hatte ein merkwürdiges, einseitiges Lächeln, das sie wie eine kleine Elfe wirken ließ. Ihre Augen waren vom klaren irischen Grün – aber mandelförmig. Langes, glänzendes kastanienbraunes Haar. In einer Gruppe, die sich vorwiegend für leichte Frühlingsanzüge aus Tweed und schlichte Kleider entschieden hatte, fiel sie mit braunen Kordjeans und einem dunkelblauen Pulli auf, einer Kleidung, die ihre aufregende Figur betonte. Aber es war ihr Verstand – schnell, neugierig, gut unterrichtet, gut ausgebildet –, der Harry am meisten faszinierte. Später wurde ihm klar, daß er die anderen Anwesenden wahrscheinlich brüskiert hatte, indem er ihr soviel Zeit gewidmet hatte.

Nach dem Ende der Fragestunde ging er zu ihr, bevor sie den Raum verlassen konnte. »Ich wollte Ihnen danken, weil Sie diese

Sitzung interessanter gemacht haben, als sie es sonst gewesen wäre, aber ich kenne nicht mal Ihren Namen.«

Sie lächelte schief. »Rita Marzano.«

»Marzano. Ich habe mir schon gedacht, daß Sie halb wie eine Italienerin und halb wie eine Irin aussehen.«

»Eigentlich bin ich Engländerin.« Ihr Lächeln verwandelte sich in ein volles, wenn auch schiefes Grinsen. »Mein Vater war Italiener, aber ich bin in London aufgewachsen.«

»Marzano ... das kommt mir bekannt vor. Ja, natürlich, Sie haben ein Buch geschrieben, oder? Der Titel ...«

»*Das Morgen verändern*.«

Das Morgen verändern war ein populärwissenschaftliches Buch, eine Studie der Zukunft der Menschheit, basierend auf aktuellen Entdeckungen in der Genetik, Biochemie und Physik. Es war in den Vereinigten Staaten veröffentlicht worden und hatte einiges Aufsehen erregt.

»Haben Sie es gelesen?« fragte sie.

»Nein«, gestand er.

»Mein englischer Verleger hat vierhundert Exemplare zur Konferenz nach Paris geschickt. Sie werden an einem Stand an der Lobby angeboten.« Sie warf einen Blick auf ihre Uhr. »Ich werde jetzt zu einer Signierstunde dort erwartet. Wenn Sie gern ein signiertes Exemplar hätten, werde ich Sie nicht in der Schlange warten lassen.«

An diesem Abend konnte er das Buch nicht beiseite legen, bis er um drei Uhr morgens die letzte Seite umgeblättert hatte. Ihre Methoden faszinierten ihn – die Art und Weise, wie sie die Fakten ordnete, ihre unkonventionelle, aber logische Annäherung an Probleme –, weil sie seinen eigenen Gedankengängen verblüffend ähnelten. Er hatte fast den Eindruck, ein Buch gelesen zu haben, das er selbst geschrieben hatte.

Er verschlief die meisten Vorlesungen am Samstagmorgen und verbrachte den Großteil des Nachmittags damit, Rita zu suchen, konnte sie aber nicht finden. Wenn er sie nicht suchte, dachte er an sie. Als er sich duschte und für die Gala an diesem Abend ankleidete, wurde ihm klar, daß er sich an kein einziges Wort der einen Vorlesung erinnern konnte, die er besucht hatte.

Zum erstenmal in seinem Leben fragte Harry Carpenter sich, wie es wohl sein mochte, ein geregeltes Leben zu führen und die

Zukunft mit einer Frau an der Seite zu teilen. Er war, was viele Frauen einen ›guten Fang‹ nennen würden: fast einsachtzig groß, fünfundsiebzig Kilo schwer, angenehm, wenn auch nicht stattlich aussehend, mit grauen Augen und aristokratischen Gesichtszügen. Aber er hatte nie ›ein guter Fang‹ sein wollen. Er hatte immer eine ihm gleichberechtigte Frau gewollt, die sich weder an ihn klammerte, noch ihn dominierte, eine Frau, mit der er seine Arbeit und Hoffnungen und Ideen teilen und von der er ein Feedback bekommen würde, das ihn interessierte. Er war der Ansicht, sie nun vielleicht gefunden zu haben.

Aber er wußte nicht, wie er es anstellen sollte. Mit achtunddreißig Jahren, davon acht Jahre Universitätsstudium, hatte er viel zu viele Stunden mit akademischen Beschäftigungen verbracht und viel zu wenige mit dem Studium des Rituals, mit dem man um eine Frau warb.

Das Programm dieses Abends beinhaltete eine Filmstudie der großen UNO-Projekte innerhalb des Geophysikalischen Jahres, ein Bankett und eine Nachtklubvorstellung mit anschließendem Tanz, zu dem eine zwölfköpfige Kapelle aufspielte. Normalerweise wäre er nur zu der Filmvorführung gegangen, wenn überhaupt. Aber es bestand eine gute Chance, daß er Rita Marzano auf einer der gesellschaftlichen Veranstaltungen begegnen würde.

Sie war die letzte in der Schlange vor dem Kinosaal des Hotels, in dem der Film gezeigt wurde. Sie schien allein zu sein und lächelte, als sie ihn sah.

»Ich habe Sie den ganzen Tag lang gesucht«, sagte er mit einer Offenheit, die ihn selbst am meisten überraschte. Er hoffte, daß sie nicht bemerkte, wie er errötete.

»Ich habe mich gelangweilt und bin einkaufen gegangen. Gefällt Ihnen mein neues Kleid?«

Das Kleid war knöchellang, langärmlig, grün mit beigefarbenen Knöpfen. Der Farbton entsprach dem ihrer Augen, während ihr kastanienbraunes Haar im Gegensatz dazu heller wirkte. Der Ausschnitt enthüllte ein Dekolleté, das für einen trockenen wissenschaftlichen Kongreß ungewöhnlich war, und unter dem anschmiegsamen, seidigen Stoff konnte er verschwommen die Umrisse ihrer Brustwarzen ausmachen. Mit etwas Mühe hätte sie ihn in einen Trancezustand versetzen können, wie eine Flöte eine Kobra hypnotisierte.

»Es gefällt mir«, sagte er und versuchte, sie nicht allzu offen anzustarren.

»Warum haben Sie den ganzen Tag lang nach mir gesucht?«

»Na ja, wegen des Buches natürlich. Ich wollte mit Ihnen darüber sprechen, falls Sie eine Minute Zeit haben.«

»Eine Minute?«

»Oder eine Stunde.«

»Oder einen Abend?«

Verdammt, er errötete schon wieder. Er kam sich vor wie ein Farmersjunge aus Indiana. »Na ja …«

Sie betrachtete die Schlange vor dem Eingang, drehte sich wieder zu Harry um und grinste. »Wenn wir auf den Film verzichten, können wir uns den ganzen Abend lang unterhalten.«

»Interessiert der Film Sie nicht?«

»Nein. Außerdem wird das Abendessen schrecklich sein. Die Kabarettvorstellung wird zu konventionell ausfallen. Und die Kapelle wird schief spielen.«

»Essen wir gemeinsam zu Abend?«

»Das wäre schön.«

»Zuerst ein paar Drinks bei Deux Magots?«

»Wunderbar.«

»Zum Essen ins Lapérouse?«

Sie runzelte die Stirn. »Das ist ziemlich teuer. Sie müssen mich nicht erster Klasse ausführen. Ich bin mit Bier genauso zufrieden wie mit Champagner.«

»Das ist eine ganz besondere Gelegenheit. Wenn nicht für Sie, dann zumindest für mich.«

Das Abendessen war perfekt. Nirgendwo in Paris war die Atmosphäre romantischer als im oberen Stockwerk des Lapérouse. Die niedrige Decke und die Gemälde auf den von Rissen durchzogenen Wänden ließen das Restaurant warm und behaglich wirken. Von ihrem Tisch aus hatten sie einen Blick auf die Stadt, über die sich die Nacht gesenkt hatte, und unter ihnen lag der mit Lichtern gespickte, ölige Fluß und mutete an wie das fallengelassene schwarze Seidenhalstuch eines Riesen aus dem Märchenbuch. Sie aßen makellose *oie rotie aux pruneaux*, und zum Nachtisch gab es winzige zarte Erdbeeren in einer perfekten Zabaglione. Während des Dinners entfaltete sich ein endloser Gesprächsfluß, und ihnen war von Anfang an so wohl zumute wie zwei Freunden, die schon seit einem Jahrzehnt regelmäßig miteinander speisten. Als sie mit der gebratenen Gans fast fertig waren, fiel Harry auf, daß sie noch gar nicht über ihr Buch gesprochen hatten, sondern über Kunst, Literatur, Musik, das Kochen und zahlreiche andere Themen, ohne daß es ihnen je an Worten mangelte. Als er seinen Kognak austrank, wurde ihm bewußt, daß er den Abend noch nicht so schnell zu Ende gehen lassen wollte.

Sie teilte sein Zögern. »Beim Abendessen waren wir Franzosen. Jetzt können wir Touristen sein.«

»Was haben Sie im Sinn?«

Der Crazy Horse Saloon war ein Großangriff auf die Sinne. Die Gäste waren Amerikaner, Deutsche, Schweden, Italiener, Japaner, Araber, Engländer, Griechen, sogar ein paar Franzosen waren darunter, und ihre Gespräche verflochten sich zu einer lautstarken Geräuschkulisse, die oft von Gelächter unterbrochen wurde. Die Luft war schwer vor Zigarettenrauch, Parfum und Whisky. Wenn die Kapelle spielte, war sie laut genug, um Gläser zerspringen zu lassen. Die wenigen Male, die Harry mit Rita sprechen wollte, mußte er schreien, obwohl sie nur einen halben Meter auseinander saßen, an gegenüberliegenden Seiten eines winzigen Cocktailtischchens.

Die Bühnenshow ließ ihn den Lärm und Rauch vergessen. Die Mädchen waren prächtig. Lange Beine. Volle, hohe Brüste. Winzige Taillen. Betörende Gesichter. Eine größere Vielfalt, als das Auge verkraften konnte. Mehr Schönheit, als der Verstand erfassen oder das Herz schätzen konnte. Dutzende von Mädchen, die meisten barbrüstig. Alle möglichen Kostüme, die meisten knapp: Lederriemen, Ketten, Pelze, Stiefel, juwelenbesetzte Kragen, Federn, Seidentücher. Ihre Augen waren stark geschminkt, und einige trugen Zierbemalungen auf den Gesichtern und Körpern.

»Nach einer Stunde wird das langweilig «, sagte Rita. »Sollen wir gehen?« Und draußen sagte sie: »Wir haben noch gar nicht über mein Buch gesprochen, und das wollten Sie eigentlich doch. Wissen Sie was? Wir gehen zum Hotel George V, trinken Champagner und unterhalten uns.«

Er war etwas verwirrt. Sie schien widersprüchliche Signale auszusenden. Waren sie nicht ins Crazy Horse gegangen, um sich anmachen zu lassen? Hatte sie nicht erwartet, daß er danach einen Annäherungsversuch unternahm? Und jetzt wollte sie über Bücher sprechen?

»Gibt es hier ein Dachrestaurant?« fragte er, als sie durch die Lobby des George V gingen und den Fahrstuhl betraten.

»Keine Ahnung. Wir gehen auf mein Zimmer.«

Seine Verwirrung wuchs. »Sie wohnen nicht im Tagungshotel? Ich weiß, es ist langweilig, aber das hier ist unglaublich teuer.«

»Ich habe an *Das Morgen verändern* eine Kleinigkeit verdient, und jetzt bin ich einmal verschwenderisch. Ich habe eine kleine Suite mit Blick auf den Garten.«

In ihrem Zimmer stand neben ihrem Bett in einem silbernen Sektkübel voller zerstoßenem Eis eine Flasche Champagner. »Moet. Würden Sie bitte die Flasche öffnen?«

Er nahm sie aus dem Kübel – und sah, daß sie zusammenzuckte.

»Das Geräusch des Eises«, sagte sie.

»Was ist damit?«

Sie zögerte. »Es tut mir in den Zähnen weh. Wie Fingernägel, die über eine Schiefertafel kratzen.«

Mittlerweile hatte er sich so gut auf sie eingestellt, daß er wußte, daß sie ihm nicht die Wahrheit sagte und zusammengezuckt war, weil das Rütteln des Eises sie an etwas Unangenehmes erinnert hatte. Einen Moment lang waren ihre Augen weit entfernt, hatten sich in einer Erinnerung verloren, die sie die Stirn runzeln ließ.

»Das Eis ist kaum geschmolzen«, sagte er. »Wann haben Sie den Champagner bestellt?«

Sie schüttelte die beunruhigende Erinnerung ab, konzentrierte sich auf ihn und grinste wieder. »Als ich im Lapérouse auf die Toilette ging.«

»*Sie* verführen *mich*!« sagte er ungläubig.

»Wissen Sie, das zwanzigste Jahrhundert neigt sich seinem Ende zu.«

»Na ja«, sagte er und nahm sich dabei selbst auf die Schippe, »eigentlich ist mir schon aufgefallen, daß heutzutage manche Frauen die Hosen anhaben.«

»Stört Sie das?«

»Frauen in Hosen?«

»Daß ich versuche, Sie aus den Ihren rauszubekommen.«
»Großer Gott, nein.«
»Wenn ich zu kühn gewesen bin ...«
»Überhaupt nicht.«
»Eigentlich habe ich so was noch nie gemacht. Ich meine, schon nach der ersten Verabredung mit einem Mann ins Bett zu gehen.«
»Ich auch nicht.«
»Nicht mal bei der zweiten oder dritten Verabredung.«
»Ich auch nicht.«
»Aber es kommt uns doch richtig vor, nicht wahr?«
Er stellte die Flasche in das Eis zurück und nahm sie in die Arme. Ihre Lippen kamen ihm vor wie ein Traum, und ihr Körper fühlte sich an dem seinen wie das Schicksal an.
Sie verzichteten auf den Rest des Kongresses und blieben im Bett. Sie ließen sich die Mahlzeiten aufs Zimmer bringen. Sie unterhielten sich, liebten sich und schliefen dann wie betäubt.

Jemand rief seinen Namen.
Steif vor Kälte, mit Schnee verkrustet, riß Harry sich aus den köstlichen Erinnerungen und richtete sich auf der Ladefläche des Anhängers auf. Dann schaute er über die Schulter.
Claude Jobert sah durch das Rückfenster der Kabine des Schneemobils zu ihm hinaus. »Harry! He, Harry!« Er konnte sich über den Wind und den Lärm des Motors kaum verständlich machen. »Lichter! Vor uns! Sieh doch!«
Zuerst begriff er nicht, was Claude meinte. Er war starr, durchgefroren und noch halb in diesem Hotelzimmer in Paris. Dann hob er den Kopf und sah, daß sie direkt auf ein verschwommenes gelbes Licht zufuhren, das in den Schneeflocken funkelte und träge auf dem Eis schimmerte. Er richtete sich auf Hände und Knie auf und bereitete sich drauf vor, in dem Augenblick, da sie anhielten, von dem Anhänger zu springen.
Pete Johnson steuerte das Schneemobil an dem vertrauten Eisplateau entlang und in das Becken hinab, in dem die Iglus errichtet worden waren. Die aufblasbaren Gebilde waren in sich zusammengestürzt, von gewaltigen Eisplatten zerschmettert.

Aber der Motor eines Schneemobils lief. Die Scheinwerfer des Fahrzeugs leuchteten, und zwei Menschen in arktischer Schutzkleidung standen daneben und winkten.

Einer davon war Rita.

Harry schwang sich von dem Anhänger, während das Schneemobil noch in Bewegung war. Er fiel in den Schnee, rollte sich ab, rappelte sich auf und lief zu ihr.

»Harry!«

Er packte sie, hob sie fast über den Kopf, setzte sie wieder ab, zog seine Schneemaske herunter und wollte etwas sagen und konnte nicht sprechen und umarmte sie statt dessen.

»Bist du verletzt?« sagte sie schließlich mit zitternder Stimme.

»Nasenbluten.«

»Mehr nicht?«

»Es hat schon wieder aufgehört. Und du?«

»Nur verängstigt.«

Er wußte, daß sie stets gegen ihre Furcht vor Schnee, Eis und Kälte ankämpfte, und bewunderte unablässig ihre unerschütterliche Entschlossenheit, sich ihren Phobien zu stellen und ausgerechnet in dem Klima zu arbeiten, das sie vor die härteste Prüfung stellte. »Diesmal hast du guten Grund dazu«, sagte er. »Hör zu, weißt du, was wir machen, wenn wir von diesem verdammten Eisberg herunterkommen?«

Sie schüttelte den Kopf und schob ihre beschlagene Brille hoch, damit er ihre wunderschönen grünen Augen sehen konnte. Sie waren ganz groß vor Neugier und Freude.

»Wir fahren nach Paris«, sagte er zu ihr.

»Und gehen ins Crazy Horse«, sagte sie grinsend.

»Und wohnen im George V.«

»In einem Zimmer mit Blick auf den Garten.«

»Und einer Flasche Moet.«

Er zog seine Brille ebenfalls hinauf, und sie küßten sich.

Pete Johnson legte eine Hand auf Harrys Schulter. »Nimm auf die Rücksicht, deren Frauen keine Erfrierungen mögen«, sagte er. »Und hast du nicht gehört, was ich gerade gesagt habe? Die ganze Bande ist hier, habe ich gesagt.« Er zeigte auf zwei Schneemobile, die durch den Schnee auf sie zurasten.

»Roger, Brian und George«, sagte Rita mit offensichtlicher Erleichterung.

»Muß wohl so sein«, sagte Johnson. »Unwahrscheinlich, daß uns hier draußen ein paar Fremde über den Weg laufen.«

»Die ganze Bande ist hier«, stimmte Harry ihm zu. »Aber wohin, in Gottes Namen, geht sie jetzt?«

13:32

Am vierzehnten Tag einer hunderttägigen elektronischen Spionagemission erreichte das russische Atom-U-Boot *Ilja Pogodin* planmäßig den ersten Überwachungsposten. Der Kapitän, Nikita Gorow, befahl den Männern im Steuerraum, das Schiff in der schwachen südöstlichen Strömung nordwestlich der Jan-Meyen-Insel, vierzig Meilen vor der Küste Grönlands und einhundert Fuß unter der stürmischen Oberfläche des Nordatlantiks, auf Position zu halten.

Die *Ilja Pogodin* war nach einem offiziellen Helden des Sowjetvolks benannt worden, damals noch, bevor die korrupte Bürokratie Bankrott gemacht hatte und der totalitäre Staat unter der Last seiner eigenen Unfähigkeit und Bestechlichkeit zusammengebrochen war. Der Name des Schiffes war nicht geändert worden; zum Teil, weil die Marine traditionsbewußt war, zum Teil, weil die neue Quasi-Demokratie noch zerbrechlich war und man darauf achten mußte, die verbitterten und möglicherweise mörderisch gefährlichen Parteimitglieder der alten Garde nicht zu beleidigen, die man von ihren Machtpositionen vertrieben hatte, aber die eines Tages vielleicht zurückkehren würden, um die ›Umerziehungs-‹ und Vernichtungslager neu zu eröffnen; und zum Teil, weil Rußland nun so furchtbar arm und vom Marxismus und von Heerscharen von Politikern, die nur in die eigene Tasche gewirtschaftet hatten, dermaßen in den Bankrott getrieben worden war, daß das Land einfach keine Geldmittel erübrigen konnte, um neue Namen auf Schiffshüllen zu lackieren oder die Register in bezug auf solche Umbenennungen zu verändern.

Gorow konnte nicht einmal dafür sorgen, daß sein Schiff ausreichend gewartet wurde. In diesen kritischen Tagen nach dem

Sturz des Reiches machte er sich zu große Sorgen um die Zuverlässigkeit der Druckhülle, des Kernreaktors und der Maschinen, um sich auch noch den Kopf darüber zerbrechen zu können, daß die *Ilja Pogodin* nach einem verabscheuungswürdigen Dieb und Mörder benannt worden war, dessen vortrefflichste Leistung es gewesen war, den ehemaligen Staat, dem niemand nachtrauerte, pflichtgemäß verteidigt zu haben.

Obwohl die *Pogodin* ein älteres U-Boot der Flotte war, das nie mit Atomraketen bestückt worden war, sondern nur mit ein paar Torpedos mit Atomsprengköpfen, war es trotzdem ein beeindruckendes Schiff. Es maß vom Bug bis zum Heck einhundertundzwanzig Meter; die größte Schiffsbreite betrug vierzehn, die Höhe elf Meter, die Wasserverdrängung – voll untergetaucht – über achttausend Tonnen.

Die südöstlichen Strömungen übten lediglich einen zu vernachlässigenden Einfluß auf das Schiff aus. Es würde sich keine hundert Meter von der Stelle entfernen, an der Gorow vollen Halt befohlen hatte.

Peter Timoschenko, der junge Kommunikationsoffizier, stand neben Gorow in der Zentrale. Um sie herum pulsierten die Schalter und Meßanzeigen der elektronischen Geräte und leuchteten und blinkten im Halbdunkeln: rot, bernsteinfarben, grün, blau. Sogar die Decke wurde von Beobachtungsinstrumenten, graphischen Darstellungen, Bildschirmen und Kontrolltafeln überzogen. Als der Steuerraum Gorows Befehl bestätigt hatte, das Schiff auf Position zu halten, und der Maschinenraum und der Reaktorraum darüber in Kenntnis gesetzt worden waren, drehte Timoschenko sich zum Kapitän um. »Bitte um Erlaubnis, mit der Luftüberwachung zu beginnen, Herr Kapitän.«

»Deshalb sind wir hier.«

Timoschenko trat in den Hauptniedergang und legte die zehn Meter zum Hauptkommunikationsraum zurück, einer überraschend kleinen Kammer, die mit Funkgeräten vollgestopft war, mit denen man kodierte Nachrichten im Ultrahoch-(UHF), Hoch-(HF), Niedrig- (VLF) und Tiefstfrequenzbereich (ELF) senden und empfangen konnte. Er setzte sich hinter die Hauptkonsole und betrachtete die Monitore und Anzeigen seiner umfassenden

Anordnung von Sendeempfängern und Computern. Dann lächelte er und begann zu summen, als er sich an die Arbeit machte.

In der Gesellschaft der meisten Menschen kam Peter Timoschenko sich unbehaglich vor, doch in der von Maschinen fühlte er sich stets wohl. Auf dem Leitstand hielt er es problemlos aus, doch dieser kleine Raum mit der noch dichteren Konzentration an elektronischen Geräten war seine wirkliche Heimat.

»Sind wir bereit?« fragte ein anderer Techniker.

»Ja.« Peter Timoschenko legte einen gelben Schalter um.

Oben auf der Außenhülle der *Ilja Pogodin* wurde ein kleiner Heliumballon durch ein unter Druck stehendes Rohr ausgestoßen. Er stieg schnell durch das dunkle Meer hoch, dehnte sich dabei aus und zog das Multi-Kommunikationskabel hinter sich her. Als der Ballon die Oberfläche durchbrach, konnten die Techniker der *Pogodin* jede Nachricht aufzeichnen, die an der Ostküste Grönlands über praktisch jedes Kommunikationsmittel empfangen oder gesendet wurde, von unterirdischen Telefonleitungen und Überbringung durch Boten einmal abgesehen. Da der Ballon – und die kurze, komplizierte Antenne, die daran befestigt war, vom gleichen stumpfen Graublau waren wie das winterliche Meer, hätte ein Schiff in zehn Metern Entfernung daran vorbeifahren können, ohne daß die Besatzung ihn bemerkt hätte.

An Land und in ziviler Gesellschaft war Peter Timoschenko häufig gehemmt. Er war groß, hager, grobknochig und oft unbeholfen. In Restaurants und Nachtklubs oder auf öffentlichen Straßen argwöhnte er oft, daß die Leute ihn beobachteten und sich insgeheim über seinen Mangel an Anmut amüsierten. In der *Pogodin* jedoch, tief in seinem Reich, kam er sich gesegnet unsichtbar vor, als wäre das Meer nicht ein Teil der Welt über der Oberfläche, sondern eine andere Dimension, und als wäre er ein Geist, der durch diese kalten Tiefen glitt und die Bewohner der Welt über ihm belauschen und beobachten konnte, ohne selbst gehört und gesehen zu werden. Hier war er vor ihren Blicken geschützt und nicht Gegenstand ihrer Erheiterung. Ein Geist.

Nachdem Kapitän Gorow dem Kommunikationsoffizier Zeit gelassen hatte, die Luftüberwachung einzuleiten und ein breites Frequenzband abzuhören, begab er sich zum Funkraum. Er nickte dem Assistenten zu und fragte Timoschenko dann: »Haben Sie etwas?«

Der Kommunikationsoffizier lächelte und hielt sich einen einzelnen Kopfhörer ans linke Ohr. »Voller Zugriff.«

»Etwas Interessantes?«

»Noch nicht viel. In der Nähe der Küste testet die amerikanische Marine Ausrüstungsgegenstände unter winterlichen Bedingungen.«

Obwohl sie im langen Schatten des Endes des Kalten Krieges lebten, in einer Zeit, in der alte Feinde plötzlich neutral oder sogar angeblich zu guten Freunden geworden waren, war der Großteil des ehemaligen sowjetischen Geheimdienstapparates sowohl zu Hause als auch im Ausland intakt geblieben. Die russische Marine sammelte weiterhin Informationen an den Küsten aller bedeutenden westlichen Nationen und auch an den meisten Orten von strategischer militärischer Bedeutung in der Dritten Welt. Schließlich war die Veränderung die einzige Konstante. Wenn Feinde praktisch über Nacht zu Freunden werden konnten, konnten sie mit ähnlicher Schnelligkeit auch wieder zu Feinden werden.

»Halten Sie mich auf dem laufenden«, sagte Gorow. Dann ging er in die Offiziersmesse und aß zu Mittag.

13:40

Harry kauerte neben dem Kurzwellensender nieder. Er hatte Kontakt mit der Station Edgeway. »Bist du nach Thule durchgekommen?« fragte er.

Obwohl Gunvald Larssons Stimme klang, als würde sie von einem Sieb aus Rauschen gefiltert, war sie verständlich. »Ich stand in den vergangenen fünfundzwanzig Minuten in ständigem Kontakt mit ihnen und mit norwegischen Beamten in einer meteorologischen Station auf Spitzbergen.«

»Kann einer von ihnen uns erreichen?«

»Die Norweger hängen so ziemlich im Eis fest. Die Amerikaner in Thule haben mehrere Kaman-Huskies. Das sind ihre üblichen Rettungshubschrauber. Die Huskies haben Hilfstreibstofftanks und eine große Reichweite. Aber die Bodenverhältnisse sind zu schlecht, als daß sie starten könnten. Schreckliche Stürme.«

»Es ist nicht zufällig ein Eisbrecher oder ein Schlachtschiff in unserer Nähe?«

»Die Amerikaner sagen, nein.«

»Soviel zu Wundern.«

»Glaubst du, ihr könnt durchhalten?«

»Wir haben noch keine Bestandsaufnahme unserer Vorräte gemacht, aber ich bin sicher, daß der Treibstoff, den wir haben, uns auf keinen Fall länger als vierundzwanzig Stunden warm halten wird.«

In der Eishöhle hallte das laute Knattern des statischen Rauschens wider, das wie Schüsse aus einer Maschinenpistole klang.

Gunvald zögerte. Dann: »Den neuesten Vorhersagen zufolge ist die Großwetterlage schlechter als jede andere, die wir in diesem Winter gehabt haben. Uns steht eine Woche bitterer Stürme bevor. Einer nach dem anderen. Nicht mal eine kleine Erholungspause dazwischen.«

Eine Woche. Harry schloß die Augen, weil er in dieser Eiswand hinter dem Funkgerät, auf dieser prismatischen Oberfläche, nur allzu deutlich ihr Schicksal sah. Selbst in Thermalkleidung, selbst abgeschirmt vor dem Wind, konnten sie ohne Wärme diese Woche auf keinen Fall überleben. Sie hatten praktisch keine Vorräte, und der Hunger würde ihre Widerstands fähigkeit gegen die Temperaturen tief unter dem Gefrierpunkt schwächen.

»Harry, hast du mich verstanden?«

Er öffnete die Augen wieder. »Ich habe dich verstanden. Es sieht nicht gut aus, oder? Andererseits treiben wir nach Süden, aus der Schlechtwetterzone hinaus.«

»Ich habe die Karten studiert. Hast du eine Ahnung, wie viele Kilometer euer Eisberg pro Tag zurücklegen wird?«

»Laß mich mal überlegen … fünfzig, vielleicht sechzig.«

»Genau darauf bin ich mit Hilfe der Karten auch in etwa gekommen. Und weißt du, welcher realen Bewegung in südlicher Richtung das entspricht?«

Harry dachte darüber nach. »Dreißig Kilometer pro Tag?«

»Bestenfalls. Vielleicht auch nur fünfzehn.«

»Fünfzehn. Bist du dir sicher? Streiche das. Dumm von mir. Natürlich bist du dir sicher. Und wie groß genau ist diese Schlechtwetterzone?«

»Harry, sie herrscht noch hundertachtzig Kilometer südlich von eurer letzten bekannten Position vor. Ihr würdet acht oder zehn Tage oder vielleicht sogar noch länger brauchen, um aus dem Schneesturm herauszukommen und eine Position zu erreichen, wo diese Hubschrauber ungefährdet landen können.«

»Was ist mit den Trawlern der UNO?«

»Die Amerikaner haben sie über die Lage informiert. Beide Schiffe dampfen mit Höchstgeschwindigkeit auf euch zu. Aber Thule zufolge ist die See auch zwischen den Sturmgebieten äußerst rauh. Und diese Trawler sind dreihundertundfünfzig Kilometer entfernt. Unter den gegebenen Umständen bedeutet ihre Höchstgeschwindigkeit gar nichts.«

Sie mußten genau wissen, woran sie waren, ganz gleich, wie prekär ihre Lage sein mochte. »Kann ein Schiff von dieser Größe hundertfünfzig Kilometer oder tiefer in einen so schlimmen Sturm fahren«, sagte Harry, »ohne in Stücke gerissen zu werden?«

»Ich halte die beiden Kapitäne für mutig – aber nicht für Selbstmörder«, sagte Gunvald geradeheraus.

Harry stimmte dieser Einschätzung zu.

»Sie werden irgendwann zur Umkehr gezwungen sein«, sagte Gunvald.

Harry seufzte. »Ja. Sie werden keine andere Wahl haben. Na schön, Gunvald, ich melde mich in fünfzehn Minuten wieder. Wir müssen uns hier beraten. Vielleicht fällt uns ja etwas ein.«

»Ich warte.«

Harry legte das Mikrofon auf das Funkgerät. Er erhob sich und sah die anderen an. »Ihr habt es gehört.«

Alle in der Eishöhle sahen entweder Harry oder das nun stumme Funkgerät an. Pete, Roger und Franz standen neben dem Eingang; sie hatten die Brillen schon zurechtgeschoben, um hinauszugehen und die Trümmer des vorübergehenden Lagers zu durchsuchen. Brian Dougherty hatte eine Karte der Grönland-See und des Nordatlantiks studiert; aber als er Gunvald gehört hatte, hatte er eingesehen, daß es sinnlos war, die Position der Trawler zu bestimmen, und hatte die Karte wieder zusammengefaltet. Bevor Harry die Station Edgeway angefunkt hatte, war George Lin von einem Ende der Höhle zum anderen auf und ab geschritten, um seine gequetschten Muskeln zu beanspruchen und auf diese Weise eine Versteifung zu verhindern. Nun stand er bewegungslos da und blinzelte nicht mal, als wäre er lebendig gefroren und erstarrt. Rita und Claude knieten auf dem Boden der Höhle, um eine Bestandsaufnahme des Inhalts eines Kartons mit Nahrungsmitteln vorzunehmen, der von der zusammenbrechenden Eiswand schwer beschädigt worden war. Harry kamen sie einen Augenblick lang nicht wie echte Menschen vor, sondern wie leblose Puppen in einem seltsamen Schaufenster – vielleicht, weil sie, wenn sie nicht gewaltiges Glück hatten, schon so gut wie tot waren.

Rita sagte, was sie alle dachten, aber kein anderer auszusprechen wagte: »Selbst wenn die Trawler uns erreichen könnten, würden sie frühestens morgen hier sein. Sie können es auf keinen Fall schaffen, uns vor Mitternacht an Bord zu nehmen. Und um Mitternacht explodieren alle Bomben.«

»Wir kennen weder die Größe noch die Form des Eisbergs«, sagte Fischer. »Die meisten Sprengladungen könnten sich in Schächten befinden, die sich noch auf der Eishülle befinden.«

Pete Johnson schüttelte den Kopf. »Claude, Harry und ich befanden uns am Ende der Bombenlinie, als der erste Tsunami unter uns hinwegglitt. Ich glaube, wir sind auf ziemlich direktem Weg zurück zum Lager gefahren, auf demselben Weg, auf dem wir hinausgefahren sind. Also müssen wir direkt an allen sechzig Sprengladungen vorbeigefahren sein. Und ich wette meinen rechten Arm darauf, daß dieser Eisberg auf keinen Fall groß genug ist, um all diese Erschütterungen überstehen zu können.«

Nach einem kurzen Schweigen räusperte sich Brian. »Du meinst, der Eisberg wird in tausend Stücke zerbrechen?«

Niemand antwortete.

»Also werden wir alle umkommen? Oder ins Meer stürzen?«

»Das ist ein und dasselbe«, sagte Roger Breskin nüchtern. Sein Baß hallte hohl von den Eiswällen wider. »Die See *friert* zu. Du würdest keine fünf Minuten darin überleben.«

»Können wir denn gar nichts tun, um uns zu retten?« fragte

Brian, während sein Blick von einem Mitglied des Teams zum anderen wanderte. »Sicher können wir doch *irgend etwas* tun.«

Während des Gesprächs war George Lin so bewegungslos und still wie eine Statue gewesen, doch plötzlich drehte er sich um und machte drei schnelle Schritte auf Dougherty zu. »Hast du Angst, Junge? Du *solltest* Angst haben. Deine allmächtige Familie kann dich hier nicht raushauen!«

Erschrocken trat Brian einen Schritt von dem wütenden Mann zurück.

Lin ballte die hinabhängenden Hände zu Fäusten. »Wie gefällt es dir, hilflos zu sein?« Er schrie mittlerweile. »Wie gefällt dir das? Deine große, reiche, politisch mächtige Familie bedeutet hier draußen gar nichts! Jetzt weißt du, wie es für den Rest von uns ist, für uns kleine Leute. Jetzt mußt du dich ins Zeug legen, um dich selbst zu retten. Genau wie wir anderen.«

»Das reicht«, sagte Harry.

Lin drehte sich zu ihm um. Sein Gesicht war vor Haß verzerrt. »Seine Familie hockt da mit all ihrem Geld und all ihren Privilegien, völlig isoliert von der Wirklichkeit, aber von ihrer moralischen Überlegenheit so verdammt überzeugt, und jammert darüber, wie wir anderen leben sollten, wie wir uns für diese oder jene edle Sache opfern sollten. Leute wie sie haben die Probleme in China mit ausgelöst, bewirkt, daß Mao an die Macht kam, uns das Heimatland genommen und zig Millionen Leute dahingemetzelt hat. Wenn man zuläßt, daß sie einen Fuß in die Tür schieben, kommen die Kommunisten ihnen direkt hinterher. Die Barbaren und die Kosaken, die Mörder und die menschlichen Tiere folgen ihnen auf dem Fuß. Die ...«

»Brian hat uns nicht auf diesen Eisberg gebracht«, sagte Harry scharf. »Und seine Familie auch nicht. Um Gottes willen, George, er hat dir vor kaum einer Stunde das Leben gerettet.«

Als Lin merkte, daß er Phrasen drosch, verblaßte die Rötung des Zorns auf seinen Wangen. Er wirkte zuerst verwirrt, dann peinlich berührt, und schüttelte den Kopf, als wollte er dafür sorgen, daß er wieder klar wurde. »Es ... es tut mir leid.«

»Sag das nicht mir«, erwiderte Harry. »Sag es Brian.«

Lin drehte sich zu Dougherty um, sah ihn aber nicht an. »Es tut mir leid. Es tut mir wirklich leid.«

»Schon in Ordnung«, versicherte Brian ihm.

»Ich weiß nicht … ich weiß nicht, was über mich gekommen ist. Du hast mir das Leben gerettet. Harry hat recht.«

»Vergiß es, George.«

Nach kurzem Zögern nickte Lin und ging zum anderen Ende der Höhle. Er schritt auf und ab, spannte seine schmerzenden Muskeln an und sah auf das Eis, über das er schritt.

Harry fragte sich, welche Ereignisse in der Vergangenheit des kleingewachsenen Mannes ihn dazu bewegten, Brian Dougherty als Gegenspieler zu betrachten, was er seit dem Tag getan hatte, an dem er ihn kennengelernt hatte.

»Können wir irgend etwas tun, um uns zu retten?« fragte Brian erneut und tat den Zwischenfall mit Lin damit großzügig ab.

»Vielleicht«, sagte Harry. »Zuerst einmal müssen wir einige dieser Bomben aus dem Eis holen und sie entschärfen.«

Fischer war völlig verblüfft. »Unmöglich!«

»Höchstwahrscheinlich.«

»Wie könnten wir sie aus diesen Löchern wieder rausholen?« fragte Fischer verächtlich.

Claude erhob sich neben dem Karton mit den arg mitgenommenen Lebensmitteln. »Unmöglich ist es nicht. Wir haben einen Hilfsbohrer, Eisäxte und die elektrische Säge. Wenn wir viel Zeit und Geduld hätten, könnten wir uns vielleicht zu jeder Bombe hinabarbeiten, mehr oder weniger eine Treppe in das Eis schlagen. Aber wir haben anderthalb Tage gebraucht, um sie einzugraben, Harry. Das Ausgraben wird beträchtlich schwieriger sein. Wir bräuchten mindestens eine Woche dafür, vielleicht sogar zwei.«

»Wir haben aber nur zehn Stunden«, erinnerte Fischer ihn überflüssigerweise.

Pete Johnson verließ die Nische in der Wand neben dem Höhleneingang und trat in die Mitte des Raums. »Augenblick mal«, sagte er. »Ihr habt ihm nicht zugehört. Harry hat gesagt, daß wir *einige* der Bomben entschärfen müssen, und nicht *alle*. Und er hat nicht gesagt, daß wir sie ausgraben müssen, wie Claude es vorschlägt.« Er sah Harry an. »Willst du das mal näher erklären?«

»Die nächste Sprengladung ist dreihundert Meter von unserer Position entfernt. Wenn wir sie bergen und entschärfen können, werden wir dreihundertundfünfzehn Meter von der *nächsten* Bombe entfernt sein. Wir haben die Sprengladungen in einem

Abstand von fünfzehn Metern ins Eis eingelassen. Wenn wir also zehn Stück entschärfen, werden wir fast einen halben Kilometer von der nächsten Explosionsstelle entfernt sein. Die anderen fünfzig werden um Mitternacht explodieren – aber keine wird direkt unter uns sein. Unser Ende des Eisbergs wird die Erschütterung vielleicht überstehen. Mit etwas Glück wird er vielleicht noch groß genug sein, um uns zu tragen.«

»Vielleicht«, sagte Fischer verdrossen.

»Das ist unsere beste Chance.«

»Aber keine gute«, stellte der Deutsche fest.

»Das habe ich auch nicht behauptet.«

»Wie kommen wir an die Sprengladungen heran, wenn wir sie nicht ausgraben können? Und das kommt offensichtlich ja nicht in Frage.«

»Mit dem Hilfsbohrer. Wir öffnen die Schächte wieder.«

Fischer runzelte die Stirn. »Das ist vielleicht nicht so ratsam. Was, wenn wir ein Bombengehäuse aufbohren?«

»Sie wird nicht explodieren«, versicherte Harry ihm.

»Der Plastiksprengstoff reagiert nur auf eine ganz bestimmte Stromspannung. Weder eine Erschütterung noch Wärme kann ihn zünden, Franz.«

»Außerdem«, sagte Harry, »sind die Spitzen des Eisbohrers nicht hart genug, um ein Stahlgehäuse zu durchdringen.«

»Und wenn wir den Schacht geöffnet haben?« fragte der Deutsche mit augenfälliger Skepsis. »Holen wir die Bombe einfach an der Kette wieder ein wie einen Fisch an der Angel?«

»So was in der Art.«

»Das klappt nicht. Wenn wir den Schacht mit dem Bohrer wieder öffnen, werden wir die Kette dabei durchtrennen.«

»Nicht wenn wir kleinere Bohrspitzen benutzen. Der ursprüngliche Schacht hat einen Durchmesser von zehn Zentimetern. Aber die Bombe hat nur einen von sechs Zentimetern. Wenn wir eine Bohrspitze von siebeneinhalb Zentimetern nehmen, müßten wir an der Kette vorbeigleiten können. Schließlich liegt sie ja flach an der Seite des ursprünglichen Schachts an.«

Franz Fischer gab sich damit nicht zufrieden. »Selbst wenn wir das Loch öffnen können, ohne die Kette zu beschädigen, ist sie noch immer mit dem Eis verschweißt, und das gilt auch für das Bombengehäuse.«

»Wir befestigen das obere Ende der Kette an einem Schneemobil und ziehen den Zylinder einfach aus dem Loch.«

»Das wird nicht funktionieren«, sagte Fischer ablehnend.

Harry nickte. »Vielleicht hast du recht.«

»Es muß eine andere Möglichkeit geben.«

»Zum Beispiel?«

»Wir können uns doch nicht einfach hinsetzen und auf das Ende warten, Franz«, sagte Brian. »Das wäre doch noch bescheuerter.« Er wandte sich an Harry. »Aber wenn dein Plan funktioniert und wir die Bomben aus dem Eis ziehen können ... ist es möglich, in zehn Stunden zehn Stück herauszuholen?«

»Das werden wir erst wissen, wenn wir es versuchen«, sagte Harry. Er wollte weder Fischers starrköpfigem Pessimismus in die Hände spielen noch falsche Hoffnungen wecken.

»Wenn wir keine zehn herausholen können, dann vielleicht acht«, sagte Pete Johnson. »Und wenn keine acht, dann ganz bestimmt sechs. Und jede, die wir herausholen, verschafft uns größere Sicherheit.«

»Trotzdem«, sagte Fischer, und sein Akzent wurde immer schwerer, je deutlicher er seine negative Einstellung zum Ausdruck brachte. »Was werden wir damit erreichen? Um Gottes willen, wir werden dann noch immer auf einem Eisberg treiben. Wir werden dann auch nicht mehr Treibstoff haben und uns nur noch bis morgen nachmittag warm halten können. Wir werden trotzdem erfrieren.«

Rita sprang auf. »Gottverdammt, Franz«, sagte sie, »hör auf, den Advokaten des Teufels zu spielen, oder was auch immer du damit bezweckst. Du bist ein guter Wissenschaftler. Du kannst uns helfen, trotz allem zu überleben. Und wenn du uns nicht hilfst, werden wir vielleicht alle sterben. Niemand ist hier ersetzbar. Niemand ist toter Ballast. Wir brauchen dich an unserer Seite. Du mußt mit uns an einem Strang ziehen.«

»Ganz meine Meinung«, sagte Harry. Er zog die Kapuze über den Kopf und band sie unter dem Kinn fest zusammen. »Und wenn wir uns etwas Zeit verschaffen können, indem wir ein paar Bomben bergen, auch wenn es nur drei oder vier sind – es besteht immer die Chance, daß wir früher gerettet werden, als es jetzt möglich erscheint.«

»Wie?« fragte Roger.

»Einer dieser Trawler ...«

Fischer warf einen Blick auf Rita. »Du und Gunvald«, sagte er dann so nachdrücklich und streitlustig, als wären er und Harry irgendwie einen Wettstreit mit dem Ziel eingegangen, sie jeweils für sich zu gewinnen, »ihr wart euch doch schon einig, daß die Trawler uns nicht erreichen können.«

Harry schüttelte nachdrücklich den Kopf. »Unser Schicksal steht hier nicht in Stein gemeißelt. Wir sind intelligente Menschen. Wenn wir uns darauf konzentrieren, können wir unser Schicksal selbst bestimmen. Wenn einer dieser Kapitäne verdammt gut *und* verdammt starrköpfig ist *und* eine wirklich erstklassige Mannschaft *und* etwas Glück hat, könnte er vielleicht durchkommen.«

»Zu viele Wenn und Aber«, sagte Roger Breskin.

Fischer schüttelte grimmig den Kopf. »Wenn er ein Horatio Hornblower ist, wenn er der verdammte Urgroßvater aller Seefahrer ist, die je gelebt haben, und wenn er nicht nur ein Mensch, sondern eine übernatürliche Kraft der See ist, dann haben wir vielleicht eine Chance.«

»Tja, falls er *tatsächlich* Horatio Hornblower ist«, sagte Harry ungeduldig, »und falls er tatsächlich wie der Teufel segelt und morgen mit wehenden Flaggen hier auftaucht, dann möchte ich noch leben, um ihn begrüßen zu können.«

Sie schwiegen.

»Was ist mit euch?« fragte Harry.

Niemand war anderer Meinung.

»Na schön, dann werden wir alle gemeinsam versuchen, die Bomben zu bergen«, sagte Harry und schob die getönte Brille über seinen Augen zurecht. »Rita, bleibst du hier und achtest auf das Funkgerät und hältst Gunvald auf dem laufenden?«

»Klar.«

»Jemand sollte den Rest des Lagers durchsuchen«, sagte Claude, »bevor der Schnee die Trümmer endgültig bedeckt.«

»Darum kümmere ich mich ebenfalls«, sagte Rita.

Harry ging zur Öffnung der Höhle. »Dann mal los. Ich kann diese sechzig Uhren ticken hören und will nicht unbedingt in der Nähe sein, wenn der Wecker klingelt.«

DRITTER TEIL

DAS GEFÄNGNIS

14:30

DETONATION IN NEUN STUNDEN DREIßIG MINUTEN

Nikita Gorow hatte sich kaum eine oder zwei Minuten lang hingelegt, als er auch schon wußte, daß er keine Ruhe finden würde. Aus der Vergangenheit materialisierte sich ein kleiner Geist, der jetzt dafür sorgte, daß ihm der Friede des Schlafs versagt blieb. Als er die Augen schloß, sah er den kleinen Nikolai, seinen Nikki, wie er durch einen hellen, gelben Nebel auf ihn zulief. Das Kind hatte die Arme gespreizt und kicherte. Doch die Entfernung zwischen ihnen wurde nicht geringer, ganz gleich, wie lange oder schnell Nikki lief oder wie verzweifelt Gorow nach ihm griff: Sie waren nur drei oder vier Meter voneinander getrennt, doch jeder Zentimeter war eine Unendlichkeit. Der Kapitän wollte nichts dringlicher, als seinen Sohn berühren, doch der unzerreißbare Schleier zwischen Leben und Tod trennte sie.

Mit einem leisen, unfreiwilligen Seufzer der Verzweiflung öffnete Gorow die Augen und schaute zu dem Foto im silbernen Rahmen auf dem Schreibtisch in der Ecke: Nikolai und er selbst vor einem Akkordeonspieler auf einem Kreuzfahrtschiff auf der Moskwa. Wenn die Vergangenheit mitunter besonders schwer auf ihm lastete, bedrückte das Foto Gorow gewaltig. Er konnte es genausowenig in eine Schublade legen oder wegwerfen, wie er sich die rechte Hand abhacken konnte, lediglich, weil Nikolai sie oft gehalten hatte.

Plötzlich von nervöser Energie erfüllt, stieg er aus seiner Koje. Er wollte auf und ab schreiten, aber seine Kabine war zu klein. Mit drei Schritten hatte er die gesamte Länge des schmalen Ganges zwischen dem Bett und dem Schrank zurückgelegt. Er wäre gern im Hauptniedergang auf und ab geschritten, durfte jedoch nicht zulassen, daß die Mannschaft mitbekam, wie aufgewühlt er war. Schließlich setzte er sich an den Schreibtisch. Er nahm das Foto in beide Hände, als könne er den Schmerz in seinem Herzen lindern und sich beruhigen, indem er sich ihm stellte – und dem quälenden Verlust.

Er sprach leise zu dem blonden Jungen auf dem Bild. »Ich bin nicht für deinen Tod verantwortlich, Nikki.«

Gorow wußte, daß dies der Wahrheit entsprach. Er glaubte es auch, was noch wichtiger war, als es einfach nur zu wissen. Doch Meere der Schuld durchspülten ihn mit endlosen, alles zerfressenden Fluten.

»Ich weiß, daß du mir nie Vorwürfe gemacht hast, Nikki. Aber ich wünschte, ich könnte hören, daß du mir das sagst.«

Vor sieben Monaten, Mitte Juni des vergangenen Jahres, hatte die *Ilja Pogodin* bereits seit sechzig Tagen eine höchst geheime, insgesamt neunzig Tage währende elektronische Überwachungsmission auf der Mittelmeer-Route durchgeführt. Das Schiff hatte neun Meilen vor der ägyptischen Küste getaucht, direkt nördlich von Alexandria. Der Multikommunikationsballon war ausgestoßen worden, und jede Minute flossen Tausende Bytes Daten, wichtige und unwichtige, in die Computerspeicher.

Um zwei Uhr am Morgen des fünfzehnten Juni hatte das Büro des Marinegeheimdienstes in Sewastopol eine Nachricht vom Marineministerium in Moskau weitergeleitet. Sie erforderte von der *Ilja Pogodin* eine Bestätigung, wodurch die Funkstille aufgehoben wurde, die bei einer solchen geheimen Mission eine absolute Notwendigkeit war.

Als der Kodespezialist den verschlüsselten Text dechiffriert hatte, wurde Gorow vom diensthabenden Kommunikationsoffizier geweckt. Er setzte sich in seiner Koje auf und las das blaßgelbe Blatt.

Die Mitteilung begann mit Längen- und Breitenkoordinaten, gefolgt von dem Befehl, sich in vierundzwanzig Stunden mit der *Petr Wawilow* zu treffen, einem Forschungsschiff der Wostok-Klasse, das sich zur Zeit im selben Teil des Mittelmeers befand wie die *Pogodin*. Diese Anweisung erregte sofort Gorows Neugier: Ein mitternächtliches Rendezvous auf hoher See schien eher ein Bestandteil klassischer und spannender Spionagefilme zu sein, als ins Zeitalter der elektronischen Überwachung zu gehören.

Doch der Rest der Nachricht hatte bewirkt, daß er zitternd aufgesprungen war.

IHR SOHN IN ERNSTEM ZUSTAND IM KREML-HOSPITAL STOP
IHRE ANWESENHEIT IN MOSKAU SO BALD WIE MÖGLICH ERFORDERLICH STOP
TRANSPORT WURDE ARRANGIERT STOP
ERSTER OFFIZIER SCHUKOW ÜBERNIMMT KOMMANDO IHRES SCHIFFES STOP
BESTÄTIGUNG ERFORDERLICH
BESTÄTIGUNG ERFORDERLICH

Um Mitternacht hatte Gorow die Herrschaft über sein U- Boot an Schukow übergeben und war auf die *Petr Wawilow* übergesetzt. Vom Hauptdeck des Forschungsdeckes hatte ein Hubschrauber ihn nach Damaskus in Syrien gebracht, wo er einen planmäßig fliegenden russischen Diplomatenjet nach Moskau bestieg. Er landete am sechzehnten Juli um fünfzehn Uhr auf dem Flughafen Scheremetjewo.

Boris Okudschawa, ein Funktionär aus dem Marineministerium, holte ihn am Terminal ab. Okudschawas Augen waren so schmutziggrau wie Wasser, in dem man stark verdreckte Wäsche gewaschen hatte. Eine kirschgroße Warze entstellte die linke Seite seiner Nase. »Ein Wagen wartet bereits, Genosse Gorow.«

»Was ist los mit Nikki? Was ist los mit meinem Sohn?«

»Ich bin kein Arzt, Genosse Gorow.«

»Sie müssen irgend etwas wissen.«

»Es wäre wohl besser, wenn wir hier keine Zeit mehr verschwenden. Ich erkläre Ihnen alles im Wagen, Genosse.«

»Es heißt nicht mehr ›Genosse‹«, sagte Gorow, als sie den Terminal schnellen Schrittes verließen.

»Tut mir leid. Macht der Gewohnheit.«

»Ach ja?«

Obwohl die soziale und wirtschaftliche Politik der Kommunisten überall in schlechtem Ruf standen und ihre Diebereien und Massenmorde aufgedeckt worden waren, sehnten sich mehr als nur ein paar wahre Anhänger nach der Wiederherstellung der alten Ordnung. Sie verfügten noch immer über einen beträchtlichen Einfluß in vielen Bereichen, darunter auch der Atomwaffenherstellung, die die Produktion von Sprengkörpern und

Raketen unverfroren fortsetzte. Für viele von ihnen war die Ablehnung der marxistischen Ideologie des harten Kurses lediglich eine Anerkennung und Anpassung an den Wechsel der Macht an demokratischere Kräfte und keine ehrliche Wandlung des Herzens oder der Gesinnung. Sie arbeiteten anscheinend fleißig für das neue Rußland, während sie in Wirklichkeit hoffnungsvoll auf eine Gelegenheit warteten, den Obersten Sowjet wiederaufleben zu lassen.

»Die nächste Revolution sollte versuchen, mehr Freiheit und nicht weniger zu gewährleisten«, sagte Okudschawa, als sie den überfüllten Terminal verließen und hinaus in den milden Spätfrühlingstag traten. »Wenn überhaupt, sind wir nicht weit genug gegangen. Zu viele Verfechter des alten Systems sind an der Macht geblieben, nennen sich jetzt Helden der Demokratie und preisen den Kapitalismus, während sie ihn untergraben, wo auch immer es ihnen möglich ist.«

Gorow ließ das Thema fallen. Boris Okudschawa war kein guter Schauspieler. Der übertriebene Eifer, mit dem er sprach, enthüllte die Wahrheit: Die groteske Warze an seiner Nase strahlte hellrot, als wäre sie ein verräterischer Makel, den Gott ihm verliehen hatte, das unverkennbare Zeichen des Tiers.

Der tiefe Himmel wurde von grauschwarzen Wolken gefleckt. Die Luft roch nach bevorstehendem Regen.

Mehreren Straßenhändlern hatte man erlaubt, neben dem Terminal Stände zu errichten. Einige verkauften ihre Waren aus Koffern, andere aus Schubkarren und Kinderwagen – Zigaretten, Süßigkeiten, Stadtpläne, Souvenirs. Bei ihnen herrschte reger Andrang, und zumindest einige von ihnen mußten verhältnismäßig wohlhabend sein, aber alle waren schäbig gekleidet. In den alten Zeiten wäre Wohlstand ein Vergehen gewesen, das Bestrafung, Haft und gelegentlich sogar die Hinrichtung verlangt hätte. Die meisten Bürger des neuen Rußlands erinnerten sich noch lebhaft an die ehemaligen Konsequenzen von Erfolg und den wilden Zorn der neidischen Bürokraten.

Der Wagen des Ministeriums stand mit laufendem Motor, direkt vor dem Terminal, im Halteverbot. In dem Augenblick, da Gorow und Okudschawa auf den Rücksitzen Platz nahmen und die Türen schlossen, fuhr der Chauffeur – ein junger Mann in einer Marineuniform – auch schon los.

»Was ist mit Nikki?« fragte Gorow.

»Er wurde vor einunddreißig Tagen ins Krankenhaus eingeliefert. Zuerst dachte man, er hätte das Pfeiffersche Drüsenfieber oder Grippe. Er war benommen und schwitzte stark. Ihm war so schlecht, daß er nicht mal Flüssigkeiten bei sich behalten konnte. Man hat ihn ins Krankenhaus gebracht, um ihn intravenös zu ernähren und einer Austrocknung vorzubeugen.«

Zur Zeit des gestürzten Regimes war die medizinische Versorgung vom Staat genau kontrolliert worden – und selbst nach dem Standard von Ländern der Dritten Welt einfach schrecklich gewesen. Die meisten Krankenhäuser hatten nicht mal genug Geräte gehabt, um ihre Instrumente sterilisieren zu können. Diagnosegeräte waren fürchterlich knapp und die Budgets der einzelnen Häuser so knapp bemessen gewesen, daß man schmutzige Nadeln subkutaner Spritzen regelmäßig mehrfach verwendet hatte, wodurch der Ausbreitung von Krankheiten oftmals Vorschub geleistet worden war. Der Zusammenbruch des alten Systems war ein Segen gewesen; doch das verjagte Regime hatte die Nation bankrott zurückgelassen, und in den letzten Jahren war die Qualität der Gesundheitsfürsorge sogar noch schlechter geworden.

Gorow erschauderte bei dem Gedanken, der kleine Nikki könne der Obhut von Ärzten anvertraut worden sein, die auf medizinischen Universitäten ausgebildet worden waren, die moderner oder besser ausgerüstet worden waren als die Krankenhäuser, in denen sie dann später arbeiteten. Sicherlich betete jeder Vater auf der Welt dafür, daß seine Kinder gesund blieben, aber im neuen Rußland war genau wie in dem alten Reich Anlaß zur Besorgnis, wenn nicht sogar zur stillen Panik gegeben, wenn ein geliebtes Kind ins Krankenhaus eingewiesen wurde.

»Man hat Sie nicht benachrichtigt«, sagte Okudschawa und rieb geistesabwesend mit der Spitze des Zeigefingers seine Nase, »weil Sie auf einer hochgeheimen Mission waren. Außerdem schien sein Zustand nicht kritisch zu sein.«

»Aber es war weder das Pfeiffersche Drüsenfieber noch eine Grippe?«

»Nein. Dann hat man vermutet, ein rheumatisches Fieber könne dafür verantwortlich sein.«

Nachdem Nikita Gorow so lange mit dem Druck gelebt hatte,

befehlshabender Offizier eines U-Boots zu sein, und gelernt hatte, sich weder bei den periodisch auftretenden mechanischen Schwierigkeiten seines Schiffes noch von der feindseligen Kraft der See beeindruckt zu zeigen, gelang es ihm, ein ruhiges Äußeres zu bewahren, obwohl vor seinem inneren Auge Bilder von Nikki wirbelten, der leidend und verängstigt in einem von Küchenschaben heimgesuchten Krankenhaus lag. »Aber es war kein rheumatisches Fieber.«

»Nein«, sagte Okudschawa. Er betastete noch immer seine Warze und sah nicht Gorow an, sondern den Hinterkopf des Fahrers. »Und dann ließen die Symptome kurzzeitig nach. Vier Tage lang schien er bei bester Gesundheit zu sein. Als die Symptome sich dann wieder einstellten, führte man neue Tests durch. Und dann ... vor acht Tagen hat man herausgefunden, daß er einen bösartigen Gehirntumor hat.«

»Krebs«, sagte Gorow heiser.

»Der Tumor ist zu groß, um operativ entfernt werden zu können, und viel zu weit fortgeschritten für eine Strahlenbehandlung. Als ersichtlich wurde, daß Nikolais Zustand sich rapide verschlechterte, haben wir Ihre Funkstille gebrochen und Sie zurückgerufen. Das war die menschliche Entscheidung, auch wenn wir Ihre Mission damit in Gefahr gebracht haben.« Er hielt inne und sah Gorow dann endlich an. »In den alten Zeiten wären wir dieses Risiko natürlich nicht eingegangen, aber jetzt haben wir bessere Zeiten«, fügte Okudschawa mit einer so offenkundigen Unaufrichtigkeit hinzu, daß er genausogut Hammer und Sichel, das Emblem, dem er in Wirklichkeit treu ergeben war, auf der Brust hätte tragen können.

Gorow war Boris Okudschawas Sehnsucht nach der verdammten Vergangenheit scheißegal. Ihm war auch die Demokratie scheißegal, die Zukunft, er selbst – nur sein Nikki nicht. Auf seinem Nacken hatte sich kalter Schweiß gebildet, als hätte der Tod ihn dort leicht mit eisigen Fingern berührt, während er auf dem Weg zum Bett des Jungen oder schon wieder zurück war.

»Können Sie nicht schneller fahren?« fragte er den jungen Offizier hinter dem Lenkrad.

»Wir sind bald da«, versicherte Okudschawa ihm.

»Er ist erst acht Jahre alt«, sagte Gorow eher zu sich selbst als zu einem der beiden Männer, mit denen er im Wagen saß.

Keiner der beiden antwortete darauf.

Gorow sah die Augen des Fahrers im Rückspiegel; in dem Blick des Mannes schien Mitleid zu liegen. »Wie lange hat er noch zu leben?« fragte er, obwohl es ihm fast lieber gewesen wäre, es nicht zu wissen.

Okudschawa zögerte. Dann: »Es kann jederzeit zu Ende gehen.«

Seit er vor siebenunddreißig Stunden in seiner Kabine an Bord der *Ilja Pogodin* die verschlüsselte Nachricht gelesen hatte, hatte Gorow gewußt, daß Nikki im Sterben liegen mußte. Die Admiralität war nicht grausam, hätte andererseits aber auch niemals eine wichtige Spionagemission auf der Mittelmeerroute unterbrochen, wäre die Lage nicht ziemlich hoffnungslos gewesen. Er hatte sich sorgfältig auf diese Nachricht vorbereiten können.

Im Krankenhaus waren die Fahrstühle ausgefallen. Boris Okudschawa führte Gorow zur Personaltreppe, die schmutzig und schlecht beleuchtet war. Fliegen summten vor den kleinen, vor Schmutz undurchsichtigen Fenstern an jeder Treppenbrüstung.

Gorow stieg zum sechsten Stock hinauf. Er blieb zweimal stehen, als er den Eindruck hatte, seine Knie würden nachgeben, eilte dann aber beide Male nach nur kurzem Zögern weiter.

Nikki lag mit vier weiteren sterbenden Kindern in einem Achtbettzimmer, in einem kleinen Bett unter einer schmutzigen und geflickten Decke. Neben ihm stand weder ein EKG-Überwachungsgerät noch irgendein anderes Instrument. Da er als unheilbar krank galt, hatte man ihn auf dieses Sterbezimmer verlegt, in dem er die letzten Tage auf dieser Welt verbringen sollte. Die Regierung hatte noch immer die Leitung der medizinischen Versorgung inne, und ihre finanziellen Möglichkeiten waren schlicht und einfach erschöpft. Das hatte zur Folge, daß die Ärzte alle Kranken und Verletzten nach dem unbarmherzigen Maßstab der Überlebenschancen behandelten. Wenn diese nicht mindestens fünfzig Prozent betrugen, unternahm man erst gar keinen heldenhaften Versuch, den Patienten zu retten.

Der Junge war schrecklich bleich. Wächserne Haut. Grau gefärbte Lippen. Die Augen geschlossen. Sein blondes Haar war strähnig und feucht vor Schweiß.

Gorow fiel es zunehmend schwerer, die traditionelle Ruhe

eines U-Boot-Kommandanten zu bewahren. Zitternd, als wäre er ein alter Mann mit einer Lähmung, trat er neben das Bett und schaute zu seinem Sohn hinab, seinem einzigen Kind.

»Nikki«, sagte er, und seine Stimme war unbeständig und schwach.

Der Junge antwortete nicht, öffnete nicht einmal die Augen.

Gorow setzte sich auf die Bettkante. Er legte eine Hand auf die seines Sohnes. Die Haut des Jungen kam ihm furchtbar kalt vor.

»Nikki, ich bin hier.«

Jemand berührte Gorows Schulter, und er blickte auf.

Ein Arzt in einem weißen Kittel stand neben dem Bett. Er deutete auf eine Frau am Ende des Zimmers. »Sie ist diejenige, die Sie jetzt braucht.«

Es war Anja. Gorow hatte sich so stark auf Nikki konzentriert, daß er sie gar nicht bemerkt hatte. Sie stand an einem Fenster und tat so, als beobachte sie die Leute unten auf dem alten Kalinin-Platz.

Allmählich wurde Gorow sich der Niederlage bewußt, die die gekrümmten Schultern seiner Frau und der leise Anflug von Trauer in der Neigung ihre Kopfes ausdrückten, und langsam wurde ihm die volle Bedeutung der Worte des Arztes klar. Nikki war schon tot. Zu spät, um ein letztes Mal ›Ich liebe dich!‹ zu sagen. Zu spät für einen letzten Kuß. Zu spät, um seinem Kind in die Augen zu sehen und ›Ich war immer so stolz auf dich!‹ zu sagen, zu spät, um sich zu verabschieden.

Obwohl Anja ihn brauchte, ertrug er es nicht, sich von der Bettkante zu erheben – als würde er damit bewirken, daß Nikki endgültig tot war, wohingegen ein starrköpfiges Leugnen schließlich eine wundersame Wiederauferstehung bewirken könnte.

Er sprach ihren Namen, und obwohl es nur ein Flüstern war, drehte sie sich zu ihm um.

Ihre Augen waren feucht vor Tränen. Sie biß sich auf die Lippe, um nicht laut zu schluchzen. »Ich wünschte, du wärest hiergewesen.«

»Sie haben es mir erst gestern gesagt.«

»Ich war so allein.«

»Ich weiß.«

»Hatte solche Angst.«

»Ich weiß.«

»Ich wäre an seiner Stelle gegangen, wäre es möglich gewesen«, sagte sie. »Aber ich konnte … ich konnte nichts für ihn tun.«

Schließlich fand er die Kraft, das Bett zu verlassen. Er ging zu seiner Frau und umarmte sie, und sie umarmte ihn. So fest. So fest.

Alle bis auf eins der vier anderen sterbenden Kinder in diesem Raum lagen im Koma, standen unter Beruhigungsmitteln oder nahmen Gorow und Anja aus irgendwelchen anderen Gründen nicht wahr. Die einzige Beobachterin war ein Mädchen von vielleicht acht oder neun Jahren, mit kastanienbraunem Haar und großen, ernsten Augen. Sie lag in einem Bett, auf Kissen gestützt, so zerbrechlich wie eine Frau, die hundert Jahre des Lebens gesehen hatte. »Es ist nicht schlimm«, sagte sie zu Gorow. Ihre Stimme war trotz der furchtbaren Krankheit, die ihren Körper verwüstet und geschwächt hatte, musikalisch und hell. »Sie werden ihn wiedersehen. Er ist jetzt im Himmel. Er wartet dort auf Sie.«

Nikita Gorow, Produkt einer strikt materialistischen Gesellschaft, die fast ein ganzes Jahrhundert lang die Existenz Gottes bestritten hatte, wünschte, er könne genug Kraft in einem Glauben finden, der so einfach und stark wie der war, den die Worte des Kindes enthüllt hatten. Er war kein Atheist. Er hatte gesehen, welche monströsen Taten die Herrscher einer Gesellschaft begehen konnten, wenn sie der Annahme waren, es gäbe keinen Gott; er wußte, daß es keine Hoffnung auf Gerechtigkeit in einer Welt gab, in der die Vorstellungen von göttlicher Vergeltung und eines Lebens nach dem Tod abgeschafft worden waren. Gott *mußte* existieren, denn ansonsten konnte man die Menschheit nicht daran hindern, sich selbst zu vernichten. Dennoch mangelte es ihm an einem überlieferten Glauben, in dem er in einem solchen Ausmaß Hoffnung und Zuversicht finden konnte, wie es bei dem im Sterben liegenden Mädchen der Fall war.

Anja hatte an seiner Schulter geweint. Er hatte sie festgehalten und ihr blondes Haar gestreichelt.

Der dunkle Himmel war plötzlich aufgerissen und hatte einen Wolkenbruch freigegeben. Dicke Tropfen waren gegen das Fenster geschlagen, die Scheibe hinabgeströmt und hatten den Verkehr unten auf dem Platz verschwommen wirken lassen.

Den restlichen Sommer über hatten sie versucht, Dinge zu finden, über die sie lächeln konnten. Sie waren ins Taganka-Theater, ins Ballett, ins Varieté und in den Zirkus gegangen. Sie hatten mehr als einmal in dem großen Pavillon im Gorki-Park getanzt und erfreuten sich, wie es sonst nur Kinder konnten, an den Attraktionen des Freizeitparks Sokolniki. Einmal die Woche aßen sie im Aragvi, vielleicht dem besten Restaurant der Stadt, wo Anja wieder zu lächeln lernte, als sie an der Eiscreme mit Konfitüre schleckte, wo Nikita eine Vorliebe für das scharfe *Zatsivi*-Hühnchen in Walnußsauce entwickelte, und wo sie beide zu viel Wodka zu ihrem Kaviar und zu viel Wein zu ihrem *Sulguni* mit Brot tranken. Sie schliefen jede Nacht miteinander, dringlich und explosiv, als würde ihre Leidenschaft die Existenz von Leid, Krebs und Tod widerlegen.

Obwohl Anja nicht mehr so unbeschwert wie zuvor war, schien sie sich von dem Verlust schneller und besser zu erholen als Nikita. Zum einen war sie vierunddreißig, zehn Jahre jünger als er. Ihr Geist war widerstandsfähiger als der seine. Des weiteren wurde sie nicht von der Schuld belastet, die er wie ein Joch aus Blei trug. Er wußte, daß Nikki in den letzten Wochen seines Lebens und besonders während der letzten Stunden immer wieder nach ihm gefragt hatte. Obwohl er wußte, daß er sich töricht und irrational verhielt, kam Gorow sich vor, als hätte er den Jungen im Stich gelassen, als hätte er seinem einzigen Sohn nicht beigestanden. Trotz ihres ungewöhnlich langen, nachdenklichen Stillschweigens und eines neuen Ernstes in ihren Augen bekam Anja allmählich ein gesundes Strahlen und zumindest einen Großteil ihres früheren Elans zurück. Doch Nikita täuschte die Genesung nur vor.

In der ersten Septemberwoche nahm Anja ihren Beruf wieder auf. Sie war Forschungsbotanikerin in einem großen Außenlabor in den tiefen Kiefernwäldern dreißig Kilometer außerhalb von Moskau. Ihre Arbeit wurde schnell zu einer Straße ins Vergessen: sie fuhr jeden Tag ein Stück weiter darauf, traf früh im Labor ein und blieb immer länger dort.

Obwohl sie auch weiterhin die Nächte und Wochenenden gemeinsam verbrachten, war Gorow jetzt viel allein. Die Wohnung war voller Erinnerungen, die schmerzlich geworden waren, und das galt auch für die Datscha, die sie auf dem Land gemietet hatten. Er ging oft und lange spazieren, und fast jedesmal endete er im Zoo oder im Museum oder an irgendeinem anderen Ort, den er und Nikki häufig gemeinsam besucht hatten.

Er träumte unablässig von seinem Sohn und wachte normalerweise mitten in der Nacht mit einem üblen, leeren Gefühl auf. In seinen Träumen fragte Nikki stets, warum sein Vater ihn im Stich gelassen hatte.

Am achten Oktober ging Gorow zu seinem Vorgesetzten im Marineministerium und bat darum, ihm wieder das Kommando über die *Ilja Pogodin* zu übertragen. Das Schiff lag zur planmäßigen Überholung und zum Einbau einiger neuer, moderner elektronischer Überwachungsgeräte im Trockendock von Kaliningrad. Er nahm den Dienst wieder auf, überwachte die Installation der Überwachungsausrüstung und nahm Mitte Dezember mit dem U-Boot eine vierzehntägige Testfahrt in der Ostsee vor.

Am Neujahrstag war er mit Anja in Moskau, aber sie fuhren nicht in die Innenstadt. In Rußland ist dies ein Feiertag für die Kinder. Überall waren Jungen und Mädchen zu finden: in den Puppentheatern, dem Ballett, den Kinos, auf den Straßenfesten und in den Parks. Sogar das Kremlgelände stand ihnen an diesem Tag offen. Und an jeder Ecke plauderten diese Kinder glücklich von den Geschenken und den Pfefferkuchenmännern, die Ded Moroz – Väterchen Frost – ihnen gebracht hatte. Obwohl Nikita und Anja zusammen waren und jeder den anderen stützte, hätten sie diesen Anblick nicht ertragen können. Sie verbrachten den gesamten Tag in ihrer Dreizimmerwohnung. Sie schliefen zweimal miteinander. Anja kochte *Tschebureki*, fritierte armenische Fleischpasteten, und sie spülten das Essen mit einer beträchtlichen Menge an süßem Algeschat herunter.

Er schlief im Nachtzug nach Kaliningrad. Die schaukelnde Bewegung und das rhythmische Klappern des Zuges brachten nicht den reinen, traumlosen Schlaf, den er erhofft hatte. Er wachte zweimal mit dem Namen seines Sohnes auf den Lippen auf, die Hände zu Fäusten geballt, mit kaltem Schweiß auf seinem Gesicht.

Nichts ist schrecklicher für Eltern, als ihr Kind zu überleben. Die natürliche Ordnung schien auf den Kopf gestellt worden zu sein.

Am zweiten Januar war er mit der *Ilja Pogodin* zu einer einhunderttägigen Spionagemission in See gestochen. Er hatte sich auf vierzehn Wochen unter dem Nordatlantik gefreut, denn dies schien eine gute Gelegenheit und ein guter Ort zu sein, um sich von seiner anhaltenden Trauer und seiner unerschütterlichen Schuld loszusprechen.

Doch Nikki hatte ihn weiterhin des Nachts besucht, war durch die dunklen Abgründe der See und durch die noch tiefere Dunkelheit in Gorows Verstand zu ihm gekommen und hatte die vertrauten Fragen gestellt, auf die es keine Antwort gab: *Warum hast du mich im Stich gelassen, Vater? Warum bist du nicht zu mir gekommen, als ich dich gebraucht habe, als ich Angst hatte und nach dir rief? Hat dir nichts daran gelegen, Vater, hat dir nicht an mir gelegen? Warum hast du mir nicht geholfen? Warum hast du mich nicht gerettet, Vater? Warum? Warum?*

Jemand klopfte leise gegen die Kabinentür. Wie ein schwacher Ton, der in der bronzenen Aushöhlung einer Glocke schwang, hallte das Klopfen leise in dem kleinen Raum.

Gorow kehrte aus der Vergangenheit zurück und schaute von dem Foto in dem silbernen Rahmen hoch. »Ja?«

»Timoschenko, Herr Kapitän.«

Nikita stellte das Bild wieder auf den Schreibtisch und drehte sich um. »Kommen Sie herein, Leutnant.«

Die Tür öffnete sich, und Timoschenko sah ihn an. »Wir haben einige Nachrichten abgefangen, die Sie lesen sollten.«

»Worum geht es?«

»Um diese Forschungsgruppe der Vereinten Nationen. Sie nennen ihre Basis Station Edgeway. Sie erinnern sich?«

»Natürlich.«

»Nun, sie stecken in Schwierigkeiten.«

14:46

Harry Carpenter befestigte die Stahlkette an einem Karabiner und den Karabiner an der Anhängerkupplung an der Rückseite des Schneemobils. »Jetzt brauchen wir nur noch etwas Glück.«

»Es wird halten«, sagte Claude und tätschelte die Kette. Er kniete neben Harry auf dem Eis, den Rücken dem Wind zugedreht.

»Ich befürchte auch nicht, daß sie reißen wird«, sagte Harry, erhob sich müde und streckte sich.

Die Kette wirkte zart, fast, als wäre sie von einem Juwelier gefertigt worden. Aber sie hatte eine garantierte Reißfestigkeit von viertausend Pfund und müßte die bevorstehende Aufgabe spielend leicht bewältigen können.

Das Schneemobil stand praktisch auf dem wieder geöffneten Schacht. Roger Breskin saß hinter der leicht beschlagenen Plexiglasscheibe an der Lenkstange und achtete im Rückspiegel auf Harrys Handzeichen, daß es losgehen konnte.

Nachdem er die Schneemaske über Mund und Nase gezogen hatte, gab er Breskin das Zeichen. Dann drehte er sich in den Wind und beobachtete das kleine, völlig runde Loch im Eis.

Pete Johnson kniete auf der einen Seite des Schachts und wartete darauf, daß das Schneemobil endlich losfuhr, damit er den Fortschritt der Bombe beobachten konnte, sobald sie sich bewegte. Brian, Fischer und Lin waren zu den anderen Schneemobilen zurückgekehrt, um sich wieder aufzuwärmen. Nachdem Roger den Motor mehrmals hochgefahren hatte, legte er den Gang ein. Das Fahrzeug bewegte sich kaum einen Meter, dann hielt die Kette es fest. Das Motorengeräusch wurde immer höher, und allmählich wurde das Kreischen lauter als der jaulende Wind.

Die Kette war so straff gespannt, daß Harry sich vorstellte, sie würde, wenn man daran rupfte, einen hohen Ton von sich geben, auf den jede Sopranistin neidisch wäre.

Aber die Bombe bewegte sich nicht. Um keinen Zentimeter.

Die Kette schien zu vibrieren. Breskin beschleunigte.

Obwohl er Claude gegenüber gerade das Gegenteil behauptet hatte, befürchtete Harry allmählich, daß die Kette reißen würde.

Der Schlitten fuhr mit voller Kraft.

Mit einem Knall, der so laut wie ein Gewehrschuß war, löste die Kette sich von der Seite des neuen Schachts, in dem sie festgefroren gewesen war, und der Zylinder wurde aus seinem Eisbett gerissen. Das Schneemobil machte einen Satz vorwärts, die Kette blieb straff gespannt, und im Schacht scharrte und schepperte die Bombe nach oben.

Pete Johnson erhob sich und hockte sich dann mit gespreizten Beinen über das Loch. Harry und Jobert gingen zu ihm. Johnson hielt eine Taschenlampe in das schmale, dunkle Loch, spähte kurz hinein und bedeutete Breskin, er solle anhalten. Er ergriff die Kette mit beiden Händen, zog die Röhre mit dem Sprengstoff zuerst halb und dann, mit Harrys Hilfe, vollständig aus dem Schacht. Sie legten sie auf das Eis.

Dieses war der erste Streich. Neun hatten sie noch vor sich.

14:58

Gunvald Larsson goß gerade Dosenmilch in seinen Kaffeebecher, als der Funkspruch von der Militärbasis der Vereinigten Staaten in Thule auf Grönland kam. Er setzte die Milch ab und eilte zum Kurzwellengerät.

»Hier ist Larsson in Edgeway. Ich höre Sie klar und deutlich. Fahren Sie bitte fort.«

Der Offizier in Thule hatte eine durchdringende, einschmeichelnde Stimme, der das Rauschen anscheinend nichts anhaben konnte. »Haben Sie noch etwas von Ihren verlorenen Schäfchen gehört?«

»Nein. Sie haben zu tun. Mrs. Carpenter hat das Funkgerät in der Eishöhle gelassen, während sie aus dem vorübergehenden Lager rettet, was sie kann. Ich erwarte nicht, daß sie sich meldet, außer, ihre Lage ändert sich drastisch.«

»Wie ist das Wetter in Edgeway?«

»Schrecklich.«

»Hier auch. Und es wird noch viel schlimmer werden, bevor

es sich dann wieder bessert. Die Windgeschwindigkeit und die Wellenhöhe setzen neue Rekordmarken für den Nordatlantik.«

Gunvald betrachtete das Funkgerät stirnrunzelnd. »Wollen Sie mir damit etwa sagen, daß die UNO-Trawler umkehren?«

»Einer ist bereits umgekehrt.«

»Aber sie sind doch erst vor zwei Stunden nach Norden aufgebrochen!«

»Die *Melville* ist zehn oder zwölf Jahre älter als die *Liberty*. Sie könnte einen Sturm von dieser Stärke wahrscheinlich überstehen, hat aber weder die nötigen Pferdestärken noch die Bugkonstruktion, um frontal, mit voller Kraft und gegen den Wind hineinzufahren. Ihr Kapitän hat befürchtet, daß sie auseinanderbricht, wenn er nicht umkehrt.«

»Aber er war doch noch am Rand des Sturms.«

»Sogar dort sind die Bedingungen äußerst schlecht.«

Gunvald wischte mit einer Hand über sein plötzlich feuchtes Gesicht und wischte sie sich dann an den Hosen ab. »Die *Liberty* fährt weiter?«

»Ja.« Der Amerikaner hielt inne. Im Funkgerät zischte es, als wimmelte es darin vor Schlangen. »Hören Sie, wenn ich Sie wäre, würde ich keine allzu großen Hoffnungen auf sie setzen.«

»Ich habe nichts, worauf ich sie sonst setzen könnte.«

»Mag schon sein. Aber ihr Skipper ist kaum zuversichtlicher als der Kapitän der *Melville*.«

»Ich nehme an, Sie können noch immer keinen Hubschrauber in die Luft bringen.«

»Auf keinen Fall. Sie werden auch in den nächsten Tagen nicht starten können. Wir sind darüber nicht gerade begeistert, können aber nichts daran ändern.«

Statisches Rauschen aus dem Lautsprecher.

Gunvald sagte nichts.

»Na ja«, sagte der Offizier in Thule schließlich, und seine Stimme klang sehr verlegen, »vielleicht schafft die *Liberty* es ja.«

Gunvald seufzte. »Ich werden den anderen das mit der *Melville* nicht sagen. Noch nicht.«

»Das bleibt Ihnen überlassen.«

»Wenn die *Liberty* ebenfalls umkehrt, muß ich es ihnen sagen. Aber es wäre sinnlos, sie mit dieser Nachricht zu bedrücken, solange noch etwas Hoffnung besteht.«

»Wir drücken ihnen die Daumen«, sagte der Mann in Thule. »In den Staaten berichten die Nachrichten bereits darüber. Millionen von Leuten drücken ihnen die Daumen.«

15:05

Das Kommunikationszentrum der *Ilja Pogodin* war voller Licht und Bewegung, als die dechiffrierten Nachrichten, die der Überwachungsballon dreißig Meter über ihnen aufgefangen hatte, über sieben leuchtende Monitore flimmerten. Auf den Computerkonsolen funkelten sämtliche Primärfarben. Zwei Techniker arbeiteten am einen Ende des engen Raums, und Timoschenko stand mit Nikita Gorow neben der Tür.

Unter den Hunderten von Mitteilungen, die ständig von den Computern der *Ilja Pogodin* sortiert und gespeichert wurden, bezog ein ständiger Datenstrom sich auf die Edgeway- Krise. Der Computer war dahingehend programmiert worden, eine besondere Datei für alle abgefangenen Meldungen anzulegen, die eins oder mehrere von fünf Schlüsselwörtern enthielten: Carpenter, Larsson, Edgeway, *Melville, Liberty*.

»Ist das vollständig?« fragte Gorow, als er das Edgeway-Material gelesen hatte.

Timoschenko nickte. »Der Computer druckt jede Viertelstunde ein ergänztes Update aus. Das hier ist erst zehn Minuten alt. Es könnte also noch ein paar neue Entwicklungen gegeben haben. Aber die grundlegenden Fakten kennen Sie nun, Herr Kapitän.«

»Wenn das Wetter auf der Oberfläche nur halb so schlecht ist, wie sie behaupten, wird die *Liberty* ebenfalls umkehren.«

Timoschenko pflichtete ihm bei.

Gorow starrte den Ausdruck an, las ihn nicht mehr, sah ihn nicht einmal mehr. Hinter seinen nachtschwarzen Augen war das Bild eines kleinen, blonden Jungen mit rosigem Gesicht und offenen Armen. Der Sohn, den er nicht hatte retten können.

»Ich bin bis auf weiteres im Kontrollraum«, sagte er schließlich. »Informieren Sie mich sofort, wenn es in dieser Sache eine wichtige Neuigkeit gibt.«

»Jawohl, Herr Kapitän.«

Da die *Pogodin* keine Fahrt machte, sondern bewegungslos verharrte, bestand die Wache in der Zentrale – abgesehen vom Ersten Offizier Schukow – nur aus fünf Mann. Drei saßen in den schwarzen Kommandostühlen und betrachteten die Wand mit den Bildschirmen, Meßinstrumenten, graphischen Darstellungen, Schaltern und Kontrollen gegenüber der Tauchstation. Schukow saß auf einem Metallstuhl in der Mitte des Raums und las einen Roman, den er auf den großen elektronischen Kartentisch gelegt hatte.

Emil Schukow war der einzige mögliche Widersacher, mit dem Gorow sich eventuell befassen mußte, wenn er den Plan, den er auszuarbeiten begonnen hatte, tatsächlich ausführen wollte. Schukow war der einzige an Bord des U-Bootes, der die Befugnis hatte, den Kapitän seines Postens zu entheben, wenn dieser nach Schukows Ansicht den Verstand verloren hatte oder einen direkten Befehl vom Marineministerium nicht befolgte. Der Erste Offizier würde seine Macht nur im äußersten Notfall ausspielen, denn wenn er nach Rußland zurückgekehrt war, würde er die Übernahme des Kommandos rechtfertigen müssen; dennoch stellte er eine echte Bedrohung dar.

Mit zweiundvierzig Jahren war Emil Schukow nicht viel jünger als sein Kapitän, doch ihre Beziehung erinnerte mitunter ein wenig an die zwischen Schüler und Mentor, hauptsächlich, weil Schukow einen so großen Wert auf soziale Rangfolge und Disziplin legte, daß sein Respekt vor der Autorität sich mitunter schon ungesunder Ehrfurcht näherte. Er hätte *jeden* Kapitän als Mentor und eine Quelle der Weisheit angesehen. Groß, schlank, mit einem langen, schmalen Gesicht, eindringlichen haselnußbraunen Augen und dichtem, dunklem Haar erinnerte der Erste Offizier Gorow an einen Wolf; er bewegte sich mit animalischer Anmut, und sein direkter Blick wirkte manchmal raubtierhaft. Im Grunde war Schukow weder so beeindruckend noch so gefährlich, wie es den Anschein hatte; er war lediglich ein guter Mann und ein zuverlässiger, wenn auch nicht brillanter Offizier. Normalerweise würde die Ehrerbietung für seinen Kapitän seine treue Mitarbeit gewährleisten – aber unter extremen Umständen konnte man seinen Gehorsam nicht als selbstverständlich annehmen. Emil Schukow würde nie den Umstand ignorieren, daß es viele Männer mit höherer Autorität als Gorow gab – und daß er ihnen größeren Respekt und größere Treue schuldig war als seinem Kapitän.

Gorow ging an den Kartentisch und legte den Ausdruck mit dem Edgeway-Material auf den Roman, den Schukow las. »Sie sollten sich das lieber mal ansehen.«

»Da haben sie sich ja einen ziemlichen Schlamassel eingebrockt«, sagte der Erste Offizier, als er die letzte Seite des Dokuments erreicht hatte. »Aber ich habe in der Zeitung einiges über das Projekt Edgeway gelesen, damals, als sie noch im Planungsstadium waren, und diese Carpenters scheinen äußerst clevere Leute zu sein. Vielleicht kratzen sie sich ja irgendwie wieder 'raus.«

»Nicht die Carpenters haben meine Aufmerksamkeit erregt, sondern ein anderer Name.«

Schukow warf einen kurzen Blick auf den Ausdruck. »Sie müssen Dougherty meinen«, sagte er. »Brian Dougherty.«

Gorow setzte sich auf den anderen Stuhl an dem mit Plexiglas überzogenen, beleuchteten Kartentisch. »Ja. Dougherty.«

»Ist er mit dem ermordeten amerikanischen Präsidenten verwandt?«

»Der Neffe.«

»Ich habe seinen Onkel sehr bewundert«, sagte Schukow. »Aber in dieser Hinsicht halten Sie mich wahrscheinlich für naiv.«

Gorows Abscheu für Politik und Politiker war seinem Ersten Offizier genau bekannt. Insgeheim mißbilligte Schukow diese Einstellung zwar, aber der Kapitän konnte nicht überzeugend vorgeben, einen Sinneswandel erfahren zu haben, um Schukows Unterstützung für die riskante Operation zu gewinnen, die er durchführen wollte. »Politik hat nur mit Macht zu tun«, sagte er achselzuckend. »Ich bewundere Leistung.«

»Er war ein Mann des Friedens«, sagte Schukow.

»Ja, den Frieden wollen sie einem alle verkaufen.«

Schukow runzelte die Stirn. »Sind Sie nicht der Ansicht, daß er ein großer Mann war?«

»Ein Wissenschaftler, der ein Heilmittel gegen eine Krankheit entdeckt – das ist ein großer Mann oder eine große Frau. Aber ein Politiker …«

Schukow gehörte nicht zu denen, die sich nach der Rückkehr des alten Regimes sehnten, hatte jedoch nur wenig Geduld für jene unstabilen Regierungen, die Rußland in den letzten Jahren heimgesucht hatten. Er bewunderte starke Führer. Er brauchte jemanden, der seinem Leben eine Richtung und einen Sinn gab – und letzten Endes waren gute Politiker seine absoluten Helden, egal, welcher Nationalität sie angehörten.

»Ganz gleich, was ich von dem verstorbenen Präsidenten halte«, sagte Gorow, »ich gestehe ein, daß die Familie Dougherty ihre Tragödie mit Anstand und Tapferkeit bewältigt hat. Sehr würdevoll.«

Schukow nickte ernst. »Eine bewundernswerte Familie. Sehr traurig.«

Gorow kam sich vor, als wäre sein Erster Offizier ein kompliziertes Musikinstrument. Er hatte es gerade gestimmt, und jetzt würde er versuchen, eine schwierige Melodie darauf zu spielen. »Der Vater des Jungen ist Senator, nicht wahr?«

»Ja, und ein sehr angesehener«, sagte Schukow.

»Auf ihn hat man ebenfalls geschossen, nicht wahr?«

»Ein weiterer Attentatsversuch.«

»Was glauben Sie, warum unterstützen die Doughertys das amerikanische System so leidenschaftlich, nach allem, was es ihnen angetan hat?«

»Sie sind große Patrioten«, antwortete Schukow.

Gorow fuhr mit der Hand nachdenklich über seinen gepfleg ten Bart. »Wie schwierig muß es doch für eine Familie sein«, sagte er, »einem Land gegenüber patriotisch zu sein, daß ihre besten Söhne tötet.«

»Ach, nicht das Land hat sie getötet, Herr Kapitän, sondern eine Handvoll Reaktionäre. Vielleicht sogar die CIA. Aber nicht das amerikanische Volk.«

Gorow tat so, als dächte er darüber nach. »Wahrscheinlich haben Sie recht«, sagte er dann. »Wie ich gelesen habe, scheinen die Amerikaner den Doughertys einen beträchtlichen Respekt und große Zuneigung entgegenzubringen.«

»Natürlich. Patriotismus im Unglück ist die einzige Art, die Respekt verdient. Es ist leicht, in Zeiten des Überflusses Patriot zu sein, wenn von niemandem verlangt wird, Opfer zu bringen.«

Die Melodie, die Gorow auf seinem Ersten Offizier spielen wollte, schritt ohne eine schiefe Note voran, und der Kapitän hätte fast gelächelt. Statt dessen musterte er den Edgeway-Ausdruck lange. »Was für eine Gelegenheit für Rußland«, sagte er dann.

Wie der Kapitän erwartet hatte, konnte Schukow dem neuen Gedankengang nicht sofort folgen. »Gelegenheit?«

»Um unseren guten Willen zu zeigen.«

»Ach?«

»Und das in einer Zeit, in der Mütterchen Rußland dringender auf den guten Willen anderer angewiesen ist als in irgendeinem anderen Augenblick seiner Geschichte. Wohlwollen führt zu beträchtlicher ausländischer Unterstützung, bevorzugter Behandlung bei Handelsvereinbarungen, ja sogar zu militärischer Kooperation und Konzessionen von strategischer Bedeutung.«

»Ich sehe keine Gelegenheit.«

»Wir sind nur fünf Stunden von ihrer Position entfernt.«

Schukow runzelte die Stirn. »Sie haben es ausgerechnet?«

»Geschätzt. Aber es ist eine gute Schätzung. Und wenn wir diesen unglücklichen Leuten helfen würden, die auf einem Eisberg gestrandet sind, wären wir Helden. Auf der ganzen Welt. Verstehen Sie? Und damit hätte sich auch Rußland heldenhaft benommen.«

»Sie wollen sie retten?« fragte Schukow und blinzelte vor Überraschung.

»Schließlich würden wir damit das Leben von acht geschätzten Wissenschaftlern aus einem halben Dutzend Ländern retten, einschließlich das des Neffen des ermordeten Präsidenten. Solch eine propagandistische Gelegenheit, seinen guten Willen zu zeigen, ergibt sich jedes Jahrzehnt nur einmal.«

»Aber wir brauchen von Moskau die Erlaubnis.«

»Natürlich.«

»Um die schnelle Antwort zu bekommen, die Sie brauchen, müßten Sie Ihr Gesuch über die Satellitenverbindung senden. Und um den Satelliten zu benutzen, müßten wir auftauchen.«

»Das weiß ich.«

Die Laserantenne und die zusammenklappbare Empfangsschüssel waren auf der Finne des U-Boots angebracht, der großen, flossenähnlichen Erhebung auf dem Hauptdeck, auf der sich ebenfalls die kleine Brücke, Funk- und Radarmasten, Periskope und Schnorchel befanden. Sie mußten auftauchen, damit die Computer eine Reihe russischer Telekommunikationssatelliten erfassen konnten und die Laser richtig funktionierten. Doch auch, wenn diese Aufgabe der Geheimhaltung für ein Schiff wie die *Pogodin* ein Nachteil war, hob die unglaubliche Schnelligkeit der Laserübertragung die negativen Faktoren wieder auf. Von praktisch jedem Ort auf der Welt konnte man eine Nachricht nach Moskau schicken und sofort eine Bestätigung erhalten.

Emil Schukows langes, düsteres Gesicht wurde plötzlich von Beklemmung überschattet, denn ihm war klar geworden, daß er sich entweder der einen oder der anderen Autorität widersetzen mußte – entweder dem Kapitän selbst oder den Vorgesetzten des Kapitäns in Moskau. »Wir haben einen Spionageauftrag, Herr Kapitän. Wenn wir auftauchen, würden wir die gesamte Mission in Gefahr bringen.«

Mit einem Finger zog Gorow einen Breitengrad auf der erhellten Oberfläche des elektronischen Kartentisches nach. »Wer würde uns so hoch im Norden, mitten in einem tobenden Wintersturm, schon sehen? Wir müßten auftauchen, die Nachricht abschicken und die Bestätigung empfangen können, ohne daß jemand uns bemerkt.«

»Ja, schon, aber wir haben den Befehl, völlige Funkstille zu bewahren.« Gorow nickte ernst, als wolle er sagen, er habe bereits darüber nachgedacht und sei sich der schrecklichen Verantwortung bewußt. »Als mein Sohn starb, hat Moskau die Funkstille gebrochen.«

»Da ging es um Leben und Tod.«

»Auch hier sind Menschenleben in Gefahr. Natürlich haben wir den Befehl, Funkstille zu bewahren. Ich weiß, was es heißt, diesen Befehl zu mißachten. Andererseits hat der Kapitän bei einem Notfall die Befugnis, nach reiflicher Überlegung dem Ministerium gegenüber ungehorsam zu sein.«

Schukow runzelte so angestrengt die Stirn, daß die Linien in seinem langen, schmalen Gesicht so tief wie Wunden wirkten. »Ich bin mir nicht so sicher, ob man dies einen Notfall nennen kann«, sagte er dann. »Zumindest nicht die Art von Notfall, die sie im Sinn hatten, als sie die Regeln schrieben.«

»Nun, ich würde es so nennen«, sagte Gorow und sprach damit eine leise, aber nicht besonders feinfühlige Herausforderung aus.

»Wenn alles vorbei ist, werden Sie sich vor dem Untersuchungsausschuß der Marine verantworten müssen«, sagte Schukow. »Und da es sich um eine Spionagemission handelt, werden auch die Geheimdienste einige Fragen haben.«

»Natürlich.«

»Und die bestehen zur Hälfte aus ehemaligen KGB-Leuten.«

»Vielleicht.«

»Bestimmt.«

»Ich bin darauf vorbereitet«, sagte Gorow.

»Auf eine Befragung. Aber auch darauf, was die Geheimdienste vielleicht mit Ihnen anstellen werden?«

»Auf beides.«

»Sie wissen, wie sie sind.«

»Ich kann ganz schön zäh sein. Mütterchen Rußland und die Marine haben mich Ausdauer gelehrt.« Gorow wußte, daß sie sich den letzten sechzehn Takten der Melodie näherten. Das Crescendo stand unmittelbar bevor. »Es wird auch um meinen Kopf gehen«, sagte Schukow mürrisch, als er den Ausdruck über den Tisch zu Gorow zurückschob.

»Es wird um überhaupt keinen Kopf gehen.«

Der Erste Offizier war alles andere als überzeugt. Im Gegenteil, sein Stirnrunzeln wurde noch stärker.

»Im Ministerium gibt es nicht nur Narren«, sagte Gorow.

Schukow zuckte mit den Achseln.

»Wenn sie die Alternativen abwägen«, sagte Gorow zuversichtlich, »werden sie mir die Erlaubnis geben. Ich bin mir dessen absolut sicher. Rußland hat eindeutig mehr dadurch zu gewinnen, indem es uns auf diese Rettungsmission schickt, als es gewinnen könnte, indem es auf der Fortsetzung einer Überwachungsmission besteht, bei der es sich schließlich nur um die übliche Routine handelt.«

Emil Schukow hatte noch immer seine Zweifel.

Gorow erhob sich von dem Stuhl und schob den Ausdruck in eine schmale Röhre. »Leutnant«, sagte er, »ich möchte, daß die Mannschaft in fünf Minuten in Alarmbereitschaft ist.«

»Ist das notwendig?«

Falls es sich nicht um besonders komplizierte oder gefährliche Manöver handelte, konnte eigentlich auch die normale Wachschicht das U-Boot auf- oder abtauchen.

»Wenn wir schon aus eigener Entscheidung gegen eine Vorschrift des Ministeriums verstoßen, sollten wir zumindest alle erdenklichen Vorsichtsmaßnahmen ergreifen«, sagte Gorow.

Einen Augenblick lang betrachteten die beiden sich. Jeder versuchte, die Gedanken des jeweils anderen zu lesen, die Zukunft zu sehen. Der Blick des Ersten Offiziers war durchdringender denn je.

Schließlich stand Schukow auf, ohne den Blickkontakt abreißen zu lassen.

Er hat seine Entscheidung getroffen, dachte Gorow. Hoffentlich eine, mit der ich leben kann.

Schukow zögerte ... und salutierte dann. »Jawohl, Herr Kapitän. In fünf Minuten.«

»Wir tauchen auf, sobald wir den Kommunikationsballon eingeholt und vertäut haben.«

»Jawohl, Herr Kapitän.«

Gorow fühlte sich, als würden sich in seinem Inneren hundert schmerzhafte Knoten lösen. Er hatte gewonnen. »Wegtreten«, sagte er.

Schukow verließ den Kontrollraum.

Als Gorow zu dem kreisrunden, von einem Geländer umzogenen Kommandopult ging, dachte er an den kleinen Nikki und wußte, daß er das Richtige getan hatte. Nicht für den Vorteil Rußlands, sondern im Namen seines toten Sohnes; zu Ehren seines verstorbenen Jungen würde er das Leben dieser Gestrandeten retten. Sie durften nicht auf dem Eis sterben. Diesmal hatte er die Macht, dem Tod einen Strich durch die Rechnung zu ziehen, und er war entschlossen, nicht zu versagen.

15:46

Nachdem sie die zweite Sprengladung aus dem Eis gezogen hatten, brachen Roger, Brian, Claude, Lin und Fischer umgehend zum dritten versiegelten Schacht auf.

Harry blieb mit Pete Johnson zurück, der die zweite Ladung noch entschärfen mußte. Sie standen nebeneinander, den Rücken dem kreischenden Wind zugewandt. Der Zylinder lag zu ihren Füßen, eine böse aussehende Röhre: anderthalb Meter lang und sieben Zentimeter im Durchmesser, schwarz mit gelben Buchstaben, die das Wort GEFAHR bildeten. Er war von einer dünnen, durchsichtigen Eishülle umschlossen.

»Du mußt mir keine Gesellschaft leisten«, sagte Pete, als er seine Brille sorgfältig vom Schnee säuberte. Er mußte ungehinderte Sicht haben, wenn er sich bei dem Zündmechanismus an die Arbeit machte.

»Ich dachte, ihr hättet Angst, allein im Dunkeln zu sein«, sagte Harry.

»*Wir?* Hoffentlich meinst du damit die Ingenieure, weißer Massa.«

Harry lächelte. »Wen denn sonst?« Ein starker Windstoß erfaßte sie von hinten, eine Luftlawine, die sie von den Füßen gerissen hätte, wären sie nicht darauf vorbereitet gewesen. Eine Minute lang neigten sie sich im Sturm, unfähig zu sprechen, nur darauf bedacht, nicht das Gleichgewicht zu verlieren.

Als die Bö vorbeizog und der Wind auf vielleicht sechzig Stundenkilometer nachließ, beendete Pete die Säuberung seiner Brille und rieb die Hände aneinander, um die Handschuhe von Schnee und Eis zu befreien. »Ich weiß, warum du nicht mit den anderen gegangen bist. Mich kannst du nicht täuschen. Das ist dein Heldenkomplex.«

»Klar. Ich bin ein richtiger Indiana Jones.«

»Du mußt immer dort sein, wo die Gefahr ist.«

»Ja, ich und Madonna.« Harry schüttelte traurig den Kopf. »Tut mir leid, aber du hast das völlig falsch verstanden, Dr. Freud. Ich würde es vorziehen, dort zu sein, wo keine Gefahr ist. Aber mir ist in den Sinn gekommen, daß die Bombe unter deinen Händen explodieren könnte.«

»Und du willst mir dann erste Hilfe leisten?«

»So was in der Art.«

»Hör zu, wenn das Ding unter meinen Händen explodiert und mich dabei nicht sofort tötet ... um Gottes willen, keine erste Hilfe. Erledige mich einfach.«

Harry zuckte zusammen und begann zu protestieren.

»Ich bitte nur um Gnade«, sagte Pete geradeheraus.

In den letzten Monaten hatte Harry diesen großen Mann mit dem breiten Gesicht zu schätzen gelernt. Unter Pete Johnsons barschem Äußeren, unter den Schichten der Ausbildung und des Trainings, unter der kühlen Kompetenz, versteckte sich ein Kind, das die Wissenschaft, die Technik und das Abenteuer liebte. Harry erkannte sehr viel von sich selbst in Pete wieder. »Die Gefahr, daß das Ding hochgeht, ist doch nicht sehr groß, oder?«

»Fast keine«, versicherte Pete ihm.

»Das Gehäuse hat es auch überstanden, daß wir es mit Gewalt aus dem Schacht gezogen haben.«

»Beruhige dich, Harry. Bei der letzten Bombe hat es doch auch gut geklappt, oder?«

Sie knieten neben dem Stahlzylinder nieder. Harry hielt die Taschenlampe, während Pete einen kleinen Plastikkasten mit Präzisionswerkzeugen öffnete.

»Es ist ein Kinderspiel, diese Scheißdinger zu entschärfen«, sagte Pete. »Das ist nicht unser Problem. Unser Problem ist, acht weitere aus dem Eis zu holen, bevor die Uhr Mitternacht schlägt und unser Eisberg zu einem Kürbis wird.«

»Wir holen eine pro Stunde raus.«

»Aber wir werden immer langsamer«, sagte Johnson. Mit einem kleinen Schraubenzieher begann er das mit der Öse versehene Ende des Zylinders zu entfernen. »Wir haben fünfundvierzig Minuten gebraucht, um die erste rauszuholen. Und fünfundfünfzig für die zweite. Wir werden bereits müde und langsamer. Das ist der verdammte Wind.«

Es war ein mörderischer Wind, der mit solcher Kraft gegen Harrys Rücken drückte und schlug, daß er das Gefühl hatte, er stünde inmitten eines Hochwasser führenden, ungestümen Flusses. Die Luftströmungen waren fast so deutlich wahrzunehmen wie die in tiefem Wasser. Die Windgeschwindigkeit betrug nun sechzig oder siebzig Stundenkilometer, erreichte in Böen sogar hundert und näherte sich stetig und schnell der Sturmstärke. Später würde der Wind buchstäblich eine tödliche Kraft haben.

»Du hast recht«, sagte Harry. Obwohl sie praktisch Kopf an Kopf über der Sprengladung knieten, war seine Kehle von der Anstrengung rauh, sich über den Sturm verständlich zu machen. »Es hilft kaum etwas, zehn Minuten in der warmen Kabine eines Schneemobils zu sitzen und dann die nächste Stunde in so schlechtem Wetter zu verbringen.«

Pete drehte die letzte Schraube heraus und entfernte das fünfzehn Zentimeter große Endstück von dem Zylinder. »Auf wie tief ist die echte Temperatur gefallen? Was schätzt du?«

»Auf minus fünfzehn Grad.«

»Und mit dem Windfaktor?«

»Minus dreißig Grad.«

»Fünfunddreißig.«

»Vielleicht.« Selbst sein schwerer Thermalanzug konnte ihn nicht schützen. Die kalte Klinge des Windes stach unablässig auf seinen Rücken ein, durchdrang den Sturmanzug, peinigte sein Rückgrat. »Ich habe nie damit gerechnet, daß wir zehn Ladungen rausholen können. Ich wußte, daß wir langsamer werden. Aber wenn wir nur fünf oder sechs entschärfen, haben wir uns vielleicht genug Raum verschafft, um die Explosion um Mitternacht überleben zu können.«

Pete klopfte gegen das fünfzehn Zentimeter große Stück des Gehäuses, und der Zünder glitt in seinen Handschuh. Er war durch vier federnde Drahtspulen mit dem Rest des Zylinders verbunden: rot, gelb, grün und weiß. »Wahrscheinlich ist es besser, morgen zu erfrieren, als heute nacht in Stücke gerissen zu werden.«

»Tu mir das ja nicht an«, sagte Harry.

»Was?«

»Verwandle dich bloß nicht in einen zweiten Franz Fischer.«

Pete lachte. »Oder in einen zweiten George Lin.«

»Diese beiden Jammerbrüder.«

»Du hast sie ausgewählt«, sagte Pete.

»Und ich übernehme die Verantwortung dafür. Ach, verdammt, sie sind gute Leute. Es ist nur so, daß sie unter so starkem Druck …«

»… zu Arschlöchern werden.«

»Genau.«

»Wird Zeit für dich, von hier zu verschwinden«, sagte Pete, als er wieder in den Werkzeugkasten griff.

»Ich halte dir die Taschenlampe.«

»Den Teufel wirst du tun. Leg sie so hin, daß sie den Zünder beleuchtet, und zieh Leine. Ich brauche dich für den Gnadenakt, falls es dazu kommen sollte.«

Zögernd kehrte Harry zum Schneemobil zurück. Er kauerte sich hinter dem Fahrzeug nieder, um Schutz vor dem Wind zu haben. Als er dort hockte, spürte er, daß ihre gesamte Arbeit und all die Risiken, die sie eingingen, umsonst waren. Ihre Situation würde sich weiterhin verschlechtern, bevor sie sich verbesserte. Falls sie sich je verbesserte.

16:00

Die *Ilja Pogodin* schlingerte unruhig auf der Oberfläche des Nordatlantik. Die stürmische See schlug gegen den abgerundeten Bug und schäumte in der Dunkelheit, eine endlose Abfolge von Wellen, die Geräusche verursachten, die wie die Schläge eines Sommergewitters klangen, das Fensterscheiben zum Rappeln bringen konnte. Weil das Schiff so tief im Wasser lag, erzitterte es nur schwach unter der Einwirkung von Wellen, doch es konnte diese Belastung nicht ewig aushalten. Graues Wasser brodelte um das Hauptdeck, und Gischt, die so dick wie Pudding war, schwappte um das Fundament der großen Stahlplattform. Das Schiff war nicht für ausgedehnte Oberflächenfahrten in stürmischem Wetter konstruiert oder gebaut. Trotz seiner Neigung zum Schwanken konnte es sich so lange halten, bis Timoschenko die Nachricht ans Marineministerium in Moskau abgeschickt hatte.

Kapitän Gorow war mit zwei anderen Männern auf der Brücke. Sie alle trugen gefütterte Pijacken, schwarze Regenmäntel mit Kapuzen über den Jacken und Handschuhe. Die beiden jungen Männer, die Ausguck hielten, standen Rücken an Rücken. Der eine sah nach Steuerbord, der andere nach Backbord. Alle drei Männer hielten Feldstecher in den Händen und suchten den Horizont ab.

Ein verdammt naher Horizont, dachte Gorow, während er ihn betrachtete. Und ein häßlicher.

So hoch im Norden war das polare Zwielicht noch nicht vollständig im Himmel verblaßt. Ein unheimliches grünes Leuchten sickerte durch die schweren Sturmwolken und sättigte den Ausblick über den Atlantik, so daß Gorow durch einen dünnen, grünen Flüssigkeitsfilm zu schauen schien. Er erhellte schwach das tosende Meer und warf einen weichen gelben Glanz auf die schaumigen Wellenkronen. Eine Mischung aus feinem Schnee und Graupel zischte vom Nordwesten heran; die Finne, das Brückengeländer, Gorows schwarzer Regenmantel, die Laserantenne und die Funkmasten waren mit weißem Eis verkrustet. Zerrissene Nebelformationen verhüllten das abstoßende Panorama zusätzlich, und im Norden wurden die aufgewühlten Wellen von einem so dichten, graubraunen Dunst verborgen, daß es den Anschein hatte, jemand habe über die Welt dahinter einen Vorhang hinabgelassen. Die Sichtweite schwankte zwischen achthundert und zwölfhundert Metern und wäre noch beträchtlich schlechter gewesen, hätten sie keine Nachtsicht-Ferngläser benutzt. Hinter Gorow bewegte sich die Satellitenschüssel auf der Stahlfinne langsam von Osten nach Westen. Die ständige Positionsveränderung war auf einen Blick nicht festzustellen, doch die Anlage hatte einen russischen Telekommunikationssatelliten erfaßt, der seine Bahn in einer engen subpolaren Umlaufbahn hoch über den Massen der schieferfarbigen Wolken zog. Gorows Nachricht war vor vier Minuten von den Lasern abgestrahlt worden. Die Satellitenschüssel wartete auf die Antwort aus Moskau.

Der Kapitän hatte sich bereits die schlimmste mögliche Reaktion vorgestellt: Er würde den Befehl erhalten, das Kommando an den Ersten Offizier Schukow zu übergeben, der die Anweisung bekommen würde, ihn rund um die Uhr unter Arrest zu stellen und die Mission wie geplant fortzusetzen. Der Prozeß vor dem Kriegsgericht würde in seiner Abwesenheit stattfinden, und man würde ihn nach seiner Rückkehr nach Moskau über das Urteil in Kenntnis setzen.

Aber er erwartete von Moskau eine vernünftigere Reaktion als diese. Natürlich war und blieb das Ministerium stets unberechenbar. Selbst unter dem postkommunistischen Regime und dem neu entwickelten Respekt vor der Gerechtigkeit wurde Offizieren gelegentlich der Prozeß vor dem Kriegsgericht gemacht, ohne daß sie anwesend waren und sich verteidigen konnten. Aber er glaubte daran, was er Schukow im Kontrollraum gesagt hatte: Im Ministerium gab es nicht *nur* Vollidioten. Sie würden wahrscheinlich erkennen, daß sie diese Situation ausnutzen konnten, um propagandistische und strategische Vorteile zu erlangen, und die richtigen Entscheidungen treffen.

Er suchte den vom Nebel verschleierten Horizont ab.

Der Zeitfluß schien sich verlangsamt zu haben, ja fast zu einem Stillstand gekommen zu sein. Obwohl er wußte, daß es sich nur um eine Illusion handelte, sah er, wie das Meer in Zeitlupe toste, die Wellen sich wie Kräuselungen in einem Ozean aus kaltem Sirup hoben. Jede Minute war eine Stunde.

Päng!

Funken schossen aus den Abzugsöffnungen im Stahllegierungsgehäuse des Hilfsbohrers. Er knatterte, stotterte und setzte aus.

Roger Breskin hatte ihn bedient. Mit einem »Verdammte Scheiße!« drückte er auf den Einschaltknopf.

Als der Bohrer nicht ansprang, trat Pete Johnson zu ihm und kniete nieder, um sich das Gerät anzusehen.

Alle anderen drängten sich um sie; zweifellos rechneten sie mit dem Schlimmsten. Sie waren, dachte Harry, wie Gaffer nach einem Autounfall – abgesehen davon, daß es sich bei den Leichen in diesen Trümmern um ihre eigenen handeln konnte.

»Was ist los damit?« fragte George Lin.

»Du mußt das Gehäuse auseinandernehmen, um den Fehler zu finden«, sagte Fischer zu Pete.

»Ja, aber ich muß das Scheißding nicht auseinandernehmen, um zu wissen, daß ich es nicht reparieren kann.«

»Was meinst du damit?« fragte Brian.

Pete deutete auf den Schnee und den gefrorenen Matsch um das zum Teil wieder geöffnete dritte Bohrloch. »Seht ihr diese schwarzen Stückchen?« sagte er.

Harry bückte sich und studierte die auf dem Eis verstreuten Metallbrocken. »Getriebeteile.«

Die anderen schwiegen.

»Einen Defekt in der Verdrahtung könnte ich wahrscheinlich reparieren«, sagte Pete schließlich. »Aber wir haben kein Ersatzgetriebe.«

»Und was nun?« fragte Brian.

»Zurück in die Höhle«, sagte Fischer mit typisch deutschem Pessimismus. »Warten wir auf Mitternacht.«

»Damit würden wir aufgeben«, sagte Brian.

Harry erhob sich wieder. »Aber ich fürchte, mehr können wir im Augenblick nicht tun, Brian«, sagte er. »Den anderen Bohrer haben wir verloren, als mein Schlitten in die Gletscherspalte stürzte.«

Dougherty schüttelte den Kopf. Er wollte nicht akzeptieren, daß sie nicht weitermachen konnten. »Claude hat doch vorhin gesagt, daß wir die Eisaxt und die elektrische Säge benutzen könnten, um uns den Weg durch das Eis zu bahnen und an die Sprengladungen heranzukommen …«

Der Franzose unterbrach ihn. »Das würde nur funktionieren, wenn wir eine Woche Zeit hätten. Mit dieser Methode bräuchten wir sechs Stunden, wenn nicht sogar noch länger, um diese eine Bombe zu bergen. Es ist es nicht wert, all diese Energie aufzuwenden, um uns fünfzehn weitere Meter Sicherheit zu verschaffen.«

»Na schön, packen wir alles zusammen«, sagte Harry und klatschte nachdrücklich in die Hände. »Fahren wir zurück. Es ist sinnlos, hier in der Kälte zu stehen und Körperwärme zu verlieren. Wir können in der Höhle darüber sprechen, wenn wir aus dem Wind heraus sind. Vielleicht fällt uns ja noch etwas ein.«

Aber er hatte nicht mehr die geringste Hoffnung.

Um 16 Uhr 02 meldete sich das Kommunikationszentrum, daß eine Nachricht vom Marineministerium eingetroffen war. Fünf Minuten später wurde die entschlüsselte Meldung auf die Brücke gebracht, wo Nikita Gorow sie mit einiger Beklommenheit las.

MITTEILUNG
MARINEMINISTERIUM
ZEIT: 19:00 MOSKAU
VON: WACHHABENDEM OFFIZIER
AN: KAPITÄN N. GOROW
BETREFF: IHRE LETZTE MITTEILUNG #34-D
MITTEILUNG BEGINNT:
IHR GESUCH WIRD VON ADMIRALITÄT GEPRÜFT STOP
SOFORTIGE ENTSCHEIDUNG KANN NICHT GETROFFEN WERDEN STOP
TAUCHEN SIE UND SETZEN SIE MISSION EINE STUNDE LANG PLANMÄSSIG FORT STOP
SIE ERHALTEN NEUE BEFEHLE UM 17:00 UHR IHRER ZEIT STOP

Gorow war enttäuscht. Die Unentschlossenheit des Marineministeriums erhöhte seine Anspannung beträchtlich. Die nächste Stunde würde noch schwieriger für ihn werden, als die gerade vergangene es schon gewesen war.

Er wandte sich an die beiden anderen Männer. »Räumen Sie die Brücke.«

Sie bereiteten sich auf das Tauchen vor. Die Beobachtungsposten kletterten durch den Kommandoturm hinab und bezogen Position an den Tauchrädern. Der Kapitän gab den Routinealarm – zwei kurze Stöße mit der elektronischen Sirene, die aus Lautsprechern in den Schotten eines jeden einzelnen Raums im Schiff erklangen – und verließ dann die Brücke und zog die Luke mit einem Taljereep zu.

Der wachhabende Steuermannsmaat drehte das Handrad zu und sagte: »Luke gesichert.«

Gorow eilte zum Kommandopult im Kontrollraum. Nach dem zweiten Signalton des Tauchhorns waren die Luftschächte in den Ballasttanks geöffnet worden, und das Meer war in den Raum zwischen den beiden Schiffshüllen geströmt. Nun beobachtete rechts von Gorow ein Maat ein Schaltbrett, auf dem eine rote und mehrere grüne Lampen leuchteten. Die grünen stellten die Luken, Luftschächte, Pumpen und äußeren Teile der Schiffshülle dar. Unter der roten Lampe stand LASERÜBERMITTLUNGSGERÄT. Als der Laser in eine Nische auf der Finne eingefahren worden war und sich eine luftdichte Luke darüber geschlossen hatte, erlosch das rote Lämpchen, und statt dessen leuchtete ein grünes auf. »Alle Lampen grün!« rief der Maat.

Gorow befahl, komprimierte Luft in dem U-Boot freizusetzen, und als der Druckmesser kein Absinken zeigte, wußte er, daß das Boot abgedichtet war.

»Druck im Schiff«, rief der Tauchoffizier.

In nicht einmal einer Minute hatten sie die Vorbereitungen abgeschlossen. Das Deck neigte sich, die Spitze der Finne tauchte unter, und sie konnte von niemandem in einem Schiff oder Flugzeug mehr bemerkt werden.

»Gehen Sie auf eine Tiefe von einhundert Fuß«, befahl Gorow.

Der Abstieg wurde von messenden Pieptönen des Computers begleitet.

»Auf einhundert Fuß Tiefe«, erklärte der Tauchoffizier.

»Halten Sie die Position.«

»Position halten, Herr Kapitän.«

»Übernehmen Sie für mich, Leutnant Schukow«, sagte Gorow, als das U-Boot sich wieder waagerecht legte.

»Jawohl, Herr Kapitän.«

»Der Kontrollraum kann wieder vom üblichen Stammpersonal besetzt werden.«

»Jawohl, Herr Kapitän.«

Gorow verließ den Raum und ging nach achtern zum Kommunikationszentrum.

Als der Kapitän den Raum betrat, drehte Timoschenko sich sofort zur Tür um. »Bitte um Erlaubnis, die Antenne auszufahren, Herr Kapitän.«

»Verweigert.«

Timoschenko blinzelte überrascht und legte den Kopf schräg. »Herr Kapitän?« sagte er.

»Verweigert«, wiederholte Gorow und betrachtete die Telekommunikations-Instrumente, die die Schotte säumten. Er war in ihrem Gebrauch rudimentär ausgebildet worden. Aus Sicherheitsgründen waren die Telekommunikations-Computer vom Hauptcomputer des Schiffs getrennt, doch sie wurden genauso mit Hilfe von Tastaturen bedient wie die im Kontrollraum, mit denen er so vertraut war. »Ich möchte Ihren Kodierer und den Kommunikations-Computer benutzen.«

Timoschenko bewegte sich nicht. Er war ein ausgezeichneter Techniker und in gewisser Hinsicht ein gescheiter junger Mann. Aber seine Welt bestand aus Datenbänken, Programmschlüsseln, Input, Output und technischen Spielereien – und er kam mit Menschen eigentlich nur zurecht, wenn sie sich auf eine vorhersagbare, maschinenähnliche Art und Weise verhielten.

»Haben Sie mich verstanden?« fragte Gorow ungeduldig.

»Äh ... ja«, sagte Timoschenko errötend, peinlich berührt und verwirrt. »Ja, Herr Kapitän.« Er führte Gorow zu einem Stuhl vor dem Hauptterminal des Kommunikations-Computers. »Was haben Sie im Sinn, Herr Kapitän?«

»Geheimhaltung«, sagte Gorow barsch, als er sich setzte.

Timoschenko rührte sich nicht. »Sie können wegtreten, Leutnant.«

Mit zunehmender Verwirrung nickte Timoschenko und versuchte zu lächeln, machte statt dessen aber den Eindruck, als habe man ihn gerade mit einer langen Nadel gestochen. Er zog sich zum anderen Ende des Raums zurück, wo seine neugierigen Untergebenen ohne großen Erfolg vorzugeben versuchten, sie hätten nichts gehört.

Der Kodierer – oder Chiffriermaschine – stand neben Gorows Stuhl. Er hatte die Größe und Form eines Aktenschranks mit zwei Schubfächern; das Gehäuse bestand aus poliertem Metall. Oben war eine Tastatur – mit allen üblichen Tasten sowohl vierzehn weiteren mit Sonderfunktionen – eingebaut. Gorow schaltete das Gerät ein. Von der Schreibwalze wurde automatisch sich kräuselndes gelbes Papier eingezogen, das neben der Tastatur lag.

Gorow tippte schnell einen Text. Als er fertig war, las er ihn, ohne das dünne Papier zu lesen, und drückte dann auf eine rechteckige rote Taste mit der Aufschrift DRUCK. Ein Laserdrucker summte, und der Kodierer produzierte unter dem Originaltext die verschlüsselte Version. Dabei schien es sich um völligen Unsinn zu handeln: Zusammenballungen zufällig ausgewählter Zahlen, die gelegentlich von seltsamen Symbolen unterbrochen wurden.

Gorow riß das Papier aus der Chiffriermaschine, drehte sich mit seinem Stuhl und schaute zum Monitor. Immer wieder auf die verschlüsselte Version des Textes schauend, gab er dieselbe Reihenfolge von Zahlen und Symbolen in den Kommunikations-

Computer ein. Als er damit fertig war, drückte er eine Sonderfunktionstaste mit der Aufschrift ENTSCHLÜSSELN und dann wieder auf die DRUCK-Taste. Er holte den Text aber nicht auf den Bildschirm, weil er nicht wollte, daß Timoschenko und die anderen Techniker ihn lesen konnten. Nachdem er das dünne gelbe Blatt in einen Reißwolf geworfen hatte, lehnte er sich in seinem Stuhl zurück.

Keine Minute war vergangen, bis die Mitteilung – nun entschlüsselt und in ihrem ursprünglichen Zustand – wieder in seinen Händen lag. Er hatte sich in kaum fünf Minuten einmal im Kreis bewegt: Der Ausdruck enthielt dieselben Zeilen, die er auf dem Kodierer geschrieben hatte, aber nun in der typischen Schrift des Computers. Er sah aus wie jede andere entschlüsselte Nachricht vom Ministerium in Moskau, und genau darauf hatte er es angelegt.

Er wies den Computer an, alles, was sich gerade zugetragen hatte, aus seinen Dateien zu löschen. Damit war der Ausdruck der einzige Beweis, der von der Übung geblieben war. Nachdem Gorow den Raum verlassen hatte, würde Timoschenko nicht imstande sein, dem Computer Informationen darüber zu entlocken, was sich hier gerade zugetragen hatte.

Er stand auf und ging zur offenen Tür. »Ach ja, Leutnant?« sagte er von dort aus.

Timoschenko tat so, als würde er ein Logbuch studieren. Er schaute auf: »Ja, Herr Kapitän?«

»Bei den Funksprüchen, die Sie abgefangen haben ... bei denen, die mit der Edgeway-Gruppe zu tun haben ... wurde doch erwähnt, daß sie ein Funkgerät auf dem Treibeis haben.«

Timoschenko nickte. »Sie haben natürlich ein ganz normales Kurzwellengerät dabei. Aber das meinen Sie sicher nicht. Sie haben auch einen Sender, ein Funkfeuer, das zehnmal pro Minute ein Signal von zwei Sekunden Dauer ausstrahlt.«

»Haben Sie dieses Signal erfaßt?«

»Vor zwanzig Minuten.«

»Ist es ein starkes Signal?«

»Allerdings, Herr Kapitän.«

»Haben Sie eine Peilung?«

»Jawohl, Herr Kapitän.«

»Nun, dann überprüfen Sie sie noch mal. Ich werde mich in ein paar Minuten über die Sprechanlage bei Ihnen melden«, sagte Gorow. Dann kehrte er zu einem weiteren Gespräch mit Emil Schukow in den Kontrollraum zurück.

Harry hatte Rita noch nicht erzählt, wie der Hilfsbohrer beschädigt worden war, als sie ihn schon unterbrach. »He, wo ist Brian?«

Er drehte sich zu den Männern um, die die Eishöhle hinter ihm betreten hatten. Brian Dougherty war nicht unter ihnen.

Harry runzelte die Stirn. »Wo ist Brian? Warum ist er nicht hier?«

»Er muß doch irgendwo sein«, sagte Roger Breskin. »Ich sehe mal draußen nach.«

Pete Johnson begleitete ihn.

»Er ist wahrscheinlich hinter einen der Eishügel draußen gegangen«, sagte Fischer, obwohl er es eigentlich besser wissen müßte. »Bestimmt nichts Dramatisches. Wahrscheinlich mußte er nur mal aufs Klo.«

»Nein«, widersprach Harry.

»Er hätte jemandem Bescheid gesagt«, fügte Rita hinzu.

Auf der Eishülle, weit entfernt von der Sicherheit der Station Edgeway, konnte niemand es sich leisten, sich wegen seiner Blasen- und Darmfunktionen zu zieren. Ihnen allen war klar, daß man mindestens eine andere Person darüber informieren mußte, welchen Hügel oder welche Auffaltung man sich aussuchte, um dahinter sein Geschäft zu verrichten. Brian kannte die Launen der Eishülle und des Wetters ganz genau und hätte den anderen Bescheid gegeben, wo sie suchen mußten, wenn er nach angemessener Zeit nicht zurückgekehrt war.

Roger und Pete kamen keine zwei Minuten später wieder zurück, schoben ihre Brillen hoch und zogen die eisverkrusteten Schneemasken hinab.

»Er ist nicht bei den Schlitten«, sagte Roger. »Wir haben ihn nirgendwo gesehen.« Seine grauen Augen, die normalerweise ausdruckslos waren, wirkten nun besorgt.

»Wer ist mit ihm hierher zurückgefahren?« fragte Harry.

Sie sahen einander an.

»Claude?«

Der Franzose schüttelte den Kopf. »Ich nicht. Ich dachte, er wäre mit Franz gefahren.«

»Ich bin mit Franz gefahren«, sagte George Lin.

Rita war fuchsteufelswild. Sie stopfte eine rötliche Haarsträhne unter die Kapuze zurück. »Um Gottes willen«, sagte sie, »habt ihr ihn in dem Durcheinander etwa zurückgelassen?«

»Unmöglich. Wir können ihn nicht einfach vergessen haben.«

»Außer, er hat es so gewollt«, schlug George Lin vor.

»Warum sollte er denn zurückbleiben wollen?« fragte Harry verwirrt.

Lin war von ihrer Besorgnis um Brian ungerührt. Er putzte sich gemächlich die Nase, faltete das Taschentuch penibel zusammen, steckte es in eine Tasche seiner Jacke zurück und zog den Reißverschluß zu, bevor er antwortete. »Ihr habt doch sicher einige der Zeitungsberichte über ihn gelesen. Spanien ... Afrika ... immer wieder hat er sein Leben aus Jux und Dollerei aufs Spiel gesetzt.«

»Und?«

»Selbstmörderische Neigungen«, sagte Lin, als hätten sie selbst darauf kommen müssen.

Harry riß ungläubig den Mund auf. Dann wurde er wütend: »Willst du uns damit sagen, er sei zurückgeblieben, um zu sterben?«

Lin zuckte mit den Achseln.

Harry mußte nicht mal darüber nachdenken. »Großer Gott, George, nicht Brian. Was ist nur los mit dir?«

»Vielleicht hat er sich verletzt«, sagte Pete. »Ein Sturz.«

»Er ist auf den Kopf gefallen«, sagte Claude Jobert, »und konnte nicht mehr um Hilfe rufen, und wir waren so versessen darauf, hierher zurückzukommen, daß wir es nicht bemerkt haben.«

Harry war skeptisch.

»Das wäre möglich«, beharrte Pete.

»Vielleicht«, sagte Harry zweifelnd. »Na schön, wir fahren zurück und suchen ihn. Du und ich, Pete. Zwei Schneemobile.«

Roger trat vor. »Ich begleite euch.«

»Wir beide werden schon damit fertig«, sagte Harry und schob schnell seine Brille an Ort und Stelle.

»Ich bestehe darauf«, sagte Breskin. »Hör zu, Brian hat sich heute auf dem Eis verdammt gut geschlagen. Er hat nicht gezögert, als er auf den Vorsprung hinabsteigen mußte, um George zu bergen. Ich hätte zweimal darüber nachgedacht. Er aber nicht. Er hat es einfach getan. Und wenn ich jetzt in Schwierigkeiten steckte, würde er alles tun, was in seiner Macht steht. Das weiß ich. Also werde ich euch begleiten, ob ihr mich nun braucht oder nicht.«

Soweit sich Harry erinnern konnte, war dies die längste Ansprache, die Roger Breskin seit Monaten gehalten hatte. Er war beeindruckt. »Also schön. Du kommst mit. Du bist einfach zu verdammt groß, als daß man mit dir streiten könnte.«

Der Koch der *Ilja Pogodin* war ihr größter Schatz. Sein Vater war Küchenchef im Nationalrestaurant in Moskau gewesen, und von seinem Herrn Papa hatte er gelernt, mit Nahrungsmitteln Wunder zu wirken, gegenüber denen die biblische Geschichte der Brotlaibe und Fische nicht weiter bemerkenswert war. Seine Verpflegung war die beste der gesamten U-Boot-Flotte.

Er hatte bereits damit angefangen, als ersten Gang des Abendessens *Selianka* zu kochen: Seehering mit Zwiebeln, Lorbeerblätter mit Eiweiß. Der Geruch zog von der Kombüse am Kommunikationszentrum vorbei und füllte dann die Zentrale aus.

Als Gorow diese betrat, kam Sergej Beljaew, der wachhabende Tauchoffizier, aufgeregt zu ihm. »Herr Kapitän«, sagte er, »würden Sie mir helfen, vernünftig mit Leonid zu reden?« Er zeigte auf einen jungen Matrosen, der die Schalttafeln mit den Alarmanlagen überwachte.

Gorow hatte es eilig, wollte aber nicht, daß Beljaew seine Anspannung bemerkte. »Was für ein Problem habt ihr denn?«

Beljaew verzog das Gesicht. »Leonid hat die erste Wachschicht, und ich habe die fünfte.«

»Na und?«

»Ich habe ihm versprochen, wenn er die Schicht mit mir tauscht, werde ich ihn in Kaliningrad mit einer absolut tollen Blondine zusammenbringen. Diese Frau ist wirklich absolut umwerfend, ich schwör's Ihnen. Brüste wie Melonen. Sie könnte eine Steinstatue zum Leben erwecken. Aber der arme, dumme Leonid will nicht mit mir tauschen.«

»Natürlich will er das nicht«, sagte Gorow lächelnd. »Was für eine Frau könnte denn schon aufregender sein als das Essen, das gerade für uns zubereitet wird? Außerdem ... wer ist denn schon so dumm und glaubt, daß eine absolut tolle Blondine mit Brüsten wie Melonen sich mit Ihnen einlassen würde, Sergej Beljaew?«

In dem niedrigen Raum hallte Gelächter.

»Vielleicht sollte ich ihm statt dessen ein paar Rubel anbieten«, sagte Beljaew mit breitem Grinsen.

»Das hätte mehr Aussicht auf Erfolg«, sagte Gorow. »Noch besser wären amerikanische Dollar, wenn Sie welche haben.« Er ging zum Kartentisch, setzte sich auf einen der Stühle und schob Emil Schukow einen zusammengefalteten Ausdruck zu. Es war die Nachricht, die er vor ein paar Minuten durch den Kodierer und den Kommunikations-Computer hatte laufen lassen. »Da haben Sie noch etwas zu lesen«, sagte er leise.

Schukow legte seinen Roman beiseite und schob die Brille mit dem Drahtgestell hoch, die seine lange Nase hinabgerutscht war. Dann faltete er das Blatt auseinander.

MITTEILUNG
MARINEMINISTERIUM
ZEIT: 19:00 MOSKAU
VON: WACHHABENDEM OFFIZIER
AN: KAPITÄN N. GOROW
BETREFF: IHRE LETZTE MITTEILUNG #34-D
MITTEILUNG BEGINNT:
IHR GESUCH WIRD VON ADMIRALITÄT GEPRÜFT STOP
BEDINGTE ERLAUBNIS GEWÄHRT STOP
NEHMEN SIE NOTWENDIGE KURSÄNDERUNGEN VOR STOP
BESTÄTIGUNG ODER STREICHUNG DER ERLAUBNIS ERHALTEN SIE UM 17:00 UHR IHRER ZEIT STOP

Nachdem er einen Augenblick lang an seiner Unterlippe genagt hatte, richtete Schukow seinen eindringlichen Blick auf Gorow. »Was ist das?« fragte er.

Gorow sprach leise, versuchte aber wegen der Besatzungsmitglieder, die sie vielleicht beobachteten, nicht geheimnistuerisch zu wirken. »Was das ist? Das sehen Sie doch wohl selbst, Emil. Eine Fälschung.«

Der Erste Offizier wußte nicht, was er sagen sollte.

Gorow beugte sich zu ihm vor. »Sie ist zu ihrem Schutz.«

»Zu meinem Schutz?«

Gorow zog dem Ersten Offizier den Papierausdruck aus den Händen, faltete ihn wieder sorgfältig zusammen und steckte ihn in seine Hemdtasche. »Wir werden einen Kurs ausarbeiten und sofort zu diesem Eisberg aufbrechen.« Er klopfte auf den Kartentisch zwischen ihnen. »Wir werden diese Edgeway-Wissenschaftler und Brian Dougherty retten.«

»Sie haben noch keine Erlaubnis vom Ministerium. Eine Fälschung wird auf keinen Fall ...«

»Braucht man eine Erlaubnis, um Menschenleben zu retten?«

»Bitte, Herr Kapitän. Sie wissen, was ich meine.«

»Sobald wir Fahrt aufnehmen, werde ich Ihnen die gefälschte Nachricht geben, die Sie gerade gelesen haben. Sie können sie behalten, zu Ihrem Schutz, falls es je eine Untersuchung geben sollte.«

»Aber ich habe die echte Mitteilung gesehen.«

»Streiten Sie es ab.«

»Das wird vielleicht nicht so einfach sein.«

»Ich weiß als einziger an Bord dieses Schiffes, daß Sie sie gesehen haben«, sagte er. »Ich werde vor jedem Richter eines Kriegsgerichtes aussagen, daß ich Ihnen die Fälschung und sonst nichts gezeigt habe.«

»Aber falls ich je verhört werden sollte, wird man vielleicht Drogen einsetzen. Außerdem gefällt es mir einfach nicht, gegen Befehle zu verstoßen, wenn ...«

»So oder so werden Sie gegen Befehle verstoßen müssen. Gegen die ihren oder gegen die meinen. Jetzt horen Sie mir mal zu, Emil. Wir tun das Richtige. Wir tun das, was wir tun sollten. Und ich werde Sie schützen. Sie wissen hoffentlich, daß ich ein Mann bin, der zu seinem Wort steht?«

»Daran habe ich keinen Zweifel«, sagte Schukow sofort und unterbrach endlich den Blickkontakt, als wäre ihm der Gedanke peinlich, er habe in dieser Hinsicht je an seinem Kapitän gezweifelt.

»Also, Emil?« Als der Erste Offizier schwieg, fuhr Gorow leise, aber energisch fort: »Das ist Zeitverschwendung, Leutnant. Wenn wir ihnen helfen wollen, dürfen wir um Gottes willen nicht damit warten, bis sie tot sind.«

Schukow nahm seine Brille ab. Er schloß die Augen und drückte die Fingerspitzen auf die Lider. »Seit wann diene ich jetzt unter Ihnen?«

»Seit sieben Jahren.«

»Es hat gespannte Augenblicke gegeben«, sagte Schukow.

Wie diesen, dachte Gorow.

Schukow nahm die Hände vom Gesicht, öffnete die Augen aber noch nicht. »Zum Beispiel, als die norwegische Korvette uns im Fjord von Oslo erwischte und eine Wasserbombe auf uns warf.«

»In der Tat.«

»Oder dieses Katz-und-Maus-Spiel mit dem amerikanischen U-Boot vor der Küste von Massachusetts.«

»Wir haben sie zum Narren gehalten, nicht wahr?« sagte Gorow. »Wir waren eine gute Mannschaft.«

»Nicht einmal habe ich Sie in Panik gesehen oder gehört, daß Sie Befehle gaben, die ich für unangemessen hielt.«

»Danke, Emil.«

»Bis jetzt.«

»Jetzt auch nicht.«

Schukow öffnete die Augen. »Mit allem gebührenden Respekt, Herr Kapitän, das sieht Ihnen gar nicht ähnlich. Es ist leichtsinnig.«

»Ich bin anderer Meinung. Es ist nicht leichtsinnig. Keineswegs. Wie ich Ihnen bereits gesagt habe, bin ich der Überzeugung, daß die Admiralität meine Rettungsmission genehmigen wird.«

»Warum warten wir dann nicht die Nachricht um siebzehn Uhr ab?«

»Wir dürfen keine Zeit verschwenden. Das bürokratische Tempo des Ministeriums genügt in diesem Fall nicht. Wir müssen diesen Eisberg erreichen, bevor allzu viele Stunden verstrichen sind. Sobald wir ihn gefunden haben, werden wir viel Zeit brauchen, nur um diese Leute vom Eis und an Bord zu holen.«

Schukow sah auf seine Uhr. »Es ist zwanzig Minuten nach vier.

Wir müßten nur noch vierzig Minuten warten, um zu hören, welche Entscheidung die Admiralität getroffen hat.«

»Aber bei einer Rettungsaktion wie dieser könnten diese vierzig Minuten den Unterschied zwischen Erfolg und Mißerfolg ausmachen.«

»Sie sind unnachgiebig?«

»Ja.«

Schukow seufzte.

»Sie könnten mich meines Kommandos entheben«, sagte Gorow. »Auf der Stelle. Sie haben einen Grund dafür. Ich würde es Ihnen nicht übelnehmen, Emil.«

Schukow starrte seine Hände an; sie zitterten leicht. »Wenn sie Ihnen die Erlaubnis verweigern, die Sie erhoffen … werden Sie dann umkehren und die Überwachungsmission fortsetzen?«

»Ich hätte keine andere Wahl.«

»Sie würden umkehren?«

»Ja.«

»Sie würden nicht den Gehorsam verweigern?«

»Nein.«

»Ihr Wort?«

»Mein Wort?«

Schukow dachte darüber nach.

Gorow erhob sich von dem Stuhl. »Nun?«

»Ich muß verrückt sein.«

»Sie sind damit einverstanden?«

»Wie Sie wissen, habe ich meinen zweiten Sohn nach Ihnen benannt. Nikita Schukow.«

Der Kapitän nickte. »Ich war geehrt.«

»Nun, wenn ich mich in Ihnen geirrt habe, wenn ich ihn nicht Nikita hätten nennen sollen, werde ich es jetzt nie vergessen können. Er wird mich stets an meinen Fehler erinnern. Auf diesen Dorn in meinem Fleisch kann ich verzichten. Also werde ich Ihnen eine weitere Gelegenheit geben müssen, mir zu beweisen, daß ich von Anfang an recht hatte.«

»Peilen wir diesen Eisberg noch einmal an«, sagte Gorow lächelnd, »und berechnen dann einen Kurs, Leutnant.«

Nachdem sie zum dritten Sprengloch zurückgekehrt waren, ließen Pete und Roger die beiden Schneemobile mit laufenden Motoren und brennenden Scheinwerfern im Leerlauf stehen. Abgase quollen aus dem Auspuff und bauschten sich zu hellen kristallinen Säulen auf. Sie gingen in entgegengesetzte Richtungen los, und Harry brach in eine dritte auf, um in den Verwehungen, hüfthohen Eiswällen und niedrigen Eishügeln, die die Stätte umgaben, nach Brian Dougherty zu suchen.

Vorsichtig, im Bewußtsein, daß er vom Sturm genauso schnell und vollständig verschluckt werden konnte, wie es bei Brian der Fall gewesen war, suchte Harry die schwarzweiße Landschaft ab, bevor er sich ihr anvertraute. Er benutzte seine Taschenlampe wie eine Machete, schwang sie von einer Seite zur anderen. Der gelbliche Strahl durchschnitt den fallenden Schnee, doch der weiße Dschungel ließ sich davon nicht stören. Alle zehn Schritte schaute er über die Schulter zurück, um festzustellen, ob er sich zu weit von den Schneemobilen entfernte. Er hatte den Abschnitt der Eishülle, der von den Scheinwerfern erhellt wurde, fast verlassen, wußte jedoch, daß er die Schlitten nicht völlig aus dem Blick verlieren durfte. Sollte er sich verirren, würde über dem kreischenden, jaulenden Wind niemand seine Hilferufe hören. Obwohl das Licht der Schneemobile von dem unglaublich dichten Schneefall zerstreut und gedämpft wurde, war es sein einziger Wegweiser in die Sicherheit.

Noch während er aufmerksam hinter jeder Verwehung und schrägen Eisplatte suchte, hegte er nur eine spärliche Hoffnung, Dougherty je finden zu können. Der Wind war heftig. In der Stunde fielen fünf Zentimeter Schnee, wenn nicht sogar noch mehr. In den kurzen Augenblicken, in denen er stehenblieb, um sich besonders lange, tiefe Schatten näher anzusehen, bildeten sich Verwehungen an seinen Stiefeln. Wenn Brian seit fünfzehn Minuten oder noch länger auf dem Eis lag, bewußtlos oder irgendwie anderweitig unfähig, sich zu bewegen ... Nun ja, mittlerweile würde der Junge völlig von Schnee bedeckt sein, ein glatter weißer Klumpen, wie jeder andere Hügel und jede andere Verwehung, auf dem Untergrund festgefroren.

Es ist hoffnungslos, dachte Harry.

Und dann, keine zwölf Meter von dem Bohrloch entfernt, trat er um einen Monolithen aus Eis, der so groß wie ein achtachsiger

Sattelschlepper war, und fand Brian auf der anderen Seite. Der Junge lag flach auf dem Rücken, einen Arm ausgestreckt, den anderen auf der Brust. Er trug noch die Brille und die Schneemaske. Auf den ersten Blick schien er sich dort zu rekeln, lediglich ein Nickerchen zu halten, nicht die geringsten Schwierigkeiten zu haben. Da die aufrecht stehende Eisplatte als Windbrecher fungierte, hatte der Schnee ihn nicht bedeckt. Aber er bewegte sich nicht.

Harry kniete neben ihm nieder und zog die Schneemaske von dem Gesicht. Dünne, unregelmäßige Atemzüge kondensierten vor den geöffneten Lippen zu Wölkchen. Er lebte. Aber wie lange noch? Brians Lippen waren schmal und blutlos. Seine Haut war genauso weiß wie der Schnee, der ihn umgab. Als Harry ihn anstieß, bewegte er sich nicht. Seine Lider flatterten nicht mal. Nachdem er mindestens eine Viertelstunde lang reglos auf dem Boden gelegen hatte, mußte er bereits an Unterkühlung leiden, obwohl er die gesamte Zeit über nicht dem Wind ausgesetzt gewesen war und volle Überlebenskleidung trug. Harry schob die Schneemaske wieder hoch, um das bleiche Gesicht zu bedecken.

Er überlegte noch, wie er Brian am besten von hier fortschaffte, als er sah, daß sich jemand durch das starke Schneegestöber näherte. Ein Lichtpfeil erschien in der Dunkelheit, zuerst unklar, doch als er näher kam, wurde er schärfer und heller.

Roger Breskin trat durch einen dichten Vorhang aus Schnee und hielt die Taschenlampe ausgestreckt wie ein Blinder einen Krückstock. Anscheinend hatte er die Orientierung verloren und das ihm zugewiesene Suchgebiet verlassen. Als er Brian sah, zögerte er.

Harry winkte ungeduldig.

Breskin zog seine Schneemaske hinab und lief zu ihnen. »Lebt er noch?«

»So gerade eben.«

»Was ist passiert?«

»Keine Ahnung. Schaffen wir ihn in die Kabine eines der Schneemobile. Vielleicht hilft ihm die warme Luft. Du nimmst seine Füße, und ich ...«

»Ich kann ihn allein tragen.«

»Aber ...«

»Auf diese Weise geht es einfacher und schneller.«

Harry nahm die Taschenlampe, die Roger ihm gab.

Der großgewachsene Mann bückte sich und hob Brian auf, als wiege der Junge nicht mehr als zehn Pfund.

Harry ging durch die Verwehungen und Eishügel voran zu den Schneemobilen.

Um 16 Uhr 50 meldeten sich die Amerikaner aus Thule mit weiteren schlechten Nachrichten bei Gunvald Larsson. Wie vorher die *Melville* war jetzt auch der Trawler *Liberty* zum Schluß gekommen, daß der Sturm eine unwiderstehliche Macht war, gegen die nur große Kriegsschiffe und Narren ankämpfen konnten oder würden. Das Schiff konnte einfach nicht geradewegs in die gewaltigen, starken Wellen hineinfahren, die über fast den gesamten Nordatlantik und die nicht zugefrorenen Teile der Grönlandsee wogten. Er hatte vor fünf Minuten umgedreht, als ein Matrose kleinere Stauchungen an den Bugplatten auf der Steuerbordseite entdeckt hatte. Der amerikanische Funker versicherte Gunvald wiederholt, alle in Thule stationierten Leute würden für die armen Kerle auf dem Eisberg beten. Zweifellos wurden mittlerweile auf der ganzen Welt Gebete für sie gesprochen.

Aber noch so viele Gebete bewirkten nicht, daß Gunvald sich besser fühlte. Die kalte, harte Tatsache war und blieb, daß der Kapitän der *Liberty* – wenn auch bestimmt aus Notwendigkeit und nur mit großem Widerwillen – eine Entscheidung getroffen hatte, die acht Menschen praktisch zum Tode verurteilte.

Gunvald brachte es nicht über sich, Rita die Nachricht mitzuteilen. Nicht sofort, nicht in diesem Augenblick. Vielleicht zur vollen Stunde – oder um Viertel nach. Er brauchte diese Zeit, um sich zusammenzureißen. Die Leute dort draußen waren seine Freunde, und ihm lag an ihnen. Ausgerechnet er sollte ihnen die Todesnachricht überbringen. Er zitterte. Er mußte ausführlich darüber nachdenken, wie er es ihnen beibringen konnte.

Er brauchte etwas zu trinken. Obwohl er Spannungen normalerweise nie mit Schnaps linderte, schenkte er sich ein Glas Wodka aus dem Vorrat von drei Flaschen in der Speisekammer des Kommunikationsschuppens ein. Als er den Wodka getrunken hatte, konnte er Rita noch immer nicht anrufen. Er goß sich noch einen Schluck ein, zögerte und machte dann einen Doppelten daraus, bevor er die Flasche wieder wegstellte.

Obwohl die Schneemobile an Ort und Stelle standen, brummten die fünf kleinen Motoren unablässig vor sich hin. Auf der Eisdecke durfte man während eines schweren Sturms die Fahrzeuge nicht ausschalten, denn die Batterien hätten sich entleert, und die Schmiermittel in den Motoren wären innerhalb von zwei oder drei Minuten gefroren. Der unbarmherzige Wind wurde kälter, als der Tag sich seinem Ende zuneigte. Er konnte Menschen wie auch Maschinen mit Leichtigkeit töten.

Harry verließ die Eishöhle und eilte zum nächsten Schneemobil. Als er in der warmen Kabine saß, schraubte er den Deckel der Thermosflasche ab, die er mitgebracht hatte. Er trank mehrere schnelle Schlucke der dicken, wohlriechenden Gemüsesuppe. Sie war aus einem Tiefkühlkonzentrat zubereitet und auf der Heizplatte zum Kochen gebracht worden, mit der sie zuvor an den offenen Bohrlöchern den Schnee geschmolzen hatten. Zum erstenmal an diesem Tag konnte er sich etwas entspannen, wenngleich er auch wußte, daß es sich nur um einen vorübergehenden Seelenfrieden handelte.

In den drei Schneemobilen links von ihm verzehrten George Lin, Claude und Roger ihre Mahlzeiten in ähnlicher Zurückhaltung. Er konnte sie kaum sehen: dunkle Gestalten in den nicht erhellten Kabinen.

Jeder hatte drei Tassen Suppe bekommen. Bei diesen Rationen hatten sie nur noch Vorräte für zwei weitere Mahlzeiten. Harry hatte sich aber dagegen entschieden, die verbleibenden Lebensmittel zu rationieren, denn wenn sie nicht ordentlich zu essen bekamen, würde die Kälte sie nur um so schneller töten.

Franz Fischer und Pete Johnson waren in der Eishöhle. Harry konnte sie deutlich ausmachen, denn die Scheinwerfer seines Fahrzeugs leuchteten in den Eingang und boten dort die einzige Helligkeit. Die beiden Männer schritten auf und ab und warteten darauf, daß sie sich mit ihren Thermoskannen voller heißer Suppe in die warmen Kabinen zurückziehen konnten. Franz bewegte sich schnell, aufgeregt, fast, als marschiere er hin und her. Pete hingegen schlenderte mit schlaksigen, flüssigen Bewegungen von einem Ende der Höhle zum anderen.

Rita klopfte und öffnete die Kabinentür. Das Geräusch ließ Harry zusammenfahren.

»Was ist los?« fragte er, nachdem er einen Mundvoll Suppe heruntergeschluckt hatte.

Sie beugte sich hinein und blockierte mit ihrem Körper den Wind und sein klagendes Heulen. »Er will mit dir sprechen.«

»Brian?«

»Ja.«

»Es geht ihm wieder besser?«

»O ja. Er erholt sich gut.«

»Erinnert er sich daran, was passiert ist?«

»Laß es dir von ihm selbst erzählen«, sagte sie.

Brian lag im fünften Schneemobil, demjenigen, das am weitesten von der Höhle entfernt stand. Rita war die letzten zwanzig Minuten bei ihm in der Kabine gewesen, hatte seine kalten Finger massiert, ihm Suppe eingeflößt und dafür gesorgt, daß er nicht in einen gefährlichen Schlaf fiel. Während der Rückfahrt vom dritten Bohrloch war er zu sich gekommen, hatte aber zu starke Schmerzen gehabt, um sprechen zu können. Als er zuerst erwacht war, war er buchstäblich von den Qualen geschüttelt worden, mit denen seine betäubten Nervenenden verspätet auf die ernste Kälte reagiert hatten, die ihn fast umgebracht hatte. Der Junge würde sich frühestens nach einer weiteren Stunde wieder halbwegs normal fühlen.

Harry schraubte die Thermosflasche zu. Bevor er die Brille an Ort und Stelle schob, küßte er Rita.

»Hmm«, machte sie. »Mehr.«

Diesmal bewegte ihre Zunge sich zwischen seine Lippen. Schneeflocken wurden an ihrem Kopf vorbeigeweht und tanzten um sein Gesicht, doch ihr Atem war heiß auf seiner eingecremten Haut. In sein Verlangen nach ihr mischte sich tiefe Sorge um sie. Er wollte sie vor allem Schaden bewahren.

»Ich liebe dich«, sagte sie, als sie sich voneinander lösten.

»Wir *werden* nach Paris fahren. Irgendwie. Sobald wir hier raus sind.«

»Tja, falls wir nicht hier rauskommen sollten«, sagte sie, »haben wir jedenfalls nichts verpaßt. Wir haben acht gute gemeinsame

Jahre gehabt. Wir haben mehr Spaß und Liebe miteinander geteilt, als die meisten Menschen während ihres gesamten Lebens haben.«

Er kam sich machtlos vor, als müsse er Unmögliches bewirken. Sein ganzes Leben lang hatte er bei Krisen stets die Verantwortung übernommen. Selbst bei den schwierigsten Problemen hatte er immer Lösungen finden können. Dieses neue Gefühl der Ohnmacht erzürnte ihn.

Sie küßte ihn leicht auf einen Mundwinkel. »Beeil dich. Brian wartet auf dich.«

Die Kabine des Schneemobils war unangenehm eng. Harry saß rückwärts auf der schmalen Beifahrerbank, das Gesicht dem Heck des Fahrzeugs zugewandt, wo Brian Dougherty mit dem Gesicht nach vorn lag. Die Lenkstange drückte Harry in den Rücken. Seine Knie berührten die Brians. Von den Scheinwerfern drang nur ein verschwommenes gelbes Leuchten durch das Plexiglas, und die Dunkelheit ließ den winzigen Raum noch kleiner wirken, als er es war.

»Wie fühlst du dich?« fragte Harry.

»Beschissen.«

»Das wird noch 'ne Weile so bleiben.«

»Meine Hände und Füße brennen. Und ich meine damit nicht, daß sie einfach nur taub sind. Es ist, als würde jemand jede Menge lange Nadeln in sie hineinschlagen.« Seine Stimme war schmerzverzerrt.

»Erfrierungen?«

»Die Füße haben wir uns noch nicht angesehen. Aber sie fühlen sich genauso an wie die Hände. Und da haben wir keine gefunden. Ich hab's wahrscheinlich also gerade noch so eben geschafft. Aber ...« Er keuchte vor Schmerz, und sein Gesicht verzog sich. »O Gott, tut das weh.«

Harry öffnete seine Thermoskanne. »Suppe?« fragte er.

»Nein, danke. Rita hat mir 'nen viertel Liter eingeflößt. Noch einen Tropfen, und ich platze.« Er rieb seine Hände aneinander, anscheinend, um ein weiteres, besonders schmerzhaftes Stechen zu lindern. »Übrigens habe ich mich Hals über Kopf in deine Frau verliebt.«

»Wer hat das nicht?«

»Und ich wollte mich bedanken, daß du mich gesucht hast. Du hast mir das Leben gerettet, Harry.«

»Ein neuer Tag, eine neue heldenhafte Tat«, sagte Harry und trank noch einen Schluck Suppe. »Was ist dir da draußen zugestoßen?«

»Hat Rita dir das nicht erzählt?«

»Sie meinte, ich sollte es lieber von dir selbst hören.«

Brian zögerte. Seine Augen funkelten in den Schatten. »Jemand hat mir eins übergezogen«, sagte er schließlich.

Harry wäre fast an der Suppe erstickt. »Dich ohnmächtig geschlagen?«

»Ein gewaltiger Hieb auf den Hinterkopf.«

»Das ist doch unmöglich.«

»Ich kann's mit meinen Beulen beweisen.«

»Zeig mal her.«

Brian beugte sich vor und senkte den Kopf.

Harry zog die Handschuhe aus und betastete den Schädel des Jungen. Die beiden Beulen waren gewaltig und ließen sich problemlos finden. Die eine war größer als die andere, beide auf dem Hinterkopf, die eine etwas höher und links von der anderen. »Gehirnerschütterung?«

»Keins der Symptome.«

»Kopfschmerzen?«

»O ja. Du kannst dir nicht vorstellen, wie mir der Schädel dröhnt.«

»Siehst du alles doppelt?«

»Nein.«

»Sprichst du schleppend?«

»Nein.«

»Bist du sicher, daß du nicht ohnmächtig geworden bist?«

»Eindeutig«, sagte Brian und setzte sich auf.

»Wenn du ohnmächtig geworden bist, hättest du dir auch eine gewaltige Beule holen können. Vielleicht bist du auf eine Eiskante gefallen.«

»Ich erinnere mich ganz genau, daß man mich von hinten geschlagen hat.« Seine Stimme klang hart vor Überzeugung. »Zweimal. In den ersten Schlag hat er nicht genug Kraft gelegt. Meine Kapuze hat ihn gedämpft. Ich bin gestolpert, konnte das Gleichgewicht bewahren, wollte mich umdrehen – und beim zweitenmal schlug er mich viel härter. Das Licht ging endgültig aus.«

»Und dann hat er dich außer Sicht geschleppt?«

»Anscheinend, bevor einer von euch mitgekriegt hätte, was passiert ist.«

»Was nicht sehr wahrscheinlich gewesen wäre.«

»Der Wind hatte aufgefrischt. Der Schnee fiel so dicht, daß ich keine zwei Meter weit sehen konnte. Er hatte eine ausgezeichnete Tarnung.«

»Du behauptest, jemand habe versucht, dich zu ermorden?«

»Ganz genau.«

»Aber warum hat er dich dann in den Schutz dieser Eisplatte gezerrt? Hätte er dich einfach im Freien liegen lassen, wärest du in einer Viertelstunde erfroren.«

»Vielleicht hat er gedacht, die Schläge hätten mich getötet. Außerdem hat er mich im Freien liegen lassen. Nachdem ihr weg wart, bin ich zu mir gekommen. Mir war elend, schlecht und kalt. Mir gelang es, mich aus dem Wind zu schleppen, bevor ich wieder ohnmächtig wurde.«

»Ein Mord ...«

»Ja.«

Harry wollte es nicht glauben. Er hatte sowieso schon zuviel im Kopf. Für ein weiteres, ganz neues und überraschendes Problem war er nicht mehr aufnahmefähig genug.

»Es ist passiert, als wir die dritte Bohrstelle verlassen wollten.« Brian hielt inne und zischte vor Schmerz. »Meine Füße. Mein Gott, wie heiße Nadeln, Nadeln, die man in Säure getaucht hat.« Er drückte die Knie kräftiger gegen die Harrys, doch nach etwa einer halben Minute entspannte er sich wieder. Er war zäh; er redete weiter, als hätte es keine Unterbrechung gegeben. »Ich lud gerade ein paar Geräte in den letzten Anhänger. Alle waren beschäftigt. Der Wind war zu besonders starken Böen aufgefrischt, der Schnee fiel so dicht, daß ich euch nicht mehr sehen konnte. Dann schlug er zu.«

»Aber wer?«

»Ich habe ihn nicht gesehen.«

»Nicht mal aus dem Augenwinkel?«

»Nein. Nichts.«

»Hat er etwas zu dir gesagt?«

»Nein.«

»Wenn er dich tot sehen wollte, hätte er doch einfach bis Mitternacht warten können. Wie es jetzt aussieht, wirst du gemeinsam mit uns sterben. Warum war er der Ansicht, sich beeilen zu müssen? Warum nicht bis Mitternacht warten?«

»Na ja, vielleicht …«

»Was?«

»Es klingt verrückt … aber ich bin schließlich ein Dougherty.«

Harry verstand sofort. »Für eine gewisse Sorte von Verrückten würde dich das zu einem ansprechenden Opfer machen. Einen Dougherty umzubringen, irgendeinen Dougherty – da ist eine Art von Geschichtsbewußtsein mit im Spiel. Einen Psychopathen könnte das wirklich reizen.«

Sie schwiegen.

»Aber wer von uns ist ein Psychopath?« fragte Brian.

»Das kommt einem unmöglich vor, nicht wahr?«

»Ja. Aber glaubst du mir?«

»Natürlich. Ich kann mir nicht vorstellen, daß du dich mit zwei Hieben auf den Hinterkopf bewußtlos geschlagen und dann außer Sicht geschleppt hast.«

Brian seufzte vor Erleichterung.

»Dieser Druck, unter dem wir stehen …«, sagte Harry. »Wenn einer von uns schon dicht an der Grenze stand, potentiell unstabil war, aber noch klarkam, war vielleicht nur dieser Streß nötig, um ihn über die Klinge springen zu lassen. Hast du eine Vermutung?«

»Wer es war? Nein.«

»Ich hatte damit gerechnet, du würdest George Lin sagen.«

»Aus welchen Gründen auch immer hat George nichts für mich oder meine Familie übrig. Das hat er ja nun wirklich deutlich klargestellt. Aber was auch immer mit ihm los ist, welche Flausen auch immer er im Kopf hat, ich kann mir nicht vorstellen, daß er ein Mörder ist.«

»Man kann nie sicher sein. Du kannst genausowenig wissen, was in seinem Kopf vorgeht, wie ich. Bei mir … ist Rita der einzige Mensch, für den ich je die Hand ins Feuer legen würde und dabei nicht die geringsten Zweifel hätte.«

»Ja, alles richtig, aber ich habe George heute das Leben gerettet.«

»Wenn er verrückt ist, würde das für ihn keine große Rolle spielen. Mit seiner verdrehten Logik, die wir nie verstehen werden, könnte das sogar der Grund sein, weshalb er dich töten will.«

Der Wind schaukelte das Schneemobil hin und her. Schnee und Graupel trommelten und zischten auf dem Kabinendach.

Zum ersten Mal an diesem Tag stand Harry am Rand der Verzweiflung. Er war sowohl körperlich als auch geistig erschöpft.

»Wird er es noch mal versuchen?« fragte Brian.

»Wenn er verrückt ist, von dir und deiner Familie besessen, wird er nicht so schnell aufgeben. Was hat er schon zu verlieren? Ich meine, er wird sowieso um Mitternacht sterben.« Brian schaute aus dem Seitenfenster in die aufgewühlte Nacht hinaus. »Ich habe Angst, Harry«, sagte er.

»Wenn du jetzt keine Angst hättest, Junge, wärest *du* der Verrückte.«

»Hast du auch Angst?«

»Eine ganz beschissene Angst.«

»Du zeigst sie nie.«

»Ich zeige sie nie. Ich mache mir vor Angst einfach in die Hosen und hoffe, daß niemand es bemerkt.«

Brian lachte und zuckte dann zusammen, als ein weiterer stechender Schmerz seine Glieder verkrampfen ließ. »Wer er auch ist«, sagte er, als er sich wieder erholt hatte, »wenigstens bin ich jetzt auf ihn vorbereitet.«

»Du wirst nicht allein sein«, sagte Harry. »Entweder Rita oder ich werden ständig bei dir bleiben.«

»Wirst du es den anderen sagen?« fragte Brian, während er sich die Hände rieb und die noch immer kalten Finger massierte.

»Nein. Wir werden sagen, daß du dich nicht daran erinnerst, was passiert ist, daß du gefallen sein und dir den Kopf an einer hervorstehenden Eiskante gestoßen haben mußt. Das ist besser, als würde dein Möchtegern-Mörder glauben, wir wüßten alles über ihn.«

»Ich hatte denselben Gedanken. Wenn er weiß, daß wir auf seinen nächsten Zug warten, wird er besonders vorsichtig sein.«

»Aber wenn er glaubt, wir wüßten nichts von ihm, wird er beim nächsten Versuch vielleicht unvorsichtig.«

»Wenn er verrückt ist, weil er mich ermorden will, obwohl ich um Mitternacht wahrscheinlich sowieso sterben werde … dann muß ich wohl ebenfalls verrückt sein. Ich mache mir Sorgen, ermordet werden zu können, obwohl Mitternacht nur noch sieben Stunden entfernt ist.«

»Nein. Du hast einen starken Überlebensinstinkt, das ist alles. Das ist ein Anzeichen von Normalität.«

»Außer, wenn der Überlebensinstinkt so stark ist, daß er mich davon abhält, eine hoffnungslose Situation zu erkennen. Dann ist es vielleicht ein Anzeichen von Wahnsinn.«

»Sie ist nicht hoffnungslos«, sagte Harry. »Wir haben noch sieben Stunden. In sieben Stunden kann alles Mögliche passieren.«

»Was denn, zum Beispiel?«

»Einfach alles.«

17:00

Wie ein Wal, der eine Bresche in die nächtliche See schlug, tauchte die *Ilja Pogodin* zum zweitenmal innerhalb von einer Stunde auf. Funkelnde Wasserkaskaden glitten von den dunklen Flanken des Schiffes ab, als es in den Sturmwellen rollte. Kapitän Nikita Gorow und zwei Matrosen kletterten durch die Luke des Kommandoturms hinaus und bezogen Beobachtungsposten auf der Brücke.

In den vergangenen letzten dreißig Minuten war das U-Boot mit maximaler Tauchgeschwindigkeit von einunddreißig Knoten gefahren und hatte sich um siebzehn Meilen in nordnordöstlicher Richtung von seiner zugewiesenen Überwachungsposition entfernt. Timoschenko hatte eine Peilung des Funkfeuers der Edgeway-Gruppe vorgenommen, und Gorow hatte einen direkten Kurs ausgearbeitet, der sich mit dem geschätzten Weg des Eisbergs kreuzte. Auf der Oberfläche konnte die *Pogodin* sechsundzwanzig Knoten machen; doch wegen des schlechten Wetters schaffte sie zur Zeit nur drei Viertel dieser Höchstgeschwindigkeit. Gorow konnte es kaum abwarten, wieder den Befehl zum Tauchen zu geben, diesmal auf eine Tiefe von dreihundert Fuß, wo das U-Boot wie ein Fisch durchs Wasser gleiten würde und die Turbulenzen des Sturms es nicht beeinträchtigen konnten.

Die Satellitenschüssel hob sich von der Finne hinter der

Brücke und öffnete sich wie eine Frühlingsblüte. Die fünf in der Tat wie Blütenblätter geformten Radartafeln, die sich schnell zusammenfügten und zu einer Schüssel wurden, begannen bereits vor Eis zu leuchten und zu funkeln, als Schnee und Graupel an ihnen gefror; dennoch suchten sie emsig den Himmel ab.

Um drei Minuten nach der vollen Stunde ließ Timoschenko eine Nachricht zur Brücke hinaufschicken. Der Kommunikationsoffizier informierte den Kapitän darüber, daß aus dem Ministerium in Moskau eine kodierte Mitteilung eingetroffen war.

Der Augenblick der Wahrheit war gekommen. Gorow faltete das Blatt zusammen, steckte es in eine Jackentasche und hob dann das Nachtsichtglas vor die Augen. Er suchte neunzig Grad des sturmumtosten Horizonts ab, sah jedoch keine Welle und Wolken und auch keinen Schnee. Statt dessen plagten ihn zwei Visionen, die eine noch lebhafter als die andere. In der ersten saß er an einem Tisch in einem Konferenzraum mit vergoldeter Decke und einem Kronleuchter, der Regenbögen auf die Wände warf; er lauschte bei seinem eigenen Prozeß vor dem Kriegsgericht dem Ankläger und durfte nichts zu seiner Verteidigung sagen. In der zweiten schaute er auf einen Jungen hinab, der in einem Krankenhausbett lag, einen toten Jungen, feucht vor Schweiß und Urin. Durch das Fernglas schien man sowohl in die Vergangenheit als auch in die Zukunft sehen zu können.

Um 17 Uhr 07 wurde die entschlüsselte Mitteilung durch die Luke des Kommandoturms weitergegeben und gelangte in die Hände des Kapitäns. Gorow überflog die sieben einleitenden Zeilen und las sofort das Kommuniqué selbst.

GESUCH GEWÄHRT STOP
UNTERNEHMEN SIE ALLES UM MITGLIEDER DER
EDGEWAY-EXPEDITION ZU RETTEN STOP
WENN AUSLÄNDER AN BORD ERGREIFEN SIE ALLE
VORSICHTSMASSNAHMEN UM AUFDECKUNG VON
GEHEIMMATERIAL ZU VERHINDERN STOP
SICHERN SIE ALLE DIESBEZÜGLICHEN TEILE DES SCHIFFS
STOP
BOTSCHAFTER IN WASHINGTON HAT AMERIKANISCHE
REGIERUNG ÜBER ABSICHT INFORMIERT
EDGEWAY-GRUPPE ZU RETTEN STOP

Unter die entschlüsselte Nachricht hatte Timoschenko handschriftlich hinzugefügt: EMPFANG BESTÄTIGT. Jetzt blieb ihnen keine andere Wahl, als ihre neuen Befehle auszuführen – was sie in der letzten halben Stunde sowieso schon getan hatten.

Obwohl Gorow keineswegs überzeugt war, daß ihnen genügend Zeit blieb, um diese Leute von dem Eisberg zu holen, war er glücklicher, als er es seit langem je gewesen war. Zumindest *unternahm* er etwas. Zumindest hatte er eine Chance, auch wenn sie sehr gering war, die Edgeway-Wissenschaftler zu erreichen, bevor sie alle starben.

Er steckte die dechiffrierte Meldung in eine Jackentasche und ließ auf der elektrischen Tauchhupe zwei kurze Stöße erklingen.

Um halb sechs war Brian schon seit fast einer Stunde in dem Schneemobil. Er litt an Klaustrophobie. »Ich würde gern raus und mich bewegen.«

»Wir wollen nichts überstürzen.« Rita schaltete die Taschenlampe ein, und die plötzliche Helligkeit ließ ihre Augen tränen. »Ein taubes Gefühl? Oder ein Kitzeln?«

»Nein.«

»Ein Brennen?«

»Nicht mehr so stark. Und meine Füße fühlen sich schon viel besser an.« Er sah, daß Rita noch ihre Zweifel hatte. »Meine Beine sind verkrampft. Ich muß sie bewegen. Außerdem ist es hier drin zu warm.«

Sie zögerte. »Dein Gesicht hat jetzt tatsächlich wieder etwas Farbe. Ich meine, eine andere als das attraktive Blau von vorhin. Und deine Hände sehen nicht mehr durchsichtig aus. Na ja … meinetwegen. Aber wenn du deine Muskeln ausgestreckt hast und noch immer ein Brennen oder eine Taubheit fühlst, kommst du sofort zurück.«

»Abgemacht.«

Sie zog ihre Filzstifel an und nahm sich den Mantel von der Bank zwischen ihnen. Da sie befürchtet hatte, in der warmen Luft ins Schwitzen zu kommen, hatte sie nicht ihre volle Bekleidung getragen. Wenn sie in ihrem Anzug schwitzte, würde die Feuchtigkeit auf ihrer Haut ihr die Körperwärme nehmen, was eine direkte Einladung an den Tod wäre.

Aus demselben Grund trug Brian weder die Jacke noch die Handschuhe oder Stiefel. »Ich bin nicht so geschmeidig wie du. Aber wenn du rausgehst und mir mehr Platz läßt, werde ich es schon schaffen.«

»Du bist viel zu steif und hast viel zu starke Schmerzen, um es allein zu schaffen. Ich helfe dir.«

»Ich komme mir wie ein kleines Kind vor.«

»Unsinn.« Sie tätschelte ihren Schoß. »Leg deinen Fuß hierher. Einen nach dem anderen.«

Er lächelte. »Du wärest bestimmt eine wunderbare Mutter.«

»Ich bin schon eine wunderbare Mutter für jemanden. Für Harry.« Sie schob den Stiefel über seinen leicht geschwollenen Fuß. Als Brian das Bein ausstreckte, stöhnte er vor Schmerz; seine Gelenke fühlten sich an, als baumelten sie wie dekorative Plastikperlen an einer Kette hinab.

»Na ja«, sagte Rita, als sie die Schnürsenkel durch die Ösen zog und festband, »wenigstens hast du jetzt jede Menge Material für deine Zeitungsartikel.«

Er war selbst überrascht, als er sich sagen hörte: »Ich habe mich entschlossen, auf die Artikel zu verzichten. Ich werde statt dessen ein Buch schreiben.« Bis zu diesem Augenblick war seine Besessenheit eine Privatangelegenheit gewesen. Indem er sie nun jemandem enthüllt hatte, den er respektierte, hatte er sich gezwungen, sie weniger als Besessenheit und mehr als Verpflichtung zu betrachten.

»Ein Buch? Darüber denkst du besser noch mal in Ruhe nach.«

»Ich habe in den letzten Wochen tausendmal darüber nachgedacht.«

»Es ist eine schwere Prüfung, ein Buch zu schreiben. Du weißt, ich habe drei Stück geschrieben. Du mußt vielleicht dreißig Zeitungsartikel verfassen, um auf den Umfang zu kommen, den ein Buch hat, aber wenn ich du wäre, würde ich Artikel schreiben und es nicht darauf anlegen, ›Schriftsteller‹ zu sein. In den kürzeren Werken steckt nicht halb so viel Qual wie im Schreiben eines Buches.«

»Aber die Idee hat mich mitgerissen.«

»Oh, ich weiß, wie es ist. Wenn du das erste Drittel des Buches schreibst, ist es beinahe wie eine sexuelle Erfahrung. Aber dieses Gefühl verlierst du wieder. Glaub es mir, es stimmt. Im zweiten

Drittel versuchst du nur noch, dir selbst etwas zu beweisen. Und wenn du zum letzten Drittel kommst, ist es nur noch eine Frage des Überlebens.«

»Aber ich habe mir genau überlegt, wie ich alles zusammenfügen werde. Ich habe mein Thema.«

Rita zuckte zusammen und schüttelte traurig den Kopf. »Also bist du schon zu weit gegangen, um noch auf vernünftige Argumente zu hören.« Sie half seinem rechten Fuß in den Stiefel aus Robbenfell. »Was *ist* dein Thema?«

»Heldentum.«

»Heldentum?« Sie verzog das Gesicht und band die Schnürsenkel zu. »Was in Gottes Namen hat Heldentum mit dem Projekt Edgeway zu tun?«

»Wahrscheinlich alles, glaube ich.«

»Du wirst albern.«

»Im Ernst.«

»Ich habe hier noch keine Helden gesehen.«

Brian war von ihrem anscheinend echten Erstaunen überrascht. »Hast du schon mal in einen Spiegel geschaut?«

»Ich? Ein Held? Mein lieber Junge, ich bin alles andere als das.«

»Nicht in meinen Augen.«

»Ich habe die meiste Zeit über ganz beschissene Angst.«

»Menschen können Angst haben und trotzdem Helden sein. Das macht sie ja gerade zu Helden – daß sie trotz ihrer Furcht handeln. Und dieses Projekt ist ein heldenhaftes Unternehmen.«

»Es ist Arbeit, mehr nicht. Gefährlich, ja. Töricht, vielleicht. Aber heldenhaft? Das siehst du viel zu romantisch.«

Er schwieg, bis sie seine Stiefel zugeschnürt hatte. »Na ja, es ist keine Politik.«

»Was ist keine Politik?«

»Was ihr hier tut. Euch geht es nicht um Macht, Vorteile oder Geld. Ihr seid nicht hier draußen, weil ihr Menschen beherrschen wollt.«

Rita hob den Kopf und erwiderte seinen Blick. Ihre Augen waren wunderschön – und so tief wie das dunkle Polarmeer. In diesem Moment wußte er, daß sie ihn verstand, besser, als irgendwer sonst ihn je verstanden hatte, vielleicht sogar besser, als er sich selbst kannte. »Die Welt glaubt, in deiner Familie gäbe es jede Menge Helden.«

»Na ja.«

»Aber du bist nicht dieser Ansicht.«

»Ich kenne sie besser.«

»Sie haben Opfer gebracht, Brian. Dein Onkel wurde ermordet. Und auch dein Vater hat eine Kugel abbekommen.«

»Es klingt vielleicht gemein, würde es aber nicht, wenn du sie kennen würdest. Rita, keiner von ihnen hat damit gerechnet, solche Opfer bringen zu müssen – oder überhaupt irgendein Opfer. Es ist kein heldenhafter Akt, angeschossen oder ermordet zu werden – genausowenig, wie es bei einem armen Mistkerl der Fall ist, der unerwartet niedergeschossen wird, während er an einem Geldautomaten eine Abhebung vornimmt. Er ist ein Opfer, kein Held.«

»Einige Menschen gehen in die Politik, um eine bessere Welt zu schaffen.«

»Keiner, den ich kenne. Es ist ein schmutziges Geschäft, Rita. Es geht nur um Neid und Macht. Aber hier draußen ist alles so sauber. Die Arbeit ist schwer, die Umgebung ist feindlich – aber *sauber.*«

Sie hatte keine Sekunde lang den Blick von seinen Augen abgewandt. Er konnte sich nicht erinnern, je so direkt von jemandem angesehen worden zu sein wie nun von ihr. »Also bist du nicht nur ein armer reicher Junge, der es auf Nervenkitzel abgesehen hat, wie die Medien es gern gehabt hätten«, sagte sie, nachdem sie eine Weile nachdenklich geschwiegen hatte.

Er unterbrach den Blickkontakt zuerst, nahm den Fuß von der Bank und drehte sich in der engen Kabine, um die Arme in die Jackenärmel schieben zu können. »Hast du mich dafür gehalten?«

»Nein. Ich lasse nicht zu, daß die Medien für mich denken.«

»Es besteht natürlich die Möglichkeit, daß ich mir selbst etwas vormache. Vielleicht bin ich genau das, was sie in den Zeitungen immer behaupten.«

»In den Zeitungen steht reichlich wenig Wahres«, sagte sie. »Eigentlich wirst du die Wahrheit nur an einer Stelle finden.«

»Und wo?«

»Du weißt schon.«

Er nickte. »In mir selbst.«

Sie lächelte. »Du wirst schon in Ordnung kommen«, sagte sie, als sie ihre Jacke anzog.

»Wann?«

»Ach, in zwanzig Jahren vielleicht.«

Er lachte. »Großer Gott, und so lange werde ich noch Mist bauen?«

»Vielleicht sogar noch länger. He, genau darum geht es im Leben: Stück um Stück, Tag um Tag, lernen wir mit entsetzlicher Langsamkeit, wie man weniger Mist baut.«

»Du solltest Psychologin werden.«

»Medizinmänner sind wirkungsvoller.«

»Manchmal habe ich gedacht, ich bräuchte einen.«

»Einen Psychologen? Spar dir dein Geld lieber. Mein Junge, du brauchst lediglich Zeit.«

Als er Rita aus dem Schneemobil folgte, überraschte ihn die bittere Kraft des Sturms. Er nahm ihm den Atem und hätte ihn fast in die Knie gezwungen. Brian hielt sich an der offenen Kabinentür fest, bis er sicher war, daß er das Gleichgewicht nicht verlieren würde.

Der Wind erinnerte ihn daran, daß der unbekannte Angreifer, der Mann, der ihn auf den Kopf geschlagen hatte, nicht die einzige Bedrohung für sein Überleben war. Ein paar Minuten lang hatte er vergessen, daß sie auf einem Eisberg trieben und die Zeitbomben Mitternacht entgegentickten. Die Furcht kroch zu ihm zurück wie die Schuld ins Herz eines Priesters. Nun, da er sich verpflichtet hatte, das Buch zu schreiben, wollte er unbedingt überleben.

Die Scheinwerfer eines der Schneemobile leuchteten durch die Höhlenöffnung. An einigen Stellen verzerrte das gebrochene Eis die Strahlen zu Lichtprismen, die in allen Primärfarben funkelten, und diese geometrischen Formen schimmerten wie Juwelen auf den Wänden der ansonsten weißen Kammer. Die acht entstellten Schatten der Expeditionsmitglieder glitten und kräuselten sich über diesen betörenden Hintergrund, wurden größer und schrumpften zusammen, geheimnisvoll, aber vielleicht nicht geheimnisvoller als die Personen, die sie warfen – fünf von ihnen waren Verdächtige, und einer hatte versucht, einen Mord zu begehen. Harry beobachtete Roger Breskin, Franz Fischer, George Lin, Claude und Pete, wie sie über die Möglichkeiten stritten, die ihnen blieben, und wie sie die sechs Stunden und zwanzig Minuten bis Mitternacht verbringen sollten. Er hätte das Gespräch leiten oder wenigstens daran teilnehmen sollen, konnte sich jedoch nicht darauf konzentrieren, was die anderen sagten. Zum einen konnten sie, ganz gleich, was sie in der verbleibenden Zeit anstellten, weder von dem Eisberg fliehen noch die Bomben entschärfen, so daß ihre Diskussion sinnlos war. Zum anderen konnte er, obwohl er versuchte, diskret vorzugehen, sich einfach nicht davon abhalten, sie genau zu betrachten, als würde die Art und Weise, wie sie sprachen, gingen, gestikulierten, psychotische Tendenzen enthüllen.

Sein Gedankengang wurde von einem Funkspruch von der Station Edgeway unterbrochen. Gunvald Larssons Stimme hallte, von Rauschen verzerrt, von den Eiswänden wider.

Die anderen Männer verstummten.

Nachdem Harry zum Funkgerät gegangen war und den Empfang bestätigt hatte, fuhr Gunvald fort: »Harry, die Trawler haben umgedreht. Die *Melville* und die *Liberty*. Schon vor einiger Zeit. Ich weiß, ich hätte es euch sagen sollen, aber ich brachte es nicht über mich.« Er klang unerklärlich heiter, aufgeregt, als müßte diese schlechte Nachricht ein Lächeln auf ihre Gesichter bringen. »Aber das spielt jetzt keine Rolle mehr. Es spielt keine Rolle, Harry!«

Pete, Claude und die anderen hatten sich, verblüfft von der Aufregung des Schweden, um das Funkgerät gedrängt.

»Gunvald, wovon sprichst du, verdammt noch mal?« fragte Harry. »Was meinst du damit, daß es keine Rolle mehr spielt?«

Rauschen zerfetzte die Funkwellen, doch dann wurde die Frequenz auf einmal völlig klar. »... gerade Nachricht von Thule bekommen«, sagte Larsson. »Eine Meldung aus Washington. In eurer Nähe ist ein U-Boot, Harry. Hast du mich verstanden? Ein russisches U-Boot.«

VIERTER TEIL

NACHT

20:20

DETONATION IN DREI STUNDEN VIERZIG MINUTEN

Gorow, Schukow und Matrose Semichastny kletterten auf die Brücke und schauten nach Backbord. Die See war weder ruhig noch so aufgewühlt wie vor kurzem, als sie aufgetaucht waren, um die Nachricht des Marineministeriums zu empfangen. Der Eisberg lag auf der Backbordseite vor ihnen und schirmte sie ein wenig vor der Kraft der Sturmwellen und des Windes ab.

Sie konnten den Berg nicht sehen, obwohl die Radar- und Sonarbilder angezeigt hatten, daß er sowohl über- als auch unterhalb der Wasseroberfläche beträchtliche Ausmaße hatte. Sie waren nur vierzig oder sechzig Meter vom Ziel entfernt, doch die Dunkelheit war undurchdringlich. Allein der Instinkt verriet Gorow, daß sich vor ihnen etwas Gewaltiges erhob, und das Wissen, im Schatten eines unsichtbaren Kolosses zu liegen, war eins der unheimlichsten und bedrohlichsten Gefühle, das er je empfunden hatte.

Sie waren warm angezogen und trugen Brillen. Da sie jedoch auf der windgeschützten Seite des Eisbergs lagen, hatten sie das Schiff ohne Schneemasken verlassen können, und auch die Unterhaltung war nicht so schwierig wie vor ein paar Stunden, als sie auf der Oberfläche gefahren waren.

»Da draußen ist es wie in einem fensterlosen Kerker«, sagte Schukow.

Keine Sterne. Kein Mond. Kein Lichtschimmer auf den Wellen. Gorow hatte noch nie eine so völlig lichtlose Nacht gesehen.

Über und hinter ihnen auf der Finne erhellte die Hundert-Watt-Birne die Stahlhülle und ermöglichte es den drei Männern, einander zu sehen. Unruhige, mit kleinen Eisklumpen durchsetzte Wellen brachen gegen die gebogene Hülle und reflektierten gerade so viel von dem roten Licht, daß es den Anschein hatte, die *Pogodin* führe nicht auf Wasser, sondern auf einem Meer aus weinrotem Blut. Hinter dem winzigen erhellten Kreis lag eine ununterbrochene Dunkelheit, die so makellos und tief war, daß Gorows Augen zu schmerzen begannen, wenn er sie zu lange anschaute.

Der größte Teil des Brückengeländers war von Eis überzogen. Gorow ergriff es, um sich festzuhalten, als das Schiff einen Satz machte, berührte jedoch zufällig einen Teil aus nacktem Metall, und der Handschuh klebte an dem Metall fest. Er riß ihn los und untersuchte die Handfläche: Die äußere Lederschicht war abgerissen, und das Futter lag frei. Hätte er Handschuhe aus Seehundfell getragen, wäre er nicht festgeklebt. Er hätte rechtzeitig daran denken sollen, diesen besonderen Bestandteil der arktischen Schutzkleidung aus dem Spind zu holen. Hätte er gar keine Handschuhe getragen, wäre seine Hand augenblicklich mit dem Geländer verschweißt worden, und er hätte einen beträchtlichen Brocken Haut und Fleisch verloren.

Matrose Semichastny schaute den zerfetzten Handschuh des Kapitäns erstaunt an. »Unglaublich!« rief er.

»Was für ein elender Ort«, sagte Schukow.

Der Schnee, der über die Brücke geweht wurde, fiel nicht in Form von Flocken. Die Temperatur unter dem Gefrierpunkt und der scharfe Wind hatten sich verschworen, um harte Körner aus Schnee zu erzeugen – ›Kies‹, wie die Meteorologen dazu sagen, Millionen von Körnchen wie aus weißem Schrot, das zweitschlimmste nach einem Sturm aus Eisnadeln.

Der Erste Offizier klopfte auf das Anenometer auf der Brücke. »Wir haben sogar hinter dem Eisberg eine Windgeschwindigkeit von fünfundvierzig Stundenkilometern«, sagte er. »Auf der Spitze des Eisbergs oder auf offener See muß sie doppelt bis dreimal so hoch sein.«

Gorow schätzte, daß die subjektive Temperatur auf dem Eisberg – wenn man den Windfaktor einbezog – mindestens minus fünfzig oder sechzig Grad betragen mußte. Die Wissenschaftler der Station Edgeway unter diesen Umständen zu retten war eine größere Herausforderung als jede andere, vor der er während seiner gesamten Laufbahn in der Marine je gestanden hatte. Es würde schwierig werden. Vielleicht würden sie es auch gar nicht schaffen. Und langsam machte er sich Sorgen, daß er schon wieder zu spät gekommen war.

»Machen wir Licht«, befahl Gorow.

Semichastny drehte augenblicklich den Scheinwerfer nach Backbord und schaltete ihn ein. Der sechzig Zentimeter durchmessende Strahl durchdrang die Dunkelheit, als hätte man in einem unbeleuchteten Keller die Klappe eines Heizkessels aufgerissen. Am Kardankreuz abgekantet, erhellte der große Scheinwerfer einen kreisrunden Ausschnitt des Ozeans, der nur zehn Meter von dem U-Boot entfernt war: aufgewühlte Wellen, die von eisiger Gischt durchzogen wurden, einen brodelnden Mahlstrom, der allerdings nicht allzu schwierig zu befahren war. Gischtwolken schossen in die bitterkalte Luft hoch, als die Wellen gegen das Boot schlugen, gefroren augenblicklich zu komplizierten und funkelnden Eisborten, schienen schier endlos lange in der Luft zu schweben und fielen dann ins Wasser zurück. Ihre seltsame Schönheit war so vergänglich wie der Augenblick eines perfekten Sonnenuntergangs.

Die Meerestemperatur lag ein paar Grad über dem Gefrierpunkt, aber das Wasser hatte so viel Wärme gespeichert – und war natürlich auch so salzig –, daß es lediglich Eis enthielt, das von der polaren Hülle fünfundzwanzig Kilometer nördlich von ihnen abgebrochen war. Hauptsächlich kleine Brocken, keiner größer als ein Auto, die auf den Wellen trieben und gegeneinander prallten.

Semichastny packte die beiden Griffe des Scheinwerfers, schwang ihn hoch und richtete ihn direkt nach Backbord. Der grelle Strahl durchdrang die polare Schwärze und den wütenden Schnee – und fiel auf eine turmhohe Palisade aus Eis, die so gewaltig und so nah war, daß alle Männer unwillkürlich nach Luft schnappten.

Fünfzig Meter von ihnen entfernt trieb der Eisberg langsam in einer milden Winterströmung nach Südosten. Selbst bei dem starken Wind hinter ihm machte die gewaltige Insel aus Eis nicht mehr als zwei oder drei Knoten. Der größte Teil des Berges lag unter Wasser, und er wurde nicht vom Sturm an der Oberfläche, sondern von tieferen Einflüssen angetrieben.

Semichastny ließ den Scheinwerfer langsam nach rechts und dann wieder zurück nach links gleiten.

Die Klippe war so lang und so hoch, daß Gorow die gesamte Größe des Eisbergs nicht mal schätzen konnte. Jeder strahlend helle Kreis aus Eis ließ sich von ihrem Sitz in der ersten Reihe zwar in allen Einzelheiten betrachten, schien jedoch völlig losgelöst von dem zu sein, den sie davor bestaunt hatten. Hätte er sich das Gesamtbild des Kolosses vorstellen wollen, hätte er genausogut versuchen können, sich das fertige Bild vorzustellen, das ein Puzzle zeigte, indem er fünfhundert einzelne, nicht miteinander verbundene Stücke betrachtete.

»Leutnant Schukow, schießen Sie ein Leuchtsignal ab.«

»Jawohl, Herr Kapitän.«

Schukow trug die Signalpistole. Er hob sie hoch – eine stumpfe Waffe mit einem dicken, extrabreiten Lauf von fünf Zentimetern Durchmesser –, streckte den Arm aus und schoß in die Dunkelheit auf der Backbordseite.

Die Rakete stieg schnell durch das Schneegestöber hoch. Sie blieb einen Augenblick lang sichtbar, während sie rote Funken und Rauch hinter sich herzog, verschwand dann jedoch im Sturm, als wäre sie durch einen Schleier in eine andere Dimension geglitten.

Dreihundert Fuß ... vierhundert ... fünfhundert ...

Hoch über ihnen zerplatzte die Rakete zu einem strahlenden, weißglühenden Mond. Sie verlor nicht sofort an Höhe, sondern wurde vom Wind nach Süden getrieben.

Unter dem hellen Schein wurde das Meer auf dreihundert Meter in jede Richtung von einem kalten Licht erhellt, das seine grüngraue Tönung erhellte. Die unregelmäßige Abfolge von unruhigen Wellen warf zerklüftete, rasiermesserscharfe Schatten, die wie unzählbare Schwärme hektischer dunkler Vögel flatterten, die sich aus flachen Trögen an kleinen Fischen gütlich hielten.

Der Eisberg war riesig: eine gewaltige Präsenz, mindestens dreißig Meter hoch. Er verschwand in der Dunkelheit rechts und links von ihm, ein riesiger Wall, der schrecklicher war als die Befestigungen einer jeden Trutzburg auf der Welt. Während ihrer vorsichtigen, von Radar und Sonar geleiteten Annäherung an diesen Ort hatten sie herausgefunden, daß der Berg eintausendzweihundertundachtzig Meter lang war. Er erhob sich schroff aus der grün-grau-schwarz gesprenkelten See und erinnerte verblüffenderweise an ein Totem, an einen von Menschen geschaffenen Monolithen mit einer geheimnisvollen religiösen Bedeutung. Er trieb glasglatt und leuchtend dahin und wurde weder von großen Vorsprüngen noch von anderen Identifikationsmerkmalen gekennzeichnet: vertikal, schroff, abstoßend.

Gorow hatte gehofft, eine flache, zerklüftete Klippe zu finden, die relativ sanft zum Wasser abfiel. Die See war hier im Windschatten nicht besonders rauh, und ein paar Männer würden vielleicht auf das Eis hinüberkommen. Aber er sah keine Stelle, wo sie hätten landen können.

Zur Ausstattung des U-Boots gehörten drei aufblasbare motorisierte Schlauchboote und eine große Auswahl an modernster und hochwertiger Bergsteigerausrüstung. In den letzten sieben Jahren hatte die *Ilja Pogodin* fünfzehn verschiedene hochgeheime Passagiere befördert – hauptsächlich Spezialagenten der Spetsnaz, eigens ausgebildete Saboteure, Attentäter und Spione der Armee – und des Nachts an schroffen Küsten sieben verschiedener westlicher Länder abgesetzt. Überdies konnte das Schiff im Kriegsfall zusätzlich zur vollen Besatzung eine neunköpfige Einsatzgruppe befördern und sie selbst bei schlechtem Wetter in weniger als fünf Minuten sicher an Land bringen.

Aber sie mußten eine Stelle finden, wo die Boote anlegen konnten. Einen schmalen Vorsprung. Eine winzige Bucht. Eine Nische über der Wasseroberfläche. *Irgend etwas.*

»Selbst wenn wir die Leute da drüben absetzen könnten«, sagte Schukow, als hätte er die Gedanken des Kapitäns gelesen, »wäre es eine sehr schwierige Kletterpartie.«

»Wir könnten es schaffen.«

»Es geht dreißig Meter so gerade und glatt wie Fensterglas hinauf.«

»Wir könnten Löcher ins Eis schlagen«, sagte Gorow. »Die nötigen Eispickel, Äxte, Seile und Nägel haben wir. Und die Kletterstiefel und Karabinerhaken. Alles, was wir brauchen.«

»Aber diese Leute sind Matrosen, Herr Kapitän, und keine Bergsteiger.«

Die Leuchtrakete war jetzt hoch über der *Ilja Pogodin* und trieb immer noch in südliche Richtung ab. Das Licht war nicht mehr grell oder weiß; es hatte eine gelbliche Färbung angenommen und wurde schnell schwächer. Rauch erhob sich um das Lichtsignal und warf bizarre Schatten, die sich über die Vorderseite des Eisbergs schlängelten und wanden.

»Die richtigen Leute könnten es schaffen«, beharrte Gorow.

»Ja, Herr Kapitän«, sagte Schukow. »Das weiß ich. Sogar ich könnte es schaffen, wenn es sein müßte, und *ich* habe Höhenangst. Aber weder ich noch die Besatzung sind in dieser Hinsicht sehr erfahren. Wir haben keinen einzigen Mann an Bord, der den Aufstieg auch nur in der doppelten Zeit schaffen würde, die ein erfahrener Bergsteiger braucht. Wir würden ein paar Stunden brauchen, vielleicht drei oder vier, vielleicht sogar fünf, um dort hinaufzukommen und ein System auszuarbeiten, mit dem wir die Edgeway-Wissenschaftler in die Boote bringen könnten. Und bis wir …«

»Bis wir eine Möglichkeit gefunden haben, die Leute auf das Eis zu bringen, bleibt ihnen höchstens noch eine Stunde«, sagte Gorow und führte damit den Gedankengang seines Ersten Offiziers zu Ende.

Mitternacht kam schnell näher.

Die Leuchtrakete erlosch.

Semichastny richtete den Scheinwerfer noch immer auf den Eisberg, bewegte ihn langsam von links nach rechts, konzentrierte sich auf die Wasseroberfläche, suchte hoffnungsvoll nach einem Vorsprung, einem Riß, einer Lücke, nach irgend etwas, das sie vielleicht übersehen hatten.

»Sehen wir uns die dem Wind zugewandte Seite an«, sagte Gorow. »Vielleicht hat sie ja etwas Besseres zu bieten.«

In der Höhle warteten sie auf weitere Nachrichten von Gunvald. Die Aussicht auf Rettung begeisterte sie zwar, aber der Gedanke, daß das U-Boot vielleicht nicht mehr rechtzeitig eintreffen würde, um sie vor Mitternacht von dem Eisberg zu holen, ernüchterte sie wieder. Sie versanken in tiefes Schweigen, um dann kurz darauf wieder alle gleichzeitig zu sprechen.

Nachdem Harry gewartete hatte, bis die aufgeregten Unterhaltungen seine Kollegen abgelenkt hatten, entschuldigte er sich mit der Bemerkung, er müsse zur Latrine. Als er an Pete Johnson vorbeiging, flüsterte er: »Ich will mit dir allein sprechen.«

Pete blinzelte überrascht.

Harry verlangsamte seine Schritte während des Sprechens nicht und sah den Ingenieur kaum an. Er schob die Brille hinunter, zog die Schneemaske hoch und verließ die Höhle. Draußen schaltete er die Taschenlampe ein und trottete an den Schneemobilen vorbei durch den heftigen Wind.

Er bezweifelte, daß in den Tanks noch viel Treibstoff war. Die

Motoren würden bald ausgehen. Kein Licht mehr. Keine Wärme mehr.

Hinter den Schneemobilen lag das Gebiet, das sie als Toilette des provisorischen Lagers benutzt hatten, auf der anderen Seite einer U-förmigen, drei Meter hohen Wand aus aufgeschichtetem Eis und hochgewehtem Schnee, etwa zwanzig Meter hinter den aufblasbaren Iglus, die nun in Trümmern lagen. Harry verspürte kein Bedürfnis, sich zu erleichtern, doch der Ruf der Natur bot die bequemste und unverdächtigste Entschuldigung, die Höhle zu verlassen und sich von den anderen abzusondern. Er erreichte die Öffnung in der halbmondförmigen Wand, die den Windschutz bildete, schlurfte durch Schneeverwehungen zum Ende dieser verhältnismäßig ruhigen Nische und postierte sich mit dem Rücken zur Eiswand.

Wahrscheinlich machte er mit Pete Johnson einen gewaltigen Fehler. Wie er schon Brian erklärt hatte, konnte man nie völlig sicher sein, was im Kopf eines anderen Menschen vor sich ging. Selbst ein Freund oder eine Geliebte, die man gut kannte und der man vertraute, konnte einen geheimen dunklen Drang oder ein verabscheuungswürdiges Begehren hegen. Jeder Mensch war von einem Rätsel umhüllt. Bei seiner lebenslangen Suche nach Abenteuern hatte Harry sich zufällig für einen Beruf entschieden, bei dem er täglich mit weniger Menschen in Kontakt kam, als es bei den meisten anderen Tätigkeiten der Fall gewesen war, und jedesmal, wenn er eine neue Herausforderung annahm, war der Gegenspieler nie eine andere Person, sondern stets Mutter Natur selbst. Die Natur konnte hart sein, aber niemals verräterisch; sie war mächtig und gnadenlos, aber nie bewußt grausam. Bei einem Wettstreit mit ihr mußte er nie befürchten, wegen Betrug oder Verrat zu verlieren. Trotzdem hatte er sich entschlossen, das Risiko einzugehen, Pete Johnson allein gegenüberzustehen.

Er wünschte, er hätte eine Waffe.

Wenn er den Anschlag auf Brian in Betracht zog, kam es Harry nun unentschuldbar dumm vor, die Eishülle ohne eine großkalibrige Pistole betreten zu haben, die er stets unter dem Parka bei sich trug. Natürlich hatte er bei all seinen geologischen Forschungen noch nie jemanden erschießen müssen.

Nach einer Minute traf Pete ein und ging zu ihm zur Rückwand des U-förmigen, dachlosen Zufluchtsorts.

Sie standen sich gegenüber, die Schneemasken heruntergezogen, die Brillen hochgeschoben, die Taschenlampen auf ihre Stiefel gerichtet. Das Licht wurde zu ihnen hochgeworfen, und Petes Gesicht leuchtete, als strahle es von innen heraus. Harry wußte, daß er so ähnlich aussehen mußte: am hellsten um das Kinn und den Mund, dunkler um die Stirn, mit Augen, die aus dunklen Löchern in seinem Schädel zu funkeln schienen – so unheimlich wie eine Halloween-Maske.

»Wollen wir uns hier über jemanden das Maul zerreißen?« fragte Pete. »Oder hast du plötzlich deine große Liebe zu mir entdeckt?«

»Das ist verdammt ernst, Pete.«

»Da hast du recht. Wenn Rita es herausfindet, wird sie mich grün und blau schlagen.«

»Kommen wir direkt zur Sache. Ich will wissen ... warum wolltest du Brian Dougherty umbringen?«

»Mir gefällt sein Scheitel nicht.«

»Pete, das ist kein Scherz.«

»Na schön, weil er mich Nigger genannt hat.«

Harry sah ihn an, sagte aber nichts.

Über ihren Köpfen, an der höchsten Stelle des abschirmenden Walls, pfiff der Sturm durch die natürlichen Auskerbungen auf den zusammengeschobenen Eisplatten.

Das Grinsen auf Petes Gesicht erstarrte allmählich. »Mann, du meinst es *wirklich* ernst.«

»Hör mit dem Scheiß auf, Pete.«

»Harry, um Gottes willen, was geht hier vor?«

Harry betrachtete ihn lange Sekunden, versuchte den anderen mit Schweigen aus der Fassung zu bringen, und wartete darauf, angegriffen zu werden. »Vielleicht glaube ich dir«, sagte er schließlich.

»Was glaubst du mir?« Die Verwirrung auf dem breiten, schwarzen Gesicht des großgewachsenen Mannes schien so echt zu sein wie der unschuldige Blick eines Schafs; unheimlich wirkte sein Gesicht lediglich wegen des theatralischen Effekts des nach oben gerichteten Strahls der Taschenlampe. »Willst du damit sagen, jemand habe *tatsächlich* versucht, ihn zu töten? Wann? Am dritten Bohrloch, als er zurückgelassen wurde? Aber du hast doch gesagt, er wäre gefallen. Das hat er selbst gesagt. Er hat gesagt, er wäre gefallen und habe sich den Kopf gestoßen. Oder etwa nicht?«

Harry seufzte, und ein Teil der Anspannung wich aus seinem Nacken und den Schultern. »Verdammt. Falls du es warst, bist du gut. Ich glaube, du weißt es wirklich nicht.«

»He, ich *weiß*, daß ich es wirklich nicht weiß.«

»Brian ist nicht gestürzt und ohnmächtig geworden, weil er sich den Kopf gestoßen hat, und er wurde auch nicht zufällig zurückgelassen. Jemand hat ihn auf den Hinterkopf geschlagen. Zweimal.«

Pete war sprachlos. Auch in seinem Beruf mußte man normalerweise keine Handfeuerwaffe mitnehmen.

In aller Kürze gab Harry das Gespräch wieder, daß er vor kurzem mit Brian in der Kabine des Schneemobils geführt hatte.

»Großer Gott!« sagte Pete. »Und du hast gedacht, ich wäre es gewesen!«

»Ja. Obwohl ich dich nicht so stark im Verdacht hatte wie einige der anderen.«

»Und gerade hast du gedacht, ich würde dir an die Kehle gehen.«

»Es tut mir leid. Ich mag dich sehr, Pete. Aber ich kenne dich schließlich erst seit acht oder neun Monaten. Du hättest ja einiges vor mir verbergen können, gewisse Meinungen oder Vorurteile.«

Pete schüttelte den Kopf. »He, du mußt dich nicht entschuldigen. Du hattest keinen Grund, mir mehr zu vertrauen als den anderen. Ich verlange gar keine Entschuldigung. Ich behaupte nur, daß du verrückt bist. Du bist nicht gerade ein schmales Handtuch, aber körperlich bin ich dir mehr als nur gewachsen.«

Harry mußte nach oben schauen, um Petes Gesicht zu sehen, und plötzlich kam sein Freund ihm größer denn je vor. Die Schultern fast zu breit für eine Normtür. Gewaltige Arme. Wenn er die Angebote als Profifootballer angenommen hätte, hätte jeder Gegner ihn fürchten müssen, und wäre in diesem Augenblick zufällig ein Eisbär vorbeigekommen, hätte er vielleicht sogar diesem einen guten Kampf bieten können.

»Wäre ich dieser Irre«, sagte Pete, »und hätte ich mich entschlossen, dich hier und jetzt zu töten, hättest du keine großen Chancen.«

»Ja, aber ich hatte keine andere Wahl. Ich habe einen weiteren

Verbündeten gebraucht, und du schienst mir die beste Aussicht zu sein. Übrigens ... vielen Dank, daß du mir nicht den Kopf abgerissen hast.«

Pete hustete und spuckte in den Schnee. »Ich bin jetzt dahintergekommen, was mit dir los ist, Harry. Du hast doch keinen Heldenkomplex. Dieser Mut ist für dich ganz einfach natürlich. Du wurdest so geschaffen. Du bist schon so auf die Welt gekommen.«

»Ich habe nur getan, was getan werden mußte«, sagte Harry ungeduldig. »Solange wir auf diesem Eisberg gestrandet waren und es den Anschein hatte, daß wir alle um Mitternacht sterben würden, dachte ich, Rita und ich könnten allein auf Brian aufpassen. Ich dachte, unser potentieller Mörder könnte jede Chance ausnutzen, die wir ihm geben, um an den Jungen heranzukommen, würde sich aber nicht mehr die Mühe machen, weil wir sowieso alle sterben. Aber nachdem nun dieses U-Boot unterwegs ist ... Na ja, wenn er glaubt, Brian könnte gerettet werden, wird er es vielleicht doch noch mal versuchen. Vielleicht läßt er sich zu irgendeiner kühnen Tat hinreißen, selbst, wenn er dabei seine Identität enthüllen muß. Und ich brauche jemanden außer Rita und mir, der den Täter aufhalten wird, wenn der Augenblick gekommen ist.«

»Und ich wurde dazu auserwählt.«

»Herzlichen Glückwunsch.«

Ein Windstoß stob über den Rand des Eiswalls und fegte zu ihnen hinab. Sie zogen die Köpfe ein, während eine Säule aus wirbelndem Schnee über sie hinwegglitt, die so dicht war, daß es sich fast um eine Lawine hätte handeln können. Ein paar Sekunden lang warten sie blind und taub. Dann hatte die Bö das offene Ende des halbkreisförmigen Unterschlupfes erreicht.

»Hast du irgendeine Vermutung?« fragte Pete. »Sollten wir auf irgend jemanden genauer acht geben als auf die anderen?«

»Diese Frage hätte ich dir stellen sollen. Ich weiß bereits, was Rita, Brian und ich denken. Ich brauche eine neue Perspektive.«

Pete mußte nicht lange über die Frage nachdenken, um eine Antwort zu finden. »George Lin«, sagte er sofort.

»Das war auch meine erste Wahl.«

»Nicht die erste und die letzte? Du bist der Ansicht, er ist ein zu offensichtlicher Verdächtiger?«

»Vielleicht. Aber das schließt ihn noch lange nicht aus.«

»Was ist überhaupt los mit ihm? Ich meine, wie er sich Brian gegenüber benimmt, dieser Zorn – was hat das alles zu bedeuten?«

»Ich bin mir nicht sicher«, sagte Harry. »Irgend etwas ist ihm in China zugestoßen, als er noch ein sehr kleines Kind war. Es muß in den letzten Tagen von Tschiangs Herrschaft passiert sein, irgendein traumatisches Erlebnis. Er scheint Brian wegen der Politik von dessen Familie damit in Verbindung zu bringen.«

»Und unter dem Druck, dem wir in den letzten neun Stunden ausgesetzt waren, ist er zusammengebrochen.«

»Das wäre immerhin möglich.«

Sie dachten darüber nach.

Pete Johnson trabte auf der Stelle, um seine Füße warm zu halten. Harry folgte seinem Beispiel.

»Was ist mit Franz Fischer?« fragte Pete, nachdem sie sich vielleicht eine Minute lang auf diese Weise bewegt hatten.

»Was soll mit ihm sein?«

»Er ist dir gegenüber sehr kühl. Und Rita gegenüber ebenfalls. Nein, *ihr* gegenüber ist er nicht gerade kühl, aber er sieht sie irgendwie immer so seltsam an ...«

»Du bist ein guter Beobachter.«

»Vielleicht ist es professionelle Eifersucht, wegen all der wissenschaftlichen Auszeichnungen, die ihr in den letzten paar Jahren aufgehäuft habt.«

»So kleingeistig ist er nicht.«

»Was dann? Oder geht mich das nichts an?« fügte Pete schnell hinzu, als Harry zögerte.

»Er hat sie damals gekannt.«

»Bevor sie dich geheiratet hat?«

»Ja. Sie waren ein Liebespaar.«

»Also ist er *doch* eifersüchtig, aber nicht auf die Auszeichnungen.«

»Ja, anscheinend.«

»Sie ist eine tolle Frau«, sagte Pete. »Keiner, der sie an dich verloren hätte, würde dich wohl für einen tollen Burschen halten. Ist dir nie in den Sinn gekommen, das sei Grund genug, Franz nicht in dieses Team zu holen?«

»Wenn Rita und ich diesen Teil der Vergangenheit hinter uns lassen konnten, müßte es ihm doch auch möglich sein.«

»Aber er ist weder Harry noch Rita, sondern ein ichbezogener wissenschaftlicher Trottel. Vielleicht sieht er ganz gut aus, ist klug und in mancher Hinsicht auch gebildet, aber im Prinzip ist er sehr unsicher. Wahrscheinlich hat er die Einladung, an der Expedition mitzuwirken, nur akzeptiert, damit Rita Gelegenheit bekommt, euch beide, dich und ihn, unter extremen Umständen miteinander zu vergleichen. Wahrscheinlich hat er gedacht, du würdest hier wie ein Tolpatsch über das Eis stolpern, während er sich als Nanuk des Nordens erweist, überlebensgroß, ein absoluter Macho im Vergleich zu dir. Doch schon am ersten Tag muß er begriffen haben, daß das so nicht klappen wird, und deshalb ist er so unausstehlich.«

»Das kommt mir nicht besonders logisch vor.«

»Mir schon.«

Harry blieb wieder stehen; er hatte Angst, sich zu sehr anzustrengen und in Schweiß auszubrechen. »Franz haßt mich vielleicht und eventuell sogar Rita, aber wie könnten die Gefühle, die er *uns* entgegenbringt, zu einem Angriff auf Brian führen?«

Nach einem Dutzend weiterer Schritte hörte auch Pete auf, weiter auf der Stelle zu treten. »Wer kann schon sagen, was im Verstand eines Psychopathen vor sich geht?«

Harry schüttelte den Kopf. »Franz könnte es trotzdem gewesen sein. Aber nicht, weil er auf mich eifersüchtig ist.«

»Breskin?«

»Der Mann ist mir ein Rätsel.«

»Er kommt mir *zu* verschlossen vor.«

»Wir neigen stets dazu, den Einzelgänger zu verdächtigen«, sagte Harry, »den Ruhigen, der für sich bleibt. Aber das ist nicht logischer, als Franz zu verdächtigen, nur weil er vor Jahren mal mit Rita zusammengelebt hat.«

»Warum ist Breskin aus den USA nach Kanada ausgewandert?«

»Keine Ahnung. Hat er das überhaupt je erzählt?«

»Könnte aus politischen Gründen gewesen sein«, sagte Pete.

»Ja, vielleicht. Aber Kanada und die USA haben im Prinzip eine ganz ähnliche Politik. Ich meine, wenn jemand seine Heimat verläßt und Bürger eines anderen Staates wird, sollte man doch meinen, daß er in ein ganz anderes Land geht, in eins, das ein völlig anderes politisches und wirtschaftliches System hat.« Harry zog die Luft hoch; er spürte, daß ihm allmählich die Nase lief. »Außerdem hatte Roger heute nachmittag die Gelegenheit, den Jungen zu töten. Als Brian über die Klippe baumelte, um zu George hinabzusteigen, hätte er doch das Seil durchschneiden können. Wer hätte das je erfahren?«

»Vielleicht wollte er nicht, daß außer Brian noch jemand starb. Vielleicht ist der junge Dougherty seine einzige Besessenheit. Hätte er das Seil durchgeschnitten, hätte er Lin nicht retten können.«

»Er hätte es durchschneiden können, nachdem Lin oben war.«

»Aber dann wäre George ein Zeuge gewesen.«

»Welcher Psychopath hat so eine Selbstkontrolle? Außerdem bin ich mir nicht sicher, ob George überhaupt etwas mitbekommen hätte. Er war noch kaum bei Bewußtsein.«

»Wie du schon gesagt hast, Roger ist ein Rätsel.«

»Wir bewegen uns im Kreis.«

Der Atem, den sie ausstießen, bildete zwischen ihnen Kristalle. Die Wolke war so dicht geworden, daß sie einander nicht mehr deutlich sehen konnten, obwohl sie nur einen guten halben Meter auseinander standen.

Pete wehte den Nebel aus dem Weg und so weit von der abschirmenden Wand fort, daß der Wind ihn erfassen konnte. »Dann bleibt nur noch Claude übrig«, sagte er.

»Er kommt mir von allen am unwahrscheinlichsten vor.«

»Wie lange kennst du ihn schon?«

»Seit fünfzehn Jahren. Oder sechzehn. So ungefähr.«

»Warst du schon mal mit ihm auf dem Eis?«

»Mehrmals«, sagte Harry. »Er ist ein wunderbarer Mann.«

»Er spricht oft von seiner verstorbenen Frau. Colette. Er scheint noch immer nicht darüber hinweggekommen zu sein. Wann ist sie gestorben?«

»In diesem Monat ist es drei Jahre her. Claude war auf dem Eis, seine erste Expedition seit zweieinhalb Jahren, als sie ermordet wurde.«

»*Ermordet?*«

»Sie war von Paris aus für ein verlängertes Wochenende nach London geflogen. Sie wollte nur drei Tage in England bleiben. Die IRA hat in einem Restaurant, in dem sie zu Mittag aß, eine Bombe gelegt. Sie war eins von acht Todesopfern.«

»Großer Gott!«

»Sie haben einen der Bombenleger erwischt. Er sitzt noch immer im Gefängnis.«

»Und Claude hat es sehr schwer getroffen«, sagte Pete.

»O ja. Colette war toll. Du hättest sie gemocht. Sie und Claude standen sich so nah wie Rita und ich.«

Einen Augenblick lang schwiegen beide.

Auf dem Kamm der Eiswand stöhnte der Wind wie ein Geist, der zwischen dieser und der nächsten Welt gefangen war. Das Eis erinnerte Harry an einen Friedhof. Er erschauderte.

»Wenn ein Mann seine Frau über alles liebt und sie ihm genommen, von einer Bombe in Stücke gerissen wird«, sagte Pete, »könnte der Verlust ihn um den Verstand bringen.«

»Nicht Claude. Gebrochen, ja. Deprimiert, ja. Aber nicht verrückt. Er ist der freundlichste ...«

»Seine Frau wurde von Iren getötet?«

»Und?«

»Dougherty ist Ire.«

»Das ist aber weit hergeholt, Pete. Eigentlich irischer Abstammung. Ein Amerikaner der dritten Generation.«

»Du hast gesagt, einer dieser Bombenleger sei gefaßt worden?«

»Ja. Die anderen haben sie nie erwischt.«

»Erinnerst du dich an seinen Namen?«

»Nein.«

»Hieß er Dougherty, oder zumindest so ähnlich?«

Harry verzog das Gesicht und winkte geringschätzig ab. »Komm schon, Pete. Jetzt kracht's ganz heftig im Gebälk.«

Der großgewachsene Mann ging wieder auf der Stelle auf und ab

»Ja, das ist wohl wirklich zu weit hergeholt. Aber weißt du ... sowohl Brians Onkel als auch seinem Vater hat man vorgeworfen, sie hätten sich auf Kosten anderer Gruppen bei ihrer irisch-amerikanischen Wählerschaft lieb Kind gemacht. Und einige Leute haben sogar behauptet, sie würden so stark mit dem linken Flügel der IRA sympathisieren, daß sie ihn jahrelang insgeheim finanziell unterstützt haben.«

»Das habe ich auch alles gehört. Aber es konnte nie bewiesen werden. Politische Verleumdung, soweit wir wissen. Die Tatsache ist … wir haben vier Verdächtige, und keiner von ihnen kommt mir sehr wahrscheinlich vor.«

»Berichtigung.«

»Was?«

»Sechs Verdächtige.«

»Franz, George, Roger, Claude …«

»Und ich.«

»Ich habe dich ausgeschlossen.«

»Keineswegs.«

»Jetzt bleib mal auf dem Teppich.«

»Ich meine es ernst«, sagte Pete.

»Nach dem Gespräch, das wir gerade geführt haben, weiß ich, daß du nicht …«

»Gibt es irgendein Gesetz, das besagt, ein psychopathischer Mörder könne kein guter Schauspieler sein?«

Harry sah ihn an und versuchte, seinen Gesichtsausdruck zu deuten. Plötzlich schien die Bosheit in Johnsons Gesicht nicht nur ein Trick zu sein, den der eigentümliche Lichteinfall ihm spielte. »Du machst mich nervös, Pete.«

»Gut.«

»Ich weiß, du hast mir die Wahrheit gesagt, du bist es nicht gewesen. Aber du hast mir gerade gesagt, daß ich niemandem vertrauen darf, keinen Augenblick lang, nicht mal, wenn ich der Ansicht bin, daß ich die betreffende Person wie einen Bruder kenne.«

»Genau. Und das gilt für uns beide. Deshalb ist der sechste Name auf der Liste der Verdächtigen der deine.«

»Was? *Ich?*«

»Du warst mit uns anderen beim dritten Bohrloch.«

»Aber als wir dorthin zurückfuhren, habe ich ihn doch gefunden.«

»Und du warst derjenige, der die Suchgebiete eingeteilt hat. Du hättest dir das richtige Areal geben können, damit du dafür sorgen konntest, daß er tot ist, bevor du ihn dann ›findest‹. Dann ist Breskin über dich gestolpert, bevor du Gelegenheit hattest, Brian den Gnadenstoß zu geben.«

Harry starrte ihn an.

»Und wenn du verrückt genug bist, weißt du vielleicht nicht mal, daß ein Mörder in dir steckt.«

»Hältst du mich wirklich fähig, einen Mord zu begehen?«

»Die Chance beträgt eins zu einer Million. Aber ich habe schon Leute gesehen, die trotz einer noch viel geringeren Chance in der Lotterie gewonnen haben.«

Obwohl er wußte, daß Pete es ihm mit gleicher Münze heimzahlte und ihn wissen ließ, wie es war, als ein Verdächtiger behandelt zu werden, fühlte Harry, daß die Anspannung in seinen Nacken und die Schultern zurückkehrte. »Weißt du, was mit euch Kaliforniern nicht stimmt?«

»Ja. Ihr aus Boston fühlt euch uns unterlegen, weil wir so selbstbewußt und reif sind, während ihr so verkrampft und nervös seid.«

»Eigentlich habe ich gedacht, daß die ganzen Erdbeben und Brände und Erdrutsche und Krawalle und Massenmörder da draußen euch paranoid gemacht haben.«

Sie lächelten einander an.

»Gehen wir lieber zurück«, sagte Harry.

Zwei Lichtsignale flammten einhundertfünfzig Meter voneinander entfernt im nächtlichen Himmel auf, und der Scheinwerferstrahl glitt am Fuß der schimmernden Eisklippen hin und her.

Die windwärts liegende Flanke des Eisbergs war nicht so abstoßend wie die glatte, vertikale andere Seite. Drei zerklüftete Vorsprünge erstreckten sich stufenweise zum Wasser hinab. Ein jeder schien zwischen acht und zehn Meter tief zu sein, und gemeinsam näherten sie sich bis auf sieben oder acht Meter dem Wasser. Hinter den Vorsprüngen hob sich die Klippe auf fünfzehn bis zwanzig Meter in steilem Winkel und wurde dann von einem schmalen Sims unterbrochen. Über dem Vorsprung fiel die Eiswand auf etwa sechs Meter fast senkrecht ab, und dann kam der Rand.

»Die Beiboote könnten auf diesen Vorsprüngen landen«, sagte Schukow und betrachtete das Eis durch sein Fernglas. »Und selbst unerfahrene Männer könnten diese Wand hinaufsteigen. Aber nicht bei diesem Wetter.«

Auf der Luvseite war das Meer unruhiger als auf der windgeschützten Flanke. Hohe Wellen brachen gegen die Stufen aus Eis am Fuß des Berges. Sie würden ein mittelgroßes Rettungsboot zum Kentern bringen und eins der motorisierten Schlauchboote der *Pogodin* in Stücke reißen. Selbst das U-Boot mit seiner vierzigtausend PS leistungsstarken Turbine und der Wasserverdrängung von sechstausend Tonnen hatte beträchtliche Manövrierprobleme. Der Bug war häufig unter Wasser, und wenn die *Pogodin* sich einmal aufrichtete, erinnerte sie an ein Tier, das gegen Treibsand ankämpfte. Wellen brachen mit schockierender Wut gegen die Deckaufbauten, ließen die Hülle erzittern, explodierten an der Finne, überspülten die Brücke und wirbelten die Gischt bis über Gorows Kopf auf. Alle drei Männer trugen Kleidung aus Eis: eisbedeckte Stiefel, eisüberzogene Hosen, eisbeschichtete Rockschöße.

Das Anenometer gab die Geschwindigkeit des brutalen Winds mit einhundertzwölf Stundenkilometern an, und einzelne Böen erreichten das Anderthalbfache davon. Die Schneekügelchen waren wie ausschwärmende Bienen: Sie stachen in Gorows Gesicht und trieben Tränen in seine Augen.

»Wir fahren auf die Leeseite zurück!« brüllte der Kapitän, obwohl er auf der kleinen Brücke praktisch Schulter an Schulter mit seinen Untergebenen stand.

Er erinnerte sich nur allzu lebhaft an die glatte Klippe von über dreißig Metern Höhe, die sie auf der anderen Seite erwartete, doch er hatte keine andere Wahl. Die im Wind liegende Seite bot ihnen nicht die geringste Chance.

»Und was machen wir, wenn wir auf der anderen Seite sind?« fragte Schukow.

Gorow zögerte, dachte darüber nach. »Wir schießen ein Tau hinüber, setzen einen Mann über. Fahren eine Hosenboje aus.«

»Ein Tau hinüberschießen?« Schukow war skeptisch. Er beugte sich hinüber, bis sein Gesicht fast das seines Kapitäns berührte, und schrie seine Zweifel hinaus. »Selbst wenn das klappt, selbst wenn es im Eis hält ... ist das überhaupt möglich, wenn beide Objekte in Bewegung sind?«

»Wenn wir verzweifelt genug sind, vielleicht. Ich weiß es nicht. Wir müssen es versuchen. Es ist immerhin ein Anfang.«

Wenn man mit Hilfe einer Hosenboje Männer mit ausreichender Ausrüstung von dem U-Boot auf die Leeseite des Eisbergs übersetzen konnte, war es ihnen vielleicht möglich, ein Landeriff zu brechen, in dem die Schlauchboote dann anlegen konnten.

Dann konnten sie vielleicht ein Tau zur Spitze des Eisbergs hinaufschießen. Und daran würden sie dann die Klippe so problemlos hinaufsteigen können, wie Fliegen auf Wänden krabbelten.

Schukow sah auf seine Uhr. »Noch dreieinhalb Stunden!« übertönte er den Armageddon-Wind. »Wir fangen besser an.«

»Die Brücke räumen!« befahl Gorow und löste Tauchalarm aus. Als er eine halbe Minute später den Kontrollraum betrat, rief der Maat gerade: »Alle Lampen grün!«

Schukow und Semichastny waren bereits auf ihre Quartiere gegangen, um trockene Sachen anzuziehen.

Als Gorow zur Leiter des Kommandoturms trat und dabei kleine Eiskrusten abwarf, drehte der Tauchoffizier sich zu ihm um. »Herr Kapitän?« sagte er.

»Ich wechsle meine Kleidung. Gehen Sie auf fünfundsiebzig Fuß hinab und bringen Sie uns in den Windschatten des Eisbergs zurück.«

»Jawohl, Herr Kapitän.«

»Ich übernehme in zehn Minuten.«

»Jawohl, Herr Kapitän.«

Nachdem Gorow in seiner Kabine die durchnäßte und gefrorene Uniform durch eine neue ersetzt hatte, nahm er am Schreibtisch Platz und ergriff das Foto seines toten Sohnes. Alle auf dem Bild lächelten: der Akkordeonspieler, Gorow und Nikki. Der Junge lächelte am breitesten von ihnen – eine echte Regung, nicht für die Kamera gestellt. Er hielt die Hand seines Vaters fest. In der anderen Hand hielt er ein großes Hörnchen mit zwei Kugeln Vanilleeis, das auf seine Finger tropfte. Eiscreme bedeckte auch seine Oberlippe. Sein dichtes, vom Wind zerzaustes blondes Haar fiel über sein rechtes Auge. Selbst auf der flachen, zweidimensionalen Oberfläche des Fotos konnte man die Aura der Freude, Liebe und des Vergnügens wahrnehmen, die der Junge zeit seines Lebens ausgestrahlt hatte.

»Ich schwöre, ich bin so schnell gekommen, wie ich konnte«, murmelte Gorow dem Foto zu.

Der Junge sah ihn lächelnd an.

»Ich werde diese Leute vor Mitternacht von dem Eisberg holen.« Gorow erkannte seine Stimme kaum wieder. »Ich setze keine Attentäter und Saboteure mehr ans Ufer. Jetzt rette ich Menschenleben, Nikki. Ich weiß, daß ich es kann. Ich werde sie nicht sterben lassen. Das ist ein Versprechen.«

Er drückte das Foto so fest, daß seine Finger bleich und blutleer wurden. Die Stille in der Kabine war bedrückend, denn sie war wie das Schweigen der anderen Welt, in die Nikki übergegangen war, wie das Schweigen verlorener Liebe, einer Zukunft, die nie geschehen würde, totgeborener Träume.

Jemand ging pfeifend an Gorows Tür vorbei.

Als wäre das Pfeifen ein Schlag ins Gesicht gewesen, zuckte der Kapitän zusammen und setzte sich aufrecht. Er fühlte sich erniedrigt. Sentimentalität würde ihm nicht helfen, seinen Verlust zu verkraften; Sentimentalität war eine Verfälschung des Erbes an guten Erinnerungen und Gelächter, das dieser ehrliche und gutherzige Junge hinterlassen hatte.

Wütend auf sich selbst stellte Gorow das Foto zurück. Er stand auf und verließ die Kabine.

Leutnant Timoschenko hatte in den vergangenen vier Stunden dienstfrei gehabt. Er hatte gegessen und zwei Stunden geschlafen. Nun, um 20 Uhr 45, fünfzehn Minuten zu früh, war er wieder ins Kommunikationszentrum zurückgekehrt, um die letzte Wache des Tages zu übernehmen, die um ein Uhr morgens enden würde. Einer seiner Untergebenen nahm hinter den Geräten Platz, während Timoschenko sich an einen Schreibtisch in der Ecke setzte, in einer Zeitschrift blätterte und aus einem Aluminiumbecher heißen Tee trank.

Kapitän Gorow betrat den Raum. »Leutnant, ich bin der Ansicht, es ist an der Zeit, direkten Funkkontakt mit den Leuten auf dem Eisberg herzustellen.«

Timoschenko setzte den Tee ab und stand auf. »Wann werden wir wieder auftauchen, Herr Kapitän?«

»In ein paar Minuten.«

»Wollen Sie selbst mit ihnen sprechen?«

»Das überlasse ich Ihnen«, sagte Gorow.

»Und was soll ich ihnen sagen?«

Gorow erklärte schnell, was sie bei der Umrundung des riesigen Eisbergs herausgefunden hatten – auf der im Wind liegenden Seite war die See hoffnungslos stürmisch, auf der Leeseite hatten sie es mit der steilen Eiswand zu tun –, und umriß seinen Plan mit der Hosenboje. »Und teilen Sie ihnen mit, daß wir sie von nun an über jeden unserer Schritte auf dem laufenden halten, über jeden Fortschritt, den wir machen, aber auch über jeden Rückschlag.«

»Jawohl, Herr Kapitän.«

»Aber sagen Sie ihnen auch, daß wir alles Menschenmögliche für sie tun werden, so oder so. Ganz gleich, wie schlecht die Chancen stehen, bei Gott, wir werden alles versuchen, um sie von diesem verdammten Berg zu holen. Ich bin in dieser Hinsicht entschlossener, als ich es je zuvor in meinem Leben gewesen bin. Sagen Sie ihnen das, Leutnant. Vergessen Sie ja nicht, es ihnen zu sagen.«

20:57

Harry war überrascht, daß ein russischer Funker seine Muttersprache so fließend beherrschte. Der Mann klang, als hätte er auf einer guten englischen Mittelklasse-Universität seinen Abschluß gemacht. Englisch war die offizielle Sprache der Edgeway-Expedition, wie auch die fast aller anderen multinationalen wissenschaftlichen Studiengruppen. Doch irgendwie kam es ihm seltsam vor, daß ein russischer U-Boot-Fahrer ein so makelloses Englisch sprach.

Während Timoschenko erklärte, wieso die vom Wind abgewandte Seite die einzige Möglichkeit bot, sich dem Eisberg zu nähern, gewöhnte Harry sich allmählich an die fließende Sprechweise des Mannes und seinen entschieden englischen Akzent.

»Aber der Berg ist fünfhundert Meter breit«, sagte Harry. »Warum können Ihre Leute nicht von der einen oder der anderen Seite kommen?«

»Leider ist die See auf beiden Seiten des Eisbergs genauso stürmisch wie auf der im Wind liegenden Seite.«

»Aber eine Hosenboje«, sagte Harry zweifelnd. »Es ist bestimmt schwierig, sie zwischen zwei sich bewegenden Objekten aufzutakeln, vor allem bei diesem Wetter.«

»Wir können unsere Geschwindigkeit der des Eisbergs genau anpassen, so daß es sich praktisch um zwei feststehende Objekte handelt. Außerdem ist eine Hosenboje nur eine unserer Möglichkeiten. Wenn es uns auf diese Weise nicht gelingt, wird uns schon etwas einfallen, um zu Ihnen zu gelangen. Machen Sie sich darüber keine Sorgen.«

»Wäre es nicht einfacher, Taucher zum Eisberg hinüberzuschicken? Sie haben doch bestimmt eine Taucherausrüstung an Bord.«

»Und mehrere gut ausgebildete Froschmänner«, sagte Timoschenko. »Aber selbst auf der Leeseite ist die See viel zu rauh für sie. Diese Wellen und Strömungen würden sie so schnell davontragen, als wären sie in einen Wasserfall gesprungen.«

»Wir wollen auf keinen Fall, daß Sie unseretwegen ein zu großes Risiko eingehen. Es wäre sinnlos, einige Leute zu verlieren, um ein paar andere zu retten. Aber Ihren Worten zufolge scheint Ihr Kapitän sehr zuversichtlich zu sein. Also sind wir wohl besser dran, wenn wir es Ihnen überlassen, sich den Kopf zu zerbrechen. Haben Sie mir sonst noch etwas zu sagen?«

»Das wäre für den Augenblick alles«, erwiderte Timoschenko. »Bleiben Sie in der Nähe Ihres Funkgeräts. Wir halten Sie über die Entwicklung auf dem laufenden.«

Alle außer Harry und George hatten etwas über den Funkspruch von der *Ilja Pogodin* zu sagen – Vorschläge, die man der Rettungsmannschaft unterbreiten sollte, Ideen, wie sie den Russen helfen konnten, die Leeseite zu ersteigen –, und alle schienen entschlossen, es zuerst zu sagen, jetzt, sofort. Ihre Stimmen, die Echos ihrer Stimmen und Echos der Echos füllten die Eishöhle aus.

Harry fungierte als Moderator und versuchte zu verhindern, daß alle sinnlos durcheinanderquatschten.

Als George Lin sah, daß ihre Aufregung nachgelassen hatte und sie ruhiger geworden waren, gesellte er sich schließlich zu der Gruppe und sah Harry an. Er hatte also doch etwas zu sagen, und er hatte nur gewartet, bis er sicher war, daß man ihn auch verstehen würde. »Was hat ein russisches U-Boot in diesem Teil der Welt zu suchen?«

»In diesem Teil der Welt?«

»Du weißt, was ich meine.«

»Leider nicht, George.«

»Es gehört nicht hierher.«

»Aber das sind internationale Gewässer.«

»Es ist ein weiter Weg von Rußland hierher.«

»Eigentlich ist er gar nicht mal so weit.«

Lins Gesicht wurde von Wut verzerrt, und seine Stimme klang gepreßt. »Aber wie haben sie von uns erfahren?«

»Indem sie den Funkverkehr abgehört haben, vermute ich.«

»Genau. Ganz genau«, sagte Lin, als hätte er damit etwas bewiesen. Er sah Fischer und dann Claude an, suchte Unterstützung. »Funksprüche. *Abgehört.*« Er wandte sich an Roger Breskin. »Und warum sollten die Russen in diesem Teil der Welt Funksprüche abhören?« Als Breskin mit den Achseln zuckte, fuhr Lin fort: »Ich kann es euch sagen. Aus demselben Grund, aus dem dieser Leutnant Timoschenko so gut Englisch spricht: Die *Pogodin* ist auf einer Überwachungsmission. Es handelt sich um ein gottverdammtes Spionageschiff.«

»Höchstwahrscheinlich«, stimmte Claude zu, »aber das ist wohl kaum eine umwerfende Enthüllung, George. Es gefällt uns vielleicht nicht, aber wir alle wissen doch, wie es auf der Welt aussieht.«

»Natürlich ist es ein Spionageschiff«, sagte Fischer. »Wäre es ein mit Atomraketen bestücktes Kampf-U-Boot, hätten sie uns nicht einmal wissen lassen, daß sie in der Nähe sind. Bei so einem Schiff hätten sie nicht gegen ihre Sicherheitsvorschriften verstoßen. Wir können sogar von *Glück* sprechen, daß es ein Spionageschiff ist und sie bereit sind, es auffliegen zu lassen.«

Lin war eindeutig verwirrt von ihrem Mangel an Empörung, aber dazu entschlossen, sie dazu zu bringen, die Situation mit derselben Beunruhigung zu sehen, die er offensichtlich empfand. »Hört mir zu, denkt mal darüber nach: Es ist nicht *nur* ein Spionageschiff.« Seine Stimme wurde bei den letzten Worten lauter. Die Hände hingen an seinen Seiten hinab, und er öffnete und schloß sie ständig, fast krampfhaft. »Um Gottes willen, es ist mit motorisierten Schlauchbooten ausgestattet, und mit der nötigen

Ausrüstung, um eine große Hosenboje an Land zu bringen. Das heißt, daß sie in anderen Ländern Spione an Land gebracht haben, Saboteure und vielleicht sogar Attentäter, und wahrscheinlich haben sie sie auch in unseren Ländern abgesetzt.«

»Attentäter und Saboteure ist vielleicht etwas weit hergeholt«, sagte Fischer.

»Ganz und gar nicht!« erwiderte Lin scharf. Sein Gesicht war gerötet, und seine Beunruhigung wurde ständig deutlicher, als wäre die größte Bedrohung nicht die tödliche Kälte oder die sechzig im Eis begrabenen Zeitbomben, sondern die Russen, die sie retten wollten. »Attentäter und Saboteure. Da bin ich mir ganz sicher. Diese kommunistischen Arschlöcher ...«

»Sie sind keine Kommunisten mehr«, stellte Roger fest.

»Ihre neue Regierung ist von den alten Verbrechern durchsetzt, von denselben alten Verbrechern, und im richtigen Augenblick werden sie wieder zurückkommen. Darauf könnt ihr euch verlassen. Und sie sind Barbaren, sie sind zu allem fähig. *Zu allem!*«

Pete Johnson sah Harry an und verdrehte die Augen. »Hör zu, George, ich bin überzeugt, die USA verfahren genauso. Das ist eine Tatsache des Lebens, gehört zu den üblichen internationalen Beziehungen. Die Russen sind nicht die einzigen, die ihre Nachbarn ausspionieren.«

Lin zitterte unbeherrscht. »Es ist mehr als nur Spionage. Auf jeden Fall ist das kein Grund für uns, die *Ilja Pogodin* zu legitimieren!« Er schlug die linke Faust in die offene rechte Handfläche.

Brian zuckte angesichts dieser Geste zusammen und warf Harry einen Blick zu.

Harry fragte sich, ob dieselbe Hand – und derselbe Zorn – sich auf dem Eis gegen Brian gewandt hatten.

Rita legte sanft eine Hand auf Lins Schulter. »George, beruhige dich. Was meinst du mit ›legitimieren‹? Das ist doch völliger Blödsinn.«

Lin fuhr zu ihr herum, als hätte sie ihn bedroht. »Begreift ihr denn nicht, warum diese Russen uns retten wollen?« sagte er. »Es interessiert sie in Wirklichkeit gar nicht, ob wir leben oder sterben. Wir bedeuten ihnen nichts. *Gar nichts.* Sie handeln nicht aufgrund von humanitären Erwägungen. Sie interessiert lediglich der Propagandawert, den diese Situation ihnen bietet. Sie wollen uns benutzen. Wir sind bestenfalls Schachfiguren für sie. Sie wollen uns benutzen, um in der Weltpresse eine pro-russische Stimmung zu erzeugen.«

»Das ist zweifellos wahr«, sagte Harry.

Lin drehte sich wieder zu ihm um; anscheinend hoffte er, einen Verbündeten gefunden zu haben. »Natürlich stimmt es.«

»Zumindest zum Teil.«

»Nein, Harry. Nicht nur zum Teil. Das ist der einzige Grund. *Der einzige!* Und wir können ihnen das nicht durchgehen lassen!«

»Wir sind nicht in der Lage, ihr Angebot zurückzuweisen«, sagte Harry.

»Wenn wir nicht hierbleiben und sterben wollen«, sagte Roger Breskin. Seine tiefe Stimme war zwar ausdruckslos, ließ die einfache Aussage aber wie eine düstere Prophezeiung klingen.

Petes Geduld mit Lin war erschöpft. »Willst du das, George? Hast du jetzt völlig den Verstand verloren? Willst du, daß wir hierbleiben und sterben?«

Lin war völlig durcheinander. Er schüttelte den Kopf: nein. »Aber ihr müßt doch einsehen ...«

»Nein.«

»Versteht ihr denn nicht ...«

»Was?«

»Was sie sind, was sie wollen?« sagte der Chinese mit solcher Not, daß er Harry schon wieder leid tat. »Sie sind ... sie sind ...«

Pete gab nicht nach. »Willst du hierbleiben und sterben? Das ist die einzige Frage, auf die es unter dem Strich ankommt. Willst du sterben?«

Lin zappelte hin und her, suchte auf ihren Gesichtern nach einem Anzeichen von Unterstützung und schaute dann zu Boden. »Nein. Natürlich nicht. Niemand will sterben. Ich will nur ... nur ... Es tut mir leid. Entschuldigt mich.« Er ging zum anderen Ende der Höhle und schritt dort auf und ab, wie er es zuvor getan hatte, als es ihm peinlich gewesen war, wie er Brian behandelt hatte.

Harry beugte sich zu Rita hinüber. »Warum gehst du nicht zu ihm und sprichst mit ihm?« flüsterte er.

»Klar«, sagte sie mit einem breiten, theatralischen Lächeln. »Wir können ja die internationale kommunistische Verschwörung erörtern.«

»Ha, ha.«

»Er ist ein so angenehmer Gesprächspartner.«

»Du weißt, worum ich dich bitten will«, murmelte Harry. »Richte ihn wieder auf.«

»Ich bezweifle, daß ich dafür stark genug bin.«

»Wenn du es nicht schaffst, schafft es keiner. Na los, erzähle ihm von deiner eigenen Furcht, und wie du dich ihr immer wieder stellst. Keiner von ihnen weiß, wie schwierig es für dich ist, hier zu sein, was für eine Herausforderung es für dich tagtäglich ist. Wenn George das erfährt, bringt er vielleicht den Mut auf, sich dem zu stellen, was er fürchtet.«

»Falls er Brian niedergeschlagen hat, ist es mir völlig egal, was er fürchtet.«

»Wir wissen nicht, ob es George war.«

»Er ist ein besserer Kandidat als das Ungeheuer von Loch Ness.«

»Bitte, Rita.«

Sie seufzte, gab nach und ging zur Rückwand der Höhle, um mit George Lin zu sprechen.

Harry begab sich zu den anderen am Eingang.

Roger Breskin hatte seine Uhr aus einer Tasche seines Parkas geholt. Fünf nach neun.«

»Keine drei Stunden mehr«, sagte Claude.

»Können sie es in drei Stunden schaffen?« fragte Brian sich. »Können sie in knapp drei Stunden zu uns gelangen und uns vom Eis holen?«

»Wenn sie es nicht können«, sagte Harry und versuchte, dem Augenblick etwas von seiner Anspannung zu nehmen, »werde ich echt stinksauer sein.«

21:10

Emil Schukow kam mit einer Thermoskanne voll heißem Tee und drei Aluminiumbechern auf die Brücke. »Haben sie die Kanone zusammengebaut?«

»Noch ein paar Minuten«, sagte Gorow. Er hielt einen der Becher, während der Erste Offizier den Tee einschenkte.

Plötzlich roch die Nacht nach Kräutern, Zitrone und Honig, und Nikita Gorow lief das Wasser im Mund zusammen. Dann erfaßte der Wind den wohlriechenden Dampf, der von dem Becher aufstieg, kristallisierte ihn und trug ihn von ihm fort. Gorow nippte an dem Gebräu und lächelte. Der Tee kühlte bereits ab, doch es war ihm noch genügend Wärme geblieben, um dem Frösteln ein Ende zu bereiten, das sein Rückgrat hinauflief.

Unter der Brücke, auf dem vorderen Teil des Hauptdecks, setzten drei Besatzungsmitglieder, vom Licht von vier Scheinwerfern umrahmt, die Kanone zusammen, mit der sie das Tau zum Eisberg schießen wollten. Alle drei trugen schwarze, isolierte Schutzanzüge mit Wärmeplatten an den Hüften, und ihre Gesichter wurden von Gummikapuzen und großen Tauchermasken bedeckt. Jeder wurde von einem Stahlseil gehalten, das an der vorderen Ausstiegsluke befestigt war. Die Seile waren lang genug, um ihnen volle Bewegungsfreiheit zu lassen, aber nicht so lang, daß sie über Bord gehen konnten.

Obwohl die Kanone keine Waffe war, sah sie so gefährlich aus, daß ein nicht unterrichteter Beobachter wahrscheinlich geglaubt hätte, man könne damit Atomraketen abschießen. Sie war fast so groß wie die Männer, die sie zusammensetzten, wog dreihundertfünfzig Pfund und bestand aus lediglich drei Hauptkomponenten, die bereits zusammengebaut worden waren. Das rechteckige Fundament enthielt den Motor, der den Flaschenzug der Hosenboje bediente, und war an vier kleinen, ins Deck eingelassenen Stahlringen befestigt. Diese Ringe waren schon Bestandteil des Schiffes, seit die *Pogodin* damit begonnen hatte, Spezialagenten in fremden Ländern an Land zu bringen. Der blockähnliche, mittlere Bestandteil der Kanone saß auf einem Drehring auf dem Sockel und enthielt den Zündmechanismus, die Handgriffe des Kanoniers und eine große Tautrommel. Das letzte Bestandteil war ein ein Meter und zwanzig langer Lauf mit einem Kaliber von zwölf Zentimetern, den die drei Männer gerade in den Sockel eingesetzt hatten. Auf dem Fuß des Laufs war ein Allwetter-Zielfernrohr montiert. Das Gerät schien imstande zu sein, ein Loch durch einen Panzer zu schießen; auf einem Schlachtfeld wäre es jedoch so unwirksam wie die Wasserpistole eines Kindes gewesen.

Mitunter war das Deck fast trocken, doch das war nicht der

Normalzustand, und er hielt auch jeweils nur kurz an. Jedesmal, wenn der Bug eintauchte und eine Welle gegen die Hülle schlug, wurde das vordere Ende des Schiffs überspült. Von Eisbrocken und baumwollfaserähnlichen Kragen aus gefrorenem Schaum erhellt, strömte das kalte, dunkle Meer auf das Deck, schwappte zwischen den Beinen der Besatzungsmitglieder, schlug gegen ihre Schenkel und wogte bis zu ihren Hüften empor, bevor es wieder abfloß. Hätte die *Ilja Pogodin* sich auf der im Wind liegenden Seite des Eisbergs befunden, so hätten die turmhohen Wellen des Sturms die Männer überwältigt und gnadenlos hin und her geworfen. Doch auf der abgeschirmten Leeseite konnten sie, solange sie jedes Absinken des Bugs vorausberechneten und sich darauf vorbereiteten, auf den Beinen bleiben und ihre Aufgabe erfüllen, während die See sie umtoste; und in den Augenblicken, in denen das Deck frei von Wasser war, arbeiteten sie mit Höchstgeschwindigkeit und holten die zuvor verlorene Zeit wieder auf.

Der größte der drei Matrosen trat von der Kanone zurück, schaute zur Brücke hoch und bedeutete dem Kapitän, daß sie anfangen konnten.

Gorow trank den letzten Schluck Tee und gab Schukow den Becher zurück. »Versetzen Sie den Kontrollraum in Alarmbereitschaft.«

Falls sein riskanter Plan, die Hosenbojen zu benutzen, irgendeine Aussicht auf Erfolg haben sollte, mußte das U-Boot seine Geschwindigkeit der des Eisbergs genau anpassen. Wenn das Schiff schneller als das Eis fuhr oder das Eis sich auch nur einen Bruchteil eines Knotens schneller bewegte als das Schiff, würde das Führungstau sich spannen und schneller reißen, als sie neue Lose ausrollen konnten.

Gorow schaute auf seine Uhr. Viertel nach neun. Die Minuten vergingen zu schnell.

Einer der Männer auf dem vorderen Deck schraubte die Mündung der Kanone auf, die mit einem Deckel bedeckt gewesen war, damit keine Feuchtigkeit hinein geriet. Ein anderer Mann schob eine Geschoßhülse in den Verschlußblock am Unterteil.

Das Projektil, das das Tau befördern würde, war von schlichtem Entwurf. Es sah im Prinzip aus wie eine Feuerwerksrakete: einen halben Meter lang, knapp fünfzehn Zentimeter Durchmesser. Es würde das Tau aus Nylon und Draht hinter sich herziehen, gegen die Klippe prallen, beim Aufschlag explodieren und einen zehn Zentimeter großen Bolzen in das Eis treiben.

Dieser Bolzen, an dem das Tau befestigt war, konnte fünfundzwanzig bis dreißig Zentimeter tief in eine massive Felsoberfläche eindringen, verschmolz dabei praktisch mit dem natürlichen Material, das ihn umgab, und fuhr Widerhaken aus, die ein Herausrutschen verhinderten. Sobald der Bolzen mit dem Granit oder Kalkstein – oder sogar mit Schiefer, falls die Felsschichten dicht genug waren – verschweißt war, bildete er einen sicheren Anker. Sobald auch das andere Ende sicher befestigt war, konnte man über das Tau an Land klettern, notfalls, indem man eine Hand hinter die andere setzte. Je nachdem, wie steil der Winkel war, in dem das Tau gespannt war, konnte man sogar übersetzen, indem man eine einfache Schlinge, die an zwei kleinen, teflonbeschichteten Stahlrädern mit tiefen Hohlrundungen hing, in denen das Tau lief, und eine vertikale Handkurbel benutzte. So oder so konnte der Betreffende den schweren Flaschenzug und ein stärkeres Tau mitnehmen, um damit eine noch zuverlässigere Verbindung zum anderen Ende zu schaffen.

Leider, dachte Gorow, hatten sie es nicht mit Granit, Kalkstein oder hartem Schiefer zu tun. Ein unbekanntes Element war hinzugekommen. Der Anker würde vielleicht nicht in das Eis eindringen oder richtig mit ihm verschmelzen, wie er es bei den meisten Gesteinsarten tat.

Einer der Matrosen hielt die Griffe fest; in einem davon befand sich der Abzug. Mit Hilfe der beiden anderen ermittelte er die Entfernung und die Windstärke. Das Ziel lag zehn Meter über der Wasseroberfläche. Semichastny hatte es mit einem Scheinwerfer markiert. Um den Wind auszugleichen, richtete der Matrose die Kanone auf eine Stelle links vom Ziel.

Schukow schoß zwei Leuchtraketen ab.

Gorow hob das Nachtfernglas. Er konzentrierte sich auf den Lichtkreis auf der Klippe.

Ein dumpfer Knall war über dem Wind zu hören.

Noch bevor das Schußgeräusch verhallte, explodierte die Rakete fünfzig Meter entfernt am Eisberg.

»Direkter Treffer!« sagte Schukow.

Mit kanonenähnlichen Donnerschlägen riß die Klippe. Spalten dehnten sich zickzackförmig in alle Richtungen vom Einschlagpunkt der Rakete aus. Das Eis verschob sich, kräuselte sich zuerst wie Gallerte und zerbrach dann völlig wie eine Fensterscheibe. Eine riesige Eiswand – zweihundert Meter lang, zwanzig oder fünfundzwanzig Meter hoch und mehrere Meter dick – glitt von der Seite des Eisbergs hinab, schlug mit einem ungeheuren Knall ins Meer und ließ fast zwanzig Meter hohe, dunkle Wasserfontänen aufspritzen.

Das Tau fiel vom Eis hinab.

Wie ein großes, amorphes, urzeithaftes Tier wogte eine sechs Meter hohe Flutwelle aus verdrängtem Wasser über die fünfzig Meter offenen Meeres auf die Backbordseite des U-Bootes zu. Für Ausweichmanöver blieb ihnen keine Zeit. Einer der drei Matrosen auf Deck schrie auf, als der kleine Tsunami mit so viel Kraft auf das Hauptdeck krachte, daß er die *Pogodin* nach Steuerbord warf. Alle drei Matrosen wie auch die Kanone verschwanden unter den schwarzen Fluten. Kaltes Salzwasser peitschte gegen die Finne, und durchnässende Geysire schossen in die Nachtluft hoch, schienen einen Augenblick lang der Schwerkraft zu trotzen und brachen dann auf der Brücke zusammen. Trugen die Flut weiter, und Hunderte von Eisbruchstücken, einige so groß wie eine Männerfaust, regneten auf den Stahl hinab und schlugen auf Gorow, Schukow und Semichastny ein.

Das Wasser strömte durch das Brückenspeigatt, und das Schiff wälzte sich wieder auf die Backbordseite. Eine zweite Verdrängungswelle traf sie mit nur einem kleinen Bruchteil der Macht der ersten.

Auf dem Hauptdeck waren die drei Matrosen von den Füßen gerissen worden. Wären sie nicht angeleint gewesen, wären sie über Bord gegangen und wahrscheinlich ertrunken.

Als die Seemänner sich wieder aufrappelten, richtete Gorow den Feldstecher wieder auf den Eisberg.

»Die Klippe ist noch immer zu verdammt steil.«

Der gewaltige Eisrutsch hatte nur wenig an der vertikalen Topographie der Leeseite des Eisbergs geändert. Eine sechzig Meter hohe Einrückung kennzeichnete den Ort des Einbruchs, doch selbst das neue Merkmal war eine schiere Ebene von unheimlicher Glätte und ohne jede Vorsprünge oder breite Risse, die man zum Besteigen nutzen könnte. Die Klippe fiel senkrecht ins Wasser ab, genau, wie es der Fall gewesen war, bevor die

Rakete abgeschossen worden war; es gab noch immer keinen Vorsprung oder eine Schutz bietende Nische, in der ein motorisiertes Beiboot hätte anlegen können.

Gorow senkte das Nachtsichtglas. Er wandte sich den drei Männern auf dem vorderen Hauptdeck zu und befahl ihnen, die Kanone wieder auseinanderzunehmen und nach unten zu gehen.

»Wir könnten näher heranfahren und zwei Männer mit einem Schlauchboot hinüberschicken«, sagte Schukow entmutigt. »Sie könnten ihre Geschwindigkeit der des Berges anpassen, ganz nah heranfahren, sich irgendwie verankern und dann einfach mitschleppen lassen. Dann könnte das Schlauchboot als Plattform für die Männer dienen, die den Eisberg hinaufklettern …«

»Nein. Zu unruhig«, sagte Gorow.

»Oder sie könnten Dynamit mitnehmen und eine Landebucht und eine Operationsplattform aus dem Eis sprengen.«

Gorow schüttelte den Kopf. »Nein. Das wäre ein äußerst riskantes Vorgehen. Als würde man neben einem dahinrasenden Schnellzug Fahrrad fahren und versuchen, sich an einem Waggon festzuhalten. Das Eis bewegt sich natürlich nicht so schnell wie ein Zug. Aber die rauhe See und der Wind sind weitere Probleme. Nein, ich schicke niemanden auf eine Selbstmordmission. Der Landungsvorsprung muß bereits vorhanden sein, wenn die Schlauchboote den Eisberg erreichen.«

»Und was nun?«

Gorow wischte seine Brille mit der Rückseite eines eisverkrusteten Handschuhs ab und betrachtete die Klippe dann durch das Fernglas. »Sagen Sie Timoschenko, er soll einen Funkspruch an die Edgeway-Gruppe abschicken«, befahl er schließlich.

»Jawohl, Herr Kapitän. Und was soll er ihnen sagen?«

»Sie sollen herausfinden, wo ihre Höhle liegt. Wenn sie sich auf der Leeseite befindet … na ja, es könnte sich um eine überflüssige Vorsichtsmaßnahme handeln, aber *falls* sie sich auf der Leeseite befindet, sollten sie sie sofort verlassen.«

»Verlassen?« sagte Schukow.

»Ich will versuchen, eine Landeplattform zu schaffen, indem ich den Fuß der Klippe mit einem Torpedo beschießen lasse.«

»Ihr geht schon voraus«, beharrte Harry. »Ich muß Gunvald wissen lassen, was hier geschieht. Sobald ich mit ihm gesprochen habe, bringe ich das Funkgerät mit.«

»Aber Larsson hört doch bestimmt alle Gespräche ab, die du mit den Russen führst«, sagte Franz.

Harry nickte. »Wahrscheinlich. Aber falls nicht, muß ich ihn über die Entwicklung informieren.«

»Dir bleiben nur ein paar Minuten«, sagte Rita besorgt.« Sie griff nach seiner Hand, als wolle sie ihn mit sich aus der Höhle zerren, ob er nun wollte oder nicht. Doch dann schien sie zu spüren, daß er einen anderen und besseren Grund hatte, Gunvald anzufunken, einen Grund, den er vor den anderen geheimhalten wollte. Ihre Blicke trafen sich, und sie verstanden sich wortlos. »Ein paar Minuten«, sagte sie. »Vergiß das nicht. Fang ja nicht an, mit ihm über alte Freundinnen zu plaudern.«

Harry lächelte. »Ich hatte nie welche.«

»Dann eben über junge. Alles klar?«

»Harry«, sagte Claude, »ich halte es wirklich für töricht, hier ...«

»Mach dir keine Sorgen. Ich verspreche dir, ich bin lange weg, bevor er diesen Torpedo abschießt. Und jetzt verschwindet endlich. Geht, geht.«

Die Eishöhle lag weder an der Leeseite des Bergs noch auf der Mitte seiner Länge, wo dem russischen Funker zufolge der Torpedo einschlagen würde. Dennoch hatten sie einstimmig beschlossen, sich in die Schneemobile zurückzuziehen. Die Erschütterung, die der Torpedo auslösen mußte, würde den Eisberg von einem Ende zum anderen durchlaufen. Und die zahlreichen ineinander verschränkten Eisplatten, die die gekrümmte Decke bildeten, würden unter den Schwingungen vielleicht nachgeben.

Als Harry allein war, kniete er vor dem Gerät nieder und funkte Larsson an.

»Ich höre dich, Harry.« Gunvalds Stimme war verzerrt und schwach und wurde von Rauschen überlagert.

»Hast du meine Gespräche mit den Russen mitgehört?« fragte Harry.

»Was ich mitbekommen konnte. Dieser Sturm erzeugt allmählich verdammt starke Interferenzen, und ihr treibt von Minute zu Minute weiter von mir weg.«

»Zumindest hast du einen allgemeinen Überblick von unserer Lage«, sagte Harry. »Ich habe keine Zeit, darüber zu sprechen. Ich habe mich bei dir gemeldet, um dich zu bitten, mir einen wichtigen Gefallen zu tun. Auch wenn er dir moralisch abstoßend vorkommen wird.«

So zusammenhängend, wie es ihm möglich war, berichtete Harry dem Schweden von dem Mordversuch an Brian Dougherty und erklärte dann schnell, worum er Gunvald bitten wollte. Obwohl Larsson über den Anschlag auf Brian schockiert war, sah er ein, daß die Zeit drängte, und verschwendete keine wertvollen Minuten mit Rückfragen. »Was du von mir verlangst, ist nicht besonders angenehm«, stimmte er zu. »Aber unter diesen Umständen ist es ...«

Rauschen übertönte den Rest des Satzes.

Harry fluchte, warf einen Blick zum Höhleneingang und hob das Mikrofon wieder hoch. »Wiederhole das lieber«, sagte er. »Ich habe dich nicht verstanden.«

Durch Knistern und statisches Rauschen: »sagte ... unter diesen Umständen ... nötig zu sein.«

»Du machst es also?«

»Ja. Sofort.«

»Wie lange wirst du brauchen?«

»Wenn ich gründlich vorgehe ...« Gunvalds Stimme wurde unverständlich. Dann: »... wenn ich damit rechnen muß, daß ich das, was ich suche, versteckt ist ... eine halbe Stunde.«

»Gut. Das reicht. Aber beeil dich.«

Als Harry das Mikrofon auf das Gerät legte, kam Pete Johnson in die Höhle. »Mann, willst du unbedingt Selbstmord begehen? Vielleicht habe ich mich in dir geirrt, und du bist doch kein geborener Held. Vielleicht bist du ein geborener Masochist. Verschwinden wir von hier, bevor das Dach einstürzt!«

Harry stöpselte das Mikrofon aus und gab es Pete. »Das würde mich kalt lassen. Schließlich komme ich aus Boston. Schon vergessen? Soll das Dach ruhig einstürzen. Was kümmert's mich?«

»Vielleicht bist du auch kein Masochist. Vielleicht bist du schlicht und einfach nur verrückt.«

Er hob das Funkgerät an den dicken, sich überkreuzenden Lederriemen hoch, die am Gehäuse befestigt waren. »Nur Verrückte und Engländer gehen in die Mitternachtssonne hinaus«, sagte er.

Er erwähnte nicht, worum er Gunvald gebeten hatte, denn er hatte sich entschlossen, sich Petes Rat zu Herzen zu nehmen. Er würde keinem mehr vertrauen. Nur sich selbst. Und Rita. Und Brian Dougherty.

Als Harry aus der Höhle in die wild heulende Nacht trat, stellte er fest, daß der Schneefall endgültig einem Eissturm gewichen war. Die winzigen Nadeln waren härter als bloßer Graupel und schimmerten scharf im Licht der Scheinwerfer. Sie fielen wie Wolken aus Diamantenstaub fast horizontal zu Boden und zischten schleifend auf jeder Oberfläche, die sie berührten. Sie brannten auf den unbedeckten Teilen von Harrys Gesicht und überzogen seinen Sturmanzug augenblicklich mit einem undurchsichtigen Panzer.

Der Vorratsschuppen der Station Edgeway bestand aus zwei zusammengefügten Wellblechschuppen, in denen die Expeditionsmitglieder Werkzeuge, Ersatzteile, alle Geräte, die nicht in ständigem Gebrauch waren, Lebensmittel und den anderen Proviant verstaut hatten. Als Gunvald die Tür hinter sich geschlossen hatte, zog er seine schwere Jacke aus und hängte sie auf ein Holzgestell neben einem der elektrischen Heizkörper. Die Jacke war mit Eis überzogen, und als er endlich seine äußeren Stiefel ausgezogen hatte, floß bereits Wasser von ihr hinab.

Obwohl der Weg vom Kommunikations-Schuppen zum Vorratslager nur kurz war, war er so durchgefroren, als wäre er durch hohe Schneeverwehungen und Wolken von windgepeitschten Eisnadeln gestapft. Nun schwelgte er in der gesegneten Wärme.

Als er in seinen Filzstiefeln zur Rückseite der langen Hütte ging, gab er kein Geräusch von sich. Er wurde die unangenehme Vorstellung nicht los, daß er ein Dieb sei, der ein fremdes Haus durchstöberte.

Die hintere Hälfte des Vorratsschuppens lag in samtener Dunkelheit. Das einzige Licht stammte von der schwachen Glühbirne an der Tür, durch die er hereingekommen war. Einen Augenblick lang hatte er das unheimliche Gefühl, daß in den Schatten jemand auf ihn wartete.

Er war natürlich allein. Sein Unbehagen beruhte auf seinem Schuldgefühl. Ihm gefiel nicht, was er hier tun mußte, und er kam sich vor, als hätte er es verdient, auf frischer Tat ertappt zu werden. Er griff nach oben in die Dunkelheit, fand die altmodische Lichtschnur und zog daran. Eine unverkleidete Hundert-Watt-Birne flammte auf und warf ein kaltes, weißes Licht. Als er die Schnur losließ, schwang die Birne hin und her, und der Schuppen wurde mit springenden Schatten ausgefüllt.

An der Rückwand standen neun Metallschränke. Sie sahen wie schmale, aufrecht stehende Särge aus. Auf den grauen Türen der Schränke waren mit der Matrize Namen geschrieben, weiße Buchstaben über jeweils drei schmalen Luftschlitzen: H. CARPENTER, R. CARPENTER, JOHNSON, JOBERT und so weiter.

Gunvald ging zum Werkzeugschrank und holte einen schweren Hammer und ein eisernes Brecheisen heraus. Er würde fünf dieser Schließfächer gewaltsam öffnen müssen. Er hatte vor, einen Schrank nach dem anderen aufzubrechen, so schnell wie möglich, bevor ihm doch noch Zweifel kamen.

Bei vorhergehenden Expeditionen auf die Eisdecke hatte man herausgefunden, daß jeder Teilnehmer ein privates Fach benötigte, das nur ihm zur Verfügung stand, ganz gleich, wie klein es sein mochte, auch wenn es nur ein paar Quadratzentimeter groß war. Wichtig war lediglich, daß er dieses Fach als das seine betrachten konnte, in dem er persönliche Besitztümer verstauen und das niemand unbefugt öffnen konnte. In der Enge einer arktischen Forschungsstation, besonders bei einer, die in einer Ära der Geldknappheit lediglich mit einem Minimum an Finanzierung auskommen mußte, und besonders bei sehr langen Aufenthalten, konnte die natürliche Sehnsucht eines Durchschnittsmenschen nach Zurückgezogenheit sehr schnell zu einem heftigen Verlangen danach werden, zu einer alles beherrschenden Besessenheit.

In der Station Edgeway gab es keine Privatquartiere, keine Schlafzimmer, in denen man sich allein aufhalten konnte. In den meisten Hütten waren jeweils zwei Personen untergebracht, und dazu noch diverse Ausrüstungsgegenstände. Und das gewaltige, leere Land hinter dem Lager bot niemandem Zuflucht, der eventuell Einsamkeit suchte. Wenn man sein Leben liebte, ging man einfach nicht allein hinaus, niemals.

Oft bestand die einzige Möglichkeit, tatsächlich mal ein paar Minuten lang garantiert allein zu sein, darin, eine der beiden beheizten Toilettenkabinen aufzusuchen, die an den Vorratsschuppen angebaut waren. Aber es war nicht besonders praktisch, persönliche Besitztümer auf der Toilette unterzubringen.

Schließlich hatte jeder zumindest ein paar persönliche Gegenstände, die er den anderen nicht zeigen wollte: Liebesbriefe, Fotos, Andenken, ein Tagebuch, was auch immer. Wahrscheinlich war nichts Schändliches in den Schließfächern versteckt, nichts, was Gunvald schockieren oder den Besitzer in Verlegenheit bringen würde; Wissenschaftler wie sie, die vielleicht übermäßig vernünftig und ihrer Arbeit leidenschaftlich zugetan waren, gehörten zur milden Sorte und verbargen meistens keine schrecklichen, dunklen Geheimnisse. Der Sinn der Schließfächer bestand lediglich darin, einen absolut persönlichen Freiraum zu schaffen und damit in einer klaustrophobischen Umgebung und einer Gemeinschaft, in der man nur allzuleicht eine Gruppenidentität annehmen konnte, was zu psychologischen Störungen und Depressionen führen konnte, die nötige Individualität zu bewahren.

Die persönlichen Besitztümer einfach unter sein Bett zu stopfen war eine unbefriedigende Lösung, auch wenn alle übereingekommen waren, daß der Raum unter einer Matratze heilig war. Das sollte nicht heißen, daß die Expeditionsmitglieder einander automatisch mißtrauten. Vertrauen hatte nichts damit zu tun. Das Verlangen nach einem sicheren privaten Raum war aber ein starkes und vielleicht sogar irrationales psychologisches Bedürfnis, und nur diese abschließbaren Metallschränke konnten es befriedigen.

Gunvald benutzte den Hammer, um ein Kombinationsschloß nach dem anderen aus fünf der Schränke zu schlagen. Die zerbrochenen Einzelteile schepperten über den Boden und prallten von den Wänden ab, und in dem Vorratsschuppen klang es plötzlich wie in einer Gießerei.

Gehörte tatsächlich ein psychopathischer Mörder der Edgeway-Expedition an, war eins der vermeintlichen wissenschaftlichen Lämmer ein Wolf im Schafspelz, und falls es Beweise gab, mit deren Hilfe dieser Mann identifiziert werden konnte, waren die Schließfächer der logische – und der einzige – Ort, wo man suchen mußte. Harry war davon überzeugt gewesen. Zögernd pflichtete Gunvald ihm bei. Es war ihm einsichtig, daß selbst ein Soziopath, der problemlos als normal durchgehen konnte, unter seinen persönlichen Besitztümern vielleicht irgendwelche Dinge aufbewahrte, die sich von denen enthüllend unterscheiden, die normale Menschen so sehr schätzten, daß sie sie mit an den Pol nahmen. Irgend etwas, das auf eine bizarre Fixierung oder Besessenheit hinwies. Vielleicht etwas Entsetzliches. Etwas Unerwartetes und so Ungewöhnliches, daß es sofort zu schreien schien: *Das gehört einer gefährlichen und gestörten Person!*

Gunvald zwängte den Haken der Brechstange in das runde Loch, in dem sich das Kombinationsschloß befunden hatte, zerrte sie mit aller Kraft zurück und riß das Schloß aus dem ersten Schrank. Das Metall quietschte und verbog sich, und die Tür sprang auf. Er hielt nicht inne, um hineinzuschauen, sondern machte schnell mit den nächsten vier Türen weiter: *Päng, päng, päng, päng!* Fertig.

Er ließ die Brechstange fallen.

Seine Hände schwitzten. Er wischte sie an der isolierten Weste und dann an den gesteppten Hosen ab.

Nachdem er sich eine halbe Minute Ruhe gegönnt hatte, um wieder zu Atem zu kommen, hob er eine Holzkiste mit tiefgefrorenen Lebensmitteln von den großen Stapeln mit Vorräten an der rechten Wand. Er stellte die Kiste vor den ersten Schrank und setzte sich darauf.

Er griff nach einer mit einem Reißverschluß versehenen Westentasche, um seine Pfeife herauszuholen, entschied sich dann aber dagegen. Er berührte den Pfeifenkopf, doch seine Finger zuckten, und er zog die Hand zurück. Die Pfeife entspannte ihn. Sie vermittelte angenehme Assoziationen. Und diese Suche war bestimmt kein vergnüglicher Höhepunkt in seinem Leben. Wenn er die Pfeife benutzte, daran paffte, während er den Inhalt der Schließfächer seiner Freunde durchsuchte, dann … nun ja, bei ihm stellte sich die Ahnung ein, daß er dann nie wieder eine gute Pfeife würde genießen können.

Also schön. Wo sollte er anfangen?

Roger Breskin.

Franz Fischer.
George Lin.
Claude Jobert.
Pete Johnson.

Das waren die fünf Verdächtigen. Soweit Gunvald es wußte, waren sie alle gute Männer, wenngleich einige freundlicher waren und man mit ihnen besser auskam als mit anderen. Sie waren klüger und ausgeglichener als der Durchschnittsmensch auf der Straße; sie mußten es sein, um erfolgreich als Wissenschaftler und Forscher in der Arktis wirken zu können, wo die Ansprüche, die der Beruf stellte, und der ungewöhnlich starke Druck schnell diejenigen eliminierte, die nicht selbstbewußt und außergewöhnlich stabil waren. Niemand war ein aussichtsreicher Kandidat für das Etikett ›psychopathischer Mörder‹, nicht einmal George Lin, der auf dieser Expedition bereits einmal abweichendes Verhalten enthüllt hatte, nachdem er während einer langen und bewundernswerten Laufbahn an zahlreichen anderen Projekten auf dem Eis mitgewirkt hatte.

Er entschloß sich, mit Roger Breskin anzufangen, weil Rogers Schrank der erste in der Reihe war. Alle Regalfächer bis auf das oberste waren leer, und darin fand sich ein Pappkarton. Gunvald zog ihn hinaus und stellte ihn zwischen seine Füße.

Wie er erwartet hatte, reiste der Kanadier nur mit leichtem Gepäck. Der Karton enthielt nur vier Gegenstände. Unter einem Glasrahmen ein Farbfoto von Rogers Mutter: eine Frau mit starkem Kinn und einnehmendem Lächeln, lockigem grauem Haar und einer schwarz umrandeten Brille. In einem Etui Kamm und Bürste aus Silber, beide angelaufen. Ein Rosenkranz. Und ein Sammelalbum mit Fotos und Zeitungsausschnitten, die sich alle mit Breskins Karriere als Amateurgewichtheber beschäftigten.

Gunvald ließ alles auf dem Boden liegen und schob die Holzkiste einen halben Meter nach links. Dann setzte er sich vor Fischers Schrank.

Das U-Boot war wieder untergetaucht, hielt eine Position dicht unter der Oberfläche, auf höchster Periskoptiefe. Es lag auf dem berechneten Kurs des Eisbergs auf der Lauer.

Auf der Plattform des Kommandoturms im Kontrollraum

stand Nikita Gorow am Periskop und hatte die Arme über die horizontalen ›Ohren‹ auf dessen Sockel gelegt. Obwohl die Spitze des Guckrohrs sich knapp drei Meter über der Wasseroberfläche befand, prallten die Sturmwellen dagegen, überspülten es und nahmen ihm gelegentlich die Sicht. Doch wenn das obere Fenster aus dem Wasser war, wurde die nächtliche See enthüllt, die von vier treibenden, ersterbenden Leuchtsignalen erhellt wurde.

Der Eisberg war bereits vor ihren Bug getrieben worden, dreihundert Meter nördlich von ihrer Position. Das leuchtende weiße Gebilde hob sich deutlich vor der schwarzen Nacht und dem Meer ab.

Schukow stand neben dem Kapitän. Er trug Kopfhörer und stand über Funk mit dem Maat im vorderen Torpedoraum in Kontakt. »Rohr eins bereit«, sagte er. Rechts neben Gorow überwachte ein junger Seemann das Sicherheitsschaltbrett mit den grünen und roten Lampen, die Auskunft über die Geräte und Luken im Torpedoraum gaben. Als Schukow den Bericht aus dem Torpedoraum wiederholte und mitteilte, daß das Verschlußschott gesichert war, bestätigte der Matrose an der Schalttafel: »Grün und überprüft.«

»Rohr geflutet.«

Von der Schalttafel: »Flutung angezeigt.«

»Mündungsschott geöffnet.«

»Rot und überprüft.«

»Rohrklappen geöffnet.«

»Rot und überprüft.«

Die *Ilja Pogodin* war in erster Linie kein Kriegsschiff, sondern ein Informationssammler. Sie war nicht mit Atomraketen versehen. Doch das Russische Marineministerium hatte den Beschluß gefaßt, daß jedes U-Boot darauf vorbereitet sein sollte, im Falle eines nichtatomaren Krieges die Schlacht ins Feindesland zu tragen. Daher war das Schiff mit zwölf elektrischen Torpedos ausgerüstet. Jeder dieser stählernen Haie wog über anderthalb Tonnen, war mit siebenhundert Pfund hochexplosivem Sprengstoff bestückt und hatte ein gewaltiges Vernichtungspotential. Die *Ilja Pogodin* war wirklich kein Kriegsschiff, doch sollte sie den Befehl dazu bekommen, hätte sie eine beträchtliche Tonnage feindlicher Schiffe versenken können.

»Rohr eins bereit«, sagte Schukow ernst, als der Offizier in dem Torpedoraum die Meldung über den Kopfhörer wiederholte.

»Rohr Nummer eins bereit«, sagte der Wachhabende.

Nikita Gorow wurde zum erstenmal klar, daß das Vorbereiten und Abschießen eines Torpedos eine rituelle Eigenschaft hatte, die einem Gottesdienst verblüffend ähnlich war. Vielleicht lag dies daran, daß sowohl Gottesverehrung als auch Krieg sich, wenn auch auf unterschiedliche Art und Weise, mit dem Tod befaßten.

Im vorletzten Augenblick der Litanei wurde es hinter ihm im Kontrollraum bis auf das leise Summen der Maschinen und das elektronische Murmeln der Computer völlig still.

Nach einem in die Länge gezogenen und fast ehrfürchtigen Schweigen sagte Nikita Gorow: »Ziel erfassen ... und ... *Feuer!*«

»Rohr eins Feuer!« sagte Schukow.

Der junge Seemann warf einen Blick auf die Schalttafel, auf der das Lämpchen der Abschußkontrolle bestätigte, daß der Torpedo abgefeuert worden war. »Rohr eins leer.«

Gorow schaute gespannt und erwartungsvoll durch das Okular des Periskops.

Der Torpedo war darauf programmiert worden, sich eine Tiefe von fünfzehn Fuß zu suchen. Er würde den Eisberg genau so tief unter der Wasseroberfläche treffen. Mit etwas Glück würde diese Seite des Gebildes nach der Explosion bessere Möglichkeiten als jetzt bieten, um mit ein paar Schlauchbooten daran anzulegen und eine Plattform für die Leute zu schaffen, die die Klippe hinaufklettern sollten.

Der Torpedo traf sein Ziel.

»Treffer!« sagte Gorow.

Der schwarze Ozean schwoll an und schoß am Fuß der Klippe hinauf, und einen Augenblick lang wurde das Wasser von einem grellen gelben Licht erhellt, als wären Seeschlangen mit strahlenden Augen an die Oberfläche gekommen.

Echos der Erschütterung hallten durch die äußere Hülle des U-Boots. Gorow spürte, daß die Deckplatten erzitterten.

Der untere Teil der weißen Klippe löste sich langsam auf. Ein hausgroßer Brocken der zerbrechlichen Palisade stürzte ins Wasser, und eine Lawine kleinerer Eisstücke folgte ihm.

Gorow zuckte zusammen. Er wußte, daß der Sprengstoff nicht stark genug war, um dem Eisberg größere Schäden zuzufügen, geschweige denn, um ihn in Stücke zu reißen. Das Ziel war so riesig, daß der Torpedo kaum mehr als einen winzigen Fetzen davon herausreißen konnte. Aber ein paar Sekunden lang bestand eine Illusion von völliger Vernichtung.

Der Maat im vorderen Torpedoraum meldete Schukow, daß das Schott des Torpedoschachts wieder geschlossen war, und der Erste Offizier gab die Meldung an die Techniker weiter.

»Grün und überprüft«, bestätigte einer von ihnen.

Schukow nahm den Kopfhörer von einem Ohr. »Wie sieht es dort draußen aus, Herr Kapitän?« fragte er.

Gorow schaute weiterhin ins Periskop. »Nicht viel besser als vorher.«

»Kein Vorsprung, auf dem wir landen können?«

»Eigentlich nicht. Aber das Eis fällt noch immer.«

Schukow schwieg und lauschte dem Maat am anderen Ende der Leitung. »Mündungsschott geschlossen.«

»Grün und überprüft.«

»Fluten Rohr Nummer eins.«

Gorow achtete nicht genau auf die Sicherheitsmeldungen; seine volle Aufmerksamkeit galt noch dem Eisberg. Etwas stimmte nicht. Das treibende Gebilde verhielt sich plötzlich seltsam. Oder war es nur seine Einbildung? Er kniff die Augen zusammen, um den Eiskoloß zwischen den hohen Wellen, die noch immer regelmäßig das obere Periskopfenster überspülten, besser sehen zu können. Das Ziel schien nicht mehr länger nach Osten zu treiben. In der Tat glaubte er zu sehen, daß sein ›Bug‹ sich allmählich nach Süden drehte. Ganz, ganz leicht nach Süden. Nein. Absurd. Das war unmöglich. Er schloß die Augen und redete sich ein, daß er sich tatsächlich etwas einbildete. Doch als er wieder hinschaute, war er noch sicherer, daß …

»Das Ziel verändert den Kurs!« sagte der Radartechniker.

»Das kann nicht sein«, sagte Schukow verwirrt. »Nicht so schnell. Es hat keine eigene Kraft.«

»Trotzdem ändert es den Kurs«, sagte Gorow.

»Nicht wegen des Torpedos. Nur ein Torpedo – nicht mal all unsere Torpedos zusammen – kann keine so grundlegende Wirkung auf einen so großen Gegenstand haben.«

»Nein. Hier ist etwas anderes am Werk«, sagte Gorow besorgt. Der Kapitän wandte sich von dem Periskop ab. Er zog ein Mikrofon aus einer Stahlfederhalterung an der Decke und sprach sowohl zur Besatzung des Kontrollraums als auch zu der des in Richtung Bug benachbarten Sonarraums. »Nehmen Sie eine komplette Tiefenlotung bis auf siebenhundert Fuß vor.«

Die Stimme, die aus dem Lautsprecher an der Decke kam, war klar und deutlich zu verstehen. »Führen volle Ortung durch, Herr Kapitän.«

Gorow schaute wieder ins Periskop.

Der Zweck der Ortung bestand darin, eine bedeutende Meeresströmung ausfindig zu machen, die stark genug war, um ein so großes Objekt wie den Eisberg zu beeinträchtigen. Mit Hilfe des Nahreichweitensonars, der Thermalsensoren, hochmoderner Lauschinstrumente und anderer Geräte waren die Techniker der *Ilja Pogodin* imstande, die Bewegungen sowohl warm- als auch kaltblütiger Formen des Meereslebens unter dem Schiff und auf all seinen Seiten nachzuvollziehen. Schulen kleiner Fische und Millionen und Abermillionen Krill, krabbenähnlicher Geschöpfe, von denen viele der größeren Fische lebten, wurden von den stärkeren Strömungen getrieben oder lebten sogar freiwillig in ihnen, besonders, wenn diese ozeanischen Autobahnen wärmer als das sie umgebende Wasser waren. Wenn beträchtliche Fisch- und Krillmassen – wie auch dicke Planktonschichten – sich in ein und dieselbe Richtung bewegten und man noch mehrere andere Faktoren mit der Bewegung in Beziehung bringen konnte, konnte man damit eine starke Strömung identifizieren, anschließend einen Strömungsmesser hinablassen und bekam damit zuverlässige Hinweise auf die Geschwindigkeit des Wassers.

Zwei Minuten nachdem Gorow die Ortung befohlen hatte, knisterte es wieder im Lautsprecher. »Starke Strömung gemessen, südliche Richtung, beginnt in einer Tiefe von dreihundertvierzig Fuß.«

Gorow wandte sich vom Periskop ab und zog wieder das Deckenmikrofon herunter. »Wie tief läuft sie unter dreihundertvierzig?«

»Kann ich nicht sagen, Herr Kapitän. Es wimmelt dort von Meeresleben. Wenn wir orten wollen, müssen wir wie durch eine

Wand sehen. Wir *haben* allerdings Messungen von bis zu sechshundertsechzig Fuß, aber das ist noch nicht die tiefste Stelle.«

»Wie schnell bewegt sie sich?«

»Schätzungsweise neun Knoten, Herr Kapitän.«

Gorow erbleichte. »Wiederholen Sie.«

»Neun Knoten.«

»Unmöglich!«

»Erbarme dich unser«, sagte Schukow.

Gorow ließ das Mikrofon los, das von der Feder wieder an die Decke gezogen wurde, und kehrte mit einem neuen Gefühl der Dringlichkeit ans Periskop zurück. Sie waren im Weg eines Molochs. Die gewaltige Insel aus Eis hatte sich langsam und schwerfällig in die neue Strömung gedreht, doch nun war die volle Kraft des schnell fließenden Wassers genau hinter ihr. Der Berg drehte sich noch immer, brachte seinen ›Bug‹ herum, doch nun lag er größtenteils seitwärts zum U-Boot und würde diese Position mehrere Minuten lang beibehalten.

»Ziel kommt näher«, sagte der Radaroffizier. »Fünfhundert Meter.« Er las die Messung ab, die seine Instrumente anzeigten.

Bevor Gorow antworten konnte, erzitterte das Schiff plötzlich, als wäre es von der Hand eines Riesen ergriffen worden. Schukow stürzte. Papiere rutschten vom Kartentisch. Es dauerte nur zwei oder drei Sekunden, aber alle wurden durchgeschüttelt.

Schukow rappelte sich wieder auf. »Verdammt, was war das?« fragte er.

»Eine Kollision.«

»Womit?«

Der Eisberg war noch fünfhundert Meter entfernt.

»Wahrscheinlich mit einer kleinen Eisscholle«, sagte Gorow und forderte von allen Stationen des U-Boots Schadensberichte an.

Er wußte, daß sie nicht mit einem großen Objekt kollidiert waren, denn dann würden sie bereits sinken. Die Hülle des U-Boots war nicht gehärtet, denn um schnell durch die unterschiedlichen Temperatur- und Druckbereiche auf- und abtauchen zu können, war ein gewisses Maß an Flexibilität nötig. Dementsprechend würde jede einzelne Tonne Eis, wenn sie sich nur schnell genug bewegte, um eine beträchtliche Aufprallenergie zu haben, die Hülle durchbrechen, als handele es sich bei der *Pogo-*

din um ein Schiff aus Pappkarton. Womit auch immer sie zusammengestoßen waren, es konnte nicht besonders groß gewesen sein, mußte aber trotzdem zumindest geringere Schäden verursacht haben.

Der Sonaroffizier rief die Position des Eisbergs: »Vierhundertfünfzig Meter, kommt schnell näher.«

Gorow steckte in der Zwickmühle. Wenn er das Schiff nicht tauchen ließ, würden sie mit dem Eisberg kollidieren. Doch wenn er tauchen ließ, bevor er wußte, welche Schäden sie sich zugezogen hatten, würden sie vielleicht nicht mehr auftauchen können. Es blieb einfach nicht genug Zeit, das große Schiff zu drehen und entweder in östliche oder westliche Richtung zu fliehen; da der Eisberg sich ihnen von der Seite näherte, erstreckte er sich sowohl auf Steuerbord als auch auf Backbord fast sechshundertfünfzig Meter. Der neun Knoten schnellen Strömung, die in einer Tiefe von dreihundertundvierzig Fuß begann, würde es nicht gelingen, den Berg in ein paar Minuten so zu drehen, daß seine schmale Seite ihnen zugewandt war, und Gorow konnte der vollen Breite auf keinen Fall entkommen, bevor der Berg sie erreicht haben würde.

Er riß die horizontale Stange des Periskops an sich und schob sie in ihre hydraulische Muffe.

»Vierhundertzwanzig Meter, kommt schnell näher«, rief der Sonaroffizier.

»Tauchen«, sagte Gorow, während ihn die ersten Schadensmeldungen erreichten. »Tauchen!«

Die Tauchhupe hallte durch das Schiff. Gleichzeitig jaulte der Kollisionsalarm.

»Wir gehen unter das Eis hinab, bevor es uns trifft«, sagte Gorow.

Schukow erbleichte. »Der Eisberg muß eine Tiefe von sechshundertfünfzig Fuß unter der verdammten Wasseroberfläche haben.«

»Ich weiß«, sagte Nikita Gorow mit rasendem Herzschlag und trockenem Mund. »Ich bin mir nicht sicher, daß wir es schaffen werden.«

Der wütende Sturm hämmerte unaufhörlich gegen die Wellblechhütten. Die Nieten in den Metallwänden ächzten. Auf den zwei kleinen, mit je drei Scheiben versehenen Fenstern scharrten Eisnadeln wie die Fingerspitzen von zehntausend Toten, die herein wollten, und große Ströme von unter den Gefrierpunkt abgekühlter Luft strömten ächzend und klagend über die Nissenhütten hinweg. Im Vorratsschuppen hatte Gunvald nichts von Interesse entdeckt, obwohl er nun bereits Franz Fischers und George Lins Schränke durchsucht hatte. Sollte einer dieser Männer mörderische Neigungen haben oder auf irgendeine andere Art und Weise nicht ganz stabil oder normal sein, wies jedenfalls nichts von seinen persönlichen Habseligkeiten darauf hin.

Gunvald nahm sich Pete Johnsons Schließfach vor.

Gorow wußte, daß Russen bei Menschen anderer Nationen oft als verdrossene und entschieden schwermütige Leute galten. Natürlich war dieses Stereotyp trotz der bestürzenden historischen Neigung, sich mit brutalen Herrschern und fehlerhaften Ideologien abzugeben, genauso unwahr wie jedes andere. Russen lachten und feierten und bumsten und betranken sich und machten sich zu Narren wie die Menschen überall sonst auch. Die meisten Studenten im Westen hatten versucht, Tolstoi und Dostojewskij zu lesen, und sich aus diesen wenigen Werken der Literatur eine Meinung über die modernen Russen gebildet. Doch wäre in diesem Augenblick ein Ausländer im Kontrollraum der *Ilja Pogodin* gewesen, hätte er genau die Russen gesehen, die das Stereotyp beschrieb: stirnrunzelnde Männer mit ernsten Gesichtern und Brauen, die von einem grundlegenden Respekt vor dem Schicksal tief hinabgezogen wurden.

Die Schadensmeldungen waren erfolgt: keine verbogenen Schotte, Wasser drang nicht in das Boot. Die Erschütterung war im vorderen Schiffsteil am schlimmsten gewesen und hatte besonders die Männer im Torpedoraum beunruhigt, zwei Decks unter der Zentrale. Obwohl die Sicherheitslampen keine unmittelbare Gefahr anzeigten, hatte das Schiff anscheinend Schaden an der äußeren Hülle genommen, unmittelbar achtern und Steuerbord vom Bug, direkt hinter den Tauchplatten, die selbst nicht beeinträchtigt worden zu sein schienen.

Wenn die äußere Hülle nur angekratzt oder nur leicht eingedrückt worden war, würde das Boot es überstehen. Doch wenn die Hülle auch nur an einer Stelle und nur geringfügig zusammengeschoben worden war – oder sich schlimmstenfalls Verzerrungen an Schweißnähten zugezogen hatte –, würden sie den Tauchvorgang nicht überleben. Die beschädigten Teile würden dem Druck, der auf das U-Boot ausgeübt wurde, nicht gleichmäßig widerstehen, was zu schweren Materialüberanstrengungen führen würde, und die *Pogodin* würde dann implodieren und direkt auf den Meeresboden sinken.

Die Stimme des jungen Tauchoffiziers war laut, zitterte aber trotz der Umstände kein bißchen. »Zweihundert Fuß, sinken weiter.«

»Das Profil des Ziels wird schmaler«, meldete der Sonaroffizier. »Der Eisberg dreht sich weiterhin in der Strömung.«

»Zweihundertundfünfzig Fuß«, sagte der Tauchoffizier.

Sie mußten auf mindestens sechshundert Fuß Tiefe gehen. Schätzungsweise einhundert Fuß Eis waren über der Wasseroberfläche sichtbar gewesen, und nur ein Siebtel der Masse eines Eisbergs befand sich über der Oberfläche. Um ganz sicher zu gehen, hätte Gorow es vorgezogen, auf siebenhundert Fuß Tiefe zu gehen, aber die Geschwindigkeit des sich nähernden Ziels reduzierte bereits ihre Aussichten, rechtzeitig auch nur sechshundert Fuß zu erreichen.

Der Sonaroffizier meldete die Entfernung: »Dreihundertundachtzig Meter, kommt schnell näher.«

»Wäre ich kein Atheist«, sagte Schukow, »würde ich jetzt anfangen zu beten.«

Niemand lachte. In diesem Augenblick war keiner von ihnen Atheist – nicht einmal Emil Schukow, obwohl er gerade das Gegenteil behauptet hatte. Obwohl alle ruhig und zuversichtlich wirkten, konnte Gorow die Angst im Kontrollraum riechen. Das war weder eine Übertreibung noch eine theatralische Einbildung. Furcht *hatte* einen ganz eigenen stechenden Geruch: die Ausdünstung ungewöhnlich scharfen Schweißes. Kalten Schweißes. Alle in der Zentrale schwitzten. Der Raum roch nach Furcht.

»Dreihundertzwanzig Fuß«, meldete der Tauchoffizier.

Sie gingen überaus schnell nach unten. Vielleicht zu schnell. Eine starke Beanspruchung der Hülle.

Obwohl jeder die Geräte überwachte, für die er verantwortlich war, blieb den Leuten Zeit genug, wiederholt zum Tauchstand zu schauen, der plötzlich zum Mittelpunkt des Raums geworden zu sein schien. Die Nadel des Tiefenmessers senkte sich schnell, viel schneller, als sie es je zuvor gesehen hatten.

Dreihundertachtzig Fuß.

Vierhundert.

Vierhundertundzwanzig.

Alle Besatzungsmitglieder wußten, daß das Schiff für plötzliche und radikale Manöver konstruiert worden war, doch dieses Wissen nahm ihnen nicht die Anspannung. Als ihr Land sich in den letzten Jahren bemüht hatte, sich aus der Verarmung zu erheben, in die Jahrzehnte des Totalitarismus es gestürzt hatten, waren das Verteidigungsbudget – abgesehen von der Entwicklung atomarer Waffen – zusammengestrichen und die Systemwartung reduziert, verzögert und in einigen Fällen ganz aufgegeben worden. Die *Pogodin* war nicht in der besten Form ihres Lebens, ein alterndes U-Boot der Flotte, das *vielleicht* noch jahrelang treue Dienste leisten – oder jeden Augenblick einer Beanspruchung ausgesetzt werden würde, unter der es zusammenbrach.

»Vierhundertundsechzig Fuß«, sagte der Tauchoffizier.

»Ziel dreihundert Meter entfernt.«

»Tiefe von vierhundertundachtzig Fuß.«

Gorow packte mit beiden Händen fest das Geländer des Kommandostands und leistete dem Ziehen des geneigten Decks Widerstand, bis seine Arme schmerzten. Seine Knöchel traten so scharf und weiß wie bloße Knochen hervor.

»Ziel auf *zwei*hundert Metern!«

»Er gewinnt an Geschwindigkeit«, sagte Schukow, »als würde er hügelabwärts preschen.«

»Fünfhundertundzwanzig Fuß.«

Sie sanken nun schneller, aber noch nicht so schnell, daß Gorow zufrieden gewesen wäre. Sie mußten mindestens um weitere einhundertundachtzig Fuß sinken, bis sie absolut sicher unter dem Eisberg waren – und vielleicht noch viel tiefer.

»Fünfhundertundvierzig Fuß.«

»In zehn Jahren bei der Marine bin ich nur zweimal so tief gewesen«, sagte Schukow.

»Da haben Sie ja etwas, das Sie in Ihrem nächsten Brief nach Hause erwähnen können«, sagte Gorow.

»Ziel auf einhundertundsechzig Meter. Kommt schnell näher!« rief der Sonaroffizier.

»Fünfhundertundsechzig Fuß«, sagte der Tauchoffizier, obwohl er längst wissen mußte, daß alle den tellergroßen Tiefenmesser beobachteten.

Da es sich bei der *Ilja Podogin* um kein sehr tief fahrendes Atom-U-Boot handelte, war eintausend Fuß die offizielle maximale Tiefe, auf die das Schiff gehen konnte. Sollte die Außenhülle bei der gerade erfolgten Kollision jedoch beschädigt worden sein, handelte es sich dabei um einen bedeutungslosen Wert, und es gab keine Garantien mehr. Der Schaden am Bug würde das Schiff vielleicht auf einer viel geringeren Tiefe implodieren lassen, als in den offiziellen Handbüchern angegeben war.

»Ziel auf einhundertundzwanzig Metern, kommt näher.«

Gorow tat seinen Teil zu dem Gestank in dem kleinen Raum hinzu. Sein Hemd war auf der Mitte des Rückens und unter den Armen schweißnaß.

Die Stimme des Tauchoffiziers war so leise geworden, daß es sich praktisch nur noch um ein Flüstern handelte, blieb jedoch klar und überall im Kontrollraum verständlich. »Sechshundert Fuß, sinken weiterhin.«

Gorow hielt sich noch immer am Geländer fest. »Wir müssen auf jeden Fall weitere achtzig oder hundert Fuß riskieren. Wir müssen ein gutes Stück unter dem Eis sein.«

Schukow nickte.

»Sechshundertzwanzig Fuß.«

Der Sonaroffizier bemühte sich, die Herrschaft über seine Stimme zu behalten. Trotzdem wurde seine nächste Meldung von einem schwachen Anflug von Elend gefärbt: »Ziel auf sechzig Meter, kommt schnell näher. Direkt vor dem Bug. Es wird uns treffen!«

»Keineswegs!« sagte Gorow scharf. »Wir werden es schaffen.«

»Tiefe auf sechshundertsiebzig Fuß.«

»Ziel auf dreißig Meter.«

»Sechshundertachtzig Fuß.«

»Zwanzig Meter.«

»Sechshundertneunzig Fuß.«

»Ziel verloren«, sagte der Sonaroffizier, und beim letzten Wort hob seine Stimme sich um eine halbe Oktave.

Sie erstarrten, warteten auf den knirschenden Aufprall, der die Hülle zerschmettern würde.

Ich war ein Narr, mein eigenes Leben und das von neunundsiebzig weiteren Menschen aufs Spiel zu setzen, nur um ein Zehntel dieser Zahl zu retten, dachte Gorow.

»Eis über uns!« rief der Techniker, der das Oberflächen-Echolot überwachte.

Sie waren unter dem Berg.

»Unser lichter Abstand?« fragte Gorow.

»Fünfzig Fuß.«

Niemand jubelte. Dafür waren sie alle noch zu verkrampft. Aber sie stießen einen bescheidenen, kollektiven Seufzer der Erleichterung aus.

»Wir sind darunter«, sagte Schukow erstaunt.

»Siebenhundert Fuß, sinken weiterhin«, sagte der Tauchoffizier besorgt.

»Negativ zur Markierung Wasser ablassen«, sagte Gorow. »Position auf siebenhundertundvierzig Fuß stabilisieren.«

»Wir haben es geschafft«, sagte Schukow.

Gorow zog an seinem gepflegten Bart und stellte fest, daß er naß vor Schweiß war. »Nein. Noch nicht ganz. Noch nicht. Kein Eisberg hat eine völlig flache Unterseite. Einzelne Vorsprünge werden unter sechshundert Fuß Tiefe hinabragen, und selbst auf unserer maximalen Tauchtiefe könnten wir mit einem dieser Zacken kollidieren. Wir sind erst sicher, wenn wir vollständig unter ihm hinweggefahren sind.«

Ein paar Minuten nachdem die Erschütterung durch den Torpedo durch das Eis gepoltert war, kehrten Harry und Pete vorsichtig aus den Schneemobilen, in denen die anderen noch Schutz suchten, in die Eishöhle zurück. Sie wagten sich nur bis zum Eingang, wo sie stehenblieben und dem heftigen Wind die Rücken zudrehten.

Sie mußten das Funkgerät, das Harry trug, in den tiefsten und stillsten Teil der Höhle bringen, um mit Leutnant Timoschenko an Bord der *Pogodin* Kontakt aufnehmen zu können und in Erfahrung zu bringen, was nun geschehen würde. Draußen war der Wind ein Tier mit tausend Stimmen, eine jede davon ohrenbetäubend laut, und selbst in den Kabinen der Schlitten bewirkte das Brüllen und Kreischen und Pfeifen der Böen, daß man seine eigene Stimme nicht mehr verstehen konnte, geschweige denn das, was jemand über das Funkgerät sagte.

Mit dem Strahl seiner Taschenlampe leuchtete Pete besorgt die durcheinandergeworfenen Deckenplatten ab.

»Scheint in Ordnung zu sein!« brüllt Harry laut, obwohl sein Mund keine drei Zentimeter vom Kopf des anderen Mannes entfernt war.

Pete sah ihn an und wußte offensichtlich nicht, was er sagen sollte.

»In Ordnung!« bellte Harry und hielt einen Daumen nach oben.

Pete nickte beipflichtend.

Doch sie zögerten, weil sie nicht wußten, ob das russische U-Boot einen weiteren Torpedo abschießen würde.

Wenn sie mit dem Funkgerät die Höhle betraten und die Russen dann erneut auf das Eis schossen, könnten die Erschütterungen die Decke diesmal einstürzen lassen. Sie würden zerschmettert oder lebendig begraben werden.

Doch der boshafte Wind in ihrem Rücken war so stark und fürchterlich kalt, daß Harry den Eindruck hatte, jemand habe ihm unter seinem Overall zahlreiche Eiswürfel auf den Rücken gekippt. Er wußte, daß sie nicht mehr lange dort stehen konnten, von Unentschlossenheit gelähmt, und trat schließlich hinein. Pete folgte ihm mit der Taschenlampe, und gemeinsam eilten sie zur Rückseite der Höhle.

Die Kakophonie des Sturms ließ drastisch nach, als sie tiefer in die Höhle vordrangen, wenngleich selbst an der hinteren Wand noch ein solcher Lärm herrschte, daß sie die Lautstärke voll aufdrehen mußten.

Das gelbe Allzweckkabel, das mit der Batterie eines der Schneemobile verbunden war, lag noch an Ort und Stelle. Harry stöpselte es ein. Er zog es vor, so lange wie möglich die Energie des Schlittens zu benutzen und die Batterien im Funkgerät für den Fall zu schonen, daß sie sie später noch brauchen würden.

»Ist dir die Windrichtung aufgefallen?« fragte Pete, als sie an dem Funkgerät hantierten.

Sie mußten noch immer lauter sprechen, um sich verständlich zu machen, aber wenigstens nicht mehr schreien. »Vor fünfzehn Minuten wehte er aus einem anderen Viertel des Kompasses«, sagte Harry.

»Der Eisberg hat erneut die Richtung geändert.«

»Was schließt du daraus?«

»Ich kann mir keinen Reim darauf machen.«

»Du bist doch der Sprengstoffexperte. Könnte der Torpedo so eine Sprengkraft gehabt haben, daß er den ganzen Berg zeitweilig von seinem Kurs gebracht hat?«

Pete schüttelte nachdrücklich den Kopf. »Auf keinen Fall«, sagte er.

»Ich glaube es eigentlich auch nicht.«

Plötzlich war Harry entsetzlich müde. Das Gefühl völliger Hilflosigkeit legte sich auf ihn. Es hatte den Anschein, als habe Mutter Natur persönlich es auf sie abgesehen. Ihre Überlebenschancen sanken von einer Minute zur anderen und würden bald gleich null sein – wenn sie das nicht schon längst waren. Trotz der Vaseline, die sein Gesicht beschichtete, und der gestrickten Schneemaske, die normalerweise so wirksam war, trotz der isolierenden Schichten aus Gore-Tex und Thermolite, trotz der Tatsache, daß sie einen Teil der Nacht über in der Höhle und einen anderen in der verhältnismäßigen Wärme der beheizten Schneemobil-Kabinen Schutz gefunden hatten, erlag er langsam der unnachgiebigen, gnadenlosen, unbeschreiblichen Kälte. Seine Gelenke schmerzten. Selbst in den Handschuhen fühlten seine Hände sich so kalt an, als habe er seit einer halben Stunde Gegenstände in einem Kühlschrank umgeräumt. Und in seine Füße schlich allmählich eine gefährliche Taubheit. Wenn das Benzin in den Tanks der Schlitten ausging und sie sich nicht mehr gelegentlich in der zehn Grad warmen Luft der Kabinen aufwärmen konnten, nahm die Gefahr von Erfrierungen im Gesicht zu, und die geringe Kraft, die ihnen noch geblieben war, würde ihnen schnell entzogen werden, bis sie zu schwach waren, um sich entweder auf den Füßen oder auch nur wach zu halten und sie den Russen nicht mehr auf halbem Wege entgegenkommen konnten.

Doch ganz gleich, wie schwer die Müdigkeit und Niedergeschlagenheit auf ihm lastete, er durfte nicht aufgeben, denn er mußte an Rita denken. Er war für sie verantwortlich, denn sie fühlte sich auf dem Eis nicht so wohl wie er; sie hatte sogar eine teuflische Angst davor. Was auch geschehen mochte, er war entschlossen, für sie da zu sein, wenn sie ihn brauchte, bis zur letzten Minute ihres Lebens. Und wegen ihr hatte er auch etwas, wofür es sich zu leben lohnte: die Aussicht auf weitere gemeinsame Jahre, mehr Gelächter und Liebe. Daran konnte er sich nun festhalten, ganz gleich, wie heftig der Sturm noch werden sollte.

»Die einzige andere Erklärung wäre«, sagte Harry, als er das Funkgerät einschaltete und die Lautstärke lauter stellte, »daß der Eisberg vielleicht von einer neuen Strömung erfaßt wurde, die viel stärker ist als die, die ihn von seinem bisherigen Kurs abgebracht hat und nach Süden treiben ließ.«

»Erleichtert oder erschwert es das den Russen, hier hinaufzusteigen und uns zu holen?«

»Es erschwert es ihnen, befürchte ich. Wenn der Eisberg nach Süden treibt und der Wind ziemlich genau aus dem Norden kommt, ist die einzige windgeschützte Seite nun der Bug. Und sie können keine Männer auf das Eis bringen, wenn er sich genau auf sie zubewegt.«

»Und es ist kurz vor zehn.«

»Genau«, sagte Harry.

»Werden wir es lebend überstehen, wenn sie uns nicht rechtzeitig runterholen können und wir bis Mitternacht hierbleiben müssen? Jetzt erzähl mir ja keinen Unsinn. Was ist deine ehrliche Meinung?«

»Ich sollte dir diese Frage stellen. Du bist der Mann, der diese Bomben entworfen hat. Du weißt besser als ich, welchen Schaden sie anrichten werden.«

Pete schaute grimmig drein. »Ich glaube … die Schockwellen werden den Großteil des Eises, auf dem wir stehen, zusammenbrechen lassen. Hundertfünfzig bis zweihundert Meter des Eisbergs werden vielleicht zusammenhalten, aber nicht die gesamte Länge von seinem Bug bis zur ersten Bombe. Und du weißt, was passieren wird, wenn nur hundertfünfzig oder zweihundert Meter übrigbleiben?«

Harry wußte es nur allzu gut. »Der Eisberg wird zweihundert Meter lang *und* zweihundertfünfzig Meter hoch sein.«

»Und auf diese Weise kann er nicht treiben.«

»Keine Minute lang. Er hat dann einen ganz anderen Schwerpunkt. Er wird umkippen und sich eine neue Lage suchen.«

Sie sahen einander an, während die offene Funkfrequenz ein Rauschen und Zischen produzierte, das mit dem Jaulen des Winds am Höhleneingang konkurrierte.

»Wäre es uns doch nur gelungen, zehn Bomben auszugraben.«

»Es ist uns aber nicht gelungen.« Harry griff nach dem Mikrofon. »Mal sehen, ob die Russen gute Nachrichten haben.«

Gunvald fand nichts Belastendes in Pete Johnsons und Claude Joberts Schränken.

Fünf Verdächtige. Keine düsteren Entdeckungen. Keine Hinweise.

Er erhob sich von der Holzkiste und ging zum anderen Ende des Raums. Diese Entfernung von den aufgebrochenen Schränken ließ ihn sich zwar nicht weniger schuldig fühlen, doch zumindest war er nun der Ansicht, daß er seine Pfeife stopfen und anzünden konnte. Schon bald füllte sich die Luft mit dem schweren Aroma des nach Kirsche riechenden Tabaks.

Er schloß die Augen, lehnte sich gegen die Wand und dachte über die zahlreichen Gegenstände nach, die er aus den Schließfächern geholt hatte. Auf den ersten Blick hatte an diesen persönlichen Besitztümern nichts ungewöhnlich gewirkt. Aber es war ja möglich, daß die Hinweise, falls es sie denn gab, nicht offensichtlich waren. Vielleicht kam er nur durch Nachdenken dahinter. Daher rief er sich alles in Erinnerung zurück, was er in den Schränken gefunden hatte, und ließ es vor seinem inneren Auge Revue passieren. Er suchte nach irgendeiner Abnormalität, die er übersehen hatte, als er den richtigen Gegenstand in den Händen gehalten hatte.

Roger Breskin.

Franz Fischer.

George Lin.

Claude Jobert.

Pete Johnson.

Nichts.

Wenn einer dieser Männer geistig unausgeglichen und ein

potentieller Mörder war, mußte er verdammt clever sein. Er hielt seinen Wahn so gut verborgen, daß man nicht einmal unter seinen persönlichsten, privatesten Besitztümern einen Hinweis darauf fand.

Frustriert klopfte Gunvald seine Pfeife in einen mit Sand gefüllten Abfalleimer aus, steckte sie dann in seine Westentasche und kehrte zu den Schränken zurück. Der Boden war mit dem kostbaren Schutt von fünf Menschenleben übersät. Als er die Gegenstände einsammelte und dorthin zurücklegte, wo er sie gefunden hatte, wich sein Schuldgefühl der Scham darüber, daß er diese Verletzung der Intimsphäre begangen hatte, obwohl die Ereignisse des Tages es erfordert hatten.

Und dann sah er den Umschlag. Fünfundzwanzig mal dreißig Zentimeter groß. Etwa drei Zentimeter dick. Ganz hinten in dem Fach, an der Rückwand.

In seiner Eile hatte er ihn übersehen, hauptsächlich, weil er von einem ähnlichen Grau war, wie das Metall es aufwies, an dem er klebte, und weil er sich im tiefsten Fach des Schrankes befand, auf Fußhöhe, ganz hinten an der Rückwand eines dreißig Zentimeter hohen Zwischenraums unter dem untersten Regalbrett. Eigentlich überraschte es ihn sogar, daß er ihn überhaupt gefunden hatte. In dem Augenblick, in dem er den Umschlag erblickte, überkam ihn die lebhafte Vorahnung, daß er die vernichtenden Beweise enthielt, nach denen er gesucht hatte.

Er war an der Schrankwand befestigt. Als er ihn losriß, sah er, daß er mit sechs Streifen Klebeband an Ort und Stelle gehalten wurde. Also war er mit voller Absicht dort versteckt worden, und in der Hoffnung, daß er auch dann übersehen wurde, falls man den Schrank gewaltsam öffnen sollte.

Die Klappe wurde lediglich von einer Metallklammer verschlossen, und Gunvald öffnete sie. Der Umschlag enthielt lediglich ein Notizbuch mit Spiralbindung, zwischen dessen Seiten sich Ausschnitte aus Zeitungen und Zeitschriften zu befinden schienen. Widerstrebend, aber ohne das geringste Zögern, öffnete Gunvald das Notizbuch und blätterte es durch. Der Inhalt erschütterte, schockierte ihn geradezu. Er hatte sich nicht vorstellen können, daß irgend etwas ihn einmal dermaßen schockieren konnte. Schreckliches Zeug. Jede einzelne Seite davon. Er wußte sofort, daß der Mann, der diese Sammlung zusammengetragen hatte, wenn nicht ein völliger Irrer, dann doch auf jeden Fall ein ernsthaft gestörter und gefährlicher Mensch sein mußte.

Er schlug das Buch zu, zerrte an der Schnur, um das Licht im hinteren Teil des Raums zu löschen, und legte schnell die Jacke und die Stiefel an. Durch Schneewehen stampfend, den Kopf eingezogen, um sein Gesicht vor dem wütenden Wind zu schützen, der mit peitschenden Eisnadeln durchsetzt war, lief er zum Telekommunikations-Schuppen zurück. Er mußte Harry unbedingt über seinen Fund in Kenntnis setzen.

»Eis über uns. Einhundert Fuß.«

Gorow verließ den Kommandostand und trat hinter den Techniker, der das Oberflächen-Echolot ablas.

»Eis über uns. Einhundertundzwanzig Fuß.«

»Wie kann es zurückweichen?« Gorow runzelte die Stirn, zögerte, dem Beweis zu glauben, den genau dieselbe Technik lieferte, der er bislang stets vertraut hatte. »Mittlerweile hat der Eisberg uns seine schmale Seite zugewandt. Wir können also nicht mal unter der Hälfte seiner Länge hinweggeglitten sein. Es hängt noch immer ein riesiger, langer Berg über uns.«

Der Techniker runzelte ebenfalls die Stirn. »Ich verstehe es auch nicht, Herr Kapitän. Aber jetzt beträgt die Höhe schon einhundertundvierzig Fuß, und sie nimmt noch immer zu.«

»Einhundertundvierzig Fuß freies Wasser zwischen uns und der Unterseite des Eisbergs?«

»Jawohl, Herr Kapitän.«

Das Oberflächen-Echolot war eine moderne Version jenes Geräts, mit dem man seit Jahrzehnten feststellte, wie tief der Meeresboden sich unter einem U-Boot befand. Es schickte in einer genau festgelegten Ausdehnung Hochfrequenz-Tonwellen hinauf, die auf der Unterseite des Eises – falls es sich tatsächlich über ihnen befand – ein Echo erzeugten, bestimmte die Distanz zwischen der Spitze der Finne und der gefrorenen Meeresdecke. Es gehörte zur Standardausrüstung eines jeden Schiffes, das eventuell einmal – bei seltenen Gelegenheiten, wenn überhaupt – unter der Eishülle fahren mußte, um seine Pflichten zu erfüllen oder einem feindlichen Schiff zu entkommen.

»Einhundertundsechzig Fuß, Herr Kapitän.«

Die Nadel des Oberflächen-Echolots zitterte auf dem Endlos-Papier hin und her, das ihr über eine Walze zugeführt wurde. Der schwarze Streifen, den sie zog, wurde ständig breiter. »Eis über uns. Einhundertundachtzig Fuß.«

Das Eis über ihnen wich weiterhin zurück.

Es ergab nicht den geringsten Sinn.

Der Lautsprecher über dem Kommandostand zischte und knisterte. Die Stimme, die aus ihm drang, klang verdrossen und metallisch, wie es bei allen Stimmen der Fall war, die man über die bordinterne Sprechanlage vernahm. Der Torpedo-Offizier machte eine Meldung, die Nikita Gorow nie zu hören gehofft hatte, ganz gleich, in welcher Tiefe, geschweige denn auf siebenhundertvierzig Fuß. »Kapitän, unser vorderes Schott sondert Feuchtigkeit ab.«

Alle Männer im Kontrollraum erstarrten. Ihre Aufmerksamkeit war auf die Meldungen über die Eishöhe und die Sonarmessungen gerichtet gewesen, da die größte Gefahr davon auszugehen schien, daß sie von einem langen Stalaktiten aus Eis gerammt werden würden, der von der Unterseite des Bergs hinabhing. Die Warnung des Torpedo-Offiziers war eine beunruhigende Erinnerung daran, daß sie vor der rasenden Tauchfahrt mit Treibeis von unbekannter Masse kollidiert waren und sich nun mehr als siebenhundert Fuß unter der Oberfläche befanden, in einer Tiefe, in der jeder Quadratzentimeter der Hülle einem brutalen Druck ausgesetzt war. Millionen und Abermillionen Tonnen Salzwasser befanden sich zwischen ihnen und der Welt des Himmels und der Sonne und der unbegrenzten Luft, die ihre wirkliche Heimat war.

Gorow zog das Deckenmikrofon hinab. »Kapitän an Torpedoraum«, sagte er. »Hinter diesem Schott liegt trockene Isolierung.«

War vor einem Augenblick noch der Tiefenmesser das Zentrum des Interesses gewesen, so traf dies jetzt auf den Lautsprecher zu. »Ja, Herr Kapitän. Aber es sondert trotzdem Flüssigkeit ab. Die Isolierung dahinter muß jetzt naß sein.«

Anscheinend hatten sie sich doch einen gefährlichen Schaden zugezogen, als sie mit dem Treibeis kollidiert waren. »Tritt viel Wasser aus?«

»Nur ein Schweißfilm, Herr Kapitän.«

»Wo haben Sie ihn gefunden?«

»An der Schweißnaht zwischen Rohr Nummer vier und Rohr Nummer fünf«, sagte der Torpedo-Offizier.

»Irgendwelche Materialverzerrungen?«

»Nein, Herr Kapitän.«

»Halten Sie die Stelle genau im Auge«, sagte Gorow.

»Ich habe für nichts anderes Augen mehr, Herr Kapitän.«

Gorow ließ das Mikrofon los, und die Feder zog es wieder unter die Decke.

Schukow war am Kommandostand. »Wir können jetzt den Kurs ändern, Herr Kapitän.«

»Nein.«

Gorow wußte, was sein Erster Offizier dachte. Sie glitten unter der Länge des Eisbergs hinweg, und die Hälfte davon – noch mindestens sechshundertfünfzig Meter – lag noch vor ihnen. Sowohl auf Backbord als auch auf Steuerbord würden sie jedoch bereits in einer Entfernung von zwei- oder dreihundert Metern offenes Wasser finden, denn die Breite des Bergs war beträchtlich geringer als seine Länge. Ein Kurswechsel erschien also vernünftig, würde aber vergebliche Mühe sein.

»Bis wir das Schiff nach Backbord oder Steuerbord gedreht haben«, sagte Gorow, »haben wir das Heck des Eisbergs erreicht und werden sowieso in offenem Wasser sein. Halten Sie den Kurs bei, Leutnant.«

»Jawohl, Herr Kapitän.«

»Ruder mittschiffs, und halten Sie es, bis die Strömung uns zur Seite zu drängen beginnt.«

»Eis über uns«, meldete der Offizier, der vor dem Oberflächen-Echolot saß. »Zweihundertfünfzig Fuß.«

Schon wieder das Geheimnis des zurückweichenden Eises.

Sie tauchten nicht auf. Und Gorow wußte verdammt genau, daß der Eisberg über ihnen sich nicht wie durch Zauberei aus dem Meer hob. Warum wurde die Distanz also ständig größer?

»Sollen wir sie nach oben bringen, Herr Kapitän?« schlug Schukow vor. »Ein wenig näher ans Eis. Wenn wir auf sechshundert Fuß gehen, sondert das Schott im Torpedoraum vielleicht kein Wasser mehr ab. Der Druck wäre beträchtlich geringer.«

»Wir bleiben auf siebenhundertundvierzig Fuß«, sagte Gorow knapp.

Er machte sich mehr Sorgen über seine schwitzende Mannschaft als über das schwitzende Schott. Es waren gute Leute, und seit sie unter ihm dienten, hatte er allen Grund, stolz auf sie zu sein. Sie hatten schon zahlreiche gefährliche Situationen überstanden und waren ohne Ausnahme ruhig und professionell geblieben. Doch bei allen bisherigen derartigen Gelegenheiten hatten sie lediglich Nervenkraft und Geschick gebraucht, um sie zu überstehen. Nun war auch noch großes Glück dazu erforderlich. Wenn die Hülle unter dem titanischen Druck zusammenbrach, dem sie derzeit ausgesetzt war, konnte sie auch keine noch so große Nervenstärke und Erfahrung retten. Sie konnten sich nun nicht mehr allein auf sich selbst verlassen, sondern mußten auch den gesichtslosen Ingenieuren vertrauen, die das Schiff entworfen, und den Werftarbeitern, die es gebaut hatten. Vielleicht wäre das nicht zuviel verlangt gewesen, hätten sie nicht genau gewußt, daß aufgrund der schlechten wirtschaftlichen Lage des Landes die Häufigkeit und Sorgfalt der Trockendock-Wartung des Schiffes reduziert worden war. Und *das* genügte, um sie ein wenig in den Wahnsinn zu treiben – und vielleicht unvorsichtig zu machen.

»Wir können nicht auftauchen«, beharrte Gorow. »Über uns ist noch das Eis. Ich weiß nicht, was hier geschieht, wie das Eis sich einfach so zurückziehen kann, aber bis ich es herausgefunden habe, werde ich vorsichtig sein.«

»Eis über uns. Zweihundertundachtzig Fuß.«

Gorow schaute erneut auf die Nadel des Oberflächen-Echolots.

»Dreihundert Fuß, Herr Kapitän.«

Abrupt hörte die Nadel zu zittern auf. Sie zog nun eine gerade, dünne schwarze Linie über die Mitte der Walze.

»Freies Wasser!« sagte der Techniker mit offensichtlichem Erstaunen. »*Kein* Eis über uns.«

»Haben wir den Berg passiert?« fragte Schukow.

»Unmöglich«, erwiderte Gorow. »Das war ein gewaltiger Brocken von mindestens dreizehnhundert Metern Länge. Erst die Hälfte davon ist über uns hinweggeglitten. Wir können auf keinen Fall …«

»Eis über uns!« rief der Offizier hinter dem Oberflächen-Echolot. »Dreihundert Fuß. Eis auf dreihundert Fuß, und es *fällt* jetzt.«

Gorow beobachtete genau die Nadel. Der Kanal des offenen

Wassers zwischen der Finne der *Pogodin* und dem Unterteil des Eisbergs wurde stetig und schnell schmaler.

Zweihundertsechzig Fuß. Zweihundertzwanzig.

Einhundertachtzig. Einhundertvierzig. Einhundert.

Achtzig. Sechzig.

Bei fünfzig Fuß hielt die Weite für ein paar Sekunden lang inne, fing dann jedoch wild zu fluktuieren an: fünfzig Fuß, einhundertundfünfzig, erneut fünfzig Fuß, dann einhundert, achtzig, fünfzig, zweihundert Fuß, auf und ab, auf und ab, mit völlig unvorhersehbaren Tiefen und Höhen. Dann wurde wieder ein lichter Abstand von fünfzig Fuß erreicht, und die Nadel zitterte endlich nicht mehr so unstet.

»Halten Höhe«, meldete der Techniker hinter dem Oberflächen- Echolot. »Fünfzig bis sechzig Fuß. Geringe Schwankungen. Halten Höhe ... halten sie noch immer ...«

»Könnte eine Fehlfunktion des Echolots vorgelegen haben?« fragte Gorow.

Der Techniker schüttelte den Kopf. »Nein, Herr Kapitän, das glaube ich nicht. Es scheint jetzt völlig in Ordnung zu sein.«

»Habe ich das also richtig verstanden? Sind wir gerade unter einem *Loch* in der Mitte des Eisbergs hinweggeglitten?«

Der Techniker hielt das Endlospapier auf der Walze unter Beobachtung, um sofort Meldung machen zu können, sollte die Höhe zur Unterseite des Eisbergs über ihnen unter die Fünfzig-Fuß- Marke fallen. »Ja. Ich glaube schon. Alle Anzeichen deuten auf ein Loch. Etwa in der Mitte.«

»Ein trichterförmiges Loch.«

»Ja, Herr Kapitän. Wir nahmen es zuerst als umgedrehte Schüssel wahr. Doch als wir uns direkt darunter befanden, verengten sich die oberen beiden Drittel des Hohlraums drastisch.«

»Und die Öffnung erstreckt sich bis zur Spitze des Eisbergs?« fragte Gorow mit wachsender Aufregung.

»Das kann ich nicht sagen, Herr Kapitän. Aber sie geht mindestens bis auf den Merresspiegel hinauf.«

Das Oberflächen-Echolot konnte über dem Meeresspiegel natürlich keine Messungen mehr vornehmen.

»Ein Loch«, sagte Gorow nachdenklich. »Wie in Gottes Namen ist es dorthin gekommen?«

Niemand hatte eine Antwort darauf.

Gorow zuckte mit den Achseln. »Vielleicht weiß es einer der Edgeway-Wissenschaftler. Sie haben das Eis ja studiert. Wichtig ist nur, daß es vorhanden ist, ganz gleich, wie es entstanden sein könnte.«

»Warum ist dieses Loch so wichtig?« fragte Schukow.

Gorow hatte den Kern einer Idee, den Keim eines ungeheuerlichen gewagten Plans zur Rettung der Edgeway-Leute. Wenn das Loch ...

»Freies Wasser«, meldete der Techniker. »Kein Eis über uns.«

Emil Schukow drückte auf ein paar Knöpfe auf der Konsole des Kommandostands. Dann schaute er zu dem Computermonitor zu seiner Rechten empor. »Das haut hin. Wenn wir die südliche Strömung und unsere Geschwindigkeit in Betracht ziehen, müßten wir den Eisberg endgültig passiert haben. Jetzt liegt er wirklich hinter uns.«

»Freies Wasser«, wiederholte der Techniker.

Gorow schaute auf seine Uhr: 22 Uhr 02. Es blieben ihnen keine zwei Stunden mehr, bis die sechzig Sprengladungen den Eisberg zerstören würden. In dieser Zeit konnte der Besatzung der *Pogodin* auf keinen Fall ein konventioneller Rettungsversuch gelingen. Der unorthodoxe Plan, den der Kapitän im Sinn hatte, mochte zwar geradewegs an den offenen Wahnsinn grenzen, hatte jedoch den Vorteil, daß er in der ihnen zur Verfügung stehenden begrenzten Zeit gelingen konnte.

Schukow räusperte sich. Der Erste Offizier hatte zweifellos ein lebhaftes Bild des Wasser absondernden Schotts im Torpedoraum vor Augen und wartete nun auf den Befehl, das Schiff auf eine weniger gefährliche Tiefe zu bringen.

Gorow zog das Mikrofon an der Stahlfeder hinab. »Kapitän an Torpedoraum«, sagte er. »Wie sieht es bei euch aus?«

Aus dem Lautsprecher: »Es sondert noch immer Wasser ab, Herr Kapitän. Es ist nicht besser geworden, aber auch nicht schlimmer.«

»Halten Sie die Stelle weiterhin unter Beobachtung. Und bleiben Sie ruhig.« Gorow ließ das Mikrofon los und kehrte zum Kommandostand zurück. »Maschinen auf halbe Kraft. Volles linkes Ruder.«

Das Erstaunen ließ Emil Schukows langes, schmales Gesicht noch länger wirken. Er öffnete den Mund, um etwas zu sagen, brachte aber keinen Ton über die Lippen. Er schluckte schwer. Sein zweiter Versuch gelang. »Sie meinen, wir steigen nicht auf?«

»Nicht sofort«, sagte Gorow. »Wir werden noch einmal unter diesem Koloß herfahren. Ich will mir dieses Loch in der Mitte des Eisbergs noch mal ansehen.«

Die Lautstärke des Kurzwellensenders war auf die höchste Stufe eingestellt, so daß sie den russischen Kommunikationsoffizier an Bord der *Pogodin* über dem Tosen des Sturmungeheuers verstehen konnten, das vor dem Eingang der Höhle und auf dem Dach der ineinander verschränkten Eisplatten umherstrich. Hartes Rauschen und das Kreischen von Interferenzen hallte von den Eiswänden wider und klang wie ein gewaltig verstärktes Schrillen von Fingernägeln, die man über eine Schiefertafel zog.

Die anderen waren zu Harry und Pete in die Höhle gekommen, um die erstaunliche Nachricht aus erster Hand zu vernehmen. Sie drängten sich an der Rückwand zusammen.

Nachdem Leutnant Timoschenko das Loch und die große Fläche des dramatisch ausgebogenen Eises auf der Unterseite ihres treibenden Gefängnisses beschrieben hatte, hatte Harry ihm die wahrscheinliche Ursache dafür erklärt. Der Eisberg war von einem Tsunami von der Eisdecke abgerissen worden, und der Tsunami war von einem Seebeben fast direkt unter ihnen ausgelöst worden. In diesem Teil der Welt war, in Verbindung mit dieser Kette aus Brüchen, vulkanische Aktivität *de rigueur,* wie auch die gewaltigen Ausbrüche auf Island vor ein paar Jahrzehnten bestätigten. Und wenn die Ereignisse der jüngsten Vergangenheit mit vulkanischer Aktivität in Verbindung standen, konnten gewaltige Lavamengen in das Meer geströmt sein und waren mit gewaltiger Kraft hochgeschleudert worden. Das Loch war wahrscheinlich von Spritzern dieser weißglühenden Lava geschmolzen worden, und die Millionen Liter kochendes Wasser, die dabei entstanden waren, hatten die Rinnen, Wellentäler und Spitzen entstehen lassen, die die Unterseite des Eisbergs direkt neben dem Loch kennzeichneten.

Obwohl Timoschenko aus einem an der Oberfläche befindlichen U-Boot sprach, das nur ein paar hundert Meter von ihnen entfernt war, wurde seine Stimme von Rauschen überlagert.

Wenigstens blieb die Verbindung bestehen. »Wie Kapitän Gorow es sieht, gibt es drei Möglichkeiten. Erstens, das Loch in der Unterseite Ihres Bergs könnte in festem Eis oberhalb der Wasseroberfläche enden. Oder es könnte zweitens in eine Höhle oder die Unterseite einer flachen Spalte führen. Oder es könnte sich drittens noch um weitere dreißig Meter über den Meeresboden erheben und in der Spitze des Eisbergs eine Öffnung bilden. Kommt Ihnen diese Analyse vernünftig vor, Dr. Carpenter?«

»Ja«, sagte Harry, beeindruckt von der Logik des Kapitäns. »Und ich glaube, ich weiß, welche dieser drei Möglichkeiten zutrifft.« Er berichtete Timoschenko von der Spalte, die sich in der Mitte des Eisbergs geöffnet hatte, als die gewaltigen Erdstöße unter dem Rand der Eisdecke entlanggeglitten waren. »Diese Spalte hat noch nicht existiert, als wir die Sprengladungen anbrachten, war aber da und wartete auf uns, als wir zum vorübergehenden Lager zurückfuhren. Ich wäre fast hineingefahren und habe mein Schneemobil verloren.«

»Und der Grund dieser Spalte öffnet sich zum Meer?« fragte Timoschenko.

»Ich kann es nicht genau sagen, vermute es aber. Meinen Berechnungen zufolge müßte sie direkt über dem Loch liegen, das Sie in der Unterseite entdeckt haben. Selbst wenn die Lavaausläufer nicht die gesamten dreißig Meter Eis über der Wasseroberfläche durchstanzt haben, muß die Hitze, die nötig war, um diese gewaltige Masse zu schmelzen, zumindest das Eis über der Oberfläche *aufgerissen* haben. Und diese Spalten führen bestimmt bis hinab zu dem freien Wasser, das Ihr Echolot-Offizier entdeckt hat.«

»Wenn das Loch sich am Grund der Spalte befindet – wir sollten es besser Schacht oder Tunnel und nicht Loch nennen –, könnten Sie versuchen, es zu erreichen, indem Sie in die Spalte hineinklettern«, sagte Timoschenko. »Wären Sie dazu bereit?«

Die Frage kam Harry bizarr vor. Er sah nicht ein, welchen Sinn es haben sollte, den Abgrund hinabzusteigen, in den sein Schneemobil gestürzt war. »Wenn es unbedingt nötig wäre, könnten wir vielleicht eine improvisierte Kletterausrüstung zusammenstellen. Aber was hätten wir davon? Ich verstehe nicht, worauf Sie hinauswollen.«

»Wir werden versuchen, Sie auf diese Weise vom Eis zu holen.

Durch diesen Tunnel und dann von der Unterseite des Berges aus.«

In der Höhle hinter Harry reagierten die sieben anderen mit lautstarkem Unglauben auf diesen Vorschlag.

Er bedeutete ihnen, still zu sein. »Durch dieses Loch, diesen Tunnel hinab und irgendwie in das U-Boot?« sagte er zu dem russischen Funker. »Aber wie?«

»Mit Tauchgeräten«, sagte Timoschenko.

»Wir haben keine.«

»Ja, aber *wir* haben sie.« Timoschenko erklärte ihnen, wie sie die Geräte zu ihnen schaffen wollten.

Harry war von dem Einfallsreichtum der Russen beeindruckter denn je, zweifelte aber noch immer an der Durchführbarkeit des Vorschlags. »Ich bin schon öfter getaucht. Ich bin zwar kein Experte, weiß aber, daß man ohne Ausbildung und besondere Ausrüstung nicht so tief tauchen kann.«

»Die besondere Ausrüstung haben wir«, sagte Timoschenko. »Auf die Ausbildung werden Sie leider verzichten müssen, fürchte ich.« Er verbrachte die nächsten fünf Minuten damit, ihnen Kapitän Gorows Plan in allen Einzelheiten zu erklären.

Das Vorhaben war brillant, einfallsreich, gewagt und gut durchdacht. Harry wollte diesen Kapitän Nikita Gorow unbedingt kennenlernen, wollte sehen, was für ein Mann auf eine so verblüffend clevere Idee gekommen war. »Es könnte funktionieren, ist aber sehr riskant. Und es gibt keine Garantie, daß der Tunnel sich von Ihrem Ende aus tatsächlich in die Unterseite der Spalte auf unserem Ende öffnet. Vielleicht werden wir ihn gar nicht finden können.«

»Vielleicht«, pflichtete Timoschenko ihm bei. »Aber das ist Ihre beste Chance. Eigentlich ist es sogar Ihre einzige Chance. In anderthalb Stunden wird der Sprengstoff detonieren. Wir können nicht wie geplant Schlauchboote zum Eisberg schaffen, hinaufsteigen und Sie herunterholen. Nicht in neunzig Minuten. Der Wind kommt jetzt vom Heck des Eisbergs und ist auf *beiden* Seiten sehr stark. Wir müßten die Schlauchboote am Bug landen, und das ist unmöglich, solange der Koloß mit neun Knoten auf uns zutreibt.«

Harry wußte, daß daran nicht zu rütteln war. Das hatte er Pete vor knapp einer halben Stunde selbst gesagt. »Leutnant Timoschenko, ich muß mit meinen Kollegen darüber sprechen. Geben Sie mir bitte ein paar Minuten Bedenkzeit.« Noch immer vor dem Funkgerät kauernd, drehte er sich zu den anderen um. »Also?« sagte er.

Rita würde ihre Phobie so gut wie noch nie zuvor beherrschen müssen, denn sie würde *in* das Eis hinabsteigen, völlig davon umgeben werden. Und doch war sie die erste, die zu Gunsten seines Plans sprach: »Verschwenden wir keine Zeit. Natürlich machen wir es so. Wir können nicht einfach hier herumsitzen und darauf warten, daß wir sterben.«

Claude Jobert nickte. »Wir haben keine andere Wahl.«

»Unsere Chance, diese Sache lebend zu überstehen, beträgt zehntausend zu eins«, schätzte Franz. »Aber es ist wenigstens nicht völlig hoffnungslos.«

»Deutsche Schwermütigkeit«, sagte Rita grinsend.

Trotz alledem brachte Fischer ein Lächeln zustande. »Das hast du auch gesagt, als ich mir Sorgen darüber machte, daß es zu einem Erdbeben kommen könnte, bevor wir wieder im Basislager sind.«

»Ich mache mit«, sagte Brian.

Roger Breskin nickte. »Ich auch.«

»Ich habe an der Expedition teilgenommen, weil ich es auf Abenteuer abgesehen hatte«, sagte Pete Johnson. »Jetzt bekomme ich viel mehr davon, als ich je erwarten konnte. Aber eins schwöre ich euch. Sollten wir diesen Schlamassel lebend überstehen, werde ich mich von nun an damit zufrieden geben, meine Abende zu Hause mit einem guten Buch zu verbringen.«

Harry wandte sich an Lin. »Nun, George?« fragte er.

Der Chinese hatte die Brille hochgeschoben und die Schneemaske heruntergezogen. Jede Falte, jedes Merkmal auf seinem Gesicht kündete von seiner Not. »Wenn wir hierbleiben, nicht vor Mitternacht aufbrechen ...«, sagte er und stockte dann. »Besteht dann eine Chance, daß wir die Explosion auf einem Stück Eis überstehen, das groß genug ist, uns zu tragen? Ich hatte den Eindruck, daß wir darauf vertraut haben, bevor dieses U-Boot aufgetaucht ist.«

Harry antwortete mit brutaler Ehrlichkeit. »Wenn wir nur eine Chance von eins zu zehntausend haben, den Fluchtweg zu überstehen, den Kapitän Gorow für uns vorgesehen hat, beträgt unsere Chance, die Explosion um Mitternacht zu überstehen, bestenfalls eins zu einer Million.«

Lin biß sich so fest auf die Unterlippe, daß Harry nicht überrascht gewesen wäre, Blut sein Kinn hinabtropfen zu sehen.

»George? Machst du nun mit oder nicht?«

Schließlich nickte Lin.

Harry griff wieder nach dem Mikrofon. »Leutnant Timoschenko?«

»Ich höre Sie, Dr. Carpenter.«

»Wir sind zum Schluß gekommen, daß der Plan Ihres Kapitäns Sinn ergibt, wenn auch nur, weil er eine Notwendigkeit ist. Wir machen es – falls es uns gelingt.«

»Wenn wir alle eine lebhafte Vorstellung dessen heraufbeschwören, was um Mitternacht geschehen wird«, sagte Timoschenko, »müßten wir imstande sein, uns zu beeilen und in der Zeit, die uns zur Verfügung steht, zu tun, was getan werden muß. Ich wünsche Ihnen allen viel Glück.«

»Wir Ihnen auch«, sagte Harry.

Als sie ein paar Minuten später bereit waren, die Höhle zu verlassen, hatte Harry noch immer nichts von Gunvald bezüglich des Inhalts der fünf Schließfächer gehört. Doch als er versuchte, eine Verbindung mit der Station Edgeway zu bekommen, bestand die einzige Antwort aus statischem Rauschen und dem hohlen Zischen toter Luft.

Anscheinend würden sie in diese tiefe Spalte und den darunterliegenden Tunnel hinabsteigen müssen, ohne zu wissen, wer von ihnen einen weiteren Anschlag auf Brian Doughertys Leben unternehmen würde, sollte sich dazu eine Gelegenheit bieten.

Selbst die modernste Telekommunikationsanlage war nicht imstande, mit den Interferenzen fertig zu werden, die in polaren Breiten und im tiefsten Winter einen Sturm begleiteten. Gunvald konnte nicht mal mehr den starken Sender der amerikanischen Basis in Thule empfangen. Er versuchte es auf allen Frequenzen, doch auf jeder einzelnen hatte der Sturm die Herrschaft übernommen. Die einzigen von Menschen erzeugten Geräuschfetzen, die er entdeckte, waren Bruchstücke der Musik einer Big Band, die in einem Zyklus von fünf Sekunden erklang und wieder verstummte. Die Lautsprecher schienen in statischem Rauschen zu ersticken: ein jammerndes, schreiendes, kreischendes, zischendes, knisterndes Konzert des Chaos, das aber von keiner einzigen menschlichen Stimme begleitet wurde.

Er kehrte auf die Frequenz zurück, auf der Harry wahrscheinlich seinen Funkspruch erwartete, beugte sich zum Gerät hinab und hielt das Mikrofon vor seine Lippen, als könne er eine Verbindung *erzwingen.* »Harry, hörst du mich?«

Rauschen.

Zum vielleicht fünfzigsten Mal las er seine Kennummer und dann die ihre ab und sprach dabei immer lauter, als könne er die Interferenzen einfach übertönen.

Keine Antwort. Es lag nicht daran, daß er sie aufgrund des Rauschens nicht hörte. Sie empfingen seinen Funkspruch gar nicht erst.

Er wußte, daß er eigentlich aufgeben konnte.

Er warf einen Blick auf das Notizbuch mit Spiralbindung, das aufgeschlagen auf dem Tisch neben ihm lag. Obwohl er dieselbe Seite schon mindestens ein Dutzend Mal betrachtet hatte, lief ihm noch immer eine Gänsehaut über den Rücken.

Er *durfte* nicht aufgeben. Sie mußten die Natur des Ungeheuers in ihrer Mitte kennen.

Er versuchte erneut, sie zu erreichen.

Rauschen.

FÜNFTER TEIL

DER TUNNEL

22:45

DETONATION IN EINER STUNDE FÜNFZEHN MINUTEN

Mit schwerer Winterausrüstung bekleidet, stand Nikita Gorow auf der Brücke der *Pogodin* und suchte mit seinem Nachtfernglas methodisch ein Drittel des Horizonts ab. Dabei achtete er auf anderes Treibeis als den Berg, auf dem sich die Edgeway-Gruppe befand. Dieser riesige weiße Koloß lag direkt vor dem U-Boot und wurde noch immer von der tiefen Strömung getrieben, die ihren Ursprung dreihundertvierzig Fuß unter der Oberfläche hatte und bis auf siebenhundertundachtzig Fuß hinabging.

Das sturmgepeitschte Meer, das auf allen Seiten des Schiffs brodelte, zeigte nichts von seiner vertrauten, rhythmischen Bewegung. Es beeinträchtigte das Schiff auf unvorhersehbare Art und Weise, so daß Gorow sich nie auf seinen nächsten Angriff vorbereiten konnte. Ohne Warnung rollte das Boot so heftig nach Backbord, daß alle Männer auf der Brücke zur Seite geworfen wurden, und der Kapitän prallte mit Emil Schukow und Semichastny zusammen. Er löste sich wieder von ihnen und ergriff einen von Eis überzogenen Teil der Reling, als ein Wasserschwall über die Finne brach und die Brücke überflutete.

»Ich wäre lieber auf siebenhundert Fuß Tiefe!« rief Schukow, als das Schiff sich wieder aufrichtete.

»Ah! Sehen Sie?« rief Schukow. »Als Sie so gut dran waren, haben Sie es nicht zu schätzen gewußt.«

»Ich werde mich nie wieder beschweren.«

Der Eisberg bot keine Leeseite mehr, auf der die *Ilja Pogodin* Schutz fand. Die volle Wucht des Sturms trieb den Berg von hinten an, und beide seiner langen Flanken waren dem gnadenlosen Wind ausgesetzt. Das Schiff war gezwungen, an der Oberfläche auszuharren. Es stampfte und rollte, schaukelte und hob und senkte und wälzte sich, als wäre es ein Lebewesen in seinen letzten Zuckungen. Eine weitere riesige Welle schlug auf der Steuerbordseite gegen die Hülle, raste die Finne empor und warf auf der anderen Seite wahre Niagarafälle von Gischt hinab. Zum wiederholten Male wurden alle Männer auf der Brücke völlig durchnäßt. Die meiste Zeit über lag das Boot schwer auf der

Backbordseite, auf dem Rücken einer monströsen schwarzen Dünung, die gleichzeitig bedrohlich und monoton war. Alle Personen auf der Brücke waren, wie das Metall, das sie umgab, von dünnem Eis überzogen.

Wo Gorows Gesicht nicht von der Brille oder der Kapuze geschützt wurde, war es von einer dicken Schicht Lanolin bedeckt. Obwohl sein Posten nicht erforderte, daß er direkt in den teuflischen Wind sah, brannte die kalte Luft fürchterlich auf seiner Nase und den Wangen.

Emil Schukow hatte ein Halstuch über dem unteren Teil seines Gesichts getragen, doch es hatte sich gelöst. Auf dem ihm zugeteilten Posten mußte er direkt in den Sturm schauen, und das war ohne irgendeinen Schutz unmöglich, da die Eisdornen, die der Wind mit hundertundsechzig Stundenkilometern herantrieb, ihm wie mit Millionen von Nadeln die Haut vom Gesicht abgeschält hätten. Er nahm das Halstuch schnell in beide Hände, wrang es aus, um die Eisschicht abzuschütteln, die es überzog, und band es sich hastig wieder um Mund und Nase zusammen. Dann nahm er seine Wache über ein Drittel des finsteren Horizonts wieder auf.

Gorow senkte das Fernglas, drehte sich um und schaute zu den beiden Männern hoch, die unmittelbar achtern von der Brücke auf der Spitze der Finne arbeiteten. Sie wurden notdürftig von der roten Brückenlampe und einer tragbaren Bogenlampe erhellt. Beide warfen unheimliche, verzerrte Schatten, als wären sie Dämonen, die sich emsig über der freudlosen Maschinerie der Hölle plagten.

Einer der Matrosen stand auf der Finne, eingeklemmt von zwei Periskopen und dem Radarmast, was entweder wesentlich entsetzlicher *oder* wesentlich aufregender sein mußte, als hätte er bei einem Rodeo in Texas ein Wildpferd geritten, je nachdem, wie hoch die Toleranzschwelle des Mannes für Gefahr war, obwohl ein Rettungsseil um seine Hüfte geschlungen war und ihn an dem Telekommunikationsmast sicherte. Er bot einen der seltsamsten Anblicke, die Kapitän Gorow je gesehen hatte. Er war in so viele Schichten wasserdichter Kleidung gehüllt, daß er Schwierigkeiten hatte, sich zu bewegen, doch in seiner gefährlich ungeschützten Position benötigte er jede einzelne dieser Schutzschichten, um nicht auf der Stelle zu erfrieren. Wie ein menschlicher Blitzableiter auf der obersten Stelle der Aufbauten des U-Boots bot er den hurrikanstarken Böen des Winds, dem Sperrfeuer der Graupelschauer und der kalten Gischt des Meeres ein ideales Ziel. *Sein* Eisüberzug war äußerst dick und praktisch ohne Riß oder Spalte. An seinem Hals, den Schultern, Ellbogen, Handgelenken, Hüften und Knien zeichneten sich deutlich sichtbare Knicke und Falten im Eis ab, doch selbst an diesen Gelenken war kein Stoff unter dem funkelnden Überzug des Sturms sichtbar. Ansonsten glitzerte, schimmerte und leuchtete der arme Teufel vom Kopf bis zu den Füßen. Er erinnerte Gorow an die von einer süßen weißen Glasur überzogenen Lebkuchenmänner, die manchmal unter den Geschenken waren, die die Kinder am Neujahrstag in Moskau bekamen.

Der zweite Matrose stand auf der kurzen Leiter, die von der Brücke zur Spitze der Finne führte. An eine der Sprossen festgebunden, um die Hände für die Arbeit frei zu haben, befestigte er zahlreiche wasserdichte Frachtkästen aus Aluminium an einer langen Kette aus einer Titanlegierung.

Erleichtert, daß die Arbeit fast beendet war, wandte Gorow sich wieder seiner eigentlichen Aufgabe zu und hob das Nachtfernglas vor seine Augen.

22:56

DETONATION IN EINER STUNDE VIER MINUTEN

Da der scharfe Wind von hinten kam, konnten sie in den Schneemobilen zu der Spalte fahren. Hätten sie in den Sturm hineinfahren müssen, hätte die Sichtweite fast null betragen, und in diesem Fall wären sie zu Fuß genauso schnell oder schneller vorangekommen, auch wenn sie sich aneinander hätten anseilen müssen, damit nicht einer von ihnen vom Wind umgerissen oder weggeweht werden konnte. Da sie jedoch *mit* dem Wind fuhren, konnten sie zumeist zehn bis fünfzehn Meter weit sehen, wenngleich die Sicht von Minute zu Minute schlechter wurde. Bald würden sie von schier undurchdringlichem Weiß umgeben sein.

Als sie in der Nähe der Spalte waren, hielt Harry den Schlitten an und verließ ihn mit einem gewissen Zögern. Obwohl er sich am Türgriff festhielt, zwang ihn ein Windstoß von vielleicht einhundertundsechzig Stundenkilometern sofort auf die Knie. Als die mörderische Bö etwas nachgelassen hatte, richtete er sich mit beträchtlicher Anstrengung auf, hielt sich an der Tür fest und verfluchte den Sturm.

Die anderen Schneemobile hielten hinter ihm an. Das letzte Fahrzeug der Kolonne war nur dreißig Meter von ihm entfernt, doch er konnte davon nichts weiter als verschwommene gelbe Lichter sehen, wo die Scheinwerfer sich befinden mußten. Sie waren so schwach, daß sie auch nur ein Produkt seiner Phantasie hätten sein können.

Er wagte es, den Griff der Kabinentür loszulassen, krümmte sich, um dem Wind den geringsten Widerstand zu bieten, und ging zu Fuß weiter, leuchtete mit der Taschenlampe das Eis ab, bis er sich überzeugt hatte, daß die nächsten dreißig Meter sicher waren. Die Luft war unglaublich kalt, so kalt, daß sie in seiner Kehle brannte und in den Lungen schmerzte, obwohl er sie durch die Schneemaske einatmete. Er kehrte zum wärmeren Schneemobil zurück und fuhr dreißig Meter weiter, bevor er zu seiner nächsten Erkundungsmission aufbrach.

Er hatte die Spalte wiedergefunden, es diesmal aber vermieden, beinahe über ihren Rand zu fahren. Der Abhang war zehn oder elf Meter breit, wurde nach unten schmaler und war mit mehr Dunkelheit gefüllt, als seine Taschenlampe zerstreuen konnte.

Soweit er durch die vereiste Brille sehen konnte – an der in dem Augenblick, da er sie abwischte, neues Eis klebte –, bot die Wand, an der sie hinabsteigen mußten, eine ziemlich glatte, verhältnismäßig leicht zu bewältigende Fläche. Aber er konnte sich nicht ganz sicher sein, was er sah: Der Winkel, in dem er in den Abgrund schauen konnte, die seltsame Art und Weise, wie das tiefe Eis das Licht brach und reflektierte, die Schatten, die bei der geringsten Bewegung seiner Taschenlampe wie Teufel Kapriolen machten, der vom Wind aufgewehte Schnee, der über den Rand stob und dann in Spiralen in die Tiefe sank – das alles verschwor sich, um zu verhindern, daß er einen klaren Blick auf das bekam, was vor und unter ihm lag. Doch keine dreißig Meter tiefer schien eine ebene Fläche oder ein breiter Vorsprung zu liegen, von dem er glaubte, er könne ihn erreichen, ohne sich dabei umzubringen. Harry drehte seinen Schlitten um und setzte ihn behutsam zum Rand des Abgrunds zurück, ein Wagnis, das ihm normalerweise selbstmörderisch vorgekommen wäre. Doch wenn man bedachte, daß ihnen kaum noch sechzig Minuten blieben, schien ein gewisses Maß an Leichtsinn nicht nur gerechtfertigt, sondern unbedingt nötig zu sein. Außer Mannequins und englischen Premierministern erreichte niemand etwas, indem er einfach stillhielt. Das war ein Lieblingsausspruch von Rita, die selbst Engländerin war, und wenn Harry daran dachte, mußte er normalerweise lächeln. Jetzt lächelte er nicht. Er ging ein kalkuliertes Risiko ein, das mit größerer Wahrscheinlichkeit scheitern als Erfolg haben würde. Vielleicht brach das Eis unter ihm zusammen und stürzte in den Abgrund, wie es heute schon einmal passiert war.

Dennoch war er dazu bereit, dem Glück zu vertrauen und sein Leben in die Hände der Götter zu legen. Falls es Gerechtigkeit im Universum gab, würde er von einem Wechsel des Schicksals profitieren – zumindest war einer schon lange überfällig.

Als die anderen ihre Schneemobile angehalten hatten, ausgestiegen und zu ihm zum Rand der Spalte gekommen waren, hatte Harry zwei auf eintausend Pfund reißfeste Nylonseile an der Anhängerkupplung seines Schlittens festgezurrt. Das erste Tau war ein vierundzwanzig Meter langes Sicherheitsseil, das ihn kurz vor dem Boden des Abgrunds halten würde, falls er abstürzen sollte. Er band es um seine Hüfte. Das zweite, das er zum Abstieg selbst benutzen würde, war dreißig Meter lang, und er warf das freie Ende in die Schlucht.

Pete Johnson traf am Rand ein und gab Harry seine Taschenlampe.

Seine eigene hatte Harry bereits in den Gürtel um seine Taille gesteckt. Sie hing an der rechten Hüfte, der Griff nach oben, die Linse nach unten. Nun befestigte er Petes Lampe an der linken Hüfte. Zwei Strahlen aus gelbem Licht leuchteten die Beine seiner gesteppten Hosen hinab.

Weder er noch Pete versuchten zu sprechen. Der Wind kreischte wie ein Ungetüm, das am Jüngsten Tag aus den Tiefen der Hölle gekrochen war. Auch wenn sie aus vollster Lunge gebrüllt hätten, hätten sie einander nicht verstehen können.

Harry streckte sich auf dem Eis aus, legte sich flach auf den Boden und ergriff das Kletterseil mit beiden Händen.

Pete bückte sich und gab ihm einen ermutigenden Klaps auf die Schulter. Dann schob er Harry langsam rückwärts, über den Rand, in die Spalte.

Harry glaubte, das Seil fest gepackt und seinen Abstieg unter Kontrolle zu haben, irrte sich darin jedoch. Als wäre das Tau eingefettet, schlüpfte es durch seine Hände, und er fiel unkontrolliert in den Abgrund. Vielleicht war es die Eiskruste auf seinen Handschuhen, vielleicht der Umstand, daß das Leder weich vor Vaseline war, weil er in den letzten Tagen damit unzählige Male unbewußt sein eingecremtes Gesicht berührt hatte. Jedenfalls war das Tau zwischen seinen Händen wie ein lebender Aal, und er stürzte die Schlucht hinab.

Eine Eiswand blitzte an ihm vorbei, acht oder zehn Zentimeter von seinem Gesicht entfernt. Auf der glatten Oberfläche flackerten die Reflexionen der Strahlen der beiden nach unten gerichteten Taschenlampen. Er hielt das Seil so fest, wie er nur konnte, und versuchte ebenfalls, es zwischen seine Knie zu zwingen, befand sich aber noch immer in einer Bewegung, die dem freien Fall gleichkam.

In dem Wirbeln des aufgewehten Schnees und der eigentümlichen prismatischen Brechung des Lichts im tiefen Eis hatte Harry gedacht, die Wand habe eine flache und relativ glatte Oberfläche, war sich dessen jedoch nicht ganz sicher gewesen. Nun würde das kürzere Sicherungsseil ihn nicht retten, sollte er auf eine scharfe Eisspitze treffen, die aus der Wand der Schlucht ragte. Wenn er mit dieser hohen Geschwindigkeit auf einen kantigen Vorsprung prallte, konnte der Eisdorn ihm sogar den schweren Schutzanzug zerfetzen, ihn vom Schritt bis zum Hals aufreißen, ihn pfählen …

Das Tau brannte sich durch die Glätte auf der Oberfläche seiner Handschuhe, und plötzlich, vielleicht zwanzig Meter unter dem Rand des Abgrunds, konnte er sich festhalten. Sein rasendes Herz hämmerte eine Partitur für Kesselpauken, und jeder Muskel in seinem Körper war straffer gespannt als die Sicherheitsleine um seine Hüfte. Nach Luft ringend, schwang er an dem Seil hin und her und prallte schmerzhaft – und dann etwas sanfter – gegen die Wand der Spalte, während Schatten und das hektische

Flackern des reflektierten Lichts wie Geister nach oben schwärmten, die aus dem Hades entkommen waren.

Er wagte es nicht, sich kurz auszuruhen und seine Nerven zu beruhigen. Die Zeitzünder an den Sprengladungen tickten unablässig weiter.

Nachdem er weitere fünf oder sechs Meter an dem Seil hinabgeglitten war, erreichte er den Grund der Spalte. Er erwies sich als etwa dreißig Meter tief, was der Schätzung, die er gemacht hatte, als er von oben hinabgeschaut hatte, ziemlich nahe kam.

Er zog eine der Taschenlampen aus seinem Gürtel und schickte sich an, nach dem Eingang zu dem Tunnel zu suchen, den Leutnant Timoschenko beschrieben hatte. Von seiner ersten Begegnung mit der Kluft früher an diesem Tag erinnerte er sich, daß sie zwölf oder fünfzehn Meter lang und in der Mitte drei oder vier Meter breit war, an beiden Enden aber schmaler wurde. Im Augenblick konnte er die gesamte Bodenfläche der Spalte jedoch nicht einsehen. Als ein Teil der Wand unter seinem Schneemobil zusammengebrochen war, war sie hinabgestürzt, und nun bildete sie einen drei Meter hohen Wall, der den Boden des Abgrunds in zwei etwa gleichgroße Flächen teilte. Die fast völlig verbrannten Trümmer des Schlittens waren auf der Oberfläche dieser Trennwand verstreut.

Der Abschnitt, auf den Harry sich hinabgelassen hatte, war eine Sackgasse. Er enthielt keine Abzweigungen, keine tieferen Risse, die groß genug waren, um ihm einen weiteren Abstieg zu ermöglichen, und keine Spur eines Tunnels oder von freiem Wasser.

Er rutschte immer wieder aus und hatte Angst, daß die durcheinandergeworfenen Eisplatten umkippen und ihn wie einen Käfer zerquetschen würden, der zwischen zwei Ziegelsteine geraten war. Er kletterte aus der ersten Kammer hinauf. Auf der Oberfläche des schräg abfallenden Walls bahnte er sich einen Weg durch die zerschmetterten und verbrannten Trümmer des Schneemobils und über weitere Eisplatten hinweg, die unter seinen Füßen trügerisch schwankten. Dann glitt er auf der anderen Seite hinab.

Hinter der Trennwand, in der zweiten Hälfte des Abgrunds, fand er einen Ausgang, der in tiefere und noch geheimnisvollere

Bereiche des Eises führte. Die rechte Wand wies keine Höhlen oder Risse auf, doch die linke erstreckte sich nicht ganz bis zum Grund. Sie endete einen Meter und zwanzig Zentimeter über dem Boden der Spalte.

Harry legte sich flach auf den Bauch und stocherte mit der Taschenlampe in die tiefe Öffnung. Der Durchgang war etwa zehn Meter breit und an keiner Stelle höher als diesen einen Meter und zwanzig. Er schien waagerecht sechs oder sieben Meter unter der Wand der Spalte seitlich ins Eis zu führen, bevor er sich dann scharf abwärts und außer Sicht neigte.

War der Schacht es wert, ihn zu erkunden?

Er schaute auf seine Uhr: 23 Uhr 02.

Detonation in achtundfünfzig Minuten.

Die Taschenlampe nach vorn gerichtet, zwängte Harry sich schnell in den horizontalen Durchgang. Obwohl er auf dem Bauch vorankroch, war die Decke an einigen Stellen so tief, daß sie seinen Hinterkopf streifte.

Er litt nicht an Klaustrophobie, hatte aber eine logische und gesunde Furcht davor, dreißig Meter unter dem Eis, in der arktischen Wildnis, in einem extrem engen Raum eingeschlossen zu werden, während er von achtundfünfzig gewaltigen Sprengladungen umgeben war, die schnell ihrer Zündung entgegentickten.

Dennoch schob und zwängte und krümmte er sich auf Ellbogen und Knien vorwärts. Als er acht oder zehn Meter zurückgelegt hatte, stellte er fest, daß der Durchgang in einen großen, offenen Raum führte, in eine Höhle im Herzen des Eises. Er richtete die Taschenlampe nach rechts und links, konnte sich von seiner Position aus aber keinen Eindruck von der wahren Größe der Grotte verschaffen. Er glitt aus dem Gang, stand auf und zog die weite Taschenlampe aus dem Gürtel.

Er befand sich in einer runden Kammer von dreißig Metern Durchmesser, aus der Dutzende von Rissen, Sackgassen und weiteren Durchgängen führten. Anscheinend war die Decke entstanden, als eine beträchtliche Menge an heißem Wasser und Dampf nach oben geschossen war: eine fast perfekte Kuppel, zu glatt, um von irgend etwas anderem als einem höchst außergewöhnlichen Phänomen gebildet worden zu sein, etwa einem launenhaften Vulkanausbruch. Dieses Gewölbe, das lediglich ein paar kleine Stalaktiten und feine Risse aufwies, war an der höchsten Stelle achtzehn Meter hoch und brachte es an den Wänden immerhin noch auf neun Meter. Der Boden fiel in sieben fortschreitenden Stufen, die von einem halben bis zu einem Meter hoch waren, zur Mitte des Raums ab, so daß der Eindruck eines Amphitheaters entstand. An der tiefsten Stelle der Höhle, wo die Bühne gewesen wäre, befand sich ein zwölf Meter durchmessender Teich aus heftig bewegtem Seewasser.

Der Tunnel.

Dutzende von Metern unter ihm öffnete dieser breite Tunnel sich in einen Hohlraum in der Unterseite des Eisbergs, in die lichtlose Welt des dunklen Polarmeers, in dem die *Ilja Pogodin* auf sie wartete.

Harry war von dem dunklen Teich so – fast schon hypnotisch – fasziniert, wie er es auch von einem Tor zwischen dieser Dimension und der nächsten gewesen wäre, oder von einer Tür in der Rückseite eines alten Kleiderschranks, die in das Zauberland Narnia führte, oder von einem Wirbelsturm, der ein Kind und einen Hund nach Oz bringen konnte.

»Der Teufel soll mich holen.« Seine Stimme hallte von der Kuppel zu ihm zurück.

Plötzlich gab ihm die Hoffnung neue Kraft.

In seinem Hinterstübchen hatte er einige Zweifel an der Existenz des Tunnels gehegt. Er hatte befürchtet, daß das Oberflächen-Echolot der *Pogodin* nicht richtig funktionierte. Wie lange konnte in diesem kalten Meer ein langer Tunnel, der durch festes Eis führte, geöffnet bleiben? Warum war er nicht wieder zugefroren und hatte sich geschlossen? Er hatte die anderen nicht gefragt, ob sie eine Erklärung dafür hatten. Er hatte ihnen keine Sorgen bereiten wollen. Wenn sie Hoffnung geschöpft hatten, würden sie die letzte Stunde ihres Lebens leichter überstehen. Dennoch war diese Frage für ihn ein unlösbares Rätsel gewesen.

Jetzt hatte er die Antwort auf dieses Rätsel gefunden. Das Wasser innerhalb des Tunnels wurde weiterhin von einer gewaltigen Strömung tief unten im Meer bewegt. Es floß nicht ruhig oder stand gar still. Es schwappte hoch und fiel kräftig zurück, brandete in der Höhle bis zu zwei, zweieinhalb Metern auf, wühlte und spritzte, bis es dann schnell bis auf eine Höhe mit dem Rand des Lochs zurückfloß. Es schwoll an und fiel zurück, schwoll an und fiel zurück ... Die ständige Bewegung verhinderte, daß die Öffnung wieder zufror, und wirkte auch der Bildung von Eis im Tunnel selbst entgegen.

Im Lauf eines längeren Zeitraums – von vielleicht zwei oder drei Tagen – würde der Tunnel wahrscheinlich ständig schmaler werden. Allmählich würde sich trotz der starken Strömung neues Eis an den Wänden bilden, bis der Durchgang unpassierbar wurde und sich schließlich ganz schloß.

Doch sie brauchten den Tunnel nicht in zwei oder drei Tagen. Sie brauchten ihn *jetzt*.

Die Natur hatte in den vergangenen zwölf Stunden standhaft gegen sie gearbeitet. Vielleicht arbeitete sie nun für sie und war bereit, ihnen ein wenig Gnade zu erweisen.

Überleben.

Paris. Das Hotel George V.

Moet & Chandon.

Der Crazy Horse Saloon.

Rita ...

Ein Entrinnen war möglich. Ein sehr knappes.

Harry befestigte eine der Taschenlampen an seinem Gürtel. Die andere behielt er in der Hand, während er sich durch die enge Passage zwischen der kuppelförmigen Höhle und dem Boden der offenen Spalte zwängte, darauf versessen, den anderen das Zeichen zu geben, zu ihm herunterzukommen und mit ihrer gewundenen Flucht aus diesem Gefängnis aus Eis zu beginnen.

23:06

DETONATION IN VIERUNDFÜNFZIG MINUTEN

Am Kommandostand beobachtete Nikita Gorow fünf nebeneinander an der Decke angebrachte Monitore. Mit nur wenig Mühe konnte er die Berechnungen überprüfen, die – einige wurden als dreidimensionale Diagramme dargestellt – fünf verschiedene Programme erstellten, die unablässig Daten über die Position des

U-Boots und des Eisbergs und deren relative Entfernung und Geschwindigkeiten sammelten.

»Freies Wasser«, sagte der Techniker, der das Oberflächen-Echolot bediente. »Kein Eis über uns.«

Gorow hatte die *Ilja Pogodin* unter den vierhundert Meter langen, schüsselförmigen Hohlraum auf der Unterseite des Eisbergs fahren lassen. Die Finne des U-Boots befand sich direkt unter dem zwölf Meter breiten Tunnel in der Mitte der Höhlung. Im Prinzip hielten sie ihre Position unter einem umgedrehten Trichter aus Eis und mußten die gesamte Operation über dort ausharren.

»Geschwindigkeit der des Ziels angepaßt«, sagte Schukow und wiederholte damit den Bericht, der ihn über den Kopfhörer aus dem Manövrierraum erreicht hatte.

Einer der Techniker an der linken Wand schaute von seinen Instrumenten auf. »Geschwindigkeit angepaßt und überprüft«, meldete er.

»Ruder mittschiffs«, sagte Gorow.

»Ruder mittschiffs.« Nicht bereit, den Blick von den Computermonitoren abzuwenden, bedachte Gorow sie mit einem Stirnrunzeln, als spräche er zu ihnen und nicht zur Mannschaft im Kontrollraum. »Und halten Sie die Strömung und den Kompaß verdammt genau im Auge.«

»Freies Wasser. Kein Eis über uns.«

Natürlich befand sich ein gewaltiges Gebilde aus Eis über ihnen, eine riesige Insel, aber nicht *direkt* über dem auf der Finne angebrachten Oberflächen-Echolot. Sie orteten genau in den zwölf Meter breiten Tunnel in der Mitte der Höhle hinauf, und das zurückgeworfene Signal zeigte an, daß sich bis zur Oberfläche sechshundert Fuß über ihnen, wo der Tunnel in dem Grund der Spalte endete, die Dr. Carpenter Timoschenko beschrieben hatte, freies Wasser befand.

Der Kapitän zögerte. Er wollte erst handeln, wenn er absolut sicher war, daß sie die genau richtige Position eingenommen hatten. Er betrachtete die fünf Bildschirme eine weitere halbe Minute lang. Als er überzeugt war, daß sie die Geschwindigkeit des U-Boots der des Eisbergs so genau angepaßt hatten, wie es Normalsterblichen nur möglich war, zog er das Mikrofon hinab. »Kapitän an Kommunikationszentrum. Sie können die Luftantenne jetzt ausschleusen.«

Timoschenkos Stimme drang aus dem Lautsprecher unter der Decke. »Luftantenne ausgeschleust.«

Auf Deck waren acht wasserdichte Aluminiumkästen zwischen den Masten und Periskopen und Schnorcheln auf der Finne der *Pogodin* vertäut. Sie wurden von zahlreichen Nylonschnüren an Ort und Stelle gehalten, von denen einige zweifellos, wie erwartet, beim zweiten Tauchgang des U-Boots auf siebenhundert Fuß Tiefe gerissen waren.

Als Timoschenko die Luftantenne ausschleuste, wurde der Heliumballon inmitten eines Schwarms von Luftblasen durch ein unter Druck stehendes Rohr auf der Spitze der Finne ausgestoßen. Wenn er ordnungsgemäß funktionierte – was er bislang immer getan hatte –, stieg der Ballon nun schnell durch die dunkle See empor und zog das Multikommunikationskabel hinter sich her. Auf Spionagemissionen hatte die *Ilja Pogodin* die Sonde auf die gleiche Art und Weise im Lauf der Jahre bei Tausenden von Gelegenheiten ausgestoßen.

Die acht wasserdichten Kästen, die über der Finne befestigt waren, gehörten jedoch nicht zur üblichen Ausrüstung. Sie waren mit einer feingliedrigen Kette aus einer Titanlegierung und Schnappschlössern an dem Kommunikationskabel befestigt. Wenn der aufsteigende Heliumballon sich zwanzig Fuß über der Finne befand, hatte er die Kette strammgezogen. Sein Auftrieb müßte ausreichen, um die restlichen Nylontaue zu veranlassen, ihre Knoten zu öffnen und die Kästen mit sich hochzuziehen. Da sie leichter als Wasser waren, würden sie augenblicklich von der Finne aufsteigen und den Ballon nicht hemmen.

Nach ein paar Sekunden war die mit Helium gefüllte Kugel auf sechshundert Fuß Höhe, dann auf fünfhundertfünfzig, auf fünfhundert – und schon mitten in dem umgedrehten Trichter über dem U-Boot. Vierhundert Fuß Höhe, und er stieg weiterhin. Die Kästen müßten in seinem Kielwasser nach oben gleiten. Dreihundertfünfzig Fuß. Da das Helium in dem Ballon sich ausdehnte und viel schneller aufstieg als der Sauerstoff in den Blasen, waren die Luftblasen aus dem Druckrohr direkt nach dem Ausschleusen hinter der Sonde und den Kästen zurückgeblieben. Auf schätzungsweise vierhundert Fuß war der Ballon sanft in den Eingang des Tunnels geglitten; er stieg weiterhin mühelos auf und zog die Kästen immer schneller höher und höher …

Der Techniker beugte sich über die graphische Darstellung des Oberflächen-Echolots. »Ich nehme ein zersplittertes Hindernis im Tunnel wahr«, sagte er.

»Kein Eis?« fragte Gorow.

»Nein. Das Hindernis steigt empor.«

»Die Kästen.«

»Jawohl, Herr Kapitän.«

»Es funktioniert«, sagte Schukow.

»Wenn die Edgeway-Wissenschaftler jetzt das andere Ende des Tunnels gefunden haben …«

»… können wir mit dem schwierigen Teil der Operation weitermachen«, beendete Gorow den Satz für ihn.

Zahlen und Darstellungen blinkten, blinkten, blinkten auf den Computermonitoren auf.

Schließlich knarrte der Lautsprecher, und Leutnant Timoschenko sagte: »Die Sonde ist oben. Der Ballon ist aufgetaucht, Herr Kapitän.«

Gorow zog das Mikrofon hinab und räusperte sich. »Schalten Sie die automatischen Sicherheitssysteme aus, Leutnant«, sagte er. »Fahren Sie weitere zwanzig Meter Kabel aus.«

»Weitere zwanzig Meter Kabel ausgefahren, Herr Kapitän«, bestätigte Timoschenko einen Augenblick später.

Emil Schukow wischte sich eine Hand an seinem düsteren Gesicht ab. »Jetzt müssen wir warten.«

Gorow nickte. »Jetzt müssen wir warten.«

23:10

DETONATION IN FÜNFZIG MINUTEN

Der Heliumballon brach am oberen Ende des Tunnels durch die Wasseroberfläche und hüpfte fröhlich auf der Dünung. Obwohl er von blasser, blaugrauer Farbe war, sah er – zumindest für Harry – so hell und bunt aus wie ein Luftballon, mit dem man bei einer Party das Zimmer schmückte, in dem gefeiert wurde.

Als Timoschenko am anderen Ende das zusätzliche Kabel

abspulte, brachen die acht wasserdichten Aluminiumkästen einer nach dem anderen durch die Oberfläche. Sie schlugen mit dumpfen, kaum wahrzunehmenden Geräuschen gegeneinander.

Harry war nicht mehr allein in der kuppelförmigen Höhle. Rita, Brian, Franz, Claude und Roger waren bei ihm. Mittlerweile würde George Lin den Fuß der Spalte erreicht haben, und Pete Johnson ließ sich bereits an dem Seil von der sturmumtosten Spitze des Eisbergs hinab.

»Na los«, sagte Harry und griff nach dem Enterhaken, den sie behelfsmäßig aus Kupferrohr und sechs Meter schwerem Kabel gefertigt hatten. »Holen wir sie aus dem Wasser.«

Mit Franz' und Rogers Hilfe gelang es ihm, die Kette zu fassen zu bekommen und die Kästen aus dem Wasser zu zerren. Alle drei Männer wurden dabei bis zu den Knien naß, und innerhalb von Sekunden waren die Sturmanzüge bis zu ihren Waden steifgefroren. Obwohl ihre Stiefel und Kleidungsstücke wasserdicht waren, raubte selbst die teilweise Durchnässung ihnen Körperwärme. Frierend und zitternd öffneten sie schnell die Aluminiumkästen und holten die Ausrüstungsgegenstände heraus, die die *Ilja Pogodin* hinaufgeschickt hatte.

Jeder Kasten enthielt eine Tauchausrüstung. Aber es handelte sich nicht um gewöhnliche Geräte, sondern um solche, die für den Einsatz in besonders tiefem und/oder extrem kaltem Wasser geschaffen waren. Zu jedem Anzug gehörte eine Batterie, die an einem Gürtel befestigt war und an der Hüfte getragen wurde. Wenn sie sowohl in die hautengen Hosen als auch die Jacke eingestöpselt wurde, gab das Futter Wärme ab, genau, wie es bei einer herkömmlichen elektrischen Heizdecke der Fall war.

Harry hatte seinen Anzug auf dem Eis ausgebreitet, ein gutes Stück von der höchsten Stelle entfernt, die das ständig auf und ab schwappende Wasser im Teich erreichen konnte. Zu jedem Anzug gehörte ein Sauerstoffbehälter. Die Tauchermaske war so groß, daß sie das Gesicht von der Stirn bis zum Kinn bedeckte und damit ein gesondertes Mundstück überflüssig machte. Die Luft wurde direkt in die Maske gespeist, und der Taucher konnte durch die Nase atmen.

Genau genommen würden sie keine Luft atmen. Der Behälter enthielt statt dessen eine Sauerstoff-Helium-Mischung mit mehreren speziellen Additiven, die es dem Benutzer ermöglichten, größere Tiefen zu ertragen. Als Timoschenko ihnen zuvor über Funk die Ausrüstung erklärt hatte, hatte er versichert, daß die Gasmischung im Behälter eine beträchtliche Tauchtiefe zuließ und es dabei lediglich ›zu einer angemessenen Gefahr‹ für die Atmung und den Kreislauf kam. Die eigentümliche Wortwahl des Leutnants hatte nicht besonders zu Harrys Beruhigung beigetragen. Doch der Gedanke an achtundfünfzig starke Plastiksprengstoffladungen war Ansporn genug, um vollstes Vertrauen in die russischen Tauchgeräte zu setzen.

Die Anzüge unterschieden sich auch in anderer, nicht so wichtiger Hinsicht von einer normalen Taucherausrüstung. Die Hosen verfügten – genau wie Strampelanzüge für Kleinkinder – über Fußteile, und die Ärmel der Jacke endeten in Handschuhen. Die Kappe bedeckte alle Teile des Kopfs und Gesichts, die nicht von der übergroßen Maske geschützt wurden, als führte es zum sofortigen, äußerst gewaltsamen Tod, wenn auch nur ein Zentimeter Haut unbedeckt blieb. Die Taucheranzüge kamen einem fast wie abgespeckte Versionen der weiten, unhandlichen Druckanzüge vor, die Astronauten im All trugen.

George Lin hatte die Höhle betreten, während sie die Aluminiumkästen auspackten. Er betrachtete die Ausrüstungen mit unverhohlenem Argwohn. »Harry, es muß doch irgendeine andere Möglichkeit geben. Es muß einfach ...«

»Nein«, sagte Harry ohne seine übliche Diplomatie und Geduld. »Das ist die einzige. Das oder nichts. Wir haben keine Zeit für weitere Diskussionen, George. Halt einfach die Klappe und zieh dich um.«

Lin schaute verdrossen drein.

Aber er sah nicht wie ein Mörder aus.

Harry sah zu den anderen hinüber, die ebenfalls Kästen auspackten. *Keiner* von ihnen sah wie ein Mörder aus, und doch hatte einer von ihnen Brian niedergeschlagen und würde ihnen, aus welchem Grund auch immer, vielleicht jede Menge Ärger bereiten, sobald sie erst unter Wasser waren und sich durch den langen Tunnel im Eis bewegten.

Pete Johnson, der die Nachhut bildete, wand sich mühsam durch den Gang, der von der Spalte in die Höhle führte, und verfluchte das Eis, das ihn umgab. Er hatte größere Schwierigkeiten als die anderen. Seine breiten Schultern machten ihm besonders zu schaffen, als er sich durch den schmalsten Teil des Schachts zwängte.

»Ziehen wir uns an«, sagte Harry. Als seine Stimme durch das kuppelförmige Amphitheater im Eis hallte, klang sie seltsam hohl. »Wir dürfen keine Zeit verschwenden.«

Sie stiegen mit einer Hast aus ihrer arktischen Kleidung und in die Tauchanzüge, die aus akutem Unbehagen und Verzweiflung geboren war. Harry, Franz und Roger bezahlten für ihren knietiefen Vorstoß in den Teich bereits mit Schmerzen: Ihre Füße waren halbwegs taub gewesen, was kein gutes Zeichen war, aber der Schock hatte ihnen kurzzeitig *zu viel* Gefühl zurückgegeben, und nun prickelte, schmerzte, *brannte* ihre Haut von den Waden bis zu den Knien. Den anderen blieb dieses zusätzliche Leiden erspart, doch sie fluchten und beschwerten sich während ihrer kurzen Nacktheit bitterlich. In der Höhle ging zwar kein Wind, doch die Lufttemperatur lag bei vielleicht dreißig Grad unter dem Gefrierpunkt. Daher wechselten sie die Ober- und Unterbekleidung nacheinander, um der mörderischen Kälte nicht völlig ungeschützt ausgesetzt zu sein: die äußeren Stiefel, Filzstiefel, Socken, Hosen und die lange Unterwäsche wurden zuerst ausgezogen und schnell durch die hautengen, isolierten Hosen des Taucheranzugs ersetzt; dann zogen sie die Jacken, Westen, Pullis, Hemden und Unterhemden aus und schlüpften in die gefütterten Gummijacken mit den enganliegenden Kapuzen.

Scham war genauso tödlich wie Trödelei. Als Harry aufschaute, nachdem er die Beine in die Hosen des Taucheranzugs gezwängt hatte, sah er Ritas nackte Brüste, während sie sich in die Taucherjacke kämpfte. Ihre Haut war blauweiß und völlig verfroren. Dann schloß sie den Reißverschluß der Jacke, bemerkte, daß Harry sie anschaute, und blinzelte ihm zu.

Er staunte über dieses Blinzeln. Er konnte nur vermuten, wie sehr die Furcht sie nun quälte. Sie befand sich nicht mehr nur *auf* dem Eis. Sie war jetzt *im* Eis. Wurde davon umschlossen. Sie mußte von nacktem Entsetzen gepeinigt sein. Bevor sie den Tunnel zum U-Boot und in die Sicherheit hinabgeglitten waren – falls sie den Abstieg überhaupt lebendig überstanden –, würde sie zweifellos den Tod ihrer Eltern mehr als einmal erneut durchleben und sich an jede schreckliche Einzelheit der schweren Prüfung erinnern, die sie ertragen hatte, als sie sechs Jahre alt gewesen war.

Pete hatte Schwierigkeiten, sich in den Anzug zu zwängen. »Sind diese Russen alle Pygmäen?« sagte er.

Alle lachten.

So gut war der Witz nun auch nicht gewesen. Ihr bereitwilliges Gelächter verriet nur die Anspannung. Harry spürte, daß jeder einzelne von ihnen jeden Augenblick in Panik ausbrechen konnte.

23:15

DETONATION IN FÜNFUNDVIERZIG MINUTEN

Der Lautsprecher an der Decke gab ihnen die schlechte Nachricht vom Torpedo-Offizier bekannt, die alle im Kontrollraum erwartet hatten: »Dieses Schott sondert wieder Flüssigkeit ab, Herr Kapitän.«

Gorow wandte sich von den Computerbildschirmen ab und zog ein Mikrofon hinab. »Kapitän an Torpedoraum. Ist es nur ein dünner Film, genau wie beim letzten Mal?«

»Ja, Herr Kapitän. In etwa genauso.«

»Behalten Sie es im Auge.«

»Wir kennen jetzt die Tiefe des Eises über uns«, sagte Emil Schukow. »Wir könnten auf sechshundert Fuß hinaufsteigen, in die Schale des Trichters.«

Gorow schüttelte den Kopf. »Im Augenblick müssen wir uns nur um eins Sorgen machen – um den Schweißfilm auf dem Schott im Torpedoraum. Wenn wir auf sechshundert Fuß aufsteigen, haben wir dieses Problem noch immer, müßten aber noch zusätzlich befürchten, daß der Eisberg plötzlich in eine neue Strömung gerät und die alte verläßt.«

Wenn sie vorsichtig um einhundert Fuß oder mehr in den Hohlraum hinaufstiegen, um den fürchterlichen Druck auf die Hülle etwas abzuschwächen, würde die *Pogodin* im Prinzip in dem Berg stecken wie ein ungeborenes Baby im Leib seiner Mutter. Wenn der Eisberg sich dann schneller oder langsamer bewegte, als er es im Augenblick tat, bekämen sie vielleicht erst mit, was vor sich ging, wenn es zu spät war. Sie würden mit dem tieferen Eis kollidieren, das vor ihrem Bug oder hinter ihrem Heck lag.

»Wir behalten die Position bei«, sagte Gorow.

Das Notizbuch hatte eine böse Kraft, die Gunvald entsetzlich zwingend vorkam. Der Inhalt schockierte ihn, widerte ihn an und ließ ihm körperlich übel werden, und doch konnte er dem Drang nicht widerstehen, die nächste Seite zu lesen, und die nächste, und noch eine. Er war wie ein wildes Tier, das auf die Gedärme und den halb aufgefressenen Kadaver eines Exemplars seiner eigenen Art gestoßen war, das einem Raubtier zum Opfer gefallen war: Er steckte die Nase in die Überreste und schnüffelte begierig, verängstigt, aber neugierig. Er schämte sich dafür, empfand jedoch eine morbide Faszination für das schreckliche Schicksal, das einem seiner eigenen Art zustoßen konnte.

In gewisser Hinsicht war das Notizbuch das Tagebuch des Wahnsinns, die Tag um Tag und Woche um Woche verfaßte Chronik eines Geistes, der vom Grenzland der Vernunft in die Gefilde des Irrsinns reiste – wenngleich der Verfasser ganz offensichtlich nicht dieser Meinung war. Diesem gestörten Menschen kam das Tagebuch vielleicht wie ein Forschungsprojekt vor, eine aus offiziellen Quellen zusammengestellte Aufzeichnung einer eingebildeten Verschwörung gegen die Vereinigten Staaten und die Demokratie überhaupt. Ausschnitte aus Zeitungen und Zeitschriften waren entsprechend ihrer Erscheinungsdaten angeordnet und mit Tesafilm auf die Seiten des Notizbuchs geklebt worden. Neben jeden Ausschnitt hatte der Mann, der das Material zusammengetragen hatte, Kommentare an den Rand geschrieben.

Die frühesten Eintragungen schienen aus den unterschiedlichsten amateurhaft hergestellten politischen Zeitschriften mit geringer Auflage herausgeschnitten worden zu sein, die sowohl von extremen rechten als auch linken Gruppierungen in den Vereinigten Staaten veröffentlicht worden waren. Dieser Mann fand die Nahrung für seine brennende Paranoia an beiden Enden des Spektrums. Es handelte sich um wild übertriebene Schreckensgeschichten der geistlosesten Sorte, allesamt einfältig und skandalös: Der Präsident war ein entschiedener Kommunist der harten Linie – und in dem nächsten Artikel ein knallharter Faschist. Der Präsident war ein Homosexueller, der sich nicht zu outen wagte und eine Vorliebe für minderjährige Knaben hatte – oder vielleicht ein unersättlicher Satyr, dem man jede Woche zehn Nutten ins Weiße Haus schmuggelte. Der Papst war entweder ein verächtlicher rechter Eiferer, der insgeheim Diktatoren von Ländern der Dritten Welt unterstützte, oder ein linker Verrückter, der es auf die Vernichtung der Demokratie und die Beschlagnahme des gesamten Reichtums der Welt abgesehen hatte, weil er diese finanziellen Mittel den Jesuiten zur Verfügung stellen wollte. Hier stand zu lesen, daß die Rockefellers und die Mellons die Nachkommen von verschwörerisch veranlagten Familien waren, die schon seit dem vierzehnten Jahrhundert versuchten, die Welt zu beherrschen – vielleicht aber auch seit dem zwölften Jahrhundert oder dem zehnten oder dem Augenblick, da die Dinosaurier den Löffel abgegeben hatten. Ein Ausschnitt behauptete, daß in China Mädchen von klein an in von der Regierung finanzierten ›Prostitutions-Farmen‹ aufwuchsen und mit zehn Jahren sexuell abartigen Politikern des Westens überstellt wurden, die den Chinesen dafür Geheimnisse verrieten, die die nationale Sicherheit ihres jeweiligen Landes gefährdeten. Gierige Geschäftsleute vergifteten angeblich die gesamte Erde und waren so verrückt auf Geld, daß es ihnen völlig gleichgültig war, ob auch noch das letzte Robbenbaby abgeschlachtet oder der letzte der mächtigen Redwood-Bäume zu Gartenmöbeln verarbeitet wurde. Nein, sie vergifteten die nachfolgende Generation und zerstörten die Erde des allmächtigen Dollars wegen, und ihre bösen Verschwörungen waren so kompliziert und umfassend, daß niemand sicher sein konnte, daß nicht sogar seine eigene Mutter in ihren Diensten stand. Des weiteren versuchten Außerirdische aus einer anderen Galaxis – oder zumindest aus einem anderen Sonnensystem –, die Erde zu übernehmen, und bedienten sich dabei schändlicherweise und insgeheim der Hilfe der (eins ankreuzen) Republikanischen Partei, der Demokratischen Partei, der Libertarianischen Partei, der Juden, Schwarzen, wiedergeborenen Christen, der Liberalen, Konservativen und der leitenden Angestellten mittleren Alters aller amerikanischer Speditionsunternehmen. Die Aussagen dieser Zeitungsausschnitte waren so abstrus, daß Gunvald nicht einmal überrascht gewesen wäre, die Nachricht zu finden, daß Elvis seinen Tod nur vorgetäuscht hatte, um aus einem unterirdischen Herrenhaus in der Schweiz die Herrschaft über die internationale Bankengemeinde an sich zu reißen.

Mit dem Zeitungsausschnitt auf Seite 24 wurde das Notizbuch häßlicher und beunruhigender. Es handelte sich um ein Foto des verstorbenen Präsidenten Dougherty. Über dem Foto stand die Schlagzeile: ATTENTAT AUF DOUGHERTY – HEUTE VOR ZEHN JAHREN. Am Rand stand, mit winzigkleiner, aber akkurater Handschrift und roter Tinte geschrieben, ein psychotischer Schwulst: *Sein Gehirn ist verfault. Sein Verstand existiert nicht mehr. Seine Zunge kann keine Lügen mehr hervorbringen. Er ist den Würmern anheimgefallen, und uns bleiben weitere Kinder erspart, die er sonst vielleicht gezeugt hätte. Ich habe heute ein Poster gesehen, auf dem stand: Ich kann niemanden von meiner Wahrheit überzeugen, indem ich ihn einfach zum Schweigen bringe, wenn er die seine sprechen will. Aber das ist eine Lüge. Der Tod überzeugt einen Menschen. Und ich bin der Ansicht, daß er auch dazu beiträgt, seine Gefolgschaft zu überzeugen. Ich wünschte, ich hätte ihn getötet.*

Von dieser Stelle an wurde immer mehr Raum im Notizbuch der Familie Dougherty gewidmet. Auf Seite einhundert – dem Beginn des zweiten Drittels des Buches – war sie zu seiner einzigen Besessenheit geworden. Jeder Ausschnitt auf den nachfolgenden zweihundert Seiten befaßte sich mit ihr. Er hatte wichtige und triviale Meldungen eingeklebt: Einen Bericht über die Wahlkampfreden, die Brians Vater vor zwei Jahren gehalten hatte, einen Artikel über die Überraschungsparty, die man der Witwe des verstorbenen Präsidenten zum Geburtstag gegeben hatte, eine UPI-Meldung über Brians Abenteuer in einer der Stierkampfarenen in Madrid …

Auf Seite zweihundertzehn befand sich ein Familienporträt der Doughertys, das bei der Hochzeit von Brians Schwester gemacht und in der Zeitschrift *People* veröffentlicht worden war. Darunter stand ein handschriftlicher Kommentar von zwei Worten: *Der Feind.*

Auf Seite zweihundertunddreißig wurden die letzten dahinsiechenden Schleier der Normalität abgeworfen und das kreischende Antlitz des nackten Wahnsinns enthüllt. Der Besitzer des

Tagebuchs hatte eine Seite aus einer Zeitschrift eingeklebt, ein Farbfoto von Brians älterer Schwester, Emily. Eine hübsche junge Frau. Stupsnase. Große grüne Augen. Ein paar Sommersprossen. Kastanienbraunes, bis auf die Schultern fallendes Haar. Sie war von der Seite aufgenommen worden und lachte über etwas, das jemand gesagt oder getan hatte, der sich außerhalb der Kamerareichweite befand. Ordentliche Druckbuchstaben umgaben spiralenförmig ihr Gesicht, Hunderte von Wiederholungen von drei Wörtern, die den Rest der Seite bis an jeden Rand ausfüllten: *Schwein, Hure, Made, Schwein, Hure, Made, Schwein, Hure, Made …*

Die darauffolgenden Seiten waren haarsträubend.

Gunvald versuchte erneut, Harry zu erreichen. Keine Antwort. Er bekam mit niemandem Verbindung. Der Sturm war sein einziger Gefährte.

Was, in Gottes Namen, ging auf diesem Eisberg vor?

Brian Dougherty und Roger Breskin waren die einzigen Mitglieder der Gruppe, die über umfassende Taucherfahrung verfügten. Da Brian kein offizielles Mitglied der Expedition, sondern lediglich ein Beobachter war, gelangte Harry zur Ansicht, der Junge sollte beim Abstieg durch den Tunnel, der sich vielleicht in einer Hinsicht als gefährlich erweisen würde, die er sich noch nicht vorstellen konnte, auf keinen Fall die Führung übernehmen. Also würde Roger den Anfang machen.

Sie würden Roger in genau festgelegter Anordnung folgen: Harry als zweiter, dann Brian, Rita, George, Claude, Franz und Pete. Über diese Aufstellung hatten sie lange nachgedacht. Brian befand sich dann zwischen Harry und Rita, den beiden einzigen, denen er vollständig vertrauen konnte. George Lin kam hinter Rita und mochte eine Bedrohung für sie und Brian sein. Wegen seines Alters und jovialen Temperaments schien Claude Jobert – von Pete einmal abgesehen – am wenigsten verdächtig zu sein, so daß er Lin folgte und bestimmt jeden Versuch eines Anschlags bemerken und verhindern würde. Sollte Franz der Schuldige sein, wurden seine Möglichkeiten, ein Attentat gegen Brian zu versuchen, von der Tatsache begrenzt, daß Pete ihn von hinten im Auge behalten würde. Und für den unwahrscheinlichen Fall, daß Pete Johnson der Möchtegern-Mörder war, würde er nicht so leicht an Franz, Claude, Lin und Rita vorbeikommen, um zu Brian zu gelangen.

Wenn sie im Finsteren durch den mit Wasser gefüllten Tunnel hinabgestiegen wären, hätte ihre Reihenfolge keine Rolle gespielt, denn in der Dunkelheit hätte alles mögliche geschehen können. Zum Glück hatten die Aluminiumkästen drei starke Halogenlampen enthalten, die für die Benutzung unter Wasser bei beträchtlichem Druck entworfen waren. Als erster in der Reihe würde Roger eine bekommen, in der Mitte George Lin, und Pete als letzter Mann die dritte. Wenn jeder drei Meter Abstand zwischen sich und der Person hielt, der er durch den Tunnel hinabfolgte, betrug der Abstand von der ersten bis zur dritten Lampe etwa vierzig Meter. Sie würden zwar nicht gerade durch helles Licht schwimmen, doch Harry hoffte, daß die Helligkeit ausreichte, um den potentiellen Mörder abzuschrecken.

Jeder der beheizten Tauchanzüge war mit einer wasserdichten Uhr mit einer großen Digitalanzeige ausgestattet. Als Harry sich umgezogen hatte, warf er einen Blick auf die seine. Achtzehn Minuten nach elf.

Detonation in zweiundvierzig Minuten.

»Alle fertig?« fragte er.

Alle Tauchanzüge waren geschlossen, die Masken an Ort und Stelle. Sogar George Lin war bereit.

»Viel Glück, meine Freunde«, sagte Harry. Dann zog er seine Maske hinab, griff über die linke Schulter, um die Luftzuführung aus der Sauerstoffflasche zu aktivieren, und atmete ein paarmal tief ein, um sich zu vergewissern, daß das Gerät richtig funktionierte. Schließlich drehte er sich zu Roger Breskin um und hob einen Daumen.

Roger ergriff seine Halogenlampe, watschelte über den flachen Rand des Teichs, zögerte nur eine Sekunde lang – und sprang mit den Füßen zuerst in die breite Tunnelöffnung.

Harry folgte ihm und warf sich mit einem nicht ganz so starken Spritzer, wie Roger ihn erzeugt hatte, ins Wasser. Obwohl er es besser wußte, rechnete er damit, daß die eiskalte Umarmung des Wassers ihm den Atem nehmen und sein Herz zum Stillstand bringen würde, und als sich das Wasser um ihn schloß, schnappte er unwillkürlich nach Luft. Doch die Batterie und die beheizte Fütterung des Taucheranzugs funktionierten äußerst gut, und er nahm keinen Temperaturwechsel von der Höhle in den Tunnel wahr.

Das Wasser war dunkel. Millionen von Schmutzpartikeln, Wolken winziger Algen in ausreichender Menge, um eine ganze Walherde zu ernähren, und Eisklumpen trieben in dem diffusen, gelblichen Strahl der wasserdichten Lampe. Hinter dem Halogenlicht war Roger eine nur halb auszumachende Gestalt, völlig schwarz und geheimnisvoll in seinem Gummianzug, wie ein Schatten, der der Person entkommen war, die ihn warf, oder wie der Sensenmann persönlich, nur ohne Sense.

Wie angewiesen, sprang Brian sofort danach ins Wasser, um einen möglichen Anschlag auf sein Leben zu vereiteln, nachdem Harry und Roger die Höhle verlassen hatten.

Roger zog sich bereits an dem Multi-Kommunikationskabel hinab, das zur *Ilja Pogodin* führte.

Harry hob das linke Handgelenk vor die Gesichtsmaske, um auf die digitalen Leuchtziffern seiner Uhr zu schauen: 23:20.

Detonation in vierzig Minuten.

Er folgte Roger Breskin hinab ins Unbekannte.

23:22
DETONATION IN ACHTUNDDREIßIG MINUTEN

»Offiziersmesse an Kapitän.«

Im Kontrollraum griff Nikita Gorow nach dem Mikrofon. »Ich höre.«

Die Worte kamen so schnell aus dem Lautsprecher, daß sie ineinanderflossen und kaum verstandlich waren. »Wir haben auf dem Schott hier Schweiß.«

»Auf welchem Schott?« fragte Gorow mit geschäftsmäßiger Ruhe, obwohl sein Magen sich vor Schrecken zusammenzog.

»Steuerbord, Herr Kapitän.«

»Wie ernst?«

»Nicht sehr ernst. Noch nicht. Es ist eine dünne Spur, zwei Meter lang, ein paar Zentimeter breit, direkt unter der Decke.«

»Irgendein Anzeichen für Materialverzerrung?«

»Nein, Herr Kapitän.«

»Halten Sie mich auf dem laufenden«, sagte er, ohne zu verraten, wie besorgt er war, und ließ das Mikrofon los.

Der Techniker, der hinter dem Oberflächen-Echolot saß, erstattete Meldung. »Ich nehme wieder eine teilweise Blockierung des Lochs wahr.«

»Taucher?«

Der Techniker studierte kurz die graphische Darstellung. »Ja. Darum könnte es sich handeln. Ich stelle Abwärtsbewegungen fest.«

Die gute Nachricht löste keine Reaktion aus. Die Männer waren noch genauso angespannt wie eine Minute zuvor. Doch zum ersten Mal seit mehreren Stunden hatte sich zu ihrer Anspannung vorsichtiger Optimismus gesellt.

»Torpedoraum an Kapitän.«

Gorow wischte sich zum wiederholten Male die feuchten Hände an den Hosen ab und zog das Mikrofon erneut hinab. »Fahren Sie fort.«

Die Stimme klang beherrscht, doch ein Unterton von Unbehagen war offensichtlich. »Der Schweiß auf dem Schott zwischen Rohr Nummer vier und Rohr Nummer fünf wird schlimmer, Herr Kapitän. Mir gefällt das gar nicht.«

»Bis zu welchem Ausmaß schlimmer?«

»Das Wasser tropft jetzt auf das Deck.«

»Wieviel Wasser?« fragte Gorow.

Im Lautsprecher zischte es, während der Torpedo-Offizier die Situation abschätzte. Dann: »Dreißig bis fünfzig Gramm.«

»Das ist alles?«

»Jawohl, Herr Kapitän.«

»Keine Verbiegungen?«

»Nichts zu sehen.«

»Die Nieten?«

»Keine Verzerrung der Schweißlinie.«

»Irgendwelche Geräusche von Materialermüdung?«

»Wir haben sie mit einem Stethoskop abgehört, Herr Kapitän. Keine ungewöhnlichen Geräusche, keine Anzeichen von Erschöpfung, nur das Übliche.«

»Weshalb klingen Sie dann so besorgt?« fragte Gorow, um der Sache endlich auf den Grund zu gehen.

Der Torpedo-Offizier antwortete nicht sofort, doch dann sagte er schließlich: »Nun ja ... wenn man die Hand auf den Stahl legt ... nimmt man eine seltsame Vibration wahr.«

»Vibrationen der Maschinen.«

»Nein, Herr Kapitän«, drang die Stimme des Torpedo-Offiziers aus dem Lautsprecher. »Es ist etwas anderes. Ich weiß nicht genau, was. Aber so etwas habe ich noch nie gespürt. Ich glaube ...«

»Was?«

»Herr Kapitän?«

»Was glauben Sie?« fragte Gorow. »Spucken Sie es aus. Was glauben Sie, was Sie gefühlt haben, als Sie die Hand auf den Stahl legten?«

»Druck.«

Gorow war sich bewußt, daß die Mannschaft im Kontrollraum ihren vorsichtigen Optimismus schon wieder verloren hatte. »Druck?« sagte er zu dem Torpedo-Offizier. »Man kann durch den Stahl keinen Druck fühlen. Ich schlage vor, daß Sie Ihre Phantasie besser im Zaum halten. Es besteht kein Grund zur Panik. Halten Sie die Stelle nur genau im Auge.«

Der Torpedo-Offizier hatte anscheinend eine andere Reaktion erwartet. »Jawohl, Herr Kapitän«, sagte er verdrossen.

Schukows wolfsähnliches Gesicht wurde von Furcht verzerrt, aber auch von Zweifel und Zorn, einem Mosaik von Emotionen, die bestürzend deutlich und deutbar waren. Wenn ein Erster Offizier darauf hoffte, jemals Kapitän zu werden, mußte er seinen Gesichtsausdruck besser unter Kontrolle haben. Er sprach so leise, daß Gorow sich anstrengen mußte, um ihn zu verstehen: »Ein kleines Loch, ein Haarriß in der Druckhülle, und das Schiff wird zermalmt werden.«

Damit hatte er natürlich recht. Und es konnte in einem Sekundenbruchteil geschehen. Es würde vorbei sein, bevor sie überhaupt bemerkt hatten, daß es angefangen hatte. Zumindest würde der Tod gnädig schnell kommen.

»Wir werden es schaffen«, beharrte Gorow.

Er sah die Verwirrung der Treuepflichten in den Augen des Ersten Offiziers und fragte sich, ob er sich irrte. Er fragte sich, ob er die Edgeway-Wissenschaftler aufgeben und die *Pogodin* ein paar hundert Fuß hinaufbringen sollte, um den vernichtenden Druck auf das Schiff zu verringern.

Er dachte an Nikki.

Er ging mit sich selbst streng genug zu Gericht, um die Möglichkeit in Betracht zu ziehen, daß die Rettung der Edgeway-Expedition bei ihm zu einer Besessenheit geworden war, zu einem Akt der persönlichen Buße, was nicht im besten Interesse seiner Mannschaft gewesen wäre. Sollte dies der Fall sein, hätte er die Herrschaft über sich verloren und wäre dem Kommando nicht mehr gewachsen.

Werden wir wegen mir alle sterben? fragte er sich.

23:27
DETONATION IN DREIUNDDREIßIG MINUTEN

Der Abstieg am Kommunikationskabel erwies sich als viel schwieriger und anstrengender, als Harry Carpenter erwartet hatte. Er war im Wasser nicht annähernd so erfahren wie Brian und Roger, wenngleich er im Lauf der Jahre des öfteren getaucht hatte und zu wissen glaubte, worauf er sich einließ. Doch er hatte nicht berücksichtigt, daß ein Taucher normalerweise den größten Teil seiner Zeit unter Wasser damit verbrachte, mehr oder weniger parallel zum Meeresboden zu schwimmen; sie hingegen stiegen an dieser etwa zweihundert Meter langen Leine senkrecht zum Meeresboden hinab, was er ermüdend fand. Sogar *unerklärlich* ermüdend, da kein körperlicher Grund bestand, warum dieser Tauchvorgang wesentlich schwieriger sein sollte als jeder andere, den er absolviert hatte. Schließlich war er unter Wasser ja praktisch gewichtslos, und die Flossen waren genauso nützlich, wie sie es gewesen wären, wäre er parallel zum Meeresboden geschwommen. Er vermutete, daß seine eigenartige Müdigkeit größtenteils psychologischer Natur war, kam jedoch nicht dagegen an. Trotz der Bleigewichte des Taucheranzugs schien er ständig gegen seinen natürlichen Auftrieb ankämpfen zu müssen. Seine Arme schmerzten. Blut hämmerte in seinen Schläfen und hinter seinen Augen. Ihm wurde schnell klar, daß er gelegentlich eine Pause einlegen, sich aufrichten und den Kopf heben mußte, um das Gleichgewicht zurückzuerlangen; ansonsten würde er, obwohl seine Müdigkeit und zunehmende Orientierungslosigkeit zweifellos völlig psychologisch bedingt waren, ohnmächtig werden.

Vor ihm schien Roger Breskin mühelos voranzukommen. Er hatte die linke Hand um das Kommunikationskabel gelegt, während er hinabtauchte, hielt die Lampe in der anderen und verließ sich völlig darauf, daß seine Beine ihn vorantrieben. Er trat mühelos aus. Seine Technik unterschied sich nicht grundlegend von der Harrys, doch er hatte den Vorteil, bei seiner regelmäßigen, emsigen Arbeit an den Gewichten kräftige Muskeln aufgebaut zu haben.

Als Harry spürte, daß seine Schultern knackten, sein Nacken zu schmerzen begann und neue, scharfe Ströme der Pein durch seine Arme schossen, wünschte er sich, er hätte in den letzten zwanzig Jahren genausoviel Zeit wie Roger in Fitneß-Studios zugebracht.

Er warf einen Blick über die Schulter zurück, um sich zu überzeugen, daß Brian und Rita in Ordnung waren. Der Junge folgte ihm in einem Abstand von etwa vier Metern; seine Gesichtszüge waren unter der Tauchmaske kaum auszumachen. Immer wieder strömten Ausbrüche von Luftblasen aus Brians Luftschlauch, wurden vom Rückschein von Roger Breskins Lampe kurz golden gefärbt und verschwanden schnell in der Dunkelheit über ihm. Trotz allem, was er in den letzten paar Stunden durchgemacht hatte, schien er keine Schwierigkeiten zu haben, mit ihnen mitzuhalten.

Hinter Brian war Rita kaum sichtbar, wurde nur ganz schwach von George Lins Lampe erhellt. Die gelblichen Strahlen wurden vom dunklen Wasser besiegt; vor diesem unheimlich leuchtenden, aber bleichen Dunst war sie nur ein sich kräuselnder Schatten und wirkte manchmal so verschwommen und seltsam, daß es sich bei ihr gar nicht um einen Menschen, sondern einen unbekannten Bewohner des Polarmeers zu handeln schien. Harry konnte ihr Gesicht nicht erkennen, war sich jedoch darüber im klaren, daß sie stark unter ihren Ängsten litt.

Kryophobie: Furcht vor Eis.

Das kalte Wasser im Tunnel war so dunkel, als hätte ein Tintenfisch es mit seinen Wolken schwarz eingefärbt. Es wimmelte darin vor Algen, Eisklumpen und anorganischen Partikelchen. Rita konnte das Eis nicht sehen, das in jeder Richtung nur sechs Meter weit von ihr entfernt war, doch ihr war genau bewußt, daß es sie umgab. Mitunter war ihre Furcht so überwältigend, daß ihre Brust anschwoll, ihre Kehle sich zusammenzog und sie nicht mehr atmen konnte. Doch jedesmal, wenn sie am beklemmenden Rand der blinden Panik stand, atmete sie schließlich explosiv aus, sog die metallen schmeckende Gasmischung aus der Sauerstoffflasche ein und wehrte die Hysterie ab.

Frigophobie: Furcht vor Kälte. In dem russischen Taucheranzug fror sie kein bißchen. Ihr war sogar wärmer als irgendwann in den letzten Monaten, seit sie die Eisdecke betreten und die Station Edgeway gegründet hatten. Dennoch wurde sie sich unvermeidlich der tödlichen Kälte des Wassers *bewußt*. Ihr war völlig klar, daß sie nur von einer dünnen Schicht Gummi und elektrisch beheizten Isolierungsschichten von ihr getrennt wurde. Die russische Technik war beeindruckend, doch wenn die Batterie an ihrer Hüfte erschöpft sein sollte, bevor sie das U-Boot tief unter ihr erreichte, würde ihr sehr schnell die Körperwärme entzogen werden. Die beharrliche Kälte des Meeres würde tief in ihre Muskeln eindringen, in ihr Mark, ihren Körper peinigen und ihren Verstand schnell betäuben …

Tiefer, immer tiefer. Von einer Kälte umschlungen, die sie nicht fühlen konnte. Von Eis umgeben, das sie nicht sehen konnte. Gekrümmte weiße Wände links und rechts von ihr, über und unter ihr, vor und hinter ihr, aber knapp außerhalb ihrer Sichtweite. Sie umgaben und umschlossen sie. Ein Gefängnis aus Eis. Von Dunkelheit und bitterer Kälte durchflutet. Völlig still bis auf das leise Rauschen ihres Atems und das Hämmern ihres Herzens. Unentrinnbar. Tiefer als ein Grab.

Als Rita in die unbekannten Tiefen schwamm, wurde sie sich manchmal des Lichts vor ihr stärker bewußt als bei anderen Gelegenheiten, denn sie dachte wiederholt an den Winter zurück, als sie sechs Jahre alt gewesen war.

Glücklich. Aufgeregt. Unterwegs zu ihrem ersten Wintersporturlaub mit ihren Eltern, die erfahrene Skifahrer und versessen darauf waren, es ihr beizubringen. Der Wagen ist ein Audi. Ihre Eltern sitzen vorn, und sie sitzt allein auf der Rückbank. Sie fuhren in zunehmend weiße und phantastische Bereiche hinauf. Eine gewundene Straße in den französischen Alpen. Ein alabasternes Wunderland überall um sie herum und unter ihnen, prachtvolle Ausblicke auf schneebedeckte Nadelbaumwälder, von Eis überzogene Felsspitzen, die hoch über ihnen auszumachen waren wie die Gesichter der Götter der Menschen der Antike. Fette weiße Schneeflocken, die plötzlich aus dem eisengrauen Nachmittagshimmel fielen. Sie ist ein Kind des italienischen Mittelmeerraums, der Sonne und Olivenhaine und des Meers, auf dem die Sonne flitterte, und ist noch nie zuvor in den Bergen gewesen. Nun rast ihr junges Herz vor Abenteuerlust. Es ist so wunderschön: der Schnee, das steil ansteigende Land, die Täler, die mit Bäumen und purpurnen Schatten bedeckt und mit kleinen Dörfern gesprenkelt sind. Und selbst, wenn der Tod ganz plötzlich kommt, hat er eine schreckliche Schönheit, ganz in strahlendes Weiß gekleidet. Ihre Mutter sieht die Lawine als erste, rechts von der Straße und hoch über ihnen, und schreit beunruhigt auf. Rita schaut durch das Seitenfenster, sieht die weiße Wand hoch auf der Flanke des Berges, doch sie gleitet hinab, wächst dabei so schnell wie eine Sturmwelle, die über das Meer zum Ufer rast, wirbelt Schneewolken auf wie Meeresgischt, zuerst still, so weiß und still und wunderschön, daß sie kaum glauben kann, daß sie sie verletzen könnte. »Wir sind schneller als die Lawine«, sagt ihr Vater und klingt verängstigt, als er das Gaspedal durchdrückt, und ihe Mutter sagt: »Beeil dich, um Gottes willen, beeile dich!«, und sie kommt weiter hinab, still und weiß und riesig und betörend, und sie wird von einer Sekunde zur anderen größer … Stille … dann ein kaum hörbares Poltern, wie ein ferner Donner …

Rita hörte seltsame Geräusche. Hohle, ferne Stimmen. Sie schrien oder klagten. Wie die Stimmen der Verdammten, die sich über einem Seancetisch aus dem Äther meldeten und schwach um Erlösung von ihrem Leiden baten.

Dann wurde ihr klar, daß es nur eine einzige Stimme war. Ihre eigene. Sie stieß harte Geräusche der Panik in ihre Gesichtsmaske aus, doch da ihre Ohren sich nicht unter der Maske befanden, hörte sie ihre eigenen Schreie nur, weil sie durch ihre Schädelknochen vibrierten. Sie klangen wie das Wehklagen verdammter Seelen, weil in diesem Augenblick die Hölle ein Ort in ihr selbst war, eine dunkle Ecke in ihrem Herzen.

Sie schielte an Brian vorbei und konzentrierte sich verzweifelt auf die schattenhafte Gestalt tiefer an dem Kabel: Harry. Er war in der Finsternis kaum sichtbar, trat in die schwarze Leere hinab, so nah und doch so fern. Vier oder fünf Meter trennten Rita von Brian. Der Junge war knapp zwei Meter groß, und dann noch einmal drei, dreieinhalb Meter zwischen ihm und Harry: Zehn, zwölf Meter trennten sie von ihrem Mann. Es kam ihr wie ein Kilometer vor. Solange sie an Harry dachte und an die guten Zeiten, die sie gemeinsam haben würden, nachdem sie diese schwere Prüfung überstanden hatten, konnte sie sich davon abhalten, in ihre Gesichtsmaske zu schreien, und weiterschwimmen. Paris. Das Hotel George V. Eine Flasche guten Champagners. Sein Kuß. Seine Berührung. Wenn sie sich nicht von ihren Ängsten überwältigen ließ, würden sie all das wieder miteinander erleben.

Harry schaute zu Rita zurück. Sie war noch dort, wo sie sein sollte, folgte Brian das Kommunikationskabel hinab.

Er blickte wieder nach vorn und sagte sich, daß er sich zu große Sorgen um sie machte. Im allgemeinen galten Frauen als ausdauernder als Männer. Und wenn dies zutraf, traf es besonders auf *diese* Frau zu.

»Halte durch«, sagte er, als könne sie ihn hören, und lächelte.

Als sie vielleicht fünfzig Meter tief im dunklen Tunnel waren, hielt Roger endlich an und machte eine Pause. Er schlug einen Salto, als gehöre er einem Unterwasserballett an, und drehte sich an dem Seil um, bis er Harry in einer natürlichen Position betrachten konnte: den Kopf oben, die Füße unten.

Fünf Meter hinter Roger hielt auch Harry an und wollte ebenfalls einen Purzelbaum schlagen, als Rogers Halogenlampe erlosch. Hinter Harry leuchteten noch zwei Lampen, aber ihre Lichtstrahlen wurden vom trüben Wasser zerstreut und erreichten ihn und Roger nicht mehr. Er war von Dunkelheit umhüllt.

Einen Augenblick später prallte Breskin mit ihm zusammen. Harry konnte sich nicht an dem Kommunikationskabel festhalten. Sie taumelten in einem absteigenden Winkel zur Tunnelwand in die Dunkelheit hinab. Harry begriff nicht, was los war. Dann spürte er, daß eine Hand sich um seine Kehle legte, und wußte, daß er in Schwierigkeiten steckte. Er prügelte auf Breskin ein, legte all seine Kraft in die Schläge, doch das Wasser absorbierte die Kraft seiner Stöße und verwandelte sie in ein verspieltes Tätscheln.

Breskins Hand schloß sich immer enger um Harrys Kehle. Harry versuchte, den Kopf zur Seite oder nach hinten zu reißen, konnte sich aber nicht befreien. Der Gewichtheber hatte einen eisernen Griff.

Breskin trieb ein Knie in Harrys Magen, doch das Wasser arbeitete gegen ihn und verlangsamte und dämpfte den Tritt. Härter und schneller als erwartet prallte Harrys Rücken gegen die Tunnelwand, und Schmerz flammte an seinem Rückgrat auf. Der größere Mann drückte ihn gegen das Eis.

Die beiden anderen Halogenlampen – George trug die eine, Pete die andere – waren weit über ihm und etwa sechs Meter näher zur Mitte des Tunnels, verschwommen leuchtende Geisterlichter, die das trübe Wasser heimsuchten. Harry war praktisch blind. Selbst auf nächste Entfernung konnte er seinen Angreifer nicht ausmachen.

Die Hand glitt an seiner Kehle höher, berührte sein Kinn. Die Gesichtsmaske wurde ihm abgerissen.

Mit diesem strategischen Schlag wurde Harry der Atem und die geringe Sicht genommen, die er noch hatte, und er der mörderischen Kälte des Wassers ausgesetzt. Hilf- und orientierungslos war er für Breskin kein Bedrohung mehr, und der großgewachsene Mann ließ ihn los.

Die Kälte war wie eine Faust voller Nägel, die in sein Gesicht gerammt wurde, und seine Körperwärme schien auszuströmen, als wäre sie eine heiße Flüssigkeit, die durch die dabei entstandenen Löcher floß.

Entsetzt, am Rand der Panik, sich aber bewußt, daß Panik sein Tod sein konnte, rollte Harry sich in die Dunkelheit davon und griff hinter sich nach der kostbaren Maske, die am Ende des Luftschlauchs schwebte.

Eine Sekunde nachdem die Lampe an der Spitze der Prozession erlosch, wurde Rita klar, was nicht stimmte: Breskin war derjenige, der es auf Brian Dougherty abgesehen hatte. Und eine Sekunde *darauf* wußte sie, was sie zu tun hatte.

Obwohl sie in der Düsterkeit unter ihr weder Harry noch Breskin sehen konnte, war sie überzeugt, daß die beiden Männer um ihr Leben kämpften. So stark er auch war, gegen einen erfahrenen Taucher hatte Harry keine Chance. Sie wollte ihm zu Hilfe eilen, doch das war eine törichte Idee, und sie ließ sie sofort fallen. Sie wurde von ihren Gefühlen zu Harry getrieben, doch sie durfte die Kontrolle über ihre Gefühle nicht verlieren, oder sie würden alle sterben. Wenn Harry nicht Roger Breskin gewachsen war, war sie es auch nicht. Sie mußte darauf hoffen, daß er auf die eine oder andere Weise überlebte, und sich mittlerweile vom Kommunikationskabel in die Dunkelheit zurückziehen, auf ihre Chance warten und Breskin verfolgen, wenn er zu Brian schwamm.

Sie ließ das Kabel los und driftete aus dem bernsteinfarbenen Licht von George Lins Lampe, die hinter ihr leuchtete und ihren Umriß erhellte, so daß Breskin sie sehen konnte. Sie betete, daß George ihr nicht folgen und ihren Plan zunichte machen würde, und erreichte kurz darauf die Tunnelwand, die glatte Krümmung aus … Eis.

Das Poltern wird zu einem Krachen, und erneut sagt ihr Vater: »Wir sind schneller als die Lawine!«, doch seine Worte sind jetzt eher ein Gebet als ein Versprechen. Die große weiße Wand kommt hinab hinab hinab hinab, und ihre Mutter schreit …

Rita schüttelte die Vergangenheit ab und versuchte, ihre Furcht vor dem Eis zu bezwingen, gegen das sie sich drückte. Die Wand würde nicht über ihr zusammenbrechen. Sie bestand aus festem, Dutzende von Meter dickem Eis, und bis um Mitternacht der Plastiksprengstoff explodierte, war sie keinem so großen Druck ausgesetzt, daß sie zusammenbrechen würde.

Sie schwang sich herum, drehte sich mit dem Rücken zur Wand und schaute zu dem Tumult am Kommunikationskabel hinüber. Sie leistete dem ständigen Abwärtszug ihres Gewichtsgürtels Widerstand, indem sie Wasser trat, und drückte eine Hand fest gegen das Eis an ihrer Seite.

Das Eis war kein Lebewesen, hatte kein Bewußtsein. Das *wußte* sie ganz genau. Dennoch hatte sie den Eindruck, als *wolle es sie holen*. Sie spürte seine Sehnsucht, seine Gier, seine Überzeugung, daß sie ihm gehörte. Es hätte sie nicht überrascht, hätte sich unter ihrer Hand ein Maul in der Wand geöffnet und sie ihr am Gelenk abgebissen oder sich so weit geöffnet, daß es sie völlig verschlingen konnte.

Sie schmeckte Blut. Sie hatte sich so sehr bemüht, ihr aufsteigendes Entsetzen zu unterdrücken, daß sie sich in die Unterlippe gebissen hatte. Der salzige, kupferähnliche Geschmack – und der Schmerz – halfen ihr, den Kopf klar zu bekommen und sich auf die *tatsächliche* Bedrohung für ihr Überleben zu konzentrieren.

In der Mitte des Tunnels schoß Roger Breskin aus den schwarzen Tiefen und in das schwache Licht von George Lins Lampe.

Harry war im Abgrund unter ihr verschwunden, der plötzlich nicht nur ein paar hundert Meter hinabzuführen schien, sondern bis in die Ewigkeit.

Breskin ging sofort auf Brian los.

Brian hatte eindeutig noch immer nicht ganz verstanden, was hier vor sich ging. Obwohl auch er ein erfahrener Taucher war, würde er sich niemals schnell genug bewegen können, um Breskin zu entkommen.

Rita stieß sich von der Wand ab und schwamm hinter den Angreifer. Sie wünschte, sie hätte eine Waffe, und hoffte, daß das Überraschungsmoment der einzige Vorteil sein würde, den sie benötigte.

Als Brian sah, daß Roger Breskin wie ein Hai aus den lichtlosen Tiefen hinaufschoß, fiel ihm ein Gespräch ein, daß sie zuvor an diesem Tag geführt hatten, kurz nachdem sie George von dem Vorsprung an der Seite des Eisbergs gerettet hatten. Brian war zum Rand der Klippe hinaufgezogen worden, zitternd, schwach vor Erleichterung:

Unglaublich.

Wovon sprichst du?

Ich hatte nicht erwartet, daß ich es schaffe.

Du hast mir nicht vertraut?

Das war es nicht. Ich hatte befürchtet, das Seil würde reißen, oder der Vorsprung auseinanderbrechen, oder sonst was …

Irgendwann wirst du sterben. Aber das war nicht der richtige Zeitpunkt und der richtige Ort dafür.

Brian hatte gedacht, daß Roger ungewöhnlich philosophisch war. Nun wurde ihm klar, daß es sich um eine verklausulierte

Drohung gehandelt hatte, um ein aus tiefstem Herzen kommendes Versprechen auf Gewalt.

Vielleicht hatte Breskin nicht gewollt, daß George Zeuge des Geschehens wurde, oder er hatte aus anderen, unerklärlichen und verrückten Gründen, auf die nur er sich einen Reim machen konnte, nicht früher zugeschlagen. Diesmal hatte er mehr als einen Zeugen, aber es schien ihm gleichgültig zu sein.

Noch während das Gespräch sich erneut in Brians Gedächtnis abspielte, versuchte er sich von Breskin abzuwenden und zur Tunnelwand zu schwimmen, doch sie waren bereits zusammengeprallt und taumelten gemeinsam in die Dunkelheit fort. Breskins starke Beine umschlossen Brian, hielten ihn wie eine Pinzette gepackt. Dann eine Hand an seiner Kehle. An seiner Gesichtsmaske. *Nein!*

George Lin dachte, russische Taucher aus dem U-Boot würden sie angreifen.

Von dem Augenblick an, da die Russen ihnen Hilfe angeboten, hatten, hatte er gewußt, daß sie irgendeinen Trick im Sinn hatten. Er hatte versucht, dahinterzukommen, worum es sich handeln mochte, aber *das* war ihm nicht eingefallen: ein mörderischer Akt des Verrats tief im Tunnel. Warum sollten sie sich so viel Mühe machen, ein Gruppe westlicher Wissenschaftler zu töten, die um Mitternacht sowieso in Fetzen gerissen werden oder in die tödlich kalte See stürzen würden? Das war sinnlos, reiner Wahnsinn, aber andererseits wußte er, daß nichts, was die Kommunisten je getan hatten, logisch war, nirgendwo auf der Welt, weder in Rußland oder in China noch irgendwo sonst, zu keiner Zeit während ihrer Schreckensherrschaft. Ihre Ideologie war lediglich eine wahnsinnige Gier nach uneingeschränkter Macht, Politik als Kultreligion, die sich völlig von Moral und Vernunft abgesondert hatte, und ihre blutigen Metzeleien und bodenlose Grausamkeit konnten einfach nicht von jemandem analysiert oder verstanden werden, der kein Anhänger ihrer verrückten Überzeugung war.

Er wäre lieber wieder den Tunnel hinaufgeschowmmen, aus dem Teich geklettert, auf das Eis zurückgekehrt und hätte ein Sprengloch gesucht und sich daraufgelegt, um sich von der Explosion um Mitternacht in Fetzen reißen zu lassen, denn das wäre ein sauberer Tod gewesen als irgendeiner durch die Hände *dieser* Leute. Aber er konnte sich nicht bewegen. Seine linke Hand war so fest um das Kommunikationskabel geschlungen, daß die beiden miteinander verlötet sein könnten. Mit der rechten Hand hielt er die Halogenlampe so fest gepackt, daß seine Finger schmerzten.

Er wartete darauf zu sterben, wie seine Schwester gestorben war. Wie seine Mutter gestorben war. Wie sein Großvater und seine Großmutter gestorben waren. Die Vergangenheit war wiedergekommen, um die Gegenwart zu überwältigen.

Seine Hoffnung, er würde dem Schrecken seiner Kindheit entkommen können, war töricht gewesen. Letztlich entkam kein Lamm dem Schlachter.

Der Luftschlauch trieb neben Harrys Kopf, und die Tauchermaske war an seinem Ende befestigt und schwebte über ihm. Er zog die Maske hinab und drückte sie auf sein Gesicht. Sie war voller Wasser, und er wagte nicht sofort zu atmen, obwohl seine Lungen in Flammen zu stehen schienen. Als er eine Ecke des Gummirands ein Stück hochzog, zwang die einfließende Mischung aus Sauerstoff und Helium das Wasser unter der Plexiglasscheibe hinaus, und als alles Wasser abgeflossen war, drückte er diese Ecke wieder fest auf die Haut und atmete tief ein, und noch einmal, und noch einmal, und hustete und keuchte und würgte vor Erleichterung. Der etwas seltsame Geruch und Geschmack des Gases war köstlicher als alles andere, was er je in seinem Leben gegessen oder getrunken hatte.

Seine Brust schmerzte, seine Augen brannten, und der Schmerz in seinem Kopf war so heftig, daß er befürchtete, jeden Moment werde sein Schädel platzen. Er wollte lediglich bleiben, wo er war, in dem finsteren Meer schweben, sich von dem Anschlag erholen. Aber dann dachte er an Rita, und er schwamm hinauf zu den beiden verbleibenden Lichtern und einem Durcheinander von Schatten.

Brian ergriff mit beiden Händen Breskins linkes Handgelenk und versuchte, die stählerne Faust des Mannes von seinem Gesicht zu zerren, konnte aber keinen Widerstand mehr leisten. Die Tauchermaske wurde abgerissen.

Das Meer war kälter als der Gefrierpunkt normalen Wassers, wegen seines Salzgehalts jedoch noch nicht gefroren. Als es über sein Gesicht strömte, war der Schock fast so schmerzhaft, als hätte man ihm einen Bunsenbrenner auf die Haut gedrückt.

Dennoch reagierte Brian so ruhig, daß er selbst überrascht war. Er kniff die Lider fest zu, bevor das Wasser das Oberflächengewebe seiner Augäpfel gefrieren konnte, biß die Zähne zusammen und brachte es fertig, weder durch den Mund noch durch die Nase zu atmen.

Das würde er nicht lange durchhalten. Eine Minute, höchstens anderthalb. Dann würde er unwillkürlich und krampfhaft einatmen …

Breskin schlang die Beine fester um Brians Hüften, zwängte seine von Gummi überzogenen Finger zwischen Brians zusammengedrückte Lippen und versuchte, ihm gewaltsam den Mund zu öffnen.

Rita schwamm hinter und über Roger Breskin in das schwache Licht von Georges Lampe. Sie glitt auf Breskins Rücken und schlang ihre langen Beine um seine Taille, wie er die Beine um Brian geschlungen hatte.

Mit Reflexen, die von verrückter Wut eher geschärft als abgestumpft waren, ließ Breskin jetzt Brian los und packte Rita an den Knöcheln.

Sie hatte den Eindruck, auf einem Wildpferd zu reiten. Er schüttelte sich und bockte, ein kräftiges Tier, aber sie hielt ihn mit den Schenkeln umschlungen und griff nach seiner Maske.

Breskin war zwar verrückt, aber nicht dumm. Er spürte ihre Absicht, ließ ihre Knöchel los und ergriff ihre Handgelenke, gerade als ihre Fingerspitzen den Rand seiner Gesichtsmaske berührten. Er beugte sich vor, trat mit seinen Schwimmflossen aus, schlug einen Salto. Durch das Wasser rollend, riß er ihre Hände von einem Gesicht, und indem er die Dynamik des Meeres ausnutzte, um eine Hebelkraft zu entwickeln, der sie nichts entgegenzusetzen hatte, schleuderte er sie von ihm zurück. Sie trat wütend nach ihm, während sie zurücktrieb, hoffte, den verrückten Mistkerl zu erwischen, doch keiner ihrer Tritte traf ihn.

Als sie ihre Orientierung zurückerlangt hatte, sah sie, daß Pete und Franz zu Breskin geschwommen waren. Franz versuchte, sein Handgelenk festzuhalten, während Pete nach einem Arm des Verrückten griff.

Doch Breskin war im Gegensatz zu ihnen ausgebildeter Taucher. Sie waren langsam, unbeholfen und wurden von den Gesetzen des schwerelosen Reichs verwirrt, in dem sie sich befanden, während Breskin sich wie ein Aal wand, geschmeidig und schnell und fürchterlich stark, und im Wasser wie zu Hause war. Er riß sich von ihnen los, rammte einen Ellbogen in Petes Gesicht, riß Petes Maske über dessen Kopf und stieß ihn gegen Franz.

Brian war am Kabel, fünf Meter unter George Lin. Claude war bei ihm. Der Franzose hielt Petes Lampe in einer Hand und hielt mit der anderen Brian fest, während der Junge das Wasser aus seiner Maske wischte.

Breskin entfernte sich von Pete und Franz, die unkontrolliert durch das Wasser taumelten, und schwamm wieder auf Brian zu.

Rita erhaschte in einem Augenwinkel eine Bewegung, drehte den Kopf und sah Harry, der aus der Dunkelheit unter ihr hinaufschoß.

Harry wußte, daß Breskin ihn nicht kommen sah. Überzeugt, alle Widersacher vorübergehend unschädlich gemacht zu haben, ließ der große Mann von Pete und Franz ab, trat mit aller Kraft seiner muskulösen Beine und hielt direkt auf sein eigentliches Opfer zu. Zweifellos rechnete er fest damit, daß er mit einem Mann in Claudes Alter schnell fertig wurde und dann Brian erledigen konnte, bevor der Junge Gelegenheit bekam, seine Maske zu säubern und einen stärkenden Atemzug zu tun.

Wäre Harry unter Breskin hinweggetaucht, hätte er sich auf ihn werfen und darauf hoffen können, ihn von Brian abzudrängen. Statt dessen wich er zur Seite aus, schoß an dem Verrückten vorbei und ergriff den Luftschlauch, der seine Gesichtsmaske mit dem unter Druck stehenden Sauerstofftank auf seinem Rücken verband. Harry bewegte hektisch die Beine, arbeitete sich hinauf und zerrte den Schlauch aus der Klammer, die ihn mit dem Ventil auf der Oberseite des Behälters verband. Da er und Breskin sich in verschiedenen Richtungen bewegten, wurde der Schlauch auch aus der Tauchermaske gerissen.

Als der Schlauch abgerissen wurde, schoß kein eiskaltes Wasser durch das Gelenkstück an Rogers Maske. Es mußte eine Sicherheitsvorrichtung geben, ein Absperrungsventil.

Er griff nach dem Schlauch, doch dann wurde ihm klar, daß er nicht von der Maske, sondern auch von dem Tank abgerissen worden war. Er war endgültig verloren und konnte nicht wieder angebracht werden.

Beunruhigt spreizte er die Beine und stieg, so schnell er konnte, zur Öffnung des Tunnels hinauf. Seine einzige Hoffnung bestand darin, die Oberfläche zu erreichen.

Dann fiel ihm ein, daß der Teich in der kuppelförmigen Eishöhle über fünfzig Meter über ihm war, zu hoch, um ihn zu erreichen, solange der Gewichtsgürtel ihn hinabzog, und so fummelte er an seiner Taille herum und versuchte, sich von dem lästigen Blei zu befreien. Doch weil der verdammte Gürtel von Russen gemacht worden war, war der Druckknopf nicht dort, wo er sein sollte, und er hatte noch nie zuvor eine russische Ausrüstung benutzt.

Roger hörte auf zu treten, um sich auf die Suche nach dem Öffnungsknopf konzentrieren zu können. Augenblicklich sank er langsam wieder in den Tunnel zurück. Er schlug auf den Gürtel, zerrte und riß an ihm, konnte den Freigabeknopf aber *noch immer* nicht finden, großer Gott, Gott der Allmächtige im Himmel, fand ihn noch immer nicht, und schließlich wußte er, daß er zuviel Zeit verschwendet hatte, und er wagte es nicht, auch nur noch eine weitere Sekunde zu verschwenden, er mußte eben mit dem behindernden Gürtel an die Oberfläche gelangen. Er drückte die Arme fest an die Seiten, versuchte, sich pfeilschlank zu machen, dem Wasser so wenig Widerstand wie möglich zu machen, und trat kräftig und rhythmisch mit den Beinen, kämpfte sich höher, immer höher. Seine Brust schmerzte, und sein Herz hämmerte, als wolle es jeden Augenblick zerplatzen, und er konnte dem Drang zu atmen nicht mehr widerstehen. Er öffnete den Mund, atmete kräftig aus und verzweifelt ein, doch da war nichts mehr zum Einatmen, nur noch der dürftige Atem, den er gerade ausgestoßen hatte und der noch dünner war, als er das nächstemal einatmete. Seine Lungen standen *in Flammen*, und er wußte, daß die Dunkelheit, die ihn umgab, nicht mehr die des Tunnels war, sondern eine Dunkelheit *hinter* seinen Augen. Wenn er nicht atmete, würde er das Bewußtsein verlieren, und wenn er das Bewußtsein verlor, würde er sterben. Also riß er sich die Maske ab und nahm einen tiefen Zug von der Luft in der kuppelförmigen Höhle, aber er befand sich natürlich nicht mal in der *Nähe* der Eishöhle – warum hatte er sich eingebildet, er hätte die Oberfläche erreicht, wie hatte er nur so dumm sein können? –, und er atmete so bitter kaltes Wasser ein, daß der Schmerz durch seine Zähne schoß. Er schloß den Mund, würgte heftig, versuchte aber sofort wieder, noch einmal zu atmen. Aber da war nur noch mehr Wasser, Wasser, nichts als Wasser. Er krallte mit beiden Händen nach dem Wasser, als wäre es ein dünner Vorhang, den er zerreißen konnte, um an die begehrte Luft dahinter zu gelangen. Dann wurde ihm klar, daß er die Beine nicht mehr bewegte und von den Tauchgewichten langsam wieder hinabgezogen wurde. Er krallte auch nicht mehr nach dem Wasser, sank einfach würgend immer tiefer, und es fühlte sich an, als hätte er mehr Bleigewichte in seiner Brust als um seine Hüfte.

Er sah, daß der Tod weder das Gesicht eines Mannes noch einen Knochenschädel hatte. Es war eine Frau. Eine bleiche Frau mit starkem Kinn. Sie war nicht ohne Schönheit. Ihre Augen waren von einem hübschen, durchscheinenden Grau. Roger betrachtete ihr Gesicht, als es aus dem Wasser vor ihm aufstieg, und erkannte, daß sie seine Mutter war, von der er soviel gelernt hatte, in deren Armen er zum erstenmal gehört hatte, daß die Welt ein feindseliger Ort war und Menschen, die außergewöhnlich böse waren, die normalen Männer und Frauen insgeheim durch umfassende Verschwörungen beherrschten und lediglich das Ziel hatten, den freien Willen eines jeden zu brechen, der sich ihnen widersetzte. Und obwohl Roger sich gestählt hatte, um diesen Verschwörern Widerstand leisten zu können, sollten sie es je auf ihn abgesehen haben, und obwohl er sich in seine Studien vertieft und zwei akademische Grade erworben hatte, um über das nötige Wissen zu verfügen, mit dem er sie überlisten konnte, hatten sie ihn trotzdem vernichtet. Sie hatten gewonnen, genau wie seine Mutter es ihm gesagt hatte, genau wie sie stets gewannen. Aber es war gar nicht so schrecklich, verloren zu haben. Darin lag ein gewisser Friede. Der grauhaarige, grauäugige Tod lächelte ihn an, und er wollte sie küssen, und sie nahm ihn in ihre mütterliche Umarmung.

Harry beobachtete, wie die Leiche, die Lungen voller Wasser und von Bleigewichten hinabgezogen, auf ihre Reise zum Meeresboden an ihnen vorbeitrieb. Luftblasen strömten aus dem Sauerstoffbehälter auf ihrem Rücken.

23:37

DETONATION IN DREIUNDZWANZIG MINUTEN

Die Anspannung hatte Nikita Gorows Verstand geschärft und ihn gezwungen, sich mit einer unangenehmen, aber unbestreitbaren Wahrheit zu beschäftigen. Narren und Helden, so sah er nun ein, wurden von einer so dünnen Linie getrennt, daß man sie schon fast als unsichtbar bezeichnen konnte. Er war so versessen darauf gewesen, ein Held zu sein. Und wofür? Für wen? Für einen toten Sohn? Heldentum konnte die Vergangenheit nicht ändern. Nikki war tot und lag im Grab. Tot! und die Besatzung der *Ilja Pogodin* – die neunundsiebzig Mann unter seinem Kommando – lebte noch. Er hatte die Verantwortung für sie. Es war unentschuldbar, ihr Leben lediglich aufs Spiel gesetzt zu haben, weil er auf eine seltsame Art und Weise einer Verpflichtung an seinen toten Sohn hatte nachkommen wollen. Er hatte den Helden gespielt, aber er war nur ein Narr gewesen. Ungeachtet der Gefahr, ungeachtet dessen, was er *hätte* tun sollen, war das U-Boot jetzt der Rettungsmission verpflichtet. So kurz vor dem Erfolg konnten sie nicht abbrechen. Nicht, wenn bei diesen beiden schwitzenden Schotten keine Anzeichen von Materialermüdung auftraten. Er hatte seine Männer in diese Sache hineingebracht, und nun oblag es ihm, sie auf eine Weise wieder herauszubringen, die ihre Haut retten würde, ohne sie zu erniedrigen. Männer von ihrem Mut hatten es nicht verdient, von seinem Versagen erniedrigt zu werden, aber sie würden in ihren Augen bestimmt mehr als nur erniedrigt werden, wenn sie jetzt den Schwanz einzogen und einfach davonliefen. Er hatte den Helden gespielt, doch jetzt wollte er nichts weiter, als *sie* in den Augen der Welt zu Helden zu machen – und sie sicher nach Hause zu bringen.

»Irgendeine Veränderung?« fragte er den jungen Techniker, der das Oberflächen-Echolot ablas.

»Nein, Herr Kapitän. Die Position der Taucher hat sich nicht verändert. Sie sind in den letzten paar Minuten um keinen Meter hinabgestiegen.«

Der Kapitän starrte zur Decke hinauf, als könne er durch die Doppelhülle und den langen Tunnel sehen. Was taten sie da oben? Was war schiefgegangen?

»Wissen sie nicht, daß keine Zeit mehr bleibt?« sagte Schukow. »Wenn die Sprengladungen den Eisberg um Mitternacht zerreißen, müssen wir unter ihm hinweg sein. Wir *müssen* ihn dann hinter uns gelassen haben.«

Gorow schaute auf die Monitore und dann auf die Uhr. Er zog an seinem Bart. »Wenn sie sich in fünf Minuten noch nicht wieder bewegt haben, müssen wir hier heraus. Noch eine Minute länger, und sie schaffen es sowieso nicht mehr vor Mitternacht an Bord.«

23:38.

Rita schwamm zu Claude und umarmte ihn. Er erwiderte ihre Umarmung. Ihre Augen funkelten vor Tränen.

Sie drückten die Gesichtsplatten ihrer Tauchermasken flach aneinander. Als sie sprach, konnte er sie verstehen, als befände sie sich in einem anderen Zimmer. Das Plexiglas leitete ihre Stimmen einigermaßen.

»Brian ist heute abend nicht gestürzt. Er wurde niedergeschlagen, und man hat ihn absichtlich dort liegen lassen. Wir wußten nicht, wer es getan hat. Bis jetzt.«

»Verdammt noch mal, ich habe mich gefragt, was da los war«, sagte Claude, als Rita geendet hatte. »Ich wollte helfen, ihn zu bändigen, aber Pete hat mir seine Lampe in die Hand gedrückt und mich aus dem Weg gestoßen. Ich kam mir plötzlich so alt vor, wie ich bin.«

»Du bist nicht mal sechzig.«

»Dann fühle ich mich *älter*, als ich bin.«

»Wir setzen den Abstieg jetzt fort«, sagte sie. »Ich bringe Pete die Lampe zurück.«

»Ist er in Ordnung?«

»Ja. Nur eine blutige Nase, als Breskin ihm die Maske über den Kopf gezogen hat. Er wird es schaffen.«

»Mit George ist irgend etwas nicht in Ordnung.«

»Der Schock, glaube ich. Harry erklärt ihm die Sache mit Roger.«

»Du hast Tränen auf den Wangen«, sagte Claude.

»Ich weiß.«

»Was ist los?«

»Nichts«, sagte sie. »Harry lebt.«

23:39.

Als er Claude Jobert erneut das Kabel hinab folgte, überlegte Franz, was er Rita sagen würde, falls sie Mitternacht überleben sollten.

Du hat dich gut gehalten. Du bist erstaunlich. Du weißt, ich hab' dich einmal geliebt. Verdammt, ich liebe dich noch immer. Ich bin nie darüber hinweggekommen. Und ich habe viel von dir gelernt, ob es nun je offensichtlich wurde oder nicht. Ach, ich bin noch immer ein Arschloch, ja, ich gestehe es ein, aber ich werde langsam erwachsen. Alte Gewohnheiten gibt man nicht so schnell auf. Ich habe mich in den letzten Monaten wie ein Vollidiot benommen, habe mit Harry Streit gesucht und war zu dir abweisend. Aber das ist vorbei. Wir können nie wieder ein Paar sein. Ich sehe, was ihr beide, du und Harry, gemeinsam habt, und es ist einzigartig, mehr, als du und ich je hatten oder haben könnten. Aber ich würde gern euer Freund sein.

Er hoffte bei Gott, daß er lange genug leben würde, um das alles sagen zu können.

23:40.

Brian schwamm an dem Kabel entlang.

Er machte sich keine großen Sorgen mehr wegen der über ihnen tickenden Bomben. Er war zunehmend überzeugt, daß er und die anderen das U-Boot erreichen und die Explosionen überleben würden. Unter den Qualen der Besessenheit, vor denen Rita ihn gewarnt hatte, zerbrach er sich statt dessen über das Buch den Kopf, das er schreiben wollte.

Das Thema würde auf jeden Fall Heldentum sein. Er hatte mittlerweile erkannt, daß es zwei grundlegende Arten davon gab. Heldentum, das gesucht wurde, wenn jemand auf einen Berg kletterte oder in einer der Arenen von Madrid einen wütenden Stier herausforderte – und weil man seine Grenzen kennen mußte, war dieser gesuchte Heldenmut wichtig. Er hatte jedoch einen viel geringen Wert als Heldentum, das man *nicht* gesucht hatte. Harry, Rita und die anderen hatten ihr Leben wegen ihrer Arbeit aufs Spiel gesetzt, weil sie daran glaubten, daß das, was sie taten, einen Beitrag zum Wohl der Menschheit leisten würde, und nicht, weil sie sich selbst auf die Probe stellen wollten. Doch obwohl sie es abstreiten würden, waren sie tagtäglich Helden. Sie waren Helden auf die Art und Weise, auf die Polizisten und Feuerwehrleute Helden waren, auf die Millionen von Müttern und Vätern stille Helden waren, weil sie die gewaltige Verantwortung auf sich nahmen, ihre Familien zu unterstützen und ihre Kinder zu erziehen, gute Staatsbürger zu werden, wie Priester Helden waren, weil sie es wagten, in einer Welt von Gott zu sprechen, die seine Existenz in Zweifel zog und diejenigen verspottete, die noch daran glaubten, wie viele Lehrer Helden waren, wenn sie in Schulen gingen, die von Gewalt verwüstet wurden, und sich trotzdem bemühten, Kindern beizubringen, was sie wissen mußten, um in einer Welt zu überleben, die Ungebildeten keine Gnade entgegenbrachte. Die erste Art von Heldentum – gesuchtes Heldentum – war eindeutig selbstsüchtig, doch ungesuchtes Heldentum war selbstlos. Brian war nun klar, daß dieses ungesuchte Heldentum und nicht der grelle Ruhm von Politik oder Stierkampfarenen den wahrhaftigsten Mut und die tiefste Tugend erforderte. Wenn er das Buch geschrieben, wenn er all seine Gedanken über das Thema ausgearbeitet hatte, würde er endlich bereit sein, sein Leben als Erwachsener zu beginnen. Und er war entschlossen, daß stiller Heldenmut das Thema sein würde.

23:41.

Der Techniker schaute von dem Oberflächen-Echolot auf. »Sie bewegen sich wieder.«

»Sie kommen hinab?« fragte Gorow.

»Jawohl, Herr Kapitän.«

Im Lautsprecher erklang die Stimme des Maats im vorderen Torpedoraum. Sie enthielt einen neuen Ton der Dringlichkeit.

Gorow ergriff das Mikrofon unter der Decke so behutsam, als würde er eine Giftschlange anfassen. »Ich höre«, sagte er.

»Wir haben jetzt viel mehr Wasser als nur ein paar Gramm auf dem Deck, Herr Kapitän. Sieht nach einem oder zwei Litern aus. Das vordere Schott schwitzt von oben bis unten.«

»Verzerrungen der Schweißlinie?«

»Nein, Herr Kapitän.«

»Hören Sie mit dem Stethoskop irgend etwas Ungewöhnliches?«

»Nein, Herr Kapitän.«

»Wir werden in zehn Minuten unterwegs sein«, sagte Gorow.

23:42.

Stellenweise war der Tunnel so schmal, daß das Halogenlicht vom Eis reflektiert wurde, und dann konnte sie die Tatsache, gefangen zu sein, nicht mehr so leicht verdrängen wie in den Streckenabschnitten, bei denen sie auf allen Seiten von Dunkelheit umgeben war.

Rita wurde ständig von der Vergangenheit und der Gegenwart hin und her gezogen, schwankte zwischen Leben und Tod, Mut und Feigheit. Sie rechnete damit, daß ihr innerlicher Aufruhr von Minute zu Minute nachlassen würde, doch statt dessen wurde er schlimmer.

Ein paar weit auseinanderstehende Nadelbäume sprenkeln den steilen Hang über der Bergstraße. Kein dichter Wald, aber vielleicht reichen sie ja als Barriere aus, um die Macht der Lawine zu brechen und die tosende Flut einzudämmen: hohe Tannen oder Fichten mit dicken Stämmen, uralt und stark. Dann trifft die weiße Flut auf die Bäume, und sie zerbrechen wie Zahnstocher. Ihre Mutter schreit, ihr Vater ruft etwas, und Rita kann den Blick nicht von der heranstürmenden Welle aus Schnee abwenden, die dreißig Meter hoch ist, noch immer wächst, im winterlichen Himmel verschwindet, gewaltig, wie das Antlitz Gottes. Der Koloß trifft auf den Audi, reißt den Wagen um, schiebt ihn über die Straße, gleitet unter und über ihm hinweg, wirft ihn über die Leitplanke und in eine Schlucht. Umhüllendes Weiß überall. Der Wagen überschlägt sich, und noch einmal, und rutscht dann zur Seite, hinab, hinab, prallt von einem Baum ab, dreht sich in die Lawine und rast erneut in einem noch größeren Fluß aus Schnee hinab, schlägt noch einmal irgendwo auf, und noch einmal. Die Windschutzscheibe implodiert, und dann folgen eine plötzlich Stille und ein Schweigen, das tiefer ist als das in einer verlassenen Kirche.

Rita riß sich von der Erinnerung los, gab bedeutungslose, elende Geräusche des Entsetzens von sich.

George Lin stieß sie von hinten an.

Sie hatte aufgehört zu schwimmen.

Sie verfluchte sich und trat mit den Beinen, um sich wieder in Bewegung zu setzen.

23:43.

Auf etwa dreihundertundfünfzig Fuß, als sie gut die halbe Strecke zur *Ilja Pogodin* zurückgelegt hatten, bezweifelte Harry allmählich, daß sie es ganz hinab schaffen würden. Er wurde sich des unglaublichen Drucks bewußt, hauptsächlich, weil seine Trommelfelle immer wieder knackten. Das Tosen seines eigenen Blutes, das durch seine Venen und Arterien strömte, klang wie Donnergrollen. Er bildete sich ein, ferne Stimmen zu hören, Feenstimmen, doch die Worte ergaben keinen Sinn, und er vermutete, daß er *wirklich* in Schwierigkeiten stecken würde, wenn er erst verstand, was sie sagten. Er fragte sich, ob er, wie ein U-Boot, unter extremen Druck zusammenbrechen konnte und zu einer flachen Masse aus Blut und Knochen zusammengequetscht werden würde.

Zuvor, über den Kurzwellensender, hatte Leutnant Timoschenko ihm zahlreiche Beweise geboten, daß man den Abstieg erfolgreich bewältigen konnte, und Harry leierte einige davon in Gedanken immer wieder herunter: 1961 waren im Lago Maggiore schweizerische und amerikanische Taucher in normaler Tauchausrüstung bis auf siebenhundertunddreißig Fuß heruntergekommen. Lago Maggiore. Schweizerische und amerikanische Taucher. 1990 waren russische Taucher in moderner Ausrüstung bis auf ... er hatte es vergessen. Aber tiefer als im Lago Maggiore. Schweizer, Amerikaner, Russen ... Man konnte es schaffen. Zumindest gut ausgerüstete professionelle Taucher.

Vierhundert Fuß.

23:44.

Als George Lin dem Kabel tiefer in den Tunnel folgte, sagte er sich, daß die Russen keine Kommunisten mehr waren. Zumindest hatten die Kommunisten nicht das Sagen. Nicht mehr. Noch nicht. Eines Tages würden sie vielleicht wieder die Macht ergreifen; das Böse starb nie endgültig. Aber die Männer in dem U-Boot setzten ihr Leben aufs Spiel, und sie hatten keine düsteren Motive. Er versuchte sich zu überzeugen, aber es fiel ihm schwer, denn er hatte zu viele Jahre in Furcht vor der roten Flut gelebt.

Kanton. Herbst 1949. Drei Wochen, bevor Tschiang Kaischek vom Festland vertrieben worden war. Georges Vater war fort gewesen, hatte Vorkehrungen getroffen, die Familie und ihre dahinschwindenden Besitztümer auf den Inselstaat Taiwan zu bringen. Es waren vier andere Personen im Haus: seine Großmutter; sein Großvater; seine Mutter; seine elfjährige Schwester Yun-ti. Bei Anbruch der Dämmerung drangen maoistische Guerillas, die seinen Vater suchten, in das Haus ein. Neun schwer bewaffnete Männer. Seiner Mutter gelang es, ihn in einem Kamin zu verstecken, hinter einer schweren Eisenplatte. Yun-ti wurde anderswo versteckt, aber die Männer fanden sie. George schaute aus dem Kamin zu, wie seine Großeltern auf die Knie geprügelt und dann mit Kopfschüssen getötet wurden. Ihre Gehirne spritzten an die Wand. In demselben Raum wurden seine Mutter und seine Schwester von allen neun Männern mehrfach vergewaltigt. Jede Schandtat, jede Erniedrigung beging man an ihnen. George war ein Kind, nicht mal sieben Jahre alt: klein, entsetzt, machtlos. Die Guerillas blieben bis drei Uhr am nächsten Morgen und warteten auf Georges Vater, und als sie endlich gingen, schnitten sie Yun-tis Kehle durch. Dann die seiner Mutter. So viel Blut. Sein Vater war zwölf Stunden später nach Hause gekommen – und fand George noch immer in dem Kamin versteckt, unfähig zu sprechen. Nachdem sie nach Taiwan entkommen waren, hatte er über drei Jahre lang kein einziges Wort gesprochen. Und als er sein Schweigen schließlich gebrochen hatte, hatte er zuerst den Namen seiner Mutter und seiner Schwester genannt. Er hatte sie immer wieder genannt und untröstlich geweint, bis ein Arzt in ihr Haus gekommen war und ihm ein Beruhigungsmittel verabreicht hatte.

Immerhin waren die Männer in dem U-Boot unter ihnen Russen und keine Chinesen, und sie waren auch keine Kommunisten mehr. Vielleicht waren sie nie wahre Kommunisten gewesen. Soldaten und Seeleute kämpften schließlich manchmal auch für ihr Land, wenn sie die Leute, die es beherrschten, für Verbrecher und Narren hielten.

Die Männer unter ihm waren nicht wie die, die seiner Mutter und Schwester Gewalt angetan und sie dann getötet hatten. Es waren andere Menschen in einer anderen Zeit. Man konnte ihnen vertrauen. Er *mußte* ihnen vertrauen.

Trotzdem hatte er unendlich mehr Angst vor der Mannschaft der *Pogodin* als vor allem Sprengstoff auf der Welt.

23:46.

»Offiziersmesse an Kapitän.«

»Ich höre.«

»Das Steuerbordschott leckt, Herr Kapitän.«

»Materialverzerrungen?«

»Nein, Herr Kapitän.«

»Wieviel Wasser?«

»Ein halber Liter, Herr Kapitän.«

Probleme sowohl im Torpedoraum als auch in der Offiziersmesse. Sie mußten so schnell wie möglich von hier verschwinden.

»Stethoskop?« fragte Gorow.

»Jede Menge Lärm hinter dem Schott, Herr Kapitän, aber keine üblichen Belastungssignaturen.«

»Wir werden in fünf Minuten unterwegs sein.«

23:47.

Als das U-Boot fast in Reichweite war, fiel Harry ein weiterer Grund zur Hoffnung ein. Leutnant Timoschenko zufolge hatten englische Taucher in Alverstoke, Hampshire, und französische Taucher im Marseille in simulierten Tauchkammern mit moderner Taucherausrüstung Tiefen von fünfzehnhundert Fuß erreicht.

Natürlich verhinderte dieser einschränkende Zusatz, daß die Daten so beruhigend waren, wie er es gern gehabt hätte: ›simulierte Tauchkammern‹.

Das hier war kein Test.

Der Tunnel wurde breiter. Die Eiswand zog sich zurück, bis sie gar kein Licht mehr reflektierte.

Er hatte das Gefühl, von einer riesigen Weite umgeben zu werden. Das Wasser war klarer als oben, wahrscheinlich, weil sich weniger Eispartikel darin befanden. Nach ein paar Sekunden sah er unter sich farbige Lichter, zuerst grüne, dann rote, Dann enthüllte seine Lampe eine große, graue Form, die in dem Abgrund unter ihm schwebte.

Selbst als er die Finne der *Ilja Pogodin* erreicht hatte und sich an den Radarmast lehnte, war Harry noch nicht überzeugt, daß sie den gewaltigen Druck überleben würden. Er befürchtete, daß seine Lungen mit der Kraft von Granaten explodieren und seine Blutgefäße wie Luftballons zerspringen würden. Er wußte nicht viel über die Einwirkung hohen Drucks auf den Körper: vielleicht würden seine Lungen gar nicht explodieren, aber die Vorstellung war überzeugend.

Überdies gefiel Harry nicht, wie das U-Boot aussah. Als er darauf wartete, daß die anderen zu ihm aufschlossen, blieb ihm fast eine Minute Zeit, das Boot zu betrachten. Alle Fahrtlichter leuchteten: rot auf der Backbord-, grün auf der Steuerbordseite, weiß auf der Finne, ein gelbes Schleusenlicht ... Vielleicht wurden seine Gedankenprozesse von dem Druck oder der Erschöpfung beeinträchtigt, aber die *Pogodin* kam ihm zu bunt vor, um echt zu sein. Nach so viel Dunkelheit erinnerte das Schiff ihn an einen verdammten Spielautomaten oder einen Weihnachtsbaum. Es kam ihm empfindlich und zerbrechlich vor, ein Gebilde aus dunklem Zellophan.

23:49.

Rita rechnete damit, daß ihre Furcht nachlassen würde, als sie das untere Ende des Tunnels erreichte und nicht mehr auf allen Seiten von Eis umgeben war. Doch die Eisinsel war noch über ihr, so hoch wie ein siebzigstöckiges Gebäude und fast dreizehnhundert Meter lang, so gewaltig wie mehrere Häuserblocks mit Wolkenkratzern auf Manhattan. Sie wußte, daß sie Auftrieb hatte und nicht auf sie fallen und sie in den Meeresboden treiben würde, doch sie war entsetzt von dem Gedanken, daß sie über ihr hing, und wagte nicht aufzuschauen.

Es ist kalt im Audi, weil der Motor ausgefallen ist und keine Wärme mehr durch die Belüftungsschlitze kommt. Schnee und zerschmetterte Baumteile haben sich durch die zertrümmerte Windschutzscheibe auf die Vordersitze ergossen, bedecken das Armaturenbrett und haben ihre Eltern bis zu den Hüften begraben. Sie sitzen stumm im Schnee, beide tot, und während die Zeit verstreicht, wird Rita klar, daß sie nur in ihrem Wintermantel nicht überleben kann, bis Hilfe kommt. Die Lampen im Armaturenbrett leuchten, und auch die Innenleuchte ist an, so daß es im Audi nicht dunkel ist; sie sieht, daß der Schnee auf allen Seiten des Wagens gegen die Fenster drückt. Sie ist ein intelligentes Mädchen und weiß daher, daß der Schnee vielleicht dreißig Meter hoch ist, viel zu hoch, als daß sie sich hindurchgraben und allein entkommen könnte. Die Retter werden lange brauchen, um sich zu ihr durchzuarbeiten. Sie benötigt den schweren Mantel ihres Vaters, und nachdem sie gefährlich lange gewartet hat, wappnet sie sich gegen das, was sie sehen wird, und kriecht auf den Vordersitz. Eiszapfen aus scharlachrotem Blut hängen aus den Ohren und Nasenlöchern ihres Vaters, und die Kehle ihrer Mutter wird vom zersplitterten Ende eines Astes durchbohrt, den die Lawine durch die Windschutzscheibe getrieben hat. Ihre Gesichter sind blaugrau. Da der Frost sie bereits überzogen hat, sind ihre geöffneten Augen völlig weiß. Rita wirft einen Blick auf sie, nur einen, hält dann den Kopf gesenkt und schickt sich an, den Schnee von ihrem Vater zu graben. Sie ist erst sechs Jahre alt, ein reges Kind und stark für ihr Alter, aber noch so klein. Würden die Arme ihres Vaters noch in den Ärmeln stecken, wäre es ihr nicht möglich, den Mantel von seiner steif werdenden Leiche herunterzubekommen. Doch während der Fahrt war er aus dem Mantel geschlüpft. Nun sitzt der Oberkörper darauf, lehnt sich gegen ihn, und mit viel Stemmen und Zerren gelingt es ihr, ihn unter ihm hinwegzuziehen. Sie klettert mit ihrer Beute auf den

Rücksitz, wohin der Schnee nicht vorgedrungen ist, rollt sich zusammen, zieht den Mantel eng um ihren Körper und wartet darauf, daß Hilfe eintrifft. Sie hält sogar den Kopf unter dem Mantel, fängt nicht nur ihre Körperwärme, sondern auch ihren Atem unter dem Seidensainfutter, denn ihr Atem ist warm. Nach einer Weile fällt es ihr schwer, wach zu bleiben, und sie treibt aus dem kalten Wagen zu noch kälteren Orten in ihrem Verstand. Jedesmal, wenn sie sich verschwommen aus ihrem gefährlichen Schlaf erhebt, ist sie benommener als zuvor, doch sie erinnert sich daran, auf die Geräusche der Retter zu hören. Und nach einer sehr, sehr langen Zeit hört sie statt dessen – oder glaubt es zumindest – Bewegungen auf dem Vordersitz: das Krachen von Eis, als ihr toter Vater und ihre tote Mutter es leid sind, dort zu sitzen, und sich entschließen, zu ihr auf die Rückbank zu kriechen. Krach: das Geräusch, mit dem die blutigen Eiszapfen aus seinen Nasenlöchern fallen. Erneut das Krachen von Eis: Da kommen sie. Das schreckliche Krachen von Eis: Sie müssen auf den Rücksitz des Wagens klettern. Das Krach-krach-krach von Eis … und flüstert da eine Stimme ihren Namen, eine ihr wohlbekannte Stimme? Und eine kalte Hand greift unter den Mantel, neidisch auf ihre Wärme …

Jemand berührte Rita, und sie schrie entsetzt auf, aber zumindest trieb der Schrei den Audi und die Lawine in die Vergangenheit zurück, wohin sie gehörten.

Pete war auf ihrer einen Seite, Franz auf der anderen. Offensichtlich war sie nicht mehr weitergeschwommen, und die beiden hielten sie an den Armen und legten mit ihr in der Mitte die paar letzten Faden zurück. Das U-Boot schwebte direkt über ihr. Sie sah, daß Harry sich am Radarmast über der Finne festhielt.

23:50.

Harry erschauderte vor Erleichterung, als er Rita zwischen Pete und Franz sah, und ein Beben der Hoffnung durchflutete ihn.

Halb kroch er, halb schwamm er die Finne entlang, als die anderen sechs sich zu ihm gesellt hatten, stieg die kurze Leiter zur Brücke hinab, und zog sich an der Reihe der Klampen zu den vorderen Deckaufbauten entlang. Wenn er vom Schiff getrieben wurde, würde er es kaum problemlos wieder einholen können, denn die Strömung von neun Knoten beeinträchtigte ihn nicht genauso wie das hundert Meter lange U-Boot.

Sein Verhältnis zu dem Schiff ähnelte dem eines Astronauten zu dessen Fahrzeug während eines Weltraumspaziergangs: Obwohl beide sich mit beträchtlicher Geschwindigkeit bewegten, herrschte eine Illusion von Stillstand vor.

Vorsichtig, aber im Bewußtsein, daß es höchste Zeit war, zog er sich weiterhin Handgriff um Handgriff an den Klampen entlang und suchte dabei nach der Luke der Luftschleuse, die Timoschenko ihm über Funk beschrieben hatte.

23:51.

Eine Alarmsirene jaulte.

Die grünen numerischen und graphischen Darstellungen verschwanden von dem mittleren Computermonitor direkt über dem Kommandostand. Rote Buchstaben ersetzten sie: NOTFALL.

Gorow drückte auf eine Taste mit der Aufschrift ANZEIGE. Der Bildschirm wurde augenblicklich leer, und die Sirene erlosch. Eine neue Mitteilung erschien in den üblichen grünen Buchstaben: MÜNDUNGSSCHOTT DES VORDEREN TORPEDOROHRS NUMMER FÜNF ZUSAMMENGEBROCHEN. ROHR BIS ZUM SCHOTT MIT WASSER VOLLGELAUFEN.

»Jetzt ist es soweit«, sagte Schukow.

Das Rohr Nummer fünf mußte verzerrt worden sein, als sie früher am Abend mit dem Treibeis kollidiert waren. Nun hatte das Mündungsschott an der Außenhülle nachgegeben.

»Nur die äußere Tür ist zusammengebrochen« sagte Gorow schnell. »Nur das *Mündungsschott*. Nicht das Innenschott. Es ist kein Wasser im Schiff. Noch nicht – und es wird auch keins hereinkommen.«

»Herr Kapitän«, sagte ein Matrose, der eine der Sicherheitsschalttafeln überwachte, »unsere Besucher haben die obere Luke der Luftschleuse geöffnet.«

»Wir werden es schaffen«, sagte Gorow zu der Mannschaft im Kontrollraum. »Verdammt, wir werden es schaffen.«

23:52.

Die Luke der Luftschleuse des vorderen Fluchtschachts war von einem Kontrollpult innerhalb des U-Boots geöffnet worden. Harry schaute in eine winzige, hell erleuchtete und mit Wasser gefüllte Kabine. Wie Leutnant Timoschenko sie gewarnt hatte, war sie lediglich groß genug, um vier Taucher auf einmal aufzunehmen – und dabei war sie doppelt so groß wie die Fluchtschächte der meisten anderen U-Boote.

Einer nach dem anderen stiegen Brian, Claude, Rita und George in den runden Raum hinab und setzten sich, die Rücken gegen die Wand gedrückt, auf den Boden.

Harry schloß die Luke von außen, was schneller ging, als wenn jemand sie von innen mit einem Taljereep zugezogen und dann das Dichtungsrad gedreht hätte.

Er sah auf seine Uhr mit den Leuchtziffern.

23:53.

Gorow beobachtete beunruhigt die Reihe der Monitore.

»Fluchtschacht bereit«, sagte Schukow und wiederholte damit die Meldung, die er über seinen Kopfhörer erhalten hatte. Gleichzeitig erschien dieselbe Information auf einem der Computerbildschirme.

»Die Taucher hereinholen«, befahl Gorow.

23:54.

In der Luftschleuse hielt Rita sich an Wandgriffen fest, während starke Pumpen das Wasser innerhalb von dreißig Sekunden aus der Kammer sogen. Sie nahm die Maske nicht ab, sondern atmete weiterhin, wie man sie angewiesen hatte, die Gasmischung aus ihrem Sauerstofftank ein.

In der Mitte des Bodens öffnete sich eine Luke. Ein junger russischer Matrose tauchte auf, lächelte fast schüchtern und winkte mit einem Finger. Sie verließen die Luftschleuse schnell und kletterten durch eine Leiter in den Kontrollraum des Fluchtschachts. Der Matrose kletterte die Leiter hinter ihnen hinab, zog die innere Luke zu, dichtete sie ab und ging schnell zu der Schalttafel. Mit einem Tosen strömte wieder Wasser in die obere Kammer.

Als Rita mit den anderen in eine benachbarte Dekompressionskammer ging, wurde ihr noch einmal ganz deutlich klar, daß die riesige, mit Sprengstoff gespickte Insel aus Eis direkt über dem U-Boot trieb.

23:56.

Harry zog erneut an der Luke, und sie schwang auf.

Er wartete, bis Franz und Pete hineingestiegen waren, folgte ihnen dann und zog die Luke von innen zu.

Sie setzten sich mit den Rücken an die Wand.

Er mußte nicht mal auf seine Uhr sehen. Eine innere Krisenuhr verriet ihm, daß ihnen bis zu der Detonation noch etwa vier Minuten blieben. Die Abflüsse öffneten sich, und die Pumpen leerten den Fluchtschacht.

23:57.

Ein Berg aus Eis, der auf der Schwelle der gewaltsamen Vernichtung stand, erhob sich über ihnen, und wenn er in Stücke ging, während sie sich darunter befanden, würde das Boot höchstwahrscheinlich zu Schrott zerschmettert werden. Der Tod würde so schnell kommen, daß vielen von ihnen nicht mal die Gelegenheit blieb, einen Schrei auszustoßen.

Gorow zog das an der Decke hängende Mikrofon hinab, rief den Manövrierraum und befahl, sofort mit voller Kraft zurück zu fahren.

Der Manövrierraum bestätigte den Befehl, und einen Augenblick später erzitterte das Schiff als Reaktion auf die abrupte Schubumkehr.

Gorow wurde gegen das Geländer des Kommandostands geworfen, und Schukow wäre fast gestürzt.

Aus dem Lautsprecher unter der Decke: »Manövrierraum an Kapitän. Maschinen volle Fahrt zurück.«

»Ruder mittschiffs.«

»Ruder mittschiffs.«

Der Eisberg bewegte sich mit neun Knoten in südliche Richtung. Das U-Boot fuhr rückwärts und in *nördliche* Richtung mit zehn … zwölf … nun fünfzehn Knoten gegen eine Strömung von neun Knoten an, was zu einer effektiven Trennungsgeschwindigkeit von fünfzehn Knoten führte.

Gorow wußte nicht, ob diese Geschwindigkeit ausreichte, um sie zu retten, doch mehr schafften sie im Augenblick nicht, denn um eine höhere Geschwindigkeit zu erreichen, benötigten sie mehr Zeit, als ihnen bis zur Detonation blieb.

»Eis über uns«, meldete der Offizier hinter dem Oberflächen-Echolot. Sie hatten den trichterförmigen Hohlraum im Mittelpunkt des Bergs verlassen. »Sechzig Fuß. Eis über uns auf sechzig Fuß.«

23:58.

Harry betrat die Dekompressionskammer und setzte sich neben Rita. Sie hielten sich an den Händen und starrten auf seine Uhr.

23:59.

Im Mittelpunkt der Aufmerksamkeit im Kontrollraum stand die sechsziffrige Digitaluhr achtern vom Kommandostand. Nikita Gorow bildete sich ein, er könne bei seiner Besatzung jedesmal ein Zusammenzucken feststellen, wenn die Sekundenziffer weitersprang.

23:59:10.

23:59:11.

»Wie es auch ausgeht«, sagte Emil Schukow, »ich bin froh, daß ich meinen Sohn Nikita genannt habe.«

»Vielleicht haben Sie ihn nach einem Narren benannt.«

»Aber nach einem interessanten Narren.«

Gorow lächelte.

23:59:30.

23:59:31.

»Freies Wasser«, sagte der Techniker hinter dem Oberflächen-Echolot. »Kein Eis über uns.«

»Wir haben ihn hinter uns gelassen«, sagte jemand.

»Aber wir sind noch nicht außer Gefahr«, warnte Gorow. Er wußte sehr wohl, daß von der Explosion weggeschleuderte Fragmente des Eisbergs sie noch immer erreichen konnten.

23:59:46.

23:59:47.

»Freies Wasser. Kein Eis über uns.«

23:59:49.

Zum zweitenmal in zehn Minuten erklang eine Alarmsirene, und das Wort NOTFALL blitzte in roten Lettern auf einem der Bildschirme an der Wand auf.

Gorow trat vor einen Monitor und mußte erfahren, daß ein weiteres Torpedorohr in dem beschädigten Teil der Hülle teilweise nachgegeben hatte: MÜNDUNGSSCHOTT DES VORDEREN TORPEDOROHRS NUMMER VIER ZUSAMMENGEBROCHEN. ROHR BIS ZUM SCHOTT MIT WASSER VOLLGELAUFEN.

Gorow zog ein Mikrofon hinab. »Kapitän an Torpedoraum!« rief er. »Geben Sie Ihre Position auf und schließen Sie alle wasserdichten Schotte.«

»Lieber Gott im Himmel«, sagte Emil Schukow, der Atheist.

»Die Schotte werden halten«, sagte Gorow mit Überzeugung und betete, daß er Recht behielt.

23:59:59.

24:00:00.

»Alle Mann festhalten!«

»Klares Wasser.«

24:00:03.

»Was ist los?«

»Wo bleibt sie?« 24:00:07.

Die Erschütterung traf sie. Vom zerbrechenden Eisberg auf das Wasser und durch das Wasser in die Schiffshülle übertragen, war sie ein überraschend sanftes und fernes Poltern. Gorow wartete darauf, daß die Energie der Schockwellen sich steigerte, doch sie tat es nicht.

Der Sonaroffizier meldete eine massive Zersplitterung des Eisbergs.

Doch als der Sonar um null Uhr zwei noch kein größeres Eisfragment in der Nähe der *Ilja Pogodin* gefunden hatte, wußte Gorow, daß sie in Sicherheit waren. »Auftauchen«, befahl er.

Im Kommandoraum brach Jubel aus.

NACHHER ...

[1]

18. JANUAR
DUNDEE, SCHOTTLAND

Kurz vor Mittag, zweieinhalb Tage nachdem sie ihrem Eisgefängnis entkommen waren, trafen die Überlebenden in Schottland ein.

Seit George Lin vor so vielen Jahren mit seinem Vater auf einem kleinen Boot vom chinesischen Festland geflohen war, hatte er für Seereisen nicht mehr viel übrig, ganz gleich, ob nun über oder unter den Wellen, und war erleichtert, wieder festen Boden unter den Füßen zu haben.

Das Wetter war für den Winter in Dundee weder rauh noch mild. Der flachgraue Himmel war bedeckt und wirkte bedrohlich. Die Temperatur betrug minus sechs Grad. Ein kalter Wind fegte von der Nordsee heran und peitschte das Wasser über die gesamte Länge der Förde von Tay auf.

Über einhundert Reporter aus aller Welt waren nach Dundee geflogen, um über das Ende der Edgeway-Story zu berichten. Mit freundlichem Sarkasmus hatte ein Mann von der *New York Times* vor über vierundzwanzig Stunden den Ort ›Dandy Dundee‹ getauft, und diese Bezeichnung war hängengeblieben. Untereinander bot den Reportern das kalte, unfreundliche Wetter anscheinend wesentlich mehr Gesprächsstoff als das Ereignis, über das sie berichten sollten.

Selbst, nachdem George die *Pogodin* um 12 Uhr 30 verlassen und fast eine Stunde lang in der frischen Brise gestanden hatte, genoß er noch das Gefühl des Windes auf seinem Gesicht. Er roch sauber und so viel besser als die Dosenluft des U-Boots. Und er war weder so kalt noch so scharf, daß George Erfrierungen befürchten mußte, was eine gewaltige Verbesserung gegenüber dem Wetter darstellte, in dem er die letzten paar Monate verbracht hatte.

Von einer Schar Reporter verfolgt, schritt er am Rand des Kais energisch auf und ab. »Dieses Schiff«, sagte er. »Ist das nicht ein wunderbarer Anblick?«

Das U-Boot lag hinter ihm an einem Ankerplatz für Hochseeschiffe und hatte eine riesige russische und – aus reiner Höflichkeit – eine beträchtlich kleinere schottische Flagge gehißt. Achtundsechzig Besatzungsmitglieder standen, alle mit marineblauen Pijacken bekleidet, während der zeremoniellen Inspektion in zwei gegenüberstehenden Reihen auf dem Hauptdeck stramm. Nikita Gorow, Emil Schukow und die anderen Offiziere sahen in ihren Uniformen und den grauen Winterausgehmänteln mit den Messingknöpfen einfach prachtvoll aus. Eine Reihe weiterer Würdenträger befand sich auf der Brücke und dem mit einem Geländer versehenen Landungssteg, der das U-Boot mit dem Dock verband: ein Repräsentant der Regierung Ihrer Majestät, der russische Botschafter in England, zwei Adjutanten des Botschafters, der Bürgermeister von Dundee, zwei Repräsentanten der Vereinten Nationen und eine Handvoll Funktionäre von der russischen Handelsvertretung in Glasgow.

Einer der Fotografen bat George, neben einer verwitterten Verpfählung mit der *Ilja Pogodin* als Hintergrund zu posieren. Mit einem breiten Lächeln tat er ihm den Gefallen.

Ein Reporter fragte ihn, wie es sei, auf den Titelseiten der Zeitungen in aller Welt als Held bezeichnet zu werden.

»Ich bin kein Held«, sagte George sofort. Er drehte sich um und zeigte auf die Offiziere und Besatzungsmitglieder des Schiffes hinter ihm. »*Das da* sind die Helden.«

[2]

20. JANUAR
STATION EDGEWAY

Während der Nacht ließ die Windgeschwindigkeit zum erstenmal seit fünf Tagen nach. Gegen Morgen schlugen keine Eisnadeln mehr gegen das Dach und die Mauern des Kommunikationsschuppens, und weiche Schneeflocken trieben wieder durch die Luft. Die heftigen Stürme im äußersten Nordatlantik hatten sich aufgelöst.

Kurz nach zwei Uhr an diesem Nachmittag stellte Gunvald

Larsson endlich Kontakt mit der Militärbasis der Vereinigten Staaten in Thule, Grönland, her. Der amerikanische Funker erklärte ihm sofort, daß das Projekt Edgeway für den Rest des Winters über eingestellt worden war. »Wir wurden gebeten, Sie von der Eisdecke zu holen. Wenn wir wirklich das gute Wetter bekommen, das man uns vorhergesagt hat, könnten wir übermorgen bei ihnen sein. Reicht Ihnen das, um die Gebäude zu verschließen und die Maschinen auszuschalten?«

»Ja, das reicht mir dicke«, sagte Gunvald, »aber um Gottes willen, was kümmert mich das? Was ist aus den anderen geworden? Haben sie überlebt?«

Dem Amerikaner war seine Gedankenlosigkeit peinlich. »Oh, tut mir leid. Das konnten Sie natürlich nicht wissen, so isoliert, wie Sie sind.« Er las zwei der Zeitungsmeldungen vor und fügte dann hinzu, was er darüber hinaus noch wußte.

Nach fünf Tagen der ununterbrochenen Anspannung kam Gunvald zum Schluß, einen Anlaß zum Feiern zu haben. Er zündete seine Pfeife an und holte den Wodka hervor.

[3]

25. JANUAR
E-MAIL-NACHRICHT
VON MONTEGO BAY, JAMAIKA
NACH PARIS, FRANKREICH

Claude, Franz und ich trafen am 23. Januar hier ein. Innerhalb der ersten Stunde nach unserer Ankunft bezeichneten uns sowohl der Taxifahrer, der uns vom Flughafen hierher fuhr, als auch der Hotelportier als ›unwahrscheinliche Gruppe‹. Mann, die kennen nicht mal die Hälfte der Geschichte.

Ich kann nicht genug Sonne kriegen. Sogar ich werde braun.

Ich glaube, ich habe die Frau meiner Träume kennengelernt. Sie heißt Majean. Franz wurde in der Bar von einer modernen Frau abgeschleppt, die nicht an die übliche Rollenverteilung glaubt, und muß noch lernen, daß sie auch mal eine Tür selbst aufmachen darf, wenn sie unbedingt darauf besteht. Er kommt ganz beschissen damit zurecht, und manchmal streiten sie sogar, wer die Tür aufmacht, aber er lernt es langsam. Claude scheint sich mittlerweile ständig in der Gesellschaft einer achtundzwanzigjährigen Blondine zu befinden, die ihn für unbeschreiblich süß hält und wegen seines französischen Akzents bald in Ohnmacht fällt.

Wir sprechen darüber, vielleicht den Beruf zu wechseln und in irgendeinem tropischen Ferienort eine Bar aufzumachen. Vielleicht solltet ihr beide, du und Rita, mal darüber nachdenken, ob ihr nicht mitmachen wollt. Wir könnten den ganzen Tag herumsitzen und Rumcocktails mit lustigen kleinen Regenschirmen aus Papier darin saufen. Das ist auf jeden Fall besser als Erfrierungen, Sprengstoff und Unterwasserkämpfe auf Leben und Tod mit Psychopathen. Das ernsthafteste Problem, mit dem wir es hier zu tun haben, ist die Luftfeuchtigkeit.

Viele Grüße, Pete.

[4]
26. JANUAR
PARIS, FRANKREICH

In ihrer Suite im Hotel George V stand ein Flasche Dom Perignon in einem Eiskübel neben dem Bett.

Sie lagen einander in den Armen und waren sich so nah, wie zwei Menschen es nur sein konnten, wenn sie nicht tatsächlich verschmolzen und zu einem einzigen Wesen wurden, und erzeugten gerade genug Hitze, um einen gesamten arktischen Vorposten einen ganzen Winter lang warm zu halten, als ein Klappern neben dem Bett sie zusammenfahren ließ. Sie waren vor über einer Woche von der *Pogodin* gerettet worden, doch ihre Nerven waren noch immer überaus angespannt. Er setzte sich auf, und sie fiel von ihm herunter, und beide drehten sich zu dem Geräusch um, doch sie waren allein im Zimmer.

»Eis«, sagte sie.

»Eis?«

»Ja, Eis. Es hat sich im Sektkübel verschoben.«

Er warf einen Blick auf den Kübel auf seinen silberbeschlagenen Füßen, und das Eis verschob sich erneut.

»Eis«, wiederholte sie.

Er sah sie an. Sie lächelte. Er grinste. Sie kicherte, als wäre sie ein Schulmädchen, und er brach in schallendes Gelächter aus.

ANMERKUNG DES VERFASSERS

Ich bekomme jedes Jahr über zehntausend Briefe von Lesern, und eine bedeutende Anzahl davon drängt mich, mehr meiner früheren Bücher neu aufzulegen, die seit einiger Zeit nicht mehr lieferbar sind. Viele dieser Leser belassen es nicht dabei, mich zu drängen. Sie machen unheilvolle Anspielungen auf Voodoo-Flüche und Mordaufträge, die sie an Burschen namens Schlitzer vergeben haben. Sie schlagen vor, es wäre eine gute Idee, diese Bücher wieder auf den Markt zu bringen, bevor mein Gesicht umgestaltet wird – wenngleich ich eine gewisse Umgestaltung durchaus begrüßen würde, besonders, wenn dabei ein paar Haare mehr für mich abfallen würden. Sie drohen mir an, mich zu entführen und mich zu zwingen, mir vierundzwanzig Stunden am Tag Wiederholungen der Fernsehserie *The Partridge Family* anzusehen, bis ich völlig durchdrehe.

Ich bin entzückt, daß manche Leser so viel um meine Bücher geben und alles lesen wollen, was ich je geschrieben habe. Ich habe bereits zugelassen, daß eine Reihe vergriffener Romane neu aufgelegt wird, darunter *Schattenfeuer, Todesdämmerung* und *Ein Freund fürs Sterben,* die ursprünglich alle unter Pseudonymen veröffentlicht wurden.

Eiszeit – im Original *Icebound* – wurde ursprünglich unter dem Namen ›David Axton‹ in einer wesentlich holprigeren Form als *Prison of Ice* veröffentlicht. Ich habe den Roman überarbeitet und in technischer und kultureller Hinsicht modernisiert, wobei ich versucht habe, mich nicht mitreißen zu lassen, die gesamte Geschichte zu verändern und das Gefühl dafür zu verlieren.

Das Buch war damals als Hommage an Alistair MacLean gedacht, jenen Meister des abenteuerlichen Spannungsromans, zu dessen Romanen *Die Kanonen von Navarone, Agenten sterben einsam* und *Eisstation Zebra* gehören. Als Leser habe ich jene Bücher sehr gemocht, und ich schrieb die ursprüngliche Version von *Eiszeit,* um festzustellen, ob ich etwas in dieser Art zustande bringen könne.

Bei solchen Spannungsromanen zählen in erster Linie die Elemente Dramatik, Tempo und Handlung – vorzugsweise eine

Handlung mit einer Reihe von Überraschungen und sich steigernden körperlichen Herausforderungen für die Charaktere. Die Charaktere selbst müssen im allgemeinen einfach angelegt und mit Sicherheit weniger kompliziert sein als jene, die in den meisten meiner Bücher auftauchen.

Wie immer versuche ich, die technischen Hintergründe und Einzelheiten korrekt wiederzugeben – doch wenn ich zum Beispiel über U-Boote schreibe, habe ich keineswegs die Absicht, die technischen Einzelheiten so stark und brillant hervorzuheben, wie zum Beispiel ein Tom Clancy es tut. Bei einem Abenteuer im Stil von MacLean muß ein gewisser Grad an Authentizität dem *Tempo* geopfert werden.

Ich hoffe, Ihnen hat *Eiszeit* gefallen, doch ich hoffe gewissermaßen auch, daß meine neuen Bücher Ihnen noch besser gefallen. Schließlich ist dies das einzige Buch dieser Art, das ich je geschrieben habe, und sollten die Leser ein weiteres verlangen, hätte ich nichts anzubieten, was mich davor schützen könnte, mir diese Wiederholungen der *Partridge Family* ansehen zu müssen.

Dean Koontz, Mai 1994

Band 13 709

Edna Buchanan

Schlangentanz

Deutsche Erstveröffentlichung

Hier ist sie wieder – Britt Montero, die unerschrockene Polizeireporterin aus Miami!
Dieses Mal hält sie nicht nur ihr mörderischer Job auf Trab, sondern auch ihre neue Kollegin, die ihr die Position bei der MIAMI NEWS streitig zu machen versucht. Als beide Frauen schließlich dieselbe brandheiße Story verfolgen, bei der es um Leben und Tod geht, kommt es zu einem dramatischen Showdown ...

Die Pulitzpreisträgerin EDNA BUCHANAN lebt in Miami und wurde von der WASHINGTON POST als »Queen of Crime« ausgezeichnet. »Schlangentanz« ist der dritte Band aus der fulminanten Serie um die gefährlich lebende Reporterin Britt Montero.

BASTEI LÜBBE

Sie erhalten diesen Band im Buchhandel, bei Ihrem Zeitschriftenhändler sowie im Bahnhofsbuchhandel.